Forever, Emily

ELENA LD

Forever, Emily

Harper Collins
POCHE

HARPERCOLLINS FRANCE

83-85, boulevard Vincent-Auriol, 75646 PARIS CEDEX 13
Tél. : 01 42 16 63 63

www.harpercollins.fr

ISBN 979-10-339-2205-6

Avertissement

Bien que mon roman soit avant tout une romance, je l'ai écrit en explorant des thèmes de la vie humaine souvent difficiles à aborder tels que l'alcoolisme, la drogue, les agressions sexuelles (scènes non explicites) ou encore le suicide (scènes non explicites).

Ces sujets font partie intégrante de l'histoire, et je les ai traités avec toute la gravité qu'ils méritent pour donner une voix à ces réalités souvent négligées.

Je vous encourage à lire mon roman avec précaution, il peut résonner différemment chez chacun de nous.

Prenez soin de vous,

Elena Ld

C'est à partir de toi que j'ai dit oui au monde.

Albert Camus, *Le Phénix*, 1951

Prologue

Guy de Maupassant a écrit que son acte est la force de ceux qui n'en ont plus, c'est l'espoir de ceux qui ne croient plus, c'est le sublime courage des vaincus. Pourtant, à cet instant, elle ne s'était jamais sentie aussi faible. La vulnérabilité avait envahi chaque cellule de son corps pendant que son esprit ne parvenait plus à retrouver son chemin vers la raison.

Elle s'était accrochée à sa lumière avec toute la force dont elle disposait, mais cela n'avait pas suffi. Comme de l'huile, elle avait glissé entre ses doigts pour l'abandonner totalement et, désormais, elle se sentait orpheline.

Ses cinq sens l'avaient lâchement abandonnée, laissant son corps perméable à tout ce qui l'entourait. Ses yeux se baissaient pour ne pas apercevoir la honte dans ceux de son père. Sa bouche restait close pour empêcher ses cordes vocales de hurler son désespoir. Les caresses sur sa peau étaient devenues du papier de verre. Les odeurs ne lui évoquaient rien. Elle n'éprouvait plus grand-chose depuis tant d'années déjà… Quant à son ouïe, elle avait cessé d'écouter ce que les gens disaient d'elle, elle avait peur qu'ils aient raison.

Parfois, la vie nous prend une chose qu'elle ne nous rendra jamais. Nous devons alors simplement apprendre à vivre sans. Ce qu'elle lui avait dérobé était le bien le plus précieux qu'elle possédait : une partie de son âme. La blessure ne s'était jamais cicatrisée, et parfois, elle la sentait la brûler, la réveillant la nuit pour lui rappeler que cela ferait à jamais partie d'elle, et que rien au monde ne pourrait la lui faire oublier.

Les ténèbres l'envahirent progressivement, elle ferma les yeux une dernière fois.

La délivrance arrivait.

1. Faites votre boulot

L'hiver s'était confortablement installé, étalant son emprise tel un empereur sur son royaume. Il faisait frémir les plus sensibles. À peine quelques degrés empêchaient la pluie battante de se transformer en neige, donnant à la Ville Lumière un coloris gris et triste.

Au quatrième étage d'un immeuble haussmannien, un studio photo s'était organisé dans un loft moderne. Une jeune femme au regard froid se tenait devant l'objectif du célèbre photographe Augusto Perrera. De son accent brésilien, il lui aboyait ses ordres en faisant attention à ne pas non plus aller trop loin dans ses exigences. On l'avait prévenu qu'Emily Tarsikova pouvait parfois se montrer rétive. Cependant, force était de constater que la belle brune faisait preuve d'un professionnalisme remarquable. Elle dégageait ce petit quelque chose que d'autres cherchaient tant à assimiler sans jamais réellement y parvenir.

Quand Augusto eut ce qu'il désirait après quatre heures de travail acharné et plusieurs tenues essayées, les projecteurs s'éteignirent, les ventilateurs se figèrent. Une petite femme rondelette vint près de la mannequin pour couvrir son corps à moitié dénudé d'un épais peignoir en coton.

— Tu as été formidable, ma chérie ! la félicita le photographe. Et ce regard, grrr !

Il venait de formuler cette phrase en faisant semblant de la griffer du bout de ses doigts sertis de bagues. Emily se retint de lever les yeux au ciel, se contentant de simplement lui adresser un sourire pincé avant de regagner une des chambres, qui lui servait de loge.

Pendant qu'elle se rhabillait dans la salle de bains attenante, elle entendit un brouhaha, dans lequel les compliments sur sa performance fusaient à tout bout de champ. Emily aurait pu s'en enorgueillir, mais elle exerçait ce métier depuis tellement d'années qu'elle s'y était habituée.

Elle s'assit sur la chaise devant la coiffeuse, face au miroir habillé de dizaines de LED. Une maquilleuse professionnelle la rejoignit, impressionnée de s'occuper de cette femme qui avait tant de défilés à son actif. Emily fut démaquillée pour retrouver un semblant d'imperfection humaine.

— Souhaitez-vous un nouveau make-up ? proposa la maquilleuse d'une voix enjouée.

— Évidemment, grogna la jeune femme brune. Je ne vais pas sortir avec cette tête de déterrée.

Le sang de la maquilleuse fut glacé par le ton qu'avait employé Emily. En temps normal, elle ne se serait pas gênée pour la remettre à sa place, mais si elle ne voulait pas perdre la sienne, il fallait qu'elle prenne sur elle.

— Un *nude* ? hésita-t-elle d'une petite voix.

— Ça, ça, ça, ça et ça.

La mannequin venait de lui montrer les produits qu'elle souhaitait avoir sur le visage. La professionnelle n'avait pas même eu le loisir de les choisir elle-même. Après avoir déposé un fard clair sur les paupières de l'égérie, elle risqua un regard dans le miroir, et ses yeux croisèrent ceux de la froideur incarnée.

— Cessez de me regarder comme si j'allais vous bouffer, pesta la jeune femme.

— C'est juste que…

— Que quoi ?

— Vous êtes très franche, dit-elle en souriant et en soufflant discrètement de soulagement pour avoir utilisé ce mot plutôt qu'un autre.

Ce fut en passant une touche de blush sur les pommettes d'Emily qu'elle remarqua que sa mâchoire était plus crispée que quelques secondes plus tôt. Elle se félicita intérieurement de l'avoir rabrouée à sa manière. Cependant, le modèle ne tolérait pas ce genre de comportement.

— Comment vous appelez-vous ?

La maquilleuse arqua les sourcils, se demandant si elle avait finalement bien fait de lui donner son opinion sur sa personnalité.

— Tamara.

— Écoutez, Tamara, faites seulement votre boulot et tout se passera bien. Vous devez me prendre pour une starlette ayant une éducation ratée, et ça me convient parfaitement. Lorsque je sortirai d'ici, vous raconterez à vos amies que vous m'avez maquillée et que j'ai été odieuse à votre égard. Vous n'aurez pas tort, je suis même d'accord avec vous, mais franchement, je me fiche de ce que vous pensez de moi. Maintenant, maquillez-moi avec tout le professionnalisme dont vous savez faire preuve, et épargnez-moi vos commentaires inutiles.

— Bien, madame.

— Mademoiselle.

Après cette remontrance, Tamara garda le silence, au plus grand soulagement d'Emily. Cette dernière aimait qu'on la laisse tranquille et n'était pas friande de discussions qui ne servaient qu'à combler le vide.

Une fois sa tâche terminée, Tamara attendit que la jeune femme lui confirme qu'elle était satisfaite de son travail avant de disparaître. Ce fut à cet instant que Rose Wandgood, une autre mannequin belle comme le jour, entra dans la pièce, suivie d'un homme aux cheveux grisonnants qui arborait un costume valant plusieurs milliers d'euros. Il s'agissait de Louis, l'agent d'Emily.

— Tu as été époustouflante ! la félicita Rose.

— Qui t'a permis d'entrer dans ma loge ?

À cette question, le visage angélique de la jolie blonde se décomposa. Emily lui adressa un geste dédaigneux de la main pour lui faire comprendre qu'elle souhaitait qu'elle quitte la pièce. Rose s'exécuta, déçue par le comportement de cette femme qu'elle révérait au plus haut point.

— Em…, soupira Louis d'un air las. Tu pourrais te montrer plus sympa avec elle.

— Ce n'est qu'une envieuse. Si elle le pouvait, elle me casserait la jambe pour prendre ma place.

— Ou peut-être qu'elle t'admire seulement ?

— Tu es naïf si tu penses que l'un empêche l'autre.

Il lui lança un regard indigné avant de la laisser seule dans sa loge.

Emily observait son reflet dans le miroir. Elle adorait son regard glaçant. Elle enfila son manteau, ses bottes, et mit ses lunettes de soleil sur son nez fin. Lorsqu'elle sortit de la pièce, des employés du photographe l'attendaient pour pouvoir se prendre en photo avec elle. Elle se prêta à cet exercice en râlant intérieurement. Elle trouvait cela d'un ennui sans nom. Elle se dépêcha de traverser le loft pour rejoindre son assistante, qui était partie faire une course à sa demande.

— Votre café, avec une pointe de lait, lui dit Anna en lui tendant un gobelet du Starbucks du coin.

— Tu peux le boire.

Anna haussa les épaules et se régala avec la boisson. Elle avait l'habitude des sautes d'humeur de sa patronne. Une fois dehors, les deux femmes s'installèrent dans le SUV que l'agence d'Emily mettait à sa disposition.

— Paul, emmenez-nous au restaurant habituel, s'il vous plaît.

Durant tout le trajet, Anna lui lut ses mails et confirma ses demandes de rendez-vous professionnels. Emily aurait pu faire ça elle-même, mais puisque son agence lui avait proposé de lui offrir les services d'Anna, elle n'allait pas cracher sur les talents d'organisatrice de cette dernière.

Une fois installée à sa table, Emily se commanda une simple salade, et elle fut surprise qu'Anna l'imite.

Si la mannequin avait une hygiène de vie irréprochable, c'était pour son métier et afin de répondre aux diktats de la mode. Elle savait qu'Anna était une bonne vivante, d'ailleurs, les rondeurs de ses hanches le démontraient.

— Je suis au régime, lui expliqua celle-ci d'un petit sourire gêné.

— C'est une blague ?

— J'ai seulement une quinzaine de kilos à perdre. Je me sentirai plus à l'aise dans mon corps.

— Ce sont des conneries, Anna ! Tu es gourmande, tu adores manger, alors ne te prive pas avec une salade que tu n'apprécieras pas !

L'assistante baissa les yeux plusieurs secondes avant de les relever vers sa patronne.

— C'est juste que…

— Je te jure que si tu me dis que tu veux ressembler à un top model, je te fais avaler un kilo de frites de force.

— Non, dit Anna avec douceur en riant. Je voudrais seulement plaire aux hommes, et avec ma taille 46, ce n'est pas si simple.

Emily fronça les sourcils et prit son temps pour répondre. Même si elle se montrait dure et intransigeante avec son assistante, elle ne supportait pas d'entendre celle-ci se dévaloriser de la sorte.

— Pourquoi est-ce que tu penses que tu ne pourrais pas plaire aux hommes ? s'enquit Emily.

— J'ai eu un rendez-vous la semaine dernière avec un garçon rencontré sur une application de rencontres. Quand il m'a vue, il est parti. Je lui avais envoyé une photo de moi, mais elle était photoshopée. Je me suis dit qu'il appréciait mon moi intérieur et qu'il m'accepterait, même avec vingt kilos en trop. Lorsque je lui ai demandé des explications, il m'a répondu : « Je ne veux pas baiser d'obèse. »

Anna détourna le regard, honteuse et humiliée. Emily sentit une colère froide monter en elle.

— Tu vas m'écouter très soigneusement, ordonna-t-elle à son assistante qui reporta son attention sur elle. N'accorde pas d'intérêt à ce connard. Tu as des formes, c'est vrai. Et alors ? Tu es belle comme ça, Anna. Ne te lance pas dans les régimes. Crois-moi, je sais jusqu'où va le mal-être quand on ne s'aime pas. C'est un chemin que tu ne dois pas suivre.

— C'est facile à dire quand on peut avoir n'importe quel homme.

— Je ne peux pas avoir n'importe quel homme.

— Vous n'allez pas me faire croire que quelqu'un vous a déjà résisté ?

Emily se laissa tomber au fond de sa chaise. Elle trouvait son assistante si naïve de croire que la beauté suffisait pour créer l'amour.

— Pendant des années, j'ai aimé un homme, avoua Emily d'une voix basse. J'ai tout fait pour que ce soit réciproque, mais ça n'a jamais été le cas. La beauté ne fait pas tout, Anna. Il est plus sage de trouver un homme qui aime notre personnalité que notre physique. Le temps altère les corps, pas les cœurs.

Emily interpella un serveur et lui commanda une côte de bœuf avec des frites. Anna lui lança un sourire de remerciement. Elle n'aurait jamais imaginé que la célèbre Emily Tarsikova ait été victime de l'amour. Mais après tout, elle aussi était humaine. Enfin, Anna le supposait…

2. Tu me fatigues

Dans le 15e arrondissement de Paris, le bruit des talons d'Emily résonnait sur l'asphalte. Son chauffeur l'avait déposée à vingt mètres de son lieu de rendez-vous, et c'était autant de distance à parcourir en affrontant les températures négatives de cet hiver interminable.

Elle tenait fermement son sac à main Givenchy d'une main, de l'autre une housse de vêtement. Quand une bourrasque fit voler ses cheveux bruns, elle frissonna et pressa le pas. Elle maudit intérieurement Asma, son amie, de l'avoir appelée et suppliée de lui apporter une de ses robes dès que possible. Mais quand Asma avait évoqué son dîner avec son petit ami, Emily avait finalement accepté.

Arrivée au pied de l'immeuble, elle se dépêcha de taper le code pour pénétrer dans le hall et être enfin protégée de ce froid atroce. Dans le miroir de l'ascenseur, elle fut satisfaite que la tenue de son fond de teint Chanel soit aussi impeccable.

Lorsque Asma ouvrit sa porte, elle sautillait sur place. Ses yeux pétillants fixaient la housse de la robe qu'elle avait tant désirée.

— Tu me dois un énorme service, l'avertit Emily.

— Tout ce que tu voudras !

Son amie l'invita à entrer en lui arrachant presque le tissu protecteur des mains. Emily ôta son manteau Burberry en savourant la chaleur de l'appartement. Elle suivit Asma dans le salon, et marqua un temps d'arrêt en découvrant qu'elles n'étaient pas seules.

La mannequin eut envie de faire marche arrière pour retourner immédiatement chez elle, mais elle ne pouvait pas se montrer hésitante face à eux. Elle avait une certaine image à maintenir, et rien ne devait la fissurer. Aussi elle fit bonne figure et, sans même accorder un regard aux trois autres convives, elle s'installa dans un des fauteuils.

Devant elle se tenaient Isaac et Hakim Mehla, ainsi que la petite amie de ce dernier, Mélissa. Les deux hommes avaient une belle carrure. Ils arboraient des traits communs, mais le visage d'Isaac était plus fin, moins dur. Ses boucles brunes lui donnaient un air doux alors que les cheveux, coupés court, de Hakim renforçaient son côté bourru. Même si elle ne les appréciait pas, Emily aurait menti en disant qu'ils n'avaient pas un certain charme. Aucun d'eux n'avait jamais été en reste avec la gent féminine. Mélissa était le genre de fille électrisante qui attirait les regards sans même le vouloir. Ses cheveux roux et ses yeux de jade auraient pu faire fondre n'importe qui, homme ou femme. Et d'ailleurs, Emily comprenait en la voyant comment Hakim, cet insensible de nature, avait pu vaciller face à cette beauté naturelle et rare.

Les jambes d'Emily, couvertes jusqu'au genou par des bottes à talons, se croisèrent, tout comme ses bras. Sans même parler, elle montrait ouvertement qu'elle n'avait aucune envie d'entamer la moindre discussion avec eux.

Elle connaissait ces deux-là, car ils étaient les meilleurs amis de l'homme qui lui avait brisé le cœur des années plus tôt, Aidan. Celui pour qui elle avait été prête à tout sacrifier, jusqu'à son amour-propre, dans l'espoir qu'il lui rende un jour ses sentiments. À cette époque, ils avaient beaucoup fait la fête ensemble, mais aucune amitié n'était née entre Emily et les amis d'Aidan. Pour elle, ils étaient inintéressants au possible. Elle les avait côtoyés seulement pour passer du temps avec Aidan. Pour les frères Mehla, Emily n'était qu'une groupie de plus qui courait derrière leur ami en espérant gagner son cœur.

— Je croyais que vous ne vous parliez plus, tous les deux…, déclara-t-elle à Asma en désignant Hakim d'un signe de tête dédaigneux.

— Oh ! tu sais ce que c'est, les disputes entre cousin et cousine. On oublie vite.

Une tension électrique chargea l'air du petit salon. Mélissa semblait vouloir quitter cet endroit au premier prétexte trouvé, Hakim soupirait comme s'il s'ennuyait à mourir, et Isaac observait Emily avec une pointe de malice dans le regard.

— Salut ! lui lança-t-il. Ça fait un bail qu'on ne s'est pas vus. Quoi de neuf depuis tout ce temps ?

— La dernière fois qu'on s'est parlé, c'est quand Asma m'a traînée à ton anniversaire, et je n'en garde pas un très bon souvenir. D'ailleurs, je ne pense pas être la seule.

Mélissa se raidit tandis que Hakim semblait insulter mentalement Emily. Effectivement, cette soirée était un très mauvais souvenir pour le couple.

Emily venait de lancer la première vague offensive, et elle savait que l'aîné des frères Mehla n'allait pas se faire prier pour lui rendre la pareille.

— Est-ce que je peux essayer la robe ? lui demanda Asma.

Emily ne savait pas si son amie était trop absorbée par son dilemme vestimentaire pour remarquer la tension ou si elle essayait de changer de sujet pour détendre l'atmosphère qui en était devenue étouffante.

— Évidemment, sinon je ne serais pas venue jusqu'ici avec le froid qu'il fait dehors.

Les doigts d'Asma caressèrent délicatement le tissu qui se trouvait à l'intérieur de la housse, puis elle sortit entièrement la robe, les yeux émerveillés.

— Elle est tellement belle ! se réjouit-elle en la serrant contre elle. Merci, merci, merci !

Elle se jeta dans les bras d'Emily qui sourit légèrement en l'accueillant.

— S'il lui arrive le moindre mal, je te jure que je te tue, la prévint-elle.

— J'en prendrai soin comme de mon enfant !

— Pourvu qu'elle n'ait jamais de gosses ! se moqua Hakim.

Sa cousine le fusilla du regard avant de filer se changer dans la salle de bains. En attendant qu'elle revienne, aucun mot ne fut prononcé.

À son retour, Asma avait revêtu la robe en soie et dentelle blanche, parsemée de minuscules pierres brillantes. Son dos était totalement nu jusqu'au bas de ses reins, et le tissu se terminait à ses chevilles.

— Elle est magnifique, murmura Mélissa, les yeux rêveurs. On dirait que tu vas te marier.

— En fait, j'espère me marier grâce à cette tenue.

— Tu crois vraiment qu'un homme va te demander en mariage grâce à une simple robe ? ricana Hakim.

— Ce n'est pas qu'une « simple robe », le contredit Emily, les dents serrées.

— Ah bon ? Et elle a quoi de si particulier ? Ce n'est que du tissu. Je doute qu'elle possède des pouvoirs magiques.

— Ce que tu peux être condescendant ! s'agaça-t-elle. Vos paroles ne sont que des mots alignés les uns à la suite des autres sur des notes de musique, il n'y a rien de transcendant, et pourtant, vous avez un certain succès.

Le visage de Hakim se ferma subitement quand celui d'Isaac afficha ce qui semblait être de l'amusement.

— Explique-nous en quoi elle est si particulière, alors, réclama ce dernier.

Emily soupira comme si cette demande lui coûtait. Comment expliquer les bases de la haute couture à des gens qui n'y connaissaient strictement rien ?

— Raf Simons, ça te dit quelque chose ? le questionna-t-elle.

À ses lèvres qui tressaillirent pour tenter de masquer son sourire gêné, elle devina que c'était sans doute la première fois qu'il entendait ce nom.

— C'est le créateur qui a succédé à John Galliano en 2012 au sein de la maison Dior, expliqua-t-elle. Il y est resté trois ans.

— Oui, et… ? s'impatienta Hakim.

— Laisse-la parler, le réprimanda son cadet.

Emily lui lança un sourire de remerciement qui ne dura pas plus de deux secondes.

— Il a dessiné et réalisé cette robe spécialement pour moi. Il fait parfois ce genre de choses pour les mannequins qui l'inspirent.

— Encore un mec que tu t'es tapé…, conclut Hakim.

— Hak ! rugit Asma.

— Je t'emmerde, pauvre con ! s'emporta Emily. Je n'ai jamais couché pour avoir quoi que ce soit dans la vie.

Comme à son habitude, Hakim ne prenait pas de gants avec Emily. Dans son regard noir, elle lut tout le mépris qu'il ressentait à son égard. Il avait des raisons de ne pas l'apprécier, et il exprimait son dégoût pour elle dès que l'occasion se présentait. De son côté, Emily avait appris à répliquer et à mordre au besoin. Évidemment, elle ne le supportait pas non plus, et parfois, c'était elle qui le piquait à vif pour le simple plaisir de le provoquer, comme quelques minutes plus tôt. Cependant, aucun des deux n'était jamais blessé par les propos de l'autre. Pour que cela arrive, il aurait fallu qu'ils s'estiment au moins un peu, ce qui n'était pas le cas.

— C'est bon, arrêtez, déclara Isaac d'une voix lasse. Hak, laisse-la continuer son histoire. On s'en moque qu'elle ait couché avec ce type ou pas. C'est son cul, et elle en fait ce qu'elle veut.

— Je n'ai pas couché avec lui, soupira Emily. Vous me prenez vraiment pour une fille facile.

— C'est l'image que tu renvoies, lui dit Hakim qui s'était légèrement radouci. Tu n'as pas cessé de coller

Aidan pendant des années. Dès qu'il t'appelait, tu rappliquais. Comment veux-tu qu'on te respecte alors que toi-même, tu sembles n'avoir aucun amour-propre ?

— Très bien, railla-t-elle. Dans ce cas, dis-moi comment tu peux prendre ton pote au sérieux ? Pourquoi, en tant que femme, je passe pour une salope, alors que lui non ? Un problème récurrent de la société.

— Je suis d'accord, intervint Mélissa qui s'était faite discrète jusqu'ici. Je trouve ça dégueulasse, la façon dont tu la juges. Elle couchait régulièrement avec Aidan, et alors ? On est au XXIe siècle, elle fait ce qu'elle veut.

— Tu sais très bien que ce n'est pas ce que je voulais dire, gronda Hakim. Évidemment qu'elle fait ce qu'elle veut. Mais une fille qui écarte les jambes pour un mec dès qu'il claque des doigts, ça donne une mauvaise image d'elle. C'est la société qui fonctionne de cette manière.

— Essaye un peu d'ouvrir ton esprit, continua la rouquine. Si tu as besoin de l'avis de la société pour te faire une opinion sur quelqu'un, c'est que tu as un gros souci.

Le couple se regardait en chiens de faïence, puis Mélissa lança un sourire d'encouragement à Emily que celle-ci lui rendit. Il était rare qu'une femme qui ne la connaissait pas prenne ainsi sa défense. Hakim leva les yeux au ciel, et la mannequin devina que ces deux-là devaient souvent se disputer, puis se réconcilier ensuite.

— Continue ton histoire, insista Mélissa. Celle de cette robe.

Emily se mit debout pour se camper face à Asma.

— Donc, je disais que c'est Raf Simons qui a dessiné cette robe. Elle est faite à quatre-vingt-dix pour cent de soie naturelle, les dix pour cent restants sont de la dentelle bio ou du coton pour les fils.

Elle s'agenouilla devant son amie, et prit le bas du tissu entre ses mains pour le retourner.

— Vous voyez ces coutures ? leur demanda-t-elle en passant son index dessus. Elles sont très régulières, parfaitement réalisées. On pourrait presque imaginer qu'elles ont été exécutées par une machine automatique. Mais non, c'est bien une couturière qui les a réalisées elle-même.

Elle se releva, et passa les doigts le long du ventre d'Asma pour caresser les minuscules pierres brillantes qui s'y trouvaient.

— Ce sont des éclats de diamants, précisa-t-elle.

— Des diamants ? répéta Mélissa dont les yeux s'étaient ouverts en grand.

— Ils proviennent d'une mine en Russie.

— Attends, fit Isaac. Combien vaut cette robe ?

— Elle n'a jamais eu de prix, c'était un cadeau. Mais si je devais l'estimer, je dirais qu'elle vaut entre soixante-dix et quatre-vingt mille euros.

Leurs visages incrédules observaient la robe d'une tout autre manière désormais. La magie de l'argent avait fait son œuvre.

— Bordel…, lança Mélissa en regardant le vêtement qu'Asma arborait fièrement.

— C'est pour ça qu'elle va me porter chance, se réjouit celle-ci. On ne peut pas dire non à une femme habillée de cette manière.

— Et pourquoi il te l'a offerte, en fin de compte ? demanda Hakim sur un ton suspicieux.

— Ça ne nous regarde pas ! s'agaça sa copine.

Emily était d'accord avec elle, mais son envie de clouer le bec à Hakim fut plus forte que le reste.

— Parce que j'ai sauvé sa nièce qui était sur le point de se noyer, répondit-elle sans aucune émotion. Je l'ai trouvée en train de flotter dans la piscine d'une maison que l'agence avait louée pour un shooting. Je me suis jetée à l'eau pour la sortir, et lui ai fait un massage cardiaque. Ce jour-là, Raf a eu la peur de sa vie, et m'a remerciée une bonne centaine de fois. Je portais justement cette robe, qu'il avait imaginée pour moi. Quand j'ai voulu la lui rendre, il m'a demandé de la garder. Il a prétexté qu'elle était saturée de chlore, mais à son sourire, j'ai compris que c'était en réalité un cadeau qu'il me faisait.

Le silence enveloppa le petit salon, chacun se mura dans ses propres réflexions.

— Effectivement, approuva Mélissa, de par son histoire et les matières qui la composent, je pense qu'on peut dire que ce n'est pas qu'une « simple robe ».

La jeune rouquine et Isaac regardaient Emily avec bienveillance tandis que Hakim la fixait durement, se demandant certainement si elle mentait ou pas, mais dans le fond, il se fichait complètement de savoir si elle racontait la vérité. Toute cette histoire était véridique, mais l'aîné des Mehla était toujours d'une méfiance sans égale. Son cadet était plus léger, et cela lui avait valu quelques déboires amoureux dont Emily avait entendu quelques bribes au cours de soirées, de nombreuses années plus tôt. Elle se rassit à sa place sous les yeux des deux frères qui semblaient emplis de sentiments contradictoires.

La discussion sur la robe enfin close, Asma fila se changer par peur de salir ce vêtement si précieux. Elle avait l'habitude de piquer des tenues à Emily, mais si elle abîmait celle-ci, son amie lui en voudrait terriblement.

En l'attendant, Isaac, Hakim et Mélissa discutaient entre eux. Ils avaient essayé d'intégrer Emily à leur conversation, mais celle-ci s'était contentée de quelques brèves réponses. La sonnerie de son téléphone lui offrit un prétexte pour cesser d'écouter leur conversation, qu'elle jugeait inintéressante. L'appel fut court, mais suffisamment pénible pour l'agacer encore plus qu'elle ne l'était déjà. Asma refit son apparition au moment où Emily raccrochait.

— Je dois partir, la prévint-elle en pianotant rapidement sur son appareil.

— Déjà ? bougonna Asma. J'avais préparé des cookies.

Emily lui lança un regard que son amie comprit immédiatement.

— Allez, dépêche-toi, lui dit-elle en souriant avec tendresse.

— J'attends Paul. Il est dans le 20e arrondissement, j'espère qu'il ne va pas mettre trop de temps à revenir. Je lui avais demandé de faire une course pour moi.

— C'est ton mec ? lui demanda Isaac.

— Mon chauffeur.

— Il y en a qui ont la belle vie, s'amusa-t-il.

— Mon agence en avait marre que j'arrive systématiquement en retard à mes rendez-vous. Du coup, ils ont inclus Paul dans mon nouveau contrat.

— J'ai hâte de voir Paul galérer à arriver jusqu'ici avec toute la neige qu'il y a dans la rue, ricana Hakim en regardant par la fenêtre.

Emily se précipita à ses côtés et constata qu'un épais manteau blanc recouvrait les trottoirs et la route habituellement grisâtre. La neige à Paris était quelque chose dont les automobilistes n'avaient pas l'habitude. Un peu de verglas, et toute la ville était paralysée.

— Ce n'est pas vrai…, se lamenta-t-elle. Bon, tant pis, je vais prendre le métro.

Elle courut presque pour récupérer son manteau, puis retourna dans le salon pour prendre son sac à main.

— T'es si pressée que ça ? lui lança Isaac.

— Oui, je dois être rue Lecourbe dès que possible.

— On va te raccompagner. Ton Paul va avoir du mal à venir jusqu'ici, le 20e, c'est pas la porte à côté.

Emily hésita quelques secondes, mais elle était bien trop dans l'urgence pour refuser. L'inquiétude qui l'animait fit chuter la balance d'un côté.

— D'accord, mais ça ne vous gêne pas si on part tout de suite ?

— Il y a le feu chez toi ou quoi ? râla Hakim.

— J'aurais préféré…, murmura-t-elle plus pour elle que pour lui en fixant la neige qui tombait.

— Bon, on y va alors, déclara Isaac.

Le quatuor salua rapidement Asma, qui remercia à nouveau Emily pour la robe, puis ils se mirent en route. Dans la voiture, seule la musique de la radio comblait le silence. Emily avait une folle envie de se ronger les ongles, mais sa manucure datait d'à peine quelques heures, alors elle se retint du mieux qu'elle le pouvait.

— Si tu croises Aidan, ne lui dis pas qu'on t'a ramenée, lui ordonna Hakim.

— Je pense qu'il se moque que vous me rendiez service. Il a sa vie et moi la mienne.

— Je te dis ça parce qu'à l'époque, tu aimais créer des disputes entre Aly et lui.

— J'ai changé, Hakim, soupira-t-elle. Et surtout, je ne suis plus amoureuse de lui. Ça fait peut-être deux ans qu'on ne s'est pas parlé. Aujourd'hui, il est avec sa copine, ils ont un gamin. De mon côté, j'ai vécu d'autres relations. Cette histoire est totalement derrière moi.

— Tu vas me dire que, s'il se séparait d'Aly et voulait se mettre en couple avec toi, tu dirais non ?

— Évidemment, que je dirais non ! Il ne m'a jamais aimée, pourquoi il le ferait maintenant ? Et je te le redis encore une fois, je n'ai plus de sentiments pour lui. C'est terminé.

— Ça n'a pas dû être facile…, commenta Mélissa avec bienveillance.

— C'est sûr que ça n'a pas été la meilleure partie de ma vie au niveau sentimental, mais ça m'a endurcie.

Un ange passa. La voiture, prise dans les embouteillages, traversait lentement les rues enneigées.

— Et maintenant, tu as quelqu'un dans ta vie ? la questionna Isaac.

— Tu sais bien que je ne reste jamais célibataire très longtemps, éluda-t-elle en fixant ses yeux sur la chaussée blanche.

— Oui, mais c'est un plan cul ou un petit ami ? insista-t-il.

— Ça, ça ne regarde que moi.

— Pourquoi tu fais des mystères pour rien ? s'agaça Hakim. Tu as un mec ou pas ?

— Non, je n'ai pas de mec ! cingla-t-elle. Ça te va ?

— Comment ça : « Ça me va » ? s'exaspéra-t-il. Je n'en ai rien à cirer, tu fais ce que tu veux, mais quand on te pose une question, tu y réponds, c'est tout.

— Hak…, le réprimanda la rouquine.

Son côté nerveux et bourru mettait les nerfs d'Emily à rude épreuve. Il lui rendait service, mais ce n'était pas une raison pour lui parler de cette manière.

— Tu n'as pas changé, toi, hein ? ricana-t-elle amèrement. Tu es toujours le même pauvre con qu'à l'époque.

— Et toi, tu vas rentrer à pied, rétorqua-t-il. Tu as de la chance qu'Isaac soit plus sympa que moi.

— C'est clair que c'est le jour et la nuit, vous deux.

— C'est bon, cessez votre cirque, là ! intervint le cadet. Pas besoin de se disputer et de s'insulter pour des conneries.

— C'est elle, elle est insupportable ! ragea son frère.

— Tu as cinq ans, pour te vexer parce que je ne réponds pas à tes questions ?

— Crois-moi, intervint Mélissa, pour lui, il n'y a rien de plus énervant que de ne pas recevoir de réponse.

— Commence pas, Mel, l'avertit-il avec une pointe de douceur qui trahissait l'affection qu'il lui portait.

Le silence revint dans l'habitacle et, au grand soulagement de tous, il dura jusqu'à la rue Lecourbe.

— Dépose-moi là.

— Tu connais les « s'il te plaît » ? siffla l'aîné en mettant son clignotant pour se garer en double file.

— S'il te plaît, dit-elle en souriant faussement et en faisant un doigt d'honneur à hauteur de son visage pour qu'il puisse le voir dans le rétroviseur central.

Emily ouvrit la portière puis, avant de sortir, elle prit sur elle pour faire bonne figure.

— Merci de m'avoir déposée, dit-elle comme si cela lui coûtait. Bonne soirée.

Isaac et Mélissa lui sourirent gentiment, tandis que Hakim ne daignait même pas lui accorder un regard. Elle sortit de la voiture, puis traversa la route pour entrer dans le bar PMU juste en face.

— Tu es enfin là, Emily ! se lamenta Francis derrière le comptoir.

— Désolée, il y avait de la circulation, et avec toute cette neige, ça n'a pas aidé. Où est-ce qu'il est ?

D'un geste de la tête, le patron du bar désigna une table au fond de son établissement, sur laquelle un homme était avachi, la tête posée contre ses bras repliés.

— Combien il te doit ? demanda-t-elle.

— Trente-deux euros.

Emily lui donna un billet de cinquante euros.

— Garde la monnaie. Pour excuser son attitude.

Il la remercia, puis elle prit une grande inspiration pour se donner du courage et partit à la rencontre de l'ivrogne hébété au fond de la salle.

— Papa, l'appela-t-elle en lui secouant l'épaule.

Son visage, rouge et gonflé, se leva vers le sien, ses yeux vitreux l'observaient avec attention.

— Qu'est-ce que tu fous là, toi ?

— Je suis venue te chercher. Francis m'a dit que tu étais encore complètement ivre et que tu commençais à faire fuir ses clients.

— Qu'il se mêle de son cul, celui-là ! cria-t-il en se levant brusquement.

Il manqua de tomber et se rattrapa in extremis à la table.

— Allez, viens, on rentre à la maison.

— Ouais, c'est mieux, concéda-t-il. Je ne veux pas rester dans ce bar pourri. Ils n'ont même pas voulu me resservir une bière. Tu te rends compte ? Je suis un client, merde !

Emily saisit son bras pour l'emmener, un relent de transpiration mêlé à de l'alcool se frayant un chemin jusqu'à ses narines. Elle se retint de grimacer. Malheureusement, elle y était à présent habituée. D'un petit signe de la main, elle remercia Francis, puis ils sortirent de l'établissement. Son père titubait tellement qu'elle peinait à le faire avancer.

— Mets-y un peu du tien, râla-t-elle. Il fait super froid, dépêche-toi.

— La ferme, Em, tu me fatigues.

— Toi aussi, tu me fatigues, papa.

Ils continuèrent leur route qui, au lieu de cinq minutes, en dura une vingtaine.

3. Soulagée

Dans l'appartement du père d'Emily, une odeur de renfermé prit d'assaut l'odorat de la jeune femme. Les rideaux étaient tirés, des cadavres de bouteilles de whisky jonchaient le sol. Comme chaque fois, cette vision serra le cœur d'Emily. Le salon était à l'image de la vie de son paternel, sens dessus dessous, et faisait peine à voir.

Elle le fit asseoir sur le canapé, et ouvrit les fenêtres pour aérer la pièce.

— Ferme ça ! rugit-il. Il caille !

— Tu n'as pas remarqué que ça sentait mauvais ici ?

Elle l'aida à enlever son manteau, puis lui intima de s'allonger. La dernière fois, il avait basculé en avant, et s'était ouvert le front contre le bord de la table basse. Elle apprenait de ses erreurs.

— Tu as de quoi manger pour ce soir ?

— Qu'est-ce que ça peut te foutre ? marmonna-t-il en posant la main sur son front comme si une migraine le faisait souffrir.

Comme d'habitude, Emily ne s'arrêta pas sur sa vulgarité et partit elle-même chercher la réponse à sa question dans la cuisine. Une montagne de vaisselle sale s'empilait dans l'évier, la plaque vitrocéramique était encore allumée. Elle jura en se précipitant pour l'éteindre. Avec tout l'alcool qu'il y avait dans cet appartement, ce n'était pas le moment d'y mettre le feu. Elle ouvrit le réfrigérateur et, sans grand étonnement, constata qu'il était complètement vide. Seuls quelques restes périmés traînaient dans des assiettes à peine entamées.

— Je vais faire des courses, le prévint-elle. Je reviens dans une petite demi-heure.

— Ne me fais pas chier, Em.

Elle soupira en passant la main dans sa longue crinière foncée. Elle avait l'habitude de l'humeur affreuse de son père. Avec les années, ses paroles ne la touchaient plus, mais le voir dans cet état lui brisait toujours le cœur.

— Prends-moi du whisky !

— Je t'ai acheté deux bouteilles la semaine dernière. Tu les as déjà bues ?

— Évidemment que je les ai bues ! Tu pensais peut-être que j'allais les faire fermenter ?

Emily prit sur elle pour ne pas répondre et attrapa son sac à main pour sortir de ce taudis.

Comme promis, trente minutes plus tard, elle revint les bras chargés de sacs de commissions. Son père n'avait pas bougé de son canapé. Il regardait imperturbablement une émission stupide à la télé. Elle jeta toute la nourriture moisie à la poubelle, puis nettoya le réfrigérateur à la Javel avant d'y déposer les produits frais qu'elle venait d'acheter.

— Pourquoi la femme de ménage n'a pas nettoyé ton appartement ? s'agaça-t-elle en rangeant des verres sales dans le lave-vaisselle.

— Je l'ai foutue dehors.

— Pourquoi ? Je te rappelle que c'est moi qui la paye pour que tu puisses vivre dans un minimum de propreté ! C'est une porcherie, ici !

— Elle a jeté une de mes bières que j'avais à peine ouverte.

— Ce n'est pas une raison suffisante pour la renvoyer ! s'énerva-t-elle. J'appellerai l'agence de nettoyage demain pour qu'elle en fasse venir une nouvelle.

— Tu leur diras que je ne veux pas qu'on touche à mes bières !

Emily fit comme si elle n'avait rien entendu, puis se rendit dans la chambre pour ramasser les vêtements sales qui jonchaient le sol. En regardant de plus près le drap du lit, elle découvrit une grande auréole.

— Papa ! T'as encore mouillé ton lit !

— Ça va, ça arrive à tout le monde ! cria-t-il depuis le salon. Je m'en suis rendu compte au réveil. Laisse, la femme de ménage changera les draps.

D'un pas rapide, elle regagna le salon en sentant la colère s'immiscer de plus en plus dans son esprit.

— Premièrement, il est hors de question que je laisse un tiers nettoyer ta pisse. Deuxièmement, tu comptais réellement dormir à nouveau dans ton lit dégueulasse ? Mais réveille-toi ! C'est immonde ! Comment tu peux vivre comme ça ?

— Garde tes leçons de morale pour toi ! Ce que tu peux être fatigante quand tu t'y mets !

Ses yeux étaient toujours rivés sur la télévision, il ne daigna même pas lui adresser un regard. Elle se retint de lui rappeler que son argent, en revanche, ne le fatiguait jamais, notamment quand elle payait son loyer et son whisky. Elle garda le silence, puis changea le linge de lit souillé en ruminant sa colère. Après avoir mis une lessive à tourner, elle fit cuire des pâtes et des steaks hachés : la seule recette qu'elle réalisait à peu près convenablement.

— C'est prêt, le prévint-elle en déposant son assiette sur la table basse.

— Je n'ai pas faim. Apporte-moi mon whisky.

— C'est l'heure de manger, pas de boire. Tu as pris tes médicaments, au moins ?

— J'ai arrêté le traitement.

— Pourquoi ? s'alarma-t-elle. Tu es cardiaque, tu dois suivre ce traitement.

— Je me fous de faire une crise cardiaque.

Il se redressa pour s'asseoir, et son regard vitreux se posa enfin sur celui de sa fille.

— Au contraire, insista-t-il, ça me rendrait service. Je pourrais enfin crever.

— Arrête, papa, ne dis pas des choses comme ça.

— Pourquoi ? C'est ce que je pense. J'ai vraiment une vie de merde. Ma femme n'est plus là, j'ai perdu mon job il y a trois ans, ma fille cadette ne me parle plus, et l'aînée est une pute. Il n'y a plus rien qui me retienne dans ce monde.

Emily encaissa ses paroles sans broncher en mangeant ses pâtes, les yeux rivés sur la neige qui tombait inlassablement du ciel devenu noir. Évidemment, ces mots la blessaient, mais elle ne s'accordait plus le droit de pleurer pour son père depuis des années.

— Je ne suis pas une pute, rétorqua-t-elle après un long silence.

— Tous les copains du bar se branlent sur tes photos gram-machin. Ils disent que tu es une belle salope.

— Instagram, papa. Et je n'en ai rien à faire de ce que pensent les ivrognes du bar du coin.

— J'ai tellement honte de toi…, souffla-t-il.

— C'est réciproque.

Il se leva, et tenta de la gifler, mais il la manqua d'au moins un mètre, puis tomba au sol dans un bruit sourd.

— Tu n'arrives même pas à gifler ta propre fille. Regarde dans quel état tu es.

— Dégage de chez moi ! cria-t-il en se mettant à quatre pattes pour se relever plus facilement.

— C'est moi qui paye ton loyer, donc je suis chez moi, ici.

— Quand je serai mort, je viendrai te hanter.

— OK…, répondit-elle lentement en levant les yeux au ciel.

Il prit appui sur l'accoudoir du canapé, avant de se lever et de retomber maladroitement dessus.

— Mange, s'il te plaît, lui ordonna-t-elle.

Il balaya l'assiette qu'elle lui tendait, la faisant voler à travers la pièce. Le tout s'éclata quelques mètres plus loin.

— Ne me donne pas d'ordres, et apporte-moi mon whisky.

Emily avala tout rond la nourriture qu'elle avait en bouche, puis prit la bouteille et la déposa bruyamment sur la table basse devant lui. Il tenta de la prendre entre ses doigts, mais Emily ne la lâcha pas. Son père la foudroya de ses yeux bleus.

— Un jour, je vais te retrouver mort, papa, et je ne sais pas si j'en serai attristée ou soulagée.

Son regard se durcit davantage, avant qu'il ne lui arrache la bouteille des mains pour la boire au goulot. C'en était trop pour ce soir. Elle préférait partir avant que la situation ne dégénère réellement entre eux.

Elle revêtit son manteau et prit son sac à main, complètement désemparée face à son comportement.

— Soulagée, murmura-t-il en fixant le vide. Tu seras soulagée, ma fille…

Il but à nouveau une grosse gorgée de whisky, et le cœur d'Emily saigna. Elle lui lança un dernier regard de pitié avant de quitter ce maudit appartement.

4. Je vais la retourner

Devant une série Netflix, habillée d'un vieux jogging et d'un débardeur trop grand, Emily mangeait la salade qu'elle s'était préparée quelques minutes plus tôt. Plus les années défilaient, et plus elle préférait son confortable canapé aux banquettes usées des boîtes de nuit. Puis, emmitouflée dans un plaid, elle but à petites gorgées un thé chaud en savourant le calme de cette soirée.

Emily vivait dans un appartement cossu du 15e arrondissement de Paris dont elle était la propriétaire. C'était son petit nid douillet. Lorsqu'elle l'avait visité, elle avait eu un véritable coup de foudre pour ce quatre-pièces. La plus grande chambre avait été immédiatement réquisitionnée pour y aménager son dressing. Sur chaque mur se dressaient d'immenses penderies et étagères au sein desquelles des vêtements et chaussures en tout genre trouvaient leur place, impeccablement rangés. En son centre, une coiffeuse contenant toute sa panoplie de maquillage et un petit canapé étaient disposés. C'était sans aucun doute sa pièce préférée.

La mode était sa passion, elle pouvait dépenser sans compter pour s'offrir une pièce qui enrichirait sa collection. Certains la trouveraient superficielle, mais Emily avait grandi devant les objectifs des appareils photo et, depuis son plus jeune âge, on l'avait formatée pour être admirée. Sois belle et tais-toi.

Ce fut quand la sonnette de son appartement retentit qu'elle se rendit compte qu'elle s'était endormie devant la télévision. Son téléphone indiquait quatre heures du matin. Elle grogna en se demandant qui pouvait venir chez elle à cette heure-ci. Le bruit résonna à nouveau, plus insistant.

Elle se leva, encore légèrement endormie, puis, avec prudence, vérifia par le judas l'identité de son visiteur.

— Je n'y crois pas…

Elle ouvrit la porte, inquiète de la scène qui se déroulait sur le palier. Isaac était devant elle, soutenant la sœur d'Emily, Christina. Sa cadette de quatre ans possédait une beauté totalement différente de la sienne. Quand Emily incarnait la froideur, Christina respirait la gentillesse. Ses longs cheveux blonds bouclés étaient ébouriffés. Ses grands yeux bleus la regardaient radieusement.

— Em ! s'exclama-t-elle en tombant dans ses bras.

— Salut, Chris.

— Je suis bourrée, Em…

— J'avais compris.

Isaac arborait son habituel sourire en coin, il regardait Emily attentivement, affichant un certain amusement sur son visage. Christina se défit de leur étreinte, puis tituba jusqu'au salon avant de tomber maladroitement sur le canapé.

— Depuis quand tu sors avec ma sœur ? demanda-t-elle, soupçonneuse, à Isaac en l'invitant à entrer.

— On l'a croisée en boîte de nuit avec les gars. Elle était seule, sa copine l'avait lâchée pour partir avec un mec. Quelle idée de sortir seulement à deux ! Elle a de la chance de ne pas avoir fait de mauvaise rencontre.

Sans y être invité, il s'installa auprès de Christina.

— Et pourquoi tu ne l'as pas ramenée chez elle ? le questionna Emily en s'asseyant dans le fauteuil face à lui.

— Elle nous a dit qu'elle habitait dans le 18e, je n'allais pas non plus m'embêter à la reconduire jusque là-bas.

— Je crois que je vais vomir, Em…, se lamenta sa sœur.

Sa main était posée sur sa bouche, son teint était subitement devenu livide. La mannequin se précipita dans sa cuisine et prit un seau. In extremis, Christina vida son estomac à l'intérieur dans des bruits affreux accompagnés d'une odeur nauséabonde. Postée derrière elle, sa sœur tenait ses longs cheveux pour éviter qu'elle les salisse.

— C'est dégueulasse…, se plaignit Isaac en ouvrant la fenêtre du salon pour aérer la pièce.

— Fais pas comme si tu ne t'étais jamais pris de cuite.

Il haussa les épaules, puis il alluma une cigarette. Apparemment, il ne comptait pas partir tout de suite.

— Pourquoi est-ce que j'ai autant bu ? se lamenta Christina en se laissant tomber au fond du canapé. Je me sens vraiment mal.

— Ça ira mieux demain matin, la rassura Emily. Allez, viens.

Elle la conduisit jusqu'à la chambre d'ami et l'aida à se déshabiller.

— Tu ne m'en veux pas, Em ?

— De quoi est-ce que tu parles ?

— De débarquer chez toi complètement bourrée. Parce que tu es ma grande sœur, et je t'aime, et je ne veux pas que tu sois fâchée contre moi.

Ses yeux saphir observaient ceux d'Emily d'un air abattu.

— Si tu continues à dire ce genre de bêtises, là, je vais t'en vouloir. Dors, maintenant. Je t'aime aussi.

D'un geste tendre, elle déposa un baiser sur ses joues pâles avant d'éteindre la lumière de sa chambre. Elle rejoignit Isaac, qui était toujours en train de fumer sa cigarette, accoudé à la rambarde du balcon.

— Merci de l'avoir ramenée.

— Tu n'as pas à me remercier. Avec les gars, on a fait un pierre-feuille-ciseaux pour savoir qui devait la raccompagner chez toi. Comme tu l'as deviné, j'ai perdu.

— Je suis si horrible que ça ? ricana-t-elle amèrement. Au point de jouer à un jeu débile pour ne pas avoir à aider ma sœur à rentrer chez moi en sécurité ?

Isaac recracha un nuage de fumée en réfléchissant à la réponse qu'il pourrait lui donner. Emily n'était pas stupide, elle savait que ses amis ne la portaient pas dans leur cœur. Mentir aurait insulté son bon sens.

— C'est juste qu'ils ne t'apprécient pas vraiment, admit-il avec franchise.

— Sans oublier la copine d'Aidan, renchérit-elle.

— Aly ne te déteste pas, contrairement à ce que tu crois. Je pense que tu lui fais plus de peine qu'autre chose.

— Je me fous de ce qu'elle pense de moi, rétorqua-t-elle.

— Tant mieux, alors.

Les lèvres d'Isaac s'étirèrent pour lui offrir un léger sourire. Il avait toujours été impressionné par le caractère orgueilleux d'Emily. Lorsqu'elle côtoyait Aidan, elle avait déjà montré ouvertement qu'elle se fichait bien de ce que l'on pouvait penser d'elle. Selon les membres de son groupe, Emily n'était qu'une fille hautaine parmi tant d'autres. Selon Isaac, elle était dans un autre monde dont ils ne faisaient pas partie. Ce n'était pas du mépris qu'elle leur offrait, elle était juste concentrée sur Aidan et ne voyait personne d'autre que lui.

Le silence se fit entre eux, leurs yeux se perdirent sur les toits de la capitale endormie.

— Tu veux boire quelque chose ? proposa-t-elle finalement.

Le visage d'Isaac fut marqué par la surprise. C'était bien la première fois qu'elle se montrait un brin chaleureuse avec lui.

— Je te propose ça pour me montrer sympa avec toi, se défendit-elle devant son air étonné.

— Je veux bien un thé si tu en as. J'ai bu assez d'alcool pour ce soir.

— Viens choisir, j'en ai plusieurs sortes.

Il écrasa sa cigarette dans le cendrier, puis la suivit jusqu'à la cuisine. Les yeux d'Isaac s'écarquillèrent en découvrant un placard entier réservé aux thés.

— Je crois que je viens de découvrir ta passion secrète, se moqua-t-il.

Il y avait des dizaines de boîtes, on pouvait déjà sentir l'odeur des différents mélanges alors qu'elles étaient fermées.

— C'est mon côté vieille fille.

— Je vois…, dit-il sans se défaire de son sourire malicieux. Donc là, tu as passé une soirée en pyjama avec une série et un thé ?

— C'est exactement ça, avoua-t-elle avec un rire gêné.

Isaac lui lança un regard oblique en souriant davantage. C'était la première fois qu'il l'entendait rire. Même si cette légèreté était due à un moment gênant pour elle, il apprécia qu'elle se laisse aller avec lui.

— Du coup, je ne sais pas quoi prendre…, hésita-t-il en sortant quelques boîtes du placard pour en lire les étiquettes. C'est lequel, ton préféré ?

— Celui à la pomme.

— Simple, mais efficace. OK, je te suis sur la pomme.

Pendant qu'Emily mettait l'eau à chauffer, Isaac patienta en s'asseyant sur le plan de travail comme s'il était chez lui. La mannequin marqua un temps d'arrêt en le voyant aussi à l'aise alors que c'était la première fois qu'il venait chez elle. D'ailleurs, c'était peut-être également la première fois qu'ils discutaient seule à seul. Ils se connaissaient sans réellement se connaître depuis des années.

— Il est cool ton appart, lui lança-t-il pour briser le silence.

— Merci, répondit-elle humblement. C'est Ornesto Carist qui a fait la déco, tu le connais ?

— Absolument pas.

— C'est un décorateur d'intérieur new-yorkais. Je l'ai rencontré quand j'ai fait un shooting là-bas, il y a cinq ans.

— Tu es sérieuse ? lui demanda-t-il, les sourcils arqués.

Emily hésita en se demandant ce qu'elle avait dit de dérangeant.

— Euh, oui…, assura-t-elle en versant l'eau chaude dans de grandes tasses en porcelaine. Pourquoi tu me demandes ça ?

— C'est la première fois que je rencontre quelqu'un qui a fait appel à un décorateur pour son appart. Tu ne pouvais pas l'aménager toi-même ?

Emily se retint de lui demander pourquoi elle aurait dû le faire elle-même quand elle pouvait déléguer cette tâche. Ils s'installèrent sur son canapé, elle lui tendit une tasse fumante.

— Je n'avais pas le temps, prétexta-t-elle, et puis, Ornesto a bon goût. J'aime ce qu'il fait. Je ne vois pas en quoi c'est gênant.

— C'est surtout du fric foutu en l'air. La prochaine fois, appelle-moi, je te la ferai, ta déco, et je prendrai moins cher que lui.

— C'est ce que j'aurais fait si j'avais voulu habiter dans un endroit ressemblant à un taudis, mais je préférais quelque chose de classe et raffiné.

— Ouais…, dit-il d'un air peu convaincu en observant autour de lui. En attendant, ça fait un peu aseptisé.

Le sol était couvert de parquet en bois massif foncé. Le mur vert olive contrastait avec les autres, d'un blanc immaculé. Pour les meubles, au premier coup d'œil, on pouvait aisément deviner qu'ils valaient une fortune juste en observant le design ou les matériaux. Quelques cadres en noir et blanc donnaient un aspect encore plus froid à la pièce. Il n'y avait aucune photographie de famille, aucun bibelot qui traînait, pas un livre en vue. Tout était impeccablement rangé sur les étagères.

Emily souffla sur son thé avant d'en boire une gorgée.

— Tu as dit que tu trouvais mon appart cool il y a moins d'une minute.

— Il l'est, mais ça manque de quelque chose, je ne saurais pas dire quoi.

— Un gros tag Gravity, peut-être ?

En entendant le nom de son groupe de musique, les lèvres d'Isaac tressaillirent.

— Ah ! Ça, ce serait vraiment classe !

Emily laissa échapper un rire, et Isaac en fit de même. Elle fut surprise de voir qu'il réussissait à la décontracter sans montrer trop d'efforts.

— Comment ça se fait que tu ne sois pas de sortie, ce soir ? la questionna-t-il. Tu n'avais pas une soirée huppée ou un truc du genre ?

— Je sors déjà demain. Mon agence fête ses trente ans, et ils organisent une immense soirée, donc je ne voulais pas être fatiguée. Tous leurs mannequins devront être présents. Il va falloir sourire constamment, rire à des blagues ennuyeuses, porter des talons de dix centimètres pendant des heures sans se plaindre, accepter d'être draguée par des millionnaires…

— Oh ! ça a l'air sympa.

Isaac buvait une longue gorgée de thé quand, soudain, une étincelle se forma dans son regard devenu pétillant.

— Quand tu dis « tous les mannequins », reprit-il, ça veut dire qu'il va y avoir des tonnes de filles comme toi ? Je veux dire, des top models internationaux ?

Emily lui lança un regard suspicieux en continuant de boire son thé.

— C'est ça…, répondit-elle en croyant savoir où il voulait en venir.

— Très bien, je t'accompagne. C'est à quelle heure ?

Elle cligna plusieurs fois des paupières pour être certaine de ne pas rêver.

— Excuse-moi, j'ai dû rater l'instant où je t'invitais, railla-t-elle.

— Ce sera le moyen de me remercier d'avoir ramené ta sœur en bon état.

— Tu te fous de moi ? Vous avez tiré à la courte paille, et tu as perdu.

— Premièrement, c'était pierre-feuille-ciseaux, et deuxièmement, le résultat est là. Christina dort paisiblement dans un lit au lieu d'être sur un banc dans un parc.

Emily se pinça les lèvres devant sa repartie douteuse.

— Tu ne serais pas à ta place là-bas, répliqua-t-elle.

— Ah bon ? Et pourquoi ça ?

— Parce que tu vas te pointer avec ton costard Celio et tes chaussures André. C'est une agence de mannequinat représentant la haute couture française à travers le monde, pas les NRJ Music Awards.

— Je me trouverai un costume de marque, s'il n'y a que ça qui te dérange.

— Tu es tellement en manque, pour vouloir m'accompagner à une soirée ?

— Une soirée avec des dizaines de mannequins, ça ne se présente pas tous les quatre matins. Je te promets que je ne te ferai pas honte, si c'est ce qui t'inquiète. Ne me laisse pas passer à côté d'une occasion de coucher avec Rose Wandgood.

Cette discussion devenait de plus en plus déconcertante pour Emily, et de plus en plus intéressante pour Isaac.

— Rose Wandgood ? répéta-t-elle. C'est elle qui te fait fantasmer ? Elle est stupide et ennuyeuse comme la pluie.

— Je ne compte pas l'épouser. Je veux juste passer une nuit avec elle.

— Estime-toi heureux si tu peux, ne serait-ce qu'une heure, réussir à supporter ses jérémiades sans vouloir te pendre. Elle est niaise. En plus, elle n'est pas si belle que ça.

Les lèvres d'Isaac s'étirèrent sur un sourire moqueur.

— Vous êtes tellement des garces entre vous, les filles, trancha-t-il. C'est dingue, ça.

— Ça n'a aucun rapport, tu verras qu'elle est totalement inintéressante.

— Ah ! se réjouit-il. Ça, ça veut dire que je viens avec toi !

Emily soupira d'un air las. Elle avait effectivement le droit d'inviter une personne de son choix, mais elle n'avait pas songé à imposer cette soirée à quelqu'un qu'elle appréciait. Après tout, si Isaac voulait l'accompagner, pourquoi pas ? C'est vrai qu'elle lui devait bien ça pour avoir ramené Christina. Elle pouvait le remercier de cette manière.

— Sois là à 21 heures pile. Si tu es en retard, je pars sans toi.

— Je serai même en avance, promit-il.

Emily leva les yeux au ciel en souriant devant son infantilisme psychique.

— Bon allez, j'y vais, conclut-il en déposant sa tasse sur la table basse. Je dois dormir un peu si je veux être en forme pour baiser toute la nuit Rose Wandgood. Je vais la retourner !

— La grande classe, Mehla… Je te préviens, demain, tu ne parles pas de cette manière. Si tu me fais honte, je te le ferai payer.

Il ricana en entendant Emily l'appeler par son nom de famille.

— Demain, je serai un autre homme, beauté, dit-il en souriant et en lui faisant un clin d'œil. Tu ne vas pas me reconnaître.

— Si tu tiens à ne pas mourir avant demain, c'est la dernière fois que tu m'appelles « beauté ».

— C'est noté, répliqua-t-il en s'éloignant vers la sortie de l'appartement. Bonne nuit, mocheté, et merci pour le thé.

Finalement, Emily n'était plus tout à faire sûre d'avoir fait le bon choix en acceptant qu'Isaac l'accompagne. Elle avait fait ce geste pour lui faire plaisir, et il avait bien de la chance, car peu de gens pouvaient prétendre bénéficier de la gentillesse d'Emily Tarsikova.

5. Dans tes rêves

Anna, l'assistante d'Emily, peaufinait le maquillage de sa patronne de ses doigts habiles. La mannequin internationale profitait de son don de l'organisation, mais également de ses talents de maquilleuse. Anna avait réalisé un make-up léger, car le visage d'Emily n'avait pas besoin d'être transformé, mais seulement sublimé. Tel était le secret de la véritable beauté. Ses longs cheveux bruns avaient été ondulés avant d'être attachés en demi-queue-de-cheval, laissant des boucles détendues encadrer ses pommettes hautes.

Lorsque la sonnette de l'appartement retentit, Anna se dépêcha d'aller ouvrir. Elle revint dans la pièce servant de dressing avec Isaac sur les talons.

— Tu as une chambre seulement pour tes fringues, tes sacs et tes chaussures ? s'étonna-t-il.

Comme promis, il était en avance de dix minutes. Il arborait un costume noir classique assorti à une chemise blanche. Il était élégant, sa barbe avait été parfaitement taillée, ses boucles brunes n'étaient pas négligemment dispersées comme à l'accoutumée, mais ramenées en arrière, soigneusement dessinées.

— Je te rappelle que la mode est mon métier, répondit Emily.

— Tu m'en diras tant. Tu comptes t'habiller ou tu vas te pointer là-bas en peignoir ?

Elle quitta sa coiffeuse et lui tendit une housse sans se préoccuper du fait qu'elle n'était pas encore prête. Il la prit en lui lançant un regard interrogateur.

— Va te changer, s'il te plaît.

— Ce n'est pas un costume Celio, répliqua-t-il en passant la main sur sa veste. C'est un Devred.

Emily retint un rire moqueur, son index pointa la housse qu'il tenait.

— Et ça, c'est un Versace. Tu veux coucher avec Rose ou pas ?

— Bien sûr.

— Crois-moi, elle ne te regardera même pas si tu te pointes avec un costume que tu as trouvé dans une boutique de prêt-à-porter.

Isaac râla avant d'ôter sa veste, et commença à déboutonner sa chemise.

— Tu comptes te mettre nu devant nous ? s'agaça Emily.

— Calme tes ardeurs, Tarsikova. C'est toi qui m'as demandé de me changer.

Elle ne put s'empêcher de sourire en entendant qu'il l'appelait par son nom de famille, tout comme elle l'avait fait la veille.

— Au cas où tu en douterais, j'ai une salle de bains et deux autres chambres pour pouvoir le faire sans te donner en spectacle.

Isaac lui lança un regard amusé, mais continua de déboutonner sa chemise devant elle en la fixant de ses yeux noisette, laissant son torse, puis son ventre musclé apparaître. Quand il se débarrassa de la chemise, ce furent ses bras qu'elle découvrit. Emily n'avait jamais pensé qu'Isaac pouvait être aussi bien dessiné. En réalité, elle ne s'était même jamais posé la question. Il enleva ses chaussures, puis son pantalon, pour finir en boxer.

Deux mètres plus loin, Anna ne parvenait pas à regarder autre chose que les abdominaux d'Isaac. Elle rougit lorsqu'elle osa un regard en direction de son boxer.

— Anna ? l'appela Emily.

— Oui ? demanda son assistante en la regardant avec frustration.

— Rien, ricana sa patronne. Continue de te rincer l'œil, mais fais attention, c'est typiquement le genre de connard que tu as rencontré sur ton application.

Anna, dont les joues la brûlèrent, quitta la pièce pour attendre dans le salon tandis qu'Emily filait s'enfermer dans la salle de bains en emportant ses vêtements.

Emily avait dit cette phrase à la seule intention d'Isaac, qui se contenta de hausser les épaules en continuant de s'habiller. Il avait voulu faire taire la jeune femme et en avait oublié la présence de son assistante, mais cela ne le dérangeait pas outre mesure. Anna avait visiblement eu des déboires amoureux via une application de rencontres, alors si la vision de son corps pouvait lui apporter un peu de réconfort, soit.

Il était en train d'essayer de boutonner les manches de sa chemise quand Emily réapparut. Elle arborait une robe rouge coquelicot mettant sa silhouette en valeur. Le bas du vêtement arrivait juste en dessous du genou, le décolleté bateau permettait d'admirer ses fines épaules. Isaac déglutit péniblement, et son malaise ne s'arrangea pas lorsqu'elle se mit dos à lui pour vérifier son maquillage dans le miroir. Il eut le loisir d'admirer le haut de sa colonne vertébrale dénudée, puis ses fesses rebondies. Il remarqua une très fine fermeture Éclair à l'arrière de la robe, et s'imagina subitement la faire glisser lentement. Il se demanda ce qu'elle portait comme sous-vêtements. Connaissant la passion d'Emily pour la mode, il ne douta pas un seul instant que ses dessous seraient si sexy qu'il en deviendrait fou d'envie.

Il avait déjà vu Emily dans de sublimes tenues, et également en sous-vêtements puisqu'il la suivait sur Instagram, comme trente millions d'autres personnes. Mais cette fois, c'était différent. Pourquoi ? Il n'en savait foutrement rien. Quand il l'avait croisée lors de soirées, il l'avait déjà trouvée belle. En réalité, tous les hommes ne pouvaient que la juger sublime, mais il n'avait jamais rien tenté.

Quand Emily se retourna, elle sourit en découvrant son trouble. Elle s'approcha de lui et, sans un mot, lui prit le poignet pour fermer les boutons de sa chemise. Isaac détourna le regard pour ne pas être tenté de plonger les yeux dans son décolleté. Elle était si proche de lui qu'il sentait son parfum raffiné.

— Versace te va plutôt bien, lui lança-t-elle.

— Je dirai à la fille qui a choisi ce costume qu'elle a bon goût.

— N'oublie pas Rose, Mehla.

— C'est bien ce que j'essaye de faire, mais je suis déconcentré par une autre fille.

— Vraiment ?

Emily prenait son temps pour fermer les boutons de la chemise d'Isaac. Elle se surprit à aimer cette conversation, la légère tension qui s'était installée entre eux.

— Vraiment, affirma Isaac. Ton assistante me perturbe, mais ne lui dis rien, surtout.

Les mains d'Emily se figèrent sur le dernier bouton qu'elle venait de fermer. Puis, sans réfléchir, elle posa son front contre le torse d'Isaac, et rit sincèrement. Le cœur d'Isaac fondit en entendant ce son, et quand elle leva son visage radieux vers lui, il eut l'impression de tomber dans un gouffre sans fond.

— Tu pensais que je parlais de qui ? la questionna-t-il malicieusement.

— Je n'ai pas douté un seul instant qu'il s'agissait d'Anna.

— Tu mens mal, mocheté.

— De nous deux, c'est bien toi le beau parleur.

Dans le salon, Anna ignorait tout de cette étrange conversation dont elle était le sujet. Quand Isaac et Emily la rejoignirent, elle retint un soupir en détaillant le jeune homme. Le costume cintré lui donnait un côté sexy. Son teint naturellement hâlé, ses cheveux bouclés ainsi que sa fine barbe lui conféraient une allure incroyable.

— Il y a un truc que je ne comprends pas, dit-il à Emily. Pourquoi moi je dois me changer si Anna a le droit de se pointer à cette soirée avec une robe de chez H&M ?

Le visage de la mannequin se ferma subitement.

— C'est mon assistante, elle s'habille comme elle le veut, rétorqua-t-elle.

— Donc elle, tu n'as pas peur qu'elle te fasse honte, mais moi oui ?

— Celui qui s'en prendra à elle aura affaire à moi.

Isaac fut décontenancé par ses propos. Depuis quand Emily prenait-elle la défense de quelqu'un d'autre qu'elle-même ?

— Tu es vraiment étrange parfois, se contenta-t-il de répondre. Avec toi, il y a deux poids deux mesures.

— Tu peux toujours partir si tu n'es pas content.

Devant cette réponse glaçante, Isaac hésita à la prendre au mot. Cependant, il ne comptait pas donner gain de cause à Emily. Et puis, la possibilité de séduire Rose Wandgood était à sa portée, il ne pouvait pas passer à côté d'une si belle occasion.

— On devrait y aller, dit Anna d'une petite voix, on va finir par être en retard.

Les joues rebondies de ce petit bout de femme avaient viré au rouge vif. Elle avait sans doute été vexée par les propos maladroits d'Isaac. Sans un mot de plus, ils rejoignirent la voiture de Paul, le chauffeur d'Emily.

— Au fait, je pourrai garder le costume ? lui demanda sérieusement Isaac.

— Dans tes rêves, Mehla, je dois le rendre demain, tu n'as pas intérêt à le tacher.

— Ne t'inquiète pas, je sais manger proprement.

— Je ne te parlais pas de ce genre de taches.

Il ricana en laissant son regard se perdre à travers la vitre de la voiture. Pendant une vingtaine de minutes, le silence enveloppa l'atmosphère, les laissant chacun à leurs pensées respectives.

— Déposez-nous à l'entrée de derrière, s'il vous plaît, Paul. Je ne veux pas être prise en photo avec Isaac.

Ce dernier ne releva même pas cette remarque qui aurait pu être blessante. Devant l'agence campaient de nombreux journalistes de mode et de la presse people pour immortaliser les trente ans de la célèbre TSA Model Agency. Comme à son habitude, Paul s'exécuta sans broncher et les déposa dans une rue perpendiculaire où se trouvait une discrète entrée annexe. Avant de sortir, Emily lui tendit un billet qu'il accepta avec un sourire de remerciement.

— Pourquoi tu lui as donné cent euros ? la questionna Isaac en allumant une cigarette.

— Pour avoir raccompagné Chris chez elle ce matin. En principe, il n'a pas le droit de le faire, il peut seulement me conduire, moi.

— Tu as vraiment deux personnalités, se moqua-t-il. J'ai l'impression que tu es schizophrène. Où est passée l'Emily froide et sans bienveillance que j'ai connue ?

La mannequin s'approcha de lui et, grâce à ses talons vertigineux, leurs visages se retrouvèrent à la même hauteur. Elle lui arracha la cigarette qu'il venait de mettre à ses lèvres pour la jeter dans le caniveau.

— Elle est devant toi, répondit-elle froidement. Je te préviens, Mehla, tu n'as pas intérêt à me faire honte ce soir. Il y a des gens importants à cette soirée. Si tu nuis à ma réputation, je te démolis. C'est clair ?

— Très clair, Tarsikova.

Anna appuya sur les touches du digicode, puis ils entrèrent par une porte dérobée, prêts pour une soirée qui s'apprêtait à être riche en rebondissements.

6. Tenu

Au dernier étage de l'immeuble se trouvait une immense salle de réception avec une terrasse panoramique permettant d'admirer la tour Eiffel illuminée et scintillante. La musique résonnait dans les enceintes, les discussions allaient bon train entre les invités. Tout le monde était sur son trente et un, à boire du champagne et à déguster des petits-fours.

À peine furent-ils arrivés que le directeur de l'agence, Craig Wilson, vint à leur rencontre.

— Emily ! la salua-t-il chaleureusement. Comment allez-vous ? Je vois que vous êtes venue accompagnée.

— C'est seulement un ami, répondit-elle rapidement. Craig, je vous présente Pablo Salvares.

Isaac se fit violence pour ne pas lever les yeux au ciel en entendant son nouveau patronyme. Cependant, il lui avait promis de ne lui causer aucun tort. Aussi, il serra la main de cet homme qui empestait le fric à plein nez dans un faux sourire chaleureux.

— Vous êtes dans la mode aussi, monsieur Salvares ? l'interrogea Craig.

— Il dirige une entreprise de courtage à Genève, expliqua Emily pour empêcher le rappeur de répondre.

— C'est très intéressant ! se réjouit le directeur. J'ai acheté récemment des actions chez Termury Brother's. Vous pensez que c'est un bon investissement ?

— Évidemment ! affirma Isaac avec assurance. Au vu de leurs dividendes de l'année passée, je vous conseille même d'en acheter à nouveau.

— Oh ! vous croyez ? s'étonna Craig. Enfin… c'est vous le professionnel, vous connaissez tout ça mieux que moi. Un dernier conseil sur la Bourse avant que j'aille voir mes autres invités ?

— Vendez dès que la courbe chute, répondit Isaac comme s'il savait réellement de quoi il parlait.

— J'aime beaucoup votre ami ! rit le directeur. Il est très drôle.

— Oui, fit Emily avec un sourire pincé. Il est tordant !

Elle ne manqua pas de fusiller du regard Isaac qui parcourait la pièce des yeux sans lui prêter la moindre attention.

— Au fait, Augusto m'a envoyé vos dernières photos, dit Craig Wilson. Elles sont sublimes ! Je suis passé à la compta ce matin pour leur demander de vous verser un bonus ce mois-ci.

— Je vous remercie, Craig. Mais vous savez, votre confiance est ma plus grande satisfaction.

Il lui lança un sourire montrant qu'il adorait la réponse qu'elle lui avait faite. Dans un hochement de tête, il s'excusa pour aller rencontrer ses autres invités. Anna les laissa à son tour pour rejoindre d'autres assistantes qui discutaient ensemble.

— « Votre confiance est ma plus grande satisfaction », répéta Isaac avec une voix de pimbêche. Tu es vraiment une fayotte.

— Je t'emmerde, monsieur le courtier. D'ailleurs, depuis quand tu t'y connais en Bourse ?

— Parfois, avec les gars, on regarde BFM business quand on est défoncés.

Emily fronça les sourcils et esquissa un signe négatif. Elle devait reconnaître cependant que cela les avait bien aidés, même si elle se doutait qu'Isaac n'avait jamais entendu le nom de la société Termury Brother's avant ce soir.

— Tu te l'es tapé, lui ? lui demanda Isaac en pointant discrètement son index sur un homme.

— Non ! s'offusqua-t-elle en entendant sa question incongrue et en lui donnant une claque sur la main pour qu'il la baisse.

— Et lui ? reprit-il en en désignant un autre.

— Lui… oui, admit-elle. D'ailleurs, c'est vraiment un mauvais coup.

Isaac rit avant de boire un peu de son champagne.

— Et celui qui est avec la bombe atomique en robe verte ? continua-t-il.

Allait-il donc désigner tous les hommes qui se trouvaient à cette soirée ?

— J'ai couché avec ladite bombe atomique, mais pas avec lui, avoua-t-elle sans aucune gêne.

Il manqua de s'étouffer, et avala son champagne avec difficulté.

— Tu as couché avec une femme ?

— Je ne vois pas ce qu'il y a de mal. D'ailleurs, les femmes sont de bien meilleures amantes que les hommes.

— Appelle-moi la prochaine fois, je viendrai vous aider.

— Le jour où je t'appellerai pour qu'on couche ensemble, c'est que je serai vraiment au fond du gouffre.

— OK, il faut que je trouve un gouffre.

Emily ricana face à sa repartie. Elle devait bien admettre que la présence d'Isaac à ses côtés rendait la soirée moins pénible grâce à la légèreté et à la bonne humeur du jeune homme.

Rose apparut au loin et le visage d'Isaac s'illumina soudainement.

— Elle est là ! se réjouit-il. Je suis comment ?

— Pathétique.

— Et toi chiante. Je te parlais de mon apparence.

Emily se souvint de ce qu'elle avait ressenti quand elle l'avait découvert tout à l'heure dans son costume bleu marine Versace. Le blanc immaculé de la chemise faisait ressortir son teint hâlé. L'ensemble étant cintré, cela faisait apparaître les muscles de son torse. Elle ne pouvait pas dire qu'il n'était pas élégant ou sexy, cela aurait été un mensonge éhonté. Dans une autre vie, elle aurait même pu le trouver à son goût.

— Tu n'es pas horrible, se contenta-t-elle de répondre.

Il rit en la regardant de ses yeux noisette.

— Toi non plus, tu n'es pas horrible, Tarsikova. Bon, je fais comment pour aborder Rose ?

— Je n'en sais rien, et je m'en fiche.

— Tu es vraiment pénible, comme fille. Tu la connais bien, dis-moi ce qu'elle aime.

Ce qu'elle aimait ? Rose aimait Emily, c'était la seule chose que cette dernière connaissait d'elle.

— Je ne lui ai jamais vraiment parlé, admit-elle. Dès qu'elle s'approche de moi, elle m'insupporte.

À ce moment-là, Rose l'aperçut, et un sourire radieux naquit sur ses lèvres maquillées.

— Je te parie deux cents euros que tu n'arriveras pas à coucher avec elle dans les toilettes d'ici deux heures, le provoqua-t-elle tandis que la belle blonde avançait vers eux.

Les lèvres d'Isaac tressaillirent, il lui lança un regard oblique, puis tendit la main vers elle.

— Tenu.

Elle frappa dans sa paume, amusée par leur nouveau petit jeu.

— Emil…, l'apostropha Rose, souriante.

Elle n'eut pas le temps de finir de prononcer son prénom que, déjà, celle-ci lui tournait le dos pour aller parler à d'autres convives, les laissant en tête à tête. C'était une aubaine pour Isaac, et il se demanda si Emily avait fait ça pour lui faciliter la tâche ou si elle ne supportait vraiment pas sa collègue.

Emily partit à la rencontre de Louis, son agent. Elle ne mit pas moins de dix bonnes minutes à faire vingt mètres tant elle fut accaparée par les invités. Certains la félicitaient pour son dernier shooting, d'autres pour sa carrière globale. Les hommes la complimentaient sur sa tenue, les femmes lui demandaient où elles pouvaient se procurer la même robe que la sienne. Emily accepta tous ces compliments qui s'envolaient de son esprit à peine quelques secondes après avoir quitté la personne qui les lui avait adressés. C'était ça, être une mannequin internationale. Elle était habituée à ce qu'on lui cire les pompes constamment, et n'était plus touchée par le moindre éloge qu'on lui faisait sur son physique.

Tandis qu'elle venait enfin de réussir à rejoindre Louis, elle lança un regard en direction d'Isaac et de Rose. Il la faisait rire. Évidemment, il aurait pu faire rire n'importe qui avec sa légèreté et son sens de la repartie. Elle se rendit compte qu'Isaac n'avait jamais eu besoin de conseils pour séduire. Il savait parfaitement comment s'y prendre, et la main qu'il déposa sur la hanche de Rose alors qu'il ne lui parlait que depuis vingt minutes témoignait de son habileté. Emily n'avait jamais vu Isaac comme un séducteur. À l'époque où elle passait des soirées avec Aidan et ses amis, dont Isaac, celui-ci était rarement seul, mais elle n'avait jamais prêté attention à ce trait de sa personnalité. En réalité, elle n'avait jamais prêté attention à lui tout court, trop concentrée sur Aidan, qui ne lui accordait pas ce qu'elle souhaitait.

— Il faut que je te parle, lui annonça Louis, la sortant de ses observations.

— Je t'écoute.

— Pas ici, il y a trop de monde. Viens avec moi.

Il la guida jusqu'à un canapé deux places à l'écart de la foule. Le visage de Louis était empreint d'inquiétude, son regard fuyant.

— Qu'est-ce qui se passe, Louis ?

— Il y a des mannequins, et quelques photographes, qui se sont plaints de ton comportement lors des shootings.

— Et alors ?

— Et alors, Em ? Je ne vais pas y aller par quatre chemins : si tu continues comme ça, plus personne ne voudra bosser avec toi. Tu es dans la ligne de mire du service communication.

— Avec tout l'argent que je leur rapporte, je doute que mon contrat ne soit pas renouvelé, et même si c'était le cas, tu m'en trouverais un autre facilement. J'ai trente millions d'abonnés Instagram, les portes ne seront jamais fermées pour moi.

Évidemment, ce détail avait toute son importance. Le monde d'aujourd'hui se déroulait sur les réseaux sociaux. Emily était peut-être mannequin, mais elle était également une femme d'affaires redoutable.

— Justement, il serait peut-être temps de changer d'agence, suggéra Louis.

Cette proposition la prit de court. Elle n'avait jamais envisagé de quitter son agence. Agence qui devait sa renommée, entre autres, aux shootings et aux défilés qu'avait réalisés Emily pour de grandes maisons de haute couture.

— C'est hors de question, trancha-t-elle. Craig me fait confiance, il a même demandé que je perçoive un bonus ce mois-ci. C'est lui qui prend les décisions, et figure-toi qu'il m'adore.

— Dans deux mois, Craig Wilson ne sera plus le directeur de la TSA Model Agency. Il passe la main.

Cette annonce ressembla à une douche froide. Craig Wilson appréciait Emily, et il lui était grandement reconnaissant de tout ce qu'elle avait sacrifié pour hisser l'agence à un si haut niveau. Il l'avait connue à ses débuts, et avait été spectateur de son ascension mondiale.

— Qui va le remplacer ? s'inquiéta-t-elle.

— On ne sait pas encore, mais ça chauffe pour toi.

— Je suis certaine que tu te trompes. Non, je ne suis pas le modèle le plus agréable du monde de la mode, mais quand je suis devant l'objectif, je suis professionnelle et je me donne à fond. Le résultat est toujours satisfaisant, je n'ai jamais connu un photographe qui n'ait pas publié ses prises de vues de moi parce qu'il en était déçu.

— Tu sais, Em, la beauté peut se trouver n'importe où. Tu n'es pas la seule sur terre à savoir poser. Tu as vingt-six ans, dans quelques années, tu ne seras plus d'actualité. Et comme toutes les autres, tu devras prendre ta retraite.

Cette criante vérité serra le cœur d'Emily. Il était peut-être temps qu'elle songe à un plan B.

— Tu commences à me prendre la tête, Louis, avec tes commentaires à deux balles. Si tu ne veux plus être mon agent, dis-le-moi, j'engagerai quelqu'un d'autre.

— Ça fait huit ans qu'on bosse ensemble, je ne te lâcherai pas.

— Évidemment, je suis ta poule aux œufs d'or.

— Arrête, tu sais très bien que je te considère comme ma propre fille. J'étais là pour les hauts, mais aussi pour les bas.

— Alors, reste avec moi. J'essayerai de faire des efforts pour être moins pénible.

— N'essaye pas, Em. Fais-le.

Emily se laissa tomber au fond du canapé en soupirant d'un air las. Les yeux dans le vide, elle réfléchissait aux propos de son agent. Était-ce vraiment le début de la fin pour elle ? Emily adorait son métier, et pour rien au monde elle n'aurait voulu en changer. Elle savait que, passé un certain âge, les diktats de la mode s'imposeraient à elle. Cette exigence était tout bonnement un caprice de la tendance auquel on ne pouvait pas se soustraire.

Soudain, elle vit les yeux d'Isaac l'observer au loin. Rose était dos à elle, riant comme une gourde. Discrètement, il frotta son pouce contre son index et son majeur, un sourire victorieux sur son visage. Il prit sa nouvelle amie par la main, puis ils disparurent en direction des toilettes.

— Le petit enfoiré…, murmura-t-elle, amusée.

— Tu le connais d'où, ce type ? lui demanda Louis en suivant son regard.

— C'est un ami, éluda-t-elle.

— Vous sortez ensemble ?

— Si c'était le cas, je ne le laisserais certainement pas se taper Rose dans les toilettes.

Louis manqua de s'étouffer avec son champagne et s'essuya maladroitement la bouche.

— Je ne pensais pas qu'elle faisait ce genre de choses.

— Eh oui, Rose Wandgood se fait baiser par un rappeur dans les toilettes de la prestigieuse TSA Model Agency.

— Ça manque de classe, se moqua Louis.

— C'est sûr que, si ses sponsors l'apprenaient, sa carrière en prendrait un coup.

Le visage incrédule de son agent se posa sur le sien.

— Ne me dis pas que tu lui as tendu un piège ?

— Pour qui est-ce que tu me prends ? Pourquoi je ferais ça ? s'agaça-t-elle.

— Tu la détestes.

— Et alors ? Je ne la considère même pas comme une rivale, elle est tellement… banale.

Emily se leva pour marquer la fin de cette conversation qui avait mis ses nerfs à rude épreuve.

Son agence comptait vraiment se débarrasser d'elle ? Après tous les contrats qu'ils avaient obtenus grâce à son image, qu'ils avaient si bien exploitée, c'était le comble de l'ingratitude.

Accoudée à la rambarde de la terrasse, Emily buvait seule son champagne. Elle avait réussi par miracle à se débarrasser des invités qui lui tombaient constamment dessus. Pendant presque deux heures, elle avait dû faire bonne figure devant eux alors qu'elle n'avait envie que d'une chose : rentrer chez elle. Au loin, la musique résonnait toujours, et des discussions totalement inintéressantes continuaient d'aller bon train. Son regard se portait sur les millions de lumières scintillantes de la Dame de fer. Elle n'avait jamais trouvé ce monument particulièrement beau. Pour elle, il représentait seulement Paris.

— Vous savez qu'il n'a fallu que deux ans pour la construire ? lui demanda une voix.

Elle se retourna et découvrit un homme en costume sombre qui tenait une coupe de champagne dans une main, tandis que l'autre se trouvait dans sa poche. Ses cheveux étaient coupés court, une barbe de trois jours se formait autour de ses lèvres qui souriaient à Emily. Ses yeux clairs la regardaient attentivement, il but une gorgée du liquide doré avant de s'avancer vers elle, et de s'appuyer à son tour sur la rambarde en observant la tour Eiffel.

— Elle a été inaugurée en 1889, continua-t-il. Je me demande toujours comment ils ont pu mettre aussi peu de temps avec les moyens rudimentaires qu'ils avaient à cette époque.

— Ils étaient trois cents à travailler jour et nuit sous les ordres d'architectes ayant déjà construit des viaducs en fer.

— Je vois qu'en plus d'être ravissante, vous avez de la culture.

Les lèvres d'Emily esquissèrent un sourire en entendant ce compliment. Pour une fois, quelqu'un se rappelait qu'elle avait aussi un cerveau.

— Je m'appelle Anthony Adams, se présenta-t-il en lui tendant la main.

— Emily Tarsikova.

Elle glissa sa main dans la sienne tandis qu'ils s'observaient minutieusement.

— Vous n'avez pas à vous présenter, admit-il. Tout le monde vous connaît.

— C'est très gênant.

— Ça n'a pas à l'être, la rassura-t-il. Je connais seulement votre visage, pas votre personne.

Elle replaça une mèche de cheveux derrière son oreille pour qu'il puisse mieux contempler ses traits. Elle adorait cet effet qu'elle avait sur les hommes, lorsqu'ils la regardaient avec une envie et un désir inavouables.

— Et vous, que faites-vous dans la vie, Anthony ?

— Je suis également modèle. Je travaille pour l'agence Five.

— Dolce & Gabbana ?

— Entre autres.

— C'est une très belle maison. J'aime beaucoup ce qu'ils font.

— Je le sais, sinon vous ne porteriez pas cette robe, un modèle de 2018.

— Là, vous m'émerveillez, dit-elle en souriant. Enfin un homme qui s'y connaît dans la mode.

— Nous avons une passion commune.

— Effectivement.

Leurs yeux ne se quittaient plus, leurs lèvres ne parvenaient pas à rester impassibles face au charme de l'autre, souriant constamment.

— Tu es là, Tarsikova ! les coupa Isaac qu'ils n'avaient pas vu arriver. Je te cherche partout depuis dix minutes. J'ai cru que tu étais partie sans moi.

Anthony lui lança un regard surpris. La gêne s'empara d'Emily.

— Anthony, je vous présente Isaac, un ami. Mehla, voici Anthony.

Les deux hommes se serrèrent la main.

— Bon, on y va ? s'impatienta Isaac.

— Je pense que tu peux rentrer seul.

— Non, parce qu'il faut qu'on passe au distributeur pour que tu me donnes mes deux cents euros.

Emily lui lança un regard noir tandis qu'Isaac arborait un sourire en coin.

— Ça ne peut pas attendre ? s'agaça-t-elle.

— Tu crois vraiment que tu vas pouvoir te défiler ? Un pari est un pari.

— Qu'est-ce que vous avez parié ? s'enquit Anthony. Si ce n'est pas trop indiscret, évidemment.

Isaac lança à Emily un regard interrogateur, lui laissant le choix de dire la vérité ou de mentir.

— Nous avons parié qu'aucun homme sexy n'oserait m'aborder ce soir, et j'ai perdu.

— Alors je n'étais qu'un jeu, ricana-t-il en la fixant de ses yeux clairs.

— Un jeu auquel je me suis fait prendre avec une facilité déconcertante.

Il détourna le regard en souriant. Évidemment, pour Emily, tout ceci n'était qu'un jeu de séduction. Tout comme elle, Anthony avait plus d'un atout dans sa poche, et si Isaac n'avait pas été aussi insupportable, elle aurait certainement passé la nuit avec lui.

— Bonne soirée, Anthony.

— Bonne soirée à tous les deux, répondit-il avec politesse.

— À plus tard, conclut Isaac.

Un dernier regard pour cet homme dont le physique était somptueux, puis ils partirent.

7. Tu te bouffes la vie

Anna avait quitté la soirée plus tôt, ils étaient seuls dans la voiture. Paul les arrêta devant un distributeur, et Emily donna son dû à Isaac qui se réjouit d'avoir gagné autant d'argent en ne prenant que du plaisir.

— J'espère que tu ne t'es pas trop tué à la tâche, railla-t-elle.

— J'ai donné de ma personne. Mais tu avais raison, elle n'est pas intéressante.

— J'ai toujours raison.

Il lui lança un sourire un coin, puis Paul les déposa au bas de son immeuble.

— Bonne soirée, lui dit Isaac qui s'apprêtait à partir.

— Tu vas où comme ça ? Tu as encore le costard Versace sur toi.

— J'espérais que tu l'aurais oublié, avoua-t-il avec un sourire enfantin.

Elle leva les yeux au ciel, puis ils montèrent dans son appartement. Isaac fila se changer dans la salle de bains, tandis qu'elle l'attendait sur le canapé du salon. En revenant, il déposa les vêtements qu'elle lui avait prêtés sur la table de la salle à manger, puis se laissa tomber à ses côtés, habillé de son costume de prêt-à-porter.

— Quelle soirée, bâilla-t-il en posant les pieds sur la table basse.

— C'est affreux, n'est-ce pas ?

— Je ne sais pas comment tu fais pour supporter ça depuis toutes ces années. Tu te rends souvent à des réceptions de ce genre ?

— Oui, j'y vais régulièrement. C'est l'image, tu comprends ? Il faut toujours être dévoué à son agence.

— Tu ne pourrais pas être indépendante ? demanda-t-il naïvement.

— Si, mais malgré tout, je suis attachée à ces gens. Quand ils m'ont recrutée, je n'étais pas aussi connue. C'est grâce à eux que j'en suis là aujourd'hui.

— Tu as bossé pour en arriver là. Tu ne dois rien à personne. Ils ont seulement profité de ton talent.

— Si tu le dis…

Isaac lui lança un regard qu'elle ne sut déchiffrer.

— Tu m'offres un thé ? suggéra-t-il.

— Je pensais que tu allais partir, mais oui, si tu veux.

— Comment tu veux que je parte quand je suis dans un canapé si confortable ? Je pourrais y rester des heures.

Emily sourit en approuvant sa remarque, puis disparut dans la cuisine. Pendant qu'elle attendait que l'eau bouille, Isaac la rejoignit, puis s'assit sur le plan de travail.

— Pomme ? proposa-t-elle.

— Pomme, confirma-t-il. Au fait, désolé d'avoir cassé ton coup avec l'apollon, tout à l'heure. Je ne pensais pas que vous étiez en train de flirter.

— Ce n'est rien, il me contactera si je lui ai tapé dans l'œil.

— Tu ne lui as pas laissé ton numéro, observa-t-il.

— Il a sûrement mon Instagram, il sait pour qui je travaille. S'il veut me parler, il le fera sans problème.

Isaac fut surpris du peu d'intérêt qu'Emily portait à cette rencontre. Elle semblait trouver banal le fait qu'un mannequin l'aborde en la caressant du regard. Il se fit la réflexion qu'elle devait être tellement courtisée qu'elle ne se rendait même plus compte que des tas de gens n'avaient pas cette chance et rêvaient d'être admirés comme elle l'était.

Comme l'eau était en train de chauffer, elle retira les épingles de ses cheveux, puis se massa le cuir chevelu. Elle ôta ses escarpins, et sa taille chuta de dix centimètres.

Elle redevenait progressivement une femme normale sans pour autant que sa beauté diminue. Isaac ne rata aucune miette de ce spectacle, et se dit qu'il la préférait ainsi : plus naturelle, plus « elle », finalement.

Elle versa l'eau chaude dans les tasses, puis ils se réinstallèrent sur le canapé en daim.

— Du coup, je suppose que, de ton côté, tu as pris le numéro de Rose ?

— Non. Je voulais juste coucher avec elle. Elle est bien trop jeune pour une relation sérieuse.

— Elle a la vingtaine, ça va.

— Et moi trente et un. Il faudrait vraiment que je trouve une femme avec laquelle me poser. Ce n'est pas une vie de coucher avec une fille, puis de passer à une autre le lendemain. Tu fais ça quand tu es jeune, mais à force, ça devient lassant. Même Hak a trouvé quelqu'un.

Emily opina tout en lui donnant raison.

— Sa copine a l'air sympa, d'ailleurs, releva-t-elle.

— Oui, Mel est vraiment cool. Je l'adore.

Un sourire s'était formé sur ses lèvres, tandis que ses yeux étaient devenus rêveurs. Cet égarement n'échappa pas à Emily.

— Tu en pinces pour elle ? s'alarma-t-elle le regard interdit.

— Tu dis n'importe quoi, c'est ma belle-sœur !

— Je sais reconnaître un visage de mec amoureux. Je n'y crois pas !

— Ce n'est pas ça ! râla-t-il.

— Alors, explique-moi.

Il but quelques gorgées de son thé, avant de se retourner vers elle.

— Hak et Mel ont connu un début de relation très compliqué. Et c'est vrai qu'à un moment donné, j'ai peut-être ressenti un petit truc pour elle.

— Et tu n'as rien tenté ?

— Bien sûr que non ! Ce n'était rien d'autre qu'une légère attirance. Et puis, pour Mel, Hak est son sauveur, et elle en est complètement folle même si elle a du mal à l'admettre.

Emily ne comprit pas comment Hakim pouvait être considéré comme un sauveur, lui qui était si brutal et antipathique.

— Pour ta défense, c'est une très belle femme, conclut-elle.

— Comme dit Hak : elle est magnétique.

Le cœur d'Emily se serra en entendant Isaac se confier à elle avec autant de franchise. Il le faisait avec facilité parce qu'il savait qu'il n'y avait aucune chance que ses dires remontent aux oreilles de ses amis. Elle ne les côtoyait plus depuis des années, et même si elle les croisait à nouveau un jour, il savait qu'elle ne s'amuserait pas à jouer avec ses secrets. Elle réalisa qu'Isaac et elle avaient un point commun : un instant dans leur vie, ils avaient voulu être avec des personnes qui ne leur étaient pas destinées.

— Et toi, avec Aidan ?

— Qu'est-ce que tu veux savoir ? répondit-elle en baissant les yeux.

— Tu l'aimes encore ?

— Je l'ai déjà dit à ton frère la dernière fois. Je n'ai plus de sentiments pour lui, et je suis même heureuse qu'il ait trouvé le bonheur. C'est quelqu'un de bien, il y a droit.

— Ce n'est pas ce que tu disais il y a quelques années.

— J'avais vingt-deux ans, j'étais immature. Ça remonte à quatre ans maintenant, quatre ans que j'ai coupé les ponts avec Aidan et sa copine. Toute cette histoire est derrière moi. J'ai mûri.

— Tu as cessé de rappliquer dès qu'un mec veut coucher avec toi ?

Emily lâcha un petit rire amer. Elle ne s'était pas attendue à ce genre de questions de la part d'Isaac. Il dut s'en rendre compte, car il se redressa et se rapprocha d'elle.

— Désolé, ce n'est pas ce que je voulais dire.

— C'est exactement ce que tu voulais dire.

— Pas de cette manière en tout cas, j'ai été maladroit.

— Contrairement à ce que tu penses, Isaac, je n'ai jamais supplié personne de coucher avec moi. Ne confonds pas une fille facile avec une fille qui peut coucher avec presque tous les hommes qu'elle souhaite.

— Je te l'ai déjà dit, Tarsikova, tu fais ce que tu veux de ton corps. Ça ne regarde personne d'autre que toi.

Emily finit son thé, puis déposa son mug sur la table basse. Elle balaya ses cheveux avant de frotter ses paupières lourdes. Elle était épuisée, mais visiblement, Isaac ne voulait pas encore la laisser tranquille.

— J'ai faim, râla-t-il. Tu as quelque chose à manger ?

— Tu comptes passer la nuit ici ?

— Pourquoi, je te dérange ?

— Je préférerais dormir.

— Va te coucher, je vais me faire des pâtes, moi. Tu dois bien avoir ça dans ton immense cuisine.

— Pourquoi tu restes là, Isaac ?

Emily avait posé cette question sans aucune forme de politesse. Elle avait eu sa dose de faux-semblants pour ce soir, et elle avait bien compris qu'il ne restait pas chez elle parce qu'il avait faim.

Le regard d'Isaac se fixa au loin, il pinça les lèvres en réfléchissant à sa réponse. Quand ses yeux se posèrent à nouveau sur ceux d'Emily, elle fit une moue interrogative.

— Parce que je me suis dit que tu ne voudrais pas être seule, répondit-il avec douceur.

— Qu'est-ce que tu racontes ? Je vis seule depuis mes dix-huit ans.

— À la soirée, je t'ai aperçue en train de parler avec le mec aux cheveux gris.

— Louis ?

— Peut-être. J'ai remarqué que votre discussion ne te plaisait pas. Tu avais l'air à la fois furax et vexée. Et puis… je t'ai menti tout à l'heure. Je t'ai vue sur la terrasse quand tu buvais ton champagne à l'écart avant que le mannequin vienne te voir. Cette fois, tu avais l'air triste.

Le regard qu'Isaac posait sur elle la désarçonna. Elle avait l'impression qu'il s'inquiétait pour elle. Il était rare que quelqu'un le fasse, et ce fut pour cette raison qu'elle réagit comme elle avait l'habitude de le faire, avec une assurance qui cachait ses failles.

— Je ne suis ni furax, ni vexée, ni triste, affirma-t-elle.

— Dans ce cas, je peux partir la conscience tranquille ? J'avais peur que tu te mettes à chialer, toute seule dans ton immense appart.

Elle baissa les yeux et décoiffa un peu plus ses cheveux. Isaac ne lui en fit pas la remarque, mais il eut envie d'y glisser la main également. À sa manière, Emily le touchait. Au cours du peu de temps qu'il avait passé à ses côtés, il avait compris qu'elle n'était pas l'iceberg incassable qu'il s'était imaginé. Il était certain qu'en grattant le vernis, il s'apercevrait qu'elle cachait des faiblesses qu'il ne soupçonnait pas. Le problème, c'était qu'Isaac avait entrevu une faille dans son armure, et sa curiosité, mais aussi son empathie, qui était une de ses plus grandes qualités, le poussaient à tenter de la découvrir sous un autre jour. Il voulait désormais connaître l'aspect d'Emily qu'elle cachait, et brûler l'image qu'elle affichait constamment.

Sous le regard bienveillant du jeune homme, Emily baissa légèrement sa garde.

— Louis m'a dit que mon agence n'allait peut-être pas renouveler mon contrat dans quelques mois.

Isaac savoura silencieusement sa victoire. Elle se confiait à lui.

— Pourquoi ils feraient ça ?

— Apparemment, je serais trop odieuse en studio pour qu'on veuille bosser avec moi. L'image de l'agence risque d'être écornée, et c'est une chose à laquelle il ne faut surtout pas toucher.

— Toi ? Odieuse ? Ça m'étonne, ironisa-t-il.

Elle rit faiblement.

— Il m'a même fait comprendre que, dans quelques années, je vais devoir prendre ma retraite. Tu te rends compte ? Je n'ai que vingt-six ans, pas soixante.

— Tu n'as qu'à ouvrir ta propre agence. Je suis sûr que ça pourrait marcher. Tu as des contacts partout à travers le monde. Ta carrière n'est plus à faire.

— Je n'ai pas envie de devenir cheffe d'entreprise. Mon métier, c'est de porter des fringues somptueuses, et de donner envie aux gens de les acheter, pas d'être derrière un bureau à négocier des contrats.

Isaac opina. Évidemment, tout le monde ne rêvait pas d'être son propre patron. Emily savait qu'elle pouvait réaliser de grandes choses grâce à sa notoriété, ouvrir une agence de mannequinat, créer sa marque de vêtements ou de cosmétiques, tenter sa chance dans la comédie, mais tous ces rêves n'étaient pas les siens. Elle aimait réellement son travail, et avait de l'argent à ne plus savoir qu'en faire.

— Il nous aurait fallu un bon kebab pour te remonter le moral, lui lança Isaac.

— Je n'en ai jamais mangé, et je ne compte pas le faire.

— Tu te fous de moi, là ? lui demanda-t-il, l'air interdit.

— Non, c'est super gras, et la viande est de qualité vraiment douteuse, sans parler de l'hygiène de ceux qui les préparent.

— On s'en fiche, c'est ce qui est bon ! Tu préfères manger des salades tous les jours ?

— C'est ma principale alimentation, effectivement.

— Tu me fais vraiment de la peine.

— Mon corps est mon outil de travail, lui rappela-t-elle. Je ne peux pas me permettre de prendre du poids.

— Un kebab de temps en temps, ça ne va pas te faire grossir.

— Je le vis très bien, ne t'inquiète pas.

— C'est parce que tu ne sais pas à côté de quoi tu passes. Mais bon, je me contenterai de pâtes s'il n'y a que ça à manger ce soir.

— Parce que tu crois vraiment que je suis le genre de femme qui va te faire à manger ? Tu te fourvoies, Mehla.

— Allez, s'il te plaît ! J'ai faim !

— Mais va te faire foutre, dit-elle en riant. Tu as faim ? Cuisine toi-même.

— Tu ne peux pas appeler une cuisinière ou un domestique ?

Les sourcils d'Emily s'arquèrent, tandis que les lèvres d'Isaac frémissaient pour réprimer un sourire. Ne pouvant plus tenir, Isaac rit en l'observant.

— Ça va, je plaisante, Tarsikova ! Je vais les faire, ces pâtes.

À la grande surprise d'Emily, il se leva et fila dans sa cuisine. Les placards et les tiroirs claquèrent les uns après les autres.

— Elles sont où, tes casseroles ? Pour quelqu'un qui ne fait jamais à manger, tu as plein de bordel.

Elle le rejoignit et lui sortit ce dont il avait besoin. Cette fois, ce fut elle qui s'assit sur le plan de travail en le regardant faire.

— Des pâtes bio ? s'étonna-t-il. Tu as vraiment une hygiène de vie impeccable. C'est d'une tristesse.

— Excuse-moi de manger seulement de la nourriture saine.

Tout à coup, le téléphone de la mannequin, resté sur la table basse, sonna pour indiquer un message entrant.

— Je sens que c'est le mec de tout à l'heure ! s'amusa Isaac en allant chercher le portable d'Emily.

Il revint, un sourire mutin aux lèvres, et lut le message :

> Bonsoir, Emily, je suis heureux d'avoir fait votre connaissance ce soir. Vous êtes loin de la froideur à laquelle je m'attendais. Je suis à Paris jusqu'à vendredi prochain. Peut-être pourrions-nous prendre un café ensemble à mon hôtel, le George V ? Je vous souhaite une bonne nuit. Anthony.

Le regard d'Isaac se releva vers celui d'Emily.

— Il te prend pour une pute ou quoi ? s'agaça-t-il.

— Pourquoi est-ce que tu dis ça ? Il est classe. La preuve, il me vouvoie.

— Il te propose de passer à son hôtel, ça veut tout dire. Il veut te faire monter dans sa chambre.

— Et alors ? Donne-moi mon téléphone.

— S'il voulait quelque chose de sérieux, il t'aurait proposé d'aller boire un verre dans un bar.

— Ça ne veut absolument rien dire. Donne-moi mon téléphone !

— Attends, je lui réponds.

Il passa rapidement le téléphone devant le visage d'Emily pour activer la reconnaissance faciale, et commença à pianoter dessus.

— Mehla, si tu envoies le moindre message, je te jure que je te tue.

Son sourire s'élargit davantage, puis il verrouilla le mobile avant de le lui tendre. Emily s'empressa de vérifier qu'il n'avait pas fait de bêtise, puis elle poussa un soupir de soulagement quand elle constata qu'il avait seulement rédigé le texte, mais qu'il ne l'avait pas envoyé. Elle lut, tout en lançant un regard noir au rappeur :

> Tu m'as prise pour ta pute ? Ce n'est pas avec tes belles paroles que tu vas pouvoir me mettre dans ton pieu. Va plutôt baiser ta sœur !

Isaac rit en versant les pâtes dans l'eau bouillante.

— Tu as vraiment un souci, grimaça-t-elle en effaçant ces mots qu'elle jugeait immondes.

— C'était bien, non ?

— C'était tout sauf bien.

— Réponds-lui, alors.

— Je le ferai plus tard.

— Pourquoi ? Je suis curieux de savoir ce que tu vas lui dire.

Prise au jeu, elle écrivit le message en se mordillant la lèvre inférieure à la pensée de revoir cet homme dont le physique était plus que plaisant. Isaac s'approcha d'elle pour en lire le contenu. Ses mains se posèrent contre le plan de travail pour encadrer les fesses d'Emily sans les toucher, son corps se calant entre ses jambes. Il était si près qu'elle sentit son souffle sur sa peau.

— Qu'est-ce que tu fais ?

— Je regarde ce que tu vas lui raconter.

— Je reformule : qu'est-ce que tu fais entre mes cuisses ?

Il sourit malicieusement avant de reculer d'un pas.

— Ce n'est pas comme si j'étais le premier.

— Occupe-toi de tes pâtes, Mehla, et laisse mes cuisses tranquilles.

Il leva les mains, signe qu'il battait en retraite, tout en gardant son sourire mutin.

— Dis-moi au moins ce que tu lui envoies…

Elle lut en soupirant :

Bonsoir, Anthony. J'ai également été ravie de faire votre connaissance. J'aurais volontiers pris un café à votre hôtel, malheureusement, je pars demain soir pour Montréal pour un shooting photo, et je ne serai de retour que dans dix jours. Je suis certaine que nous aurons d'autres occasions de nous revoir. Je vous souhaite une douce nuit.

— « Je vous souhaite une douce nuit », se moqua Isaac. C'est tellement nul ! Et pourquoi vous vous vouvoyez ? Ça craint, franchement. Vous venez de vous dire que vous aviez envie de coucher ensemble, mais en langage soutenu, c'est tellement ridicule.

— Ça s'appelle du tact et de la politesse, je t'expliquerai plus tard comment t'en servir.

— Le but ne change pas. Vous allez vous voir et baiser toute la nuit.

— Tu manques tellement de classe. Comment as-tu pu séduire des filles en parlant de cette manière ?

Il lui fit un doigt d'honneur avant d'égoutter les pâtes et d'y ajouter de la sauce.

— Je crois que j'en ai fait beaucoup trop, reconnut-il.

— Tu as intérêt à tout manger, je ne supporte pas le gaspillage.

— Je partirai avec mon Tupperware.

Les yeux d'Emily se levèrent au ciel. Isaac était aux antipodes des hommes qu'elle rencontrait habituellement. Il manquait vraiment de raffinement, mais elle l'appréciait pour son naturel et sa spontanéité. Elle sortit du réfrigérateur un saladier contenant un reste de salade, puis ils s'installèrent à nouveau sur son canapé pour manger sur la table basse du salon.

— Prends des pâtes, tu me fais pitié avec ta salade.

— Je ne mange pas de sucres lents avant de dormir. Il n'y a rien de pire pour grossir.

— Il faut vraiment que tu arrêtes de te regarder dans un miroir. Tu es à la limite de l'anorexie.

— Je mange les mêmes quantités que toi, mais avec des aliments sains. Ce n'est pas de l'anorexie, mais une hygiène de vie. Tu feras moins le malin à soixante ans quand tes artères seront bouchées.

— En attendant, moi, je profite. Toi, tu te bouffes la vie avec tes conneries.

— Je ne vois pas ce qu'il y a de mal à vouloir faire attention à son corps. Surtout quand il te rapporte plusieurs dizaines de milliers d'euros par mois.

— J'espère qu'un jour, tu arriveras à vivre sans faire attention au regard des gens.

— Merci pour cette leçon de vie, Mehla. Je peux manger sans entendre tes conseils à deux balles ?

— Bon appétit, Tarsikova. Ne t'étouffe pas avec ta salade qui fait pitié.

Elle ne prit pas la peine de répondre, et ils dégustèrent leur repas d'une heure du matin en silence.

— Bon allez, j'y vais, lui lança Isaac en posant son assiette sur la table basse.

— Meilleure nouvelle de la soirée. Par contre, tu mets ça au lave-vaisselle, je ne suis pas ta boniche.

— Ça va, j'allais le faire.

Alors qu'elle n'avait pas fini son assiette, il la lui prit des mains, l'empila avec la sienne et mit le tout à laver.

— Je n'avais pas fini, rétorqua-t-elle.

— Si tu continues, tu vas prendre au moins dix bons grammes de plus. Tu peux me remercier, Tarsikova. Je surveille ta ligne.

Elle lui fit un doigt d'honneur qu'il lui rendit, un sourire malicieux aux lèvres. Isaac partit quelques minutes plus tard, mettant ainsi un terme à cette étrange soirée.

8. Trésor

Le voyage professionnel à Montréal avait épuisé Emily. Entre le décalage horaire et le vol de sept heures, elle ne se fit pas prier pour s'affaler dans son canapé après une bonne douche. Le photographe avait choisi de la faire poser dans la neige. En sous-vêtements avec des températures négatives, elle avait dû user de tout son professionnalisme pour que le froid qu'elle ressentait ne se voie pas à travers l'objectif. Ces difficultés faisaient partie de son travail, et cela la changeait des habituels studios photo. Bientôt, elle serait en une du plus grand magazine de mode canadien, et c'était tout ce qui comptait pour elle.

Depuis son ordinateur portable, Emily regardait les photos que Louis venait tout juste de lui envoyer. Elle s'observait : une jeune femme au regard froid, à peine recouverte d'un tanga et d'une brassière. Les clichés en noir et blanc faisaient ressortir les traits fins de son visage. La peau de ses fesses et de ses cuisses avait été retouchée pour enlever toute trace de cellulite. Emily était plutôt satisfaite du travail du photographe, même si ce n'était pas les meilleurs clichés qu'elle ait réalisés.

La sonnette de son appartement la sortit brutalement de ses pensées. Elle déposa son ordinateur sur la table basse, puis fila ouvrir la porte d'entrée.

— Mehla ?

— Tarsikova ? Ça alors !

Il passa devant elle sans attendre qu'elle l'invite à entrer, puis s'installa sur le canapé de son salon. En temps normal, elle l'aurait incendié pour qu'il déguerpisse de chez elle, mais désormais, lorsqu'il s'agissait d'Isaac, elle se découvrait curieuse de savoir ce qu'il avait en tête. Il déposa sur la table basse un sac en plastique blanc dans lequel se trouvaient deux boîtes jaunes. À l'odeur, elle devina qu'il s'agissait de nourriture.

— Tu as vraiment fait ça ? lui demanda-t-elle, le regard incrédule.

— Tu n'avais jamais mangé de kebab ! J'étais obligé. Je ne pouvais pas te laisser dans l'ignorance.

Il déballa les mets qu'elle observa avec une pointe de dégoût. Avec la chaleur, le pain était humide, et les frites semblaient ramollies.

— Ça a l'air immonde, se moqua-t-elle en s'asseyant près de lui.

— Mange, tu critiqueras après.

Elle prit la boîte sur ses genoux en se demandant comment elle allait pouvoir ingérer cette espèce de truc étrange.

— Avec les doigts, expliqua-t-il comme s'il lisait dans ses pensées.

— Ça va, je sais que ça se mange avec les doigts.

Il prit son sandwich, et croqua dedans.

— Allez, goûte !

Ne voulant pas jouer à la princesse, elle l'imita avec une pointe d'appréhension. Isaac était bien la seule personne à avoir osé lui rapporter un kebab à domicile. Contrairement aux autres, il se fichait bien de ce qu'elle avait pu lui dire sur son besoin de garder un corps fin et musclé. Lorsque le goût anima ses papilles, elle réprima un hoquet de surprise.

— Alors ?

— C'est super bon, avoua-t-elle en mastiquant.

— Tu vois ! Faut passer outre aux a priori.

— Ça ne vaut pas un Karl Clément, mais je dois reconnaître que ce n'est pas mal.

Elle reprit une bouchée, et Isaac l'imita, ravi qu'elle apprécie le repas qu'il avait apporté.

— C'est quoi un Karl Clément ?

— Un chef étoilé du 7e arrondissement. Tu n'y es jamais allé ?

— J'ai une tête à aller dans les restos étoilés ?

— Il faut que je t'y amène ! Après ça, toute la nourriture du monde te semblera fade.

— Tu crois qu'on est amis, pour qu'on aille au resto ensemble ? railla-t-il.

Emily lui fit un doigt d'honneur de son majeur luisant de graisse, il le lui rendit d'un sourire malicieux. Ils mangèrent en silence, savourant ce plat et cette découverte. Aux trois quarts du sandwich, la mannequin le reposa dans sa boîte, totalement rassasiée.

— Je peux finir ? lui demanda Isaac.

— Bien sûr. Si j'avale encore une bouchée, je vais vomir.

— Et encore, tu n'as même pas mangé les frites !

Il engloutit la fin du kebab d'Emily, puis se laissa tomber au fond de son canapé. Quand son regard se porta sur Emily, celle-ci se demanda pourquoi il l'observait avec une telle intensité.

— Ça me fait bizarre de te voir comme ça, avoua-t-il.

Elle comprit à cet instant qu'il faisait référence à sa tenue. Elle ne portait qu'un legging avec un T-shirt de sport, ses cheveux étaient retenus par un élastique en un chignon raté et quelques mèches s'en détachaient. Sans oublier la paire de lunettes qui se tenait sur son nez fin. Elle les enleva en essayant de cacher son malaise. Peu de gens l'avaient vue dans cette simplicité.

— Tu m'as prise au dépourvu, se défendit-elle. Je ne pensais pas avoir de la visite.

— Pourquoi tu t'excuses ? Ça ne me dérange pas de te voir comme ça. Au contraire.

— Au contraire ? répéta-t-elle.

— Ces lunettes te donnent un côté vilaine fille.

Emily pouffa.

— Remets-les.

— Non, je vais aller mettre mes lentilles.

— Pourquoi ?

— Je déteste qu'on me voie avec mes lunettes.

— Les filles, vous avez vraiment des complexes bidon. Crois-moi, ça te rend sexy.

— Et donc, tu veux me voir sexy ?

Cette fois, ce fut elle qui le prit au dépourvu.

— Non, répondit-il avec un sourire gêné. Je veux juste que tu sois toi-même avec moi. Et la vraie Emily porte des lunettes, donc mets-les, s'il te plaît.

Elle hésita, mais consentit à remettre ses lunettes. Ses yeux la remerciaient, car à présent, ils voyaient parfaitement le sourire en coin d'Isaac. Ce dernier l'observait attentivement, et s'il l'avait trouvée belle dans sa robe rouge de la dernière fois, son T-shirt trop grand et son legging ne le laissaient pas non plus indifférent. Il avait l'impression d'avoir en face de lui une autre personne. Une jeune femme que peu de gens avaient la chance d'apercevoir, car elle se cachait derrière une autre, bien plus vindicative que celle-ci. En découvrant Emily dans cette simplicité, il eut l'impression de s'approcher encore plus de celle qu'elle était vraiment, de sa seconde personnalité qui disparaissait derrière celle de la mannequin.

Le silence les enveloppait et, pour une fois, Emily ne sut comment le briser. Elle se laissait caresser du regard sans qu'elle soit pourvue d'aucun artifice.

— Sympa la photo, fit-il en fixant l'ordinateur portable laissé sur la table basse.

Il avait bien compris qu'Emily était gênée de lui montrer cette facette d'elle. Alors, il tentait de la ramener vers quelque chose qu'elle maîtrisait.

— Tu veux voir les autres ? proposa-t-elle.

— Tu me demandes si je veux voir des photos de toi en string ? La réponse est : évidemment oui !

Emily leva les yeux au ciel en souriant devant son air amusé.

La nudité ne lui posait pas de problème. Elle ne complexait pas sur son corps et elle n'avait pas honte de son travail. Elle prit son ordinateur sur ses genoux, et fit défiler quelques clichés.

— Celle-là est vraiment cool, déclara-t-il en pointant son index sur l'écran.

Emily était de profil, affichant les lignes dessinées de sa silhouette.

— C'est vrai qu'elle est pas mal, reconnut-elle.

Il rit en lui lançant un regard qu'elle ne comprit pas.

— C'était une blague ? s'inquiéta-t-elle.

— Non, pas du tout, tu es vraiment sexy dessus. C'est juste que c'est la première fois qu'une fille me montre des photos d'elle dans cette tenue avec autant de décontraction. D'habitude, si on m'envoie ça, c'est pour m'aguicher, mais toi, tu t'en fiches complètement. Tu es plus gênée que je te voie avec tes lunettes que de me montrer des photos de toi en sous-vêtements.

— Si ça te met dans l'embarras, on peut arrêter.

— Tu rigoles ? Je veux continuer de me rincer l'œil !

Emily le poussa avec taquinerie sur le côté, son sourire s'élargit davantage. Elle fit défiler les clichés les uns après les autres. Isaac en commenta certains, puis il lui prit l'ordinateur des mains pour revenir sur la photo qu'il avait aimée.

— C'est celle-là qu'il faut que tu gardes, affirma-t-il en regardant fixement l'écran avant de retrouver le chemin vers ses yeux.

— C'est un coup de cœur, le taquina-t-elle.

— Franchement, l'homme qui dira qu'il ne te trouve pas magnifique sera un menteur.

— De toute manière, je ne choisis pas les photos qui vont paraître. Je les approuve seulement.

— Tu peux contrôler ton image, mais seulement en partie ? C'est nul.

— C'est le mannequinat, trésor.

— Trésor ?

— C'est comme ça que j'appelle mes amis gays.

Les sourcils d'Isaac s'arquèrent tandis que sa bouche s'entrouvrit de quelques millimètres.

— Premièrement, je ne suis pas gay, je peux te le prouver dès maintenant s'il le faut. Et deuxièmement, on est amis maintenant ?

Sa question désarçonna Emily, car le ton n'était pas empreint de taquinerie. La discussion lui avait totalement échappé, elle n'avait même pas fait attention à ce qu'elle disait. Isaac avait ce don pour mettre les gens à l'aise. Elle s'était laissé bercer par sa nonchalance et son espièglerie.

— J'imaginais que oui..., bredouilla-t-elle. Mais on peut rester seulement des connaissances, ça ne me dérange pas.

En réalité, cela la gênait. Depuis qu'elle avait découvert Isaac sous un autre jour, elle l'appréciait de plus en plus. Quelques années en arrière, elle avait déjà entrevu sa personnalité avenante et attachante, mais à cette époque, elle avait été trop absorbée par Aidan pour pouvoir s'y attarder.

— Va pour être amis, conclut-il. Mais si tu croises les gars, tu fais comme si de rien n'était.

Sa réponse la vexa, mais elle prit sur elle pour tenter de ne rien laisser paraître, comme d'habitude.

— Tu as honte de m'apprécier ?

— Ce n'est pas ça... Tu sais que c'est compliqué avec eux. C'est comme toi quand tu m'as appelé Pablo devant le directeur de ton agence. C'est juste que...

— J'ai compris, Isaac, ne te fatigue pas.

Elle ramassa les boîtes des kebabs ainsi que leurs canettes, puis les jeta dans la poubelle de sa cuisine. Isaac la rejoignit, et remplit la bouilloire d'eau.

— Un thé ? lui proposa-t-il.

— Il n'y a plus de pomme.

— Je suis sûr qu'on va en trouver un autre, ce n'est pas le choix qui manque.

Son regard se porta sur un thé noir de Bolivie. Il remplit leurs tasses, puis ils retournèrent s'installer sur le confortable canapé.

— Fais pas la tête, Tarsikova.

— Je ne fais pas la tête, Mehla.

— Tu ne m'appelles plus « trésor » ?

— Tu m'as dit que tu n'étais pas gay, donc je ne peux pas continuer à le faire.

Aussi étonnant que cela puisse paraître, ils continuèrent de discuter l'un avec l'autre dans une simplicité que chacun aimait. Emily se surprit à rire à plusieurs reprises aux blagues d'Isaac, tandis qu'il la regardait de son regard pétillant.

9. La belle et le plouc

— Putain, fais la passe ! s'énerva Hakim.

— Pas besoin, je vais marquer !

Isaac dirigea son joueur qui s'avançait rapidement devant le but de l'équipe adverse et lui fit envoyer la balle, droit dans la lucarne. Malheureusement, le gardien d'Aidan la bloqua in extremis.

— On vous bat quatre à un ! se moqua Antoine. Vous avez perdu en réflexes, les gars.

Hakim bredouilla quelques mots dans sa barbe, puis la partie de jeu vidéo se termina sur ce minable score.

— Faut que vous retourniez vous entraîner ! les titilla Aidan.

— C'est la faute d'Isaac ! râla Hakim. Faut toujours qu'il joue perso.

— Je le sentais bien, se défendit-il. J'ai tenté le truc.

Ils posèrent les manettes sur la table basse, puis Aly y déposa les plats japonais qu'ils avaient commandés. Tandis qu'Isaac dévorait des sushis, son téléphone vibra dans la poche de son jean. Il le sortit et lut le message qu'il venait de recevoir en faisant attention à ce que ses amis, à ses côtés, n'y jettent pas un coup d'œil.

De Mocheté : Ça te dit un Karl Clément demain soir ? Depuis que je t'en ai parlé la semaine dernière, je ne pense qu'à ça.

Ce message lui fit esquisser un sourire. En quelques soirées, il avait appris à connaître une Emily qui était bien loin de celle qu'il avait rencontrée quelques années plus tôt. Son regard froid ne l'avait toujours pas quittée, mais il avait entraperçu en elle une certaine fragilité que sa curiosité avait envie de découvrir. Elle qui avait toujours mis un point d'honneur à paraître la plus hautaine du monde avait fait preuve de bienveillance devant ses yeux incrédules. Que ce soit avec sa sœur, son assistante ou son chauffeur, elle les protégeait telle une lionne. Cela était étonnant de sa part. Isaac avait toujours été persuadé qu'elle ne vivait que pour elle, et qu'elle se servait des gens quand elle en avait besoin. On était loin de la façade qu'elle s'évertuait à afficher constamment.

À Mocheté : C'est un rencard ?

De Mocheté : Le jour où je te proposerai un rencard, je serai au fond du gouffre. Je fais ça seulement pour enrichir ta culture culinaire.

À Mocheté : Il faut vraiment que je trouve un foutu gouffre ! À quelle heure, ce rencard ?

De Mocheté : Ce n'est pas un rencard, Mehla ! À 19 heures, 115, rue Saint-Dominique.

À Mocheté : Tu vas mettre une robe moulante ? Ce serait cool que tu sois bien apprêtée pour notre premier rendez-vous.

La taquiner était devenu l'un de ses jeux préférés. Elle avait le sang si chaud qu'il était facile pour lui de la faire enrager.

De Mocheté : Calme tes ardeurs, on va seulement au resto entre amis.

À Mocheté : Personnellement, je ne vais jamais au resto seul avec une copine. Je prends donc ça pour un rencard.

De Mocheté : Au moins, tu ne seras pas habillé comme un plouc…

Il s'apprêtait à répondre quand la voix de Madou, à l'autre bout de la pièce, l'appela.

— Tu écris à qui, Iz ? s'amusa-t-il. Tu as un sourire de Roméo.

— À une fille que j'ai rencontrée il y a quelques jours.

— Tu ne nous en as même pas parlé ! s'insurgea Aly. Elle s'appelle comment ? Tu as une photo ?

La gêne le gagna subitement ; il n'avait pas pour habitude de mentir à ses amis, mais s'ils découvraient qu'il parlait d'Emily, il savait que ça ne passerait pas. Ses amis ne l'appréciaient pas le moins du monde en raison de son comportement envers Aidan, puis avec Aly, avec laquelle elle s'était accrochée plus d'une fois.

— Elle s'appelle Emma, mentit Isaac. Et… non, je n'ai pas de photo.

— Je suis contente pour toi, lui dit en souriant gentiment Mélissa.

Il lui rendit son sourire en gage de remerciement tandis que ses yeux émeraude l'observaient avec attention.

— Tu nous la présentes quand ? lui demanda son frère.

— C'est juste une fille comme ça, il n'y a rien de sérieux. On n'a même pas couché ensemble.

— Bah alors ! s'exclama Aidan. Tu attends quoi ? Elle est moche, c'est ça ? C'est pour ça que tu ne veux pas nous montrer de photo d'elle.

Aly lui donna une petite tape sur l'arrière du crâne en signe de remontrance.

— C'est un cageot ! dit Antoine en riant.

— Si seulement tu savais à quel point elle est belle, répondit Isaac sans réfléchir, les yeux rêveurs.

Lorsqu'il réalisa ce qu'il venait de dire, son regard se releva sur celui de ses comparses qui l'observaient tous attentivement.

— Isaac est amoureux ! hurla Madou de sa grosse voix.

— Je ne suis pas amoureux, je dis juste qu'elle est plutôt agréable à regarder.

— Elle fait quoi comme métier ? s'enquit Aly.

— Elle est mannequin.

Il se mordit la langue en regrettant immédiatement sa réponse.

— Elle est donc forcément sur Instagram, intervint Mélissa. Donne-nous son nom, on va regarder.

— Je ne sais pas si elle a un compte.

Isaac s'enfonçait de plus en plus dans son mensonge, ramant pour que son histoire reste crédible.

— Pourquoi tu ne veux pas nous la montrer ? lui demanda suspicieusement Hakim. On la connaît ?

— Emma, Emma…, murmura Aidan en cherchant dans sa mémoire. Ça ne me dit rien.

Isaac garda le silence en engloutissant ses sushis, évitant soigneusement leurs regards.

— Allez, montre-nous une photo ! le pressa Antoine. Tu as honte ou quoi ?

— Laissez-le tranquille, le défendit Aly. S'il n'a pas envie de nous montrer à quoi elle ressemble, il fait ce qu'il veut.

— Non, mais c'est bizarre quand même, insista Aidan. Tu as peur de quoi ? On ne va pas te la voler.

— Bon, ça va, lâchez-le, intervint son frère. Il nous la montrera quand il sera décidé.

— J'ai hâte, dit Aidan en riant. Parce qu'Isaac, ne pas coucher avec une fille alors qu'il l'a vue plusieurs fois, c'est déjà un exploit, mais qu'il ne veuille pas nous la montrer, c'est un truc hallucinant ! D'habitude, tu es toujours le premier à nous parler de tes histoires.

Ses amis ne comprenaient pas que, s'il ne voulait pas leur révéler l'identité d'Emily, c'était seulement pour ne pas créer de disputes entre eux. Il savait d'ores et déjà que Hakim ne supporterait pas qu'il soit avec une femme comme elle, qu'Aidan se rappellerait qu'il avait déjà couché avec elle en la prenant dans tous les sens, qu'Aly se remémorerait la fois où Emily l'avait traitée de salope devant tout le monde, et que Madou et Antoine se rangeraient du côté de l'avis général. Cependant, il ne sortait pas avec Emily, et il ne comptait pas le faire. Ils se voyaient de temps en temps, mais ça s'arrêtait là. Ils n'étaient rien de plus que des amis.

— On peut parler d'autre chose ? s'agaça-t-il.

— C'est une actrice porno, en fait..., tenta Madou.

— Tu es malade ! s'insurgea-t-il. De toute manière, je ne suis pas en couple avec elle, alors arrêtez de me prendre la tête avec cette histoire.

— Oui, eh bien, vu ton sourire de Roméo de tout à l'heure, continua Antoine, ça m'étonnerait que ça reste platonique.

— Vous me cassez les couilles.

Isaac se leva, et prit la direction de l'entrée pour remettre ses chaussures.

— C'est bon, Iz ! râla Madou. Ne te barre pas ! On arrête de t'emmerder avec ça.

— Promis ! s'amusa Antoine.

— Allez, reviens, continua Hakim. On ne parlera plus de ta copine.

— Ce n'est pas ma copine, putain !

— Isaac, ne fais pas la tête, dit Aly, on est désolés. On ne voulait pas te mettre mal à l'aise.

— Depuis quand ça le rend mal à l'aise de parler de filles ? demanda Aidan à sa copine.

— Je n'en sais rien, répondit-elle, mais ça le soûle au point qu'il veuille partir, alors arrêtez avec vos remarques.

— C'est bon, reviens, ricana Madou. Je te jure qu'on va parler d'autre chose. On commence même maintenant. Vous avez entendu le nouveau son de l'Italien, les gars ? Ce petit, c'est un tueur !

— C'est du lourd ! approuva Aidan. Il a vraiment un bon *flow*, des textes construits, des instrus qui déboîtent. Il a tout pour lui.

Tandis que le groupe discutait musique, Isaac se rassit à leurs côtés. Il relut discrètement le dernier message d'Emily pour lui répondre.

À Mocheté : La belle et le plouc. Ça me va.

De Mocheté : Évidemment, tu ne te vois pas. Pense à la pollution visuelle que je vais devoir subir toute la soirée.

À Mocheté : Si tu crois que je vais venir en costard, tu te plantes.

De Mocheté : Habille-toi comme tu veux, trésor. Tant que ce n'est pas en jogging.

À Mocheté : Oh ! je suis redevenu l'ami gay…

De Mocheté : Je te présenterai des amis qui pourraient t'intéresser.

À Mocheté : Le jour où je vais te prouver que je ne suis pas gay, tu feras moins la maligne.

Ils continuèrent d'échanger des messages pendant un long moment. Les yeux de ses amis se faisaient malicieux en l'observant, ils rongeaient sans doute leur frein malgré leur curiosité légendaire.

10. Tu t'en souviendras toute ta vie

Emily avait donné rendez-vous à Isaac devant le restaurant de Karl Clément. Lorsqu'elle le rejoignit, avec vingt minutes de retard, le jeune homme l'attendait au coin de la rue. Il avait troqué ses habits du dimanche pour un pantalon beige à la coupe droite, sa veste s'ouvrait sur un pull en laine blanc. Visiblement, il avait fait un effort – partiel, car sa casquette ne l'avait pas quitté. L'épaule appuyée sur le mur de la façade, les mains dans les poches, il affichait ouvertement, par cette attitude, sa nonchalance face aux riverains aisés de ce prestigieux quartier. Lorsqu'il l'aperçut, un fin sourire se dessina sur ses lèvres.

— En retard à notre premier rencard, fit-il, ça craint.

— Une femme n'est jamais en retard, trésor, c'est toi qui es en avance.

Son sourire malicieux s'élargit tandis qu'ils se faisaient poliment la bise. L'odeur du parfum d'Isaac enivra son odorat pendant qu'il la considérait de la tête aux pieds.

— Tu portes toujours des talons ?

— Avec une robe, c'est mieux, non ?

— Je suis content que tu m'aies écouté.

— Ça n'a rien à voir, j'ai mis ce que j'aimais.

— Tu sais, ce n'est pas parce que tu portes un jean et un T-shirt que tu passerais pour une fille qui ne prend pas soin d'elle.

— Tu veux que j'aille me changer, c'est ça ?

— Non, ça prendrait trop de temps, et j'ai faim. Je te répète seulement que tu peux être toi-même avec moi. Tu n'es pas obligée de t'habiller en bombe.

— Comme si je le faisais pour toi. Je connais du monde dans ce resto, je n'ai pas envie qu'ils me voient débraillée.

— C'est marrant que tu dises ça, je croyais que tu te foutais de ce que les gens pensaient de toi.

— Je me fous de ce que tu penses de moi, toi. Là est toute la nuance.

— OK, je ne te dirai pas que tu es belle, alors.

— Effectivement, ne le dis pas.

Emily passa devant lui pour qu'il ne voie pas ses joues s'empourprer. Le restaurant était plus grand que ce à quoi s'était attendu Isaac. La décoration se voulait chaleureuse, mais très vite il remarqua les sourires pincés des serveurs, les signes ostentatoires de richesse des clients, et cela le mit mal à l'aise.

— Bienvenue, mademoiselle Tarsikova, la salua le maître d'hôtel.

— Bonjour, Wallace, j'ai réservé une table pour deux personnes. J'espère que vous ne l'avez pas cédée à cause de mon retard.

— Bien sûr que non, votre présence est très appréciée au sein de notre établissement.

Il lança un regard derrière elle, ses sourcils se froncèrent en apercevant Isaac.

— Pourriez-vous reculer s'il vous plaît, monsieur ? demanda le maître d'hôtel. Cette dame attend de la compagnie. Vous vous êtes probablement trompé d'établissement.

— Pardon ? répondit l'intéressé sur un ton peu aimable. C'est moi qui l'accompagne.

Wallace rit en pensant que c'était une blague.

— Allez, sortez s'il vous plaît, monsieur. Je suis désolé pour le dérangement, mademoiselle Tarsikova. Les gens manquent cruellement d'éducation de nos jours.

Emily avait le choix entre faire un scandale qui s'entendrait jusque dans les cuisines ou agir de façon plus subtile. Elle ne voulait pas quitter ce restaurant qu'elle adorait, et rater l'occasion de déguster leur canard à la truffe. Isaac s'apprêtait à répliquer une réponse cinglante quand elle passa son bras autour de sa taille avant de déposer une main sur son torse. Isaac se demanda ce qu'il lui prenait soudainement.

— Il y a un malentendu, Wallace, dit-elle en souriant faussement. Cet homme est mon compagnon. Cependant, si sa présence vous dérange à ce point, peut-être pourriez-vous faire venir votre supérieur afin que je puisse m'entretenir avec lui ? Je suis certaine qu'il sera ravi de me recevoir.

La main ferme d'Isaac se nicha sur la taille d'Emily, son pouce y dessina de petites arabesques. Elle se dit qu'il faisait sans doute cela pour pouvoir rendre leur histoire plus crédible.

— Toutes mes excuses, bafouilla le quinquagénaire dont le teint vira au rouge écarlate. Je suis vraiment confus.

— Taisez-vous, Wallace, lui ordonna-t-elle en quittant la chaleur du corps d'Isaac pour s'approcher du maître d'hôtel. Vous avez manqué de respect à mon ami, vous mériteriez que j'en fasse part directement au chef Clément.

— Je vous prie de bien vouloir excuser mon attitude, mademoiselle Tarsikova.

— Ce n'est pas à moi qu'il faut dire ça.

Le regard contrit de l'employé se tourna vers celui d'Isaac qui était dur comme du granit.

— Je vous présente mes plus plates excuses, monsieur. Je suis vraiment navré pour ce malentendu. Je vous conduis à votre table ?

Emily se tourna vers Isaac qui gardait le silence.

— Est-ce que tu acceptes ses excuses, mon amour ? lui demanda-t-elle malicieusement.

— Ça ira pour cette fois.

Il la prit à nouveau par la taille, et l'attira à ses côtés sans manquer de fusiller le maître d'hôtel du regard. Cela ne servait plus à rien d'être si près l'un de l'autre, mais Emily resta à sa nouvelle place sans se faire prier. Elle avait déjà eu un aperçu des muscles d'Isaac, et maintenant qu'elle les sentait, elle eut envie d'être encore plus proche de lui. Alors, elle posa la main sur celle de son ami, à sa taille, et il l'attira encore un peu plus près.

— Vous avez de la chance que ma copine soit plus encline que moi à la discussion, le réprimanda Isaac.

— Toutes mes excuses, monsieur. Pour oublier cet incident, permettez-moi de vous offrir une bouteille de champagne.

Lorsqu'il leur tourna le dos, Isaac plongea ses yeux noisette dans ceux de la jeune femme, un fin sourire ornait ses lèvres rosées. Un échange inaudible se fit entre eux sans qu'ils en comprennent réellement le sens. Ils se regardaient attentivement, comme s'ils se découvraient pour la première fois.

— Après toi, mon cœur, fit Isaac en tendant le bras vers la salle de restaurant.

— N'y prends pas goût, mon ange.

— Peut-être que c'est toi qui y prendras goût, mon sucre d'orge.

Emily ne put s'empêcher de rire, et Isaac l'imita sans peine. Ils se dépêchèrent de rejoindre Wallace qui les attendait devant leur table. À peine furent-ils installés qu'un serveur déposa une bouteille de champagne dans un seau à glace.

— Je suis étonné, dit Isaac, souriant, en buvant une gorgée de liquide doré.

— C'est-à-dire ?

— D'être entré dans la catégorie des gens que tu protèges.

— Je voulais seulement manger.

Son sourire s'élargit davantage tandis qu'il continuait de déguster sa boisson. Comme à leur habitude, ils discutèrent avec une simplicité déconcertante. En l'espace de quelques semaines, une complicité s'était créée entre leurs deux esprits taquins.

— Je peux te poser une question sans que tu te moques de moi ?

— Bien sûr, ricana-t-elle.

— Tu commences déjà à rire.

— Mais non ! Je t'écoute.

Il prit une fourchette parmi les trois qui se trouvaient près de son assiette.

— Comment tu sais laquelle il faut utiliser ? Je n'ai jamais rien compris à ce truc.

Elle se mordit la lèvre inférieure pour tenter de masquer son sourire moqueur.

— Il faut commencer par celle qui est le plus à l'extérieur. À chaque plat, tu dois changer de couverts.

— Pourquoi ? Elles sont toutes très bien, ces fourchettes.

— Parce qu'elles sont adaptées à la nourriture qu'il y a dans ton assiette.

— C'est des conneries, tout ça. Une fourchette, c'est une fourchette. Ils se donnent du mal pour rien. C'est les mecs à la plonge qui doivent faire la gueule.

Les plats défilèrent sur la table, remplissant leurs ventres de gourmandise. Au départ, Isaac avait fait la tête en voyant les petites quantités servies, mais ce qu'il n'avait pas compris, c'est qu'il s'agissait avant tout de qualité. Tout était parfaitement calculé pour qu'ils puissent manger l'apéritif, l'entrée, le plat et le fromage sans être repus jusqu'au dessert.

— J'avoue que je n'ai plus du tout d'appétit…, soupira Isaac en se laissant tomber au fond de sa chaise.

— Tu as aimé ?

— Ça ne vaut pas un kebab sauce algérienne, mais ça passe.

— Tu exagères !

— Ça va, je plaisante ! J'ai adoré, c'était super bon.

Ils buvaient leur café quand le chef Karl Clément en personne se présenta devant eux.

— Emily ! l'apostropha-t-il. Je suis ravi de vous voir dans mon établissement. Tout s'est bien passé ?

Elle lança un furtif coup d'œil à Wallace qui la regardait d'un air implorant. Un simple mot de sa part, et il risquait l'avertissement professionnel, voire le licenciement.

— C'était délicieux, comme d'habitude.

— Et vous, monsieur…

— Mehla, répondit timidement Isaac. Et c'était très bon.

— J'en suis ravi, se félicita le chef étoilé. Emily, est-ce que ça vous dérangerait de faire une photo avec ma brigade et moi ? Ça nous ferait une belle publicité pour notre compte Instagram si les gens voient que vous venez goûter notre cuisine.

— Avec plaisir.

Le chef Clément fit un signe de la main en direction des cuisines, puis une dizaine de ses collègues se présentèrent. Isaac semblait légèrement gêné par toute cette attention, les clients des autres tables les observaient avec curiosité.

— Je n'y crois pas, c'est Isaac du groupe Gravity ! déclara l'un des plus jeunes cuisiniers. Emily Tarsikova et Isaac sortent ensemble.

— Adrien, la vie privée de nos clients ne nous regarde pas ! le réprimanda son chef. Dans ce type d'établissement, il faut savoir faire preuve de discrétion si tu tiens à rester.

— Excusez-moi, chef, répondit Adrien d'une petite voix.

— Il n'y a pas de mal, le rassura Isaac avec un sourire bienveillant.

Le jeune blond lui rendit ce geste amical, puis Emily posa avec eux pour une photo prise par Wallace.

— Est-ce que je peux prendre une photo avec toi aussi ? demanda le jeune cuisinier à Isaac. J'adore vos morceaux, et vos musiques m'ont beaucoup aidé à une période difficile de ma vie.

— Bien sûr, répondit le rappeur, qui sembla être touché par ce compliment.

Il se leva pour le rejoindre, et le jeune homme prit un selfie avec son idole, plus heureux que jamais. Il ne le remercia pas moins de trois fois avant de regagner ses comparses en cuisine.

— Une vraie star ! le taquina Emily alors qu'Isaac terminait son café.

— C'est pour ce genre de rencontre que je me dis que je ferai du rap toute ma vie. Si quelqu'un écoute un de mes textes, et qu'il se sent compris, alors j'ai tout gagné, le travail est fait.

— Et bien fait, visiblement. Comment tu en es venu à faire de la musique ?

— Au départ, c'était un passe-temps entre amis quand on était ados, puis ça s'est transformé en passion. On faisait du rap dans nos chambres, nos parents n'en pouvaient plus ! Puis, on a enregistré une première mixtape en se cotisant pour payer les séances de studio. Avec Hakim, on travaillait au KFC, Antoine dealait un peu de drogue, Aidan était serveur dans un bar et Madou bossait au marché de Rungis. Jamais on n'aurait pensé que notre art plairait à d'autres personnes que nos potes, mais ça a été le cas. Ensuite, tout est allé très vite : la radio, le premier album, les concerts. C'est rare de percer dans ce milieu, on a eu de la chance.

— Je ne crois pas à la chance, le contredit Emily. Réussir à vivre de sa passion, c'est 90 % de travail, 10 % de talent. Crois-moi, je sais de quoi je parle.

— C'est vrai que nous avons ça en commun, nous sommes des passionnés qui avons réussi.

Ils continuèrent de discuter, puis un serveur leur apporta l'addition. Emily lui tendit sa carte la première.

— Vous payez séparément ? leur demanda-t-il à voix basse, l'air très gêné en constatant qu'Isaac avait lui aussi sorti sa carte.

— Non, je paye tout.

— Tu es folle ! s'insurgea Isaac. Il y en a pour trois cent trente euros.

— C'est bon, ce n'est rien.

Le serveur lui tendait l'appareil pour qu'elle compose son code quand le rappeur le lui arracha des mains.

— Tu penses que tu fais la charité ou quoi ? s'énerva-t-il. Je ne suis pas ta pute, Tarsikova.

— Tu as payé les kebabs de la dernière fois, c'est mon tour. Et sache que, si tu étais ma pute, ça ferait longtemps que je t'aurais baisé.

Le serveur recula d'un pas, ne sachant visiblement pas où se mettre.

— On paye séparément, lui ordonna Isaac en lui tendant l'appareil.

— C'est hors de question ! s'agaça Emily en le lui reprenant des mains.

— Arrête ça, je te jure que tu commences vraiment à m'énerver. J'ai l'air de quoi, moi ?

— D'un connard qui n'accepte pas qu'une femme lui offre un repas dans un restaurant parce que sa fierté parle à sa place. Détends-toi, trésor, ça va bien se passer, respire un bon coup.

À nouveau, il essaya de lui prendre l'appareil des mains, elle recula vivement. Isaac se leva, mais trop tard, elle venait de taper son code, et la machine affichait déjà : « paiement accepté ».

— Tu fais vraiment chier, Tarsikova !

Il fouilla dans ses poches, et tendit un billet de cinquante euros au serveur. Ce dernier l'accepta poliment en le remerciant.

— Très généreux de ta part, le charria-t-elle.

— J'aurais donné plus, mais je n'ai que ça sur moi. Ça compensera le fait que je n'ai rien dépensé ce soir.

Ils quittèrent le restaurant sans prendre la peine de répondre à Wallace qui leur souhaitait une bonne soirée.

Après ce succulent repas, ils se retrouvèrent devant le restaurant à se demander quelle suite donner à leur non-rencard. Il était encore tôt, et aucun des deux n'avait envie de rester seul ce soir-là. Le vent froid de février balaya les longs cheveux d'Emily, un frisson parcourut son corps malgré son manteau en laine Burberry. Isaac avait bien vu qu'elle frissonnait, mais s'était retenu de caresser son dos pour lui apporter un peu de chaleur.

Lorsqu'elle s'était nichée dans ses bras dans le restaurant pour faire taire le maître d'hôtel, il avait aimé le contact de son corps près du sien. D'ailleurs, il ne s'était pas gêné pour en profiter un peu plus en la rappelant à lui quand elle s'était ensuite éloignée. Bien sûr, il avait fait ça pour faire croire à Wallace qu'Emily était sa petite amie, mais, au-delà de ça, il avait pris goût en à peine quelques secondes au fait d'avoir sa main sur la taille de la mannequin.

— Je suppose que Paul va venir te chercher ? lança-t-il.

— Il est de repos aujourd'hui.

— On rentre à pied ? À moins que tu veuilles qu'on prenne un taxi ? Parce qu'avec tes talons, tu vas souffrir.

— Va pour le taxi.

Isaac pianota sur son téléphone pour leur commander un Uber. Emily voulait lui dire qu'elle souhaitait en payer la moitié, mais après la pseudo-humiliation d'Isaac – avoir été invité par une femme –, elle se retint de lui faire cette proposition.

Le chauffeur les déposa au pied de l'immeuble de la jeune femme. Quand Isaac fut sorti de la voiture, elle donna discrètement au conducteur un billet de vingt euros en guise de pourboire. L'homme la remercia d'un sourire conquis.

— Tu veux monter ? proposa-t-elle.

— Je ne sais pas, tu as racheté du thé à la pomme ?

— J'ai une boîte neuve.

— Dans ce cas, je veux bien.

— Comme si tu montais seulement pour le thé, le défia-t-elle en ouvrant la porte de l'immeuble.

— Et selon toi, pour quelle autre raison j'irais chez toi ?

Ils s'engouffrèrent dans l'ascenseur tandis qu'Emily réfléchissait à sa réponse. Isaac avait le don pour la pousser dans ses retranchements.

— Peut-être que tu aimes bien la vue depuis mon appart ?

Il rit légèrement en la fixant.

— Tarsikova…, soupira-t-il. Je t'ai connue avec plus de repartie.

— J'essaye de te ménager.

— Oh ! mais tu ne devrais pas. Je suis toujours prêt à t'affronter.

Lorsqu'ils entrèrent dans l'appartement, ils ôtèrent leurs manteaux, puis Emily se débarrassa de ses bottes à talons pour redescendre de cinq centimètres. Isaac fit comme s'il était chez lui en remplissant la bouilloire d'eau avant de sortir des tasses et le thé à la pomme.

— Je vois que tu as trouvé tes marques, observa Emily.

— Ça te gêne ? s'inquiéta-t-il faussement en s'asseyant sur le plan de travail.

— Tant que ça se cantonne à la cuisine, ça ira.

— Fais attention, on peut faire des tas de choses dans une cuisine.

Un sourire malicieux orna ses lèvres alors qu'Emily ricanait de son sous-entendu grossier.

Une fois le thé prêt, ils s'installèrent au salon.

— Je pourrais m'endormir sur ce canapé, soupira Isaac. Il est tellement confortable.

— C'est normal, c'est un Vessimo.

— Je suis censé comprendre ce que ça veut dire ?

— C'est une marque qui fabrique des sofas de luxe. Celui-ci vient d'Italie.

Il rit en soufflant sur son thé pour qu'il refroidisse plus vite.

— Pourquoi est-ce que tu te moques encore de moi ?

— Sérieusement, mocheté, qui fait ça ? Je veux dire, acheter un canapé de luxe, et se le faire livrer depuis l'Italie. Tu ne pouvais pas aller chez Ikea comme tout le monde ?

— Si je l'avais acheté chez Ikea, tu ne serais pas en train de ronronner dessus. Et puis, j'ai de l'argent, il faut bien que je le dépense. Autant me faire plaisir en m'achetant ce petit bijou.

— C'est clair que ce n'est pas moi qui vais m'en plaindre. Un canapé importé d'Italie… Et ton tapis, là, il vient de Russie ?

— Non.

— Tu l'as acheté où ?

— Je ne vais pas te le dire, tu vas encore te moquer de moi.

— Allez, dis-moi. Je te promets que je ne rigolerai pas.

Ses dents mordillaient sa lèvre inférieure pour tenter de cacher son sourire moqueur. Emily hésita, mais elle préférait assumer ses achats de luxe plutôt que de lui mentir.

— Je l'ai acheté au Japon il y a deux ans quand j'y suis allée pour un défilé.

— Et tu l'as fait livrer jusqu'ici ? demanda-t-il, le regard incrédule. Ça a dû te coûter le prix du tapis.

— Étant donné qu'il était à cinq mille euros, en réalité, ça m'a coûté moins.

Le visage d'Isaac se peignit d'un mélange de sidération et d'effarement.

— Tu n'as vraiment aucune notion de l'argent pour claquer ton fric dans des choses aussi futiles. Ça se voit que tu n'as jamais été dans le besoin.

Cette conversation commençait à susciter un agacement chez Emily qu'elle peinait à dissimuler.

— Donc, je devrais avoir honte d'avoir commencé à travailler à douze ans, et de bien gagner ma vie ? Quand toi tu faisais des dictées, j'avais déjà signé mon premier contrat avec une agence nationale.

Isaac faillit recracher le thé qu'il venait d'apporter à sa bouche. Ses yeux interdits se posèrent sur le visage froid d'Emily.

— Tu es en train de me dire que tu as arrêté l'école à douze ans ?

— Ne dis pas n'importe quoi, ma mère me donnait des cours entre deux séances photo.

— Ce n'est pas ça ma question, se reprit-il en posant sa tasse sur la table. Tu n'es pas allée à l'école depuis que tu as douze ans, c'est bien ça ?

En entendant sa question, elle marqua un temps d'arrêt. Pourquoi cela l'étonnait-il autant ? Il n'y avait rien de mal à faire l'école à la maison quand les enfants ne pouvaient pas s'y rendre, non ?

— Je n'avais pas le temps d'y aller, se défendit-elle maladroitement. C'est si grave que ça ?

— Évidemment que c'est grave ! C'est pour ça que tu n'as pas d'amis.

Emily se figea tant sa remarque la blessa. Alors voilà l'image qu'il avait d'elle. Celle d'une pauvre petite fille riche qui n'avait personne à qui parler.

— Ce n'est pas ce que je voulais dire, s'excusa-t-il en observant son regard défait.

— Comme la dernière fois, c'est exactement ce que tu voulais dire. Figure-toi que j'ai des amis.

— Je ne te parle pas de *copines*, je te parle de gens sur qui tu peux compter quand tu es vraiment en galère. Des personnes qui te connaissent réellement, celles à qui tu peux confier tous tes secrets même si t'en as honte.

— J'ai Asma, ta cousine.

— Et qui d'autre ?

— Marlène ? hésita-t-elle.

— Marlène, l'ex de Hakim ? Si tu considères ce genre de personnes comme des amies, c'est que tu ne sais pas vraiment ce que c'est.

— Parce que tu crois que tes potes valent mieux qu'elle ? s'énerva-t-elle pour de bon. Tu n'es même pas capable de leur dire qu'on se voit de temps en temps parce que tu sais qu'ils te prendraient la tête plutôt que d'avouer que j'ai changé, et que je suis quelqu'un de bien. Ne viens pas me faire l'éloge de l'amitié alors que tu n'es même pas foutu d'assumer les tiennes.

Isaac cilla à plusieurs reprises en digérant ce qu'elle venait de lui jeter au visage.

— Tu marques un point.

— Je n'ai pas fini ! J'ai de vrais amis, mais ils ne vivent pas en France. J'ai passé le plus clair de ma vie à l'étranger, je revenais seulement par intermittence. Je suis rentrée l'année dernière quand ma sœur me l'a demandé. Ce n'est pas simple de maintenir une relation quand tu ne vois les gens qu'une ou deux fois dans l'année.

— Pourquoi ta sœur t'a demandé de rentrer en France ?

La bouche pulpeuse de la mannequin s'entrouvrit légèrement face à cette question.

— C'est tout ce que tu as retenu de ce que je viens de te dire ?

— Non, j'ai écouté. J'ai des tas d'amis, blabla, je vivais à l'étranger, blabla… et puis blablabla encore. Tu vas répondre à ma question, maintenant ?

Elle balaya ses cheveux de la main d'un geste nerveux, plus qu'agacée par son comportement puéril. Ne voulant pas lui donner satisfaction, elle se mura dans le silence.

— J'attends, Tarsikova.

— Je m'en fous, Mehla.

— Allez, dis-le-moi. Ça devait être grave pour que ta frangine te demande ça, et surtout que tu acceptes.

— Ce sont de vieilles histoires de famille, rien de passionnant, passe à autre chose, s'il te plaît.

— Tu es relou comme fille.

— Je te retourne le compliment : tu es relou comme fille.

Il ricana légèrement, puis reprit sa tasse pour en boire le contenu.

— Changeons de sujet, déclara-t-il. Tout à l'heure, je t'ai dit pourquoi je pourrais rapper jusqu'à la fin de ma vie. Maintenant, à toi de me dire pourquoi tu continues ton métier.

— Pour pouvoir m'acheter à manger ; je pense que c'est une raison suffisante.

Évidemment, après la pique qu'elle venait de recevoir, la dérider n'allait pas être aussi simple qu'il l'imaginait. Cependant, Isaac avait le don pour désamorcer les situations les plus tendues.

— Allez, sérieusement, insista-t-il. Ça se voit que tu adores poser devant l'objectif, tu aimes qu'on te regarde. Dis-moi ce que tu apprécies là-dedans.

Emily se détendit légèrement face au sourire de son nouvel ami. Il semblait réellement enclin à vouloir reconstruire une atmosphère plus chaleureuse entre eux, alors elle fit un léger effort.

— Je n'ai connu que ça, répondit-elle d'une petite voix. Je ne sais rien faire d'autre.

Isaac fut touché par sa réponse d'une sincérité sans égale. Il était rare que la mannequin reconnaisse ses faiblesses, et plus encore qu'elle les montre. Ses yeux fuyaient les siens, comme si elle avait honte de son aveu.

— Tu n'as pas passé de diplômes quand ta mère te faisait l'école à la maison ?

— En fait, elle a arrêté quand j'ai eu dix-sept ans, et mon père a embauché un précepteur. J'ai eu mon bac S avec mention très bien, puis j'ai suivi des cours par correspondance pour pouvoir continuer d'étudier. J'ai eu mon master 2 en droit des affaires internationales, et je me suis arrêtée là. Mon père aurait voulu que je continue pour devenir avocate, mais l'envie n'y était pas.

Un sifflement sortit de la bouche d'Isaac pour montrer qu'il était impressionné par son cursus scolaire.

— Donc tu n'es pas que belle, conclut-il, tu es aussi une tête.

— En fait, je suis surtout obstinée. Je ne voulais pas être le genre de top model qui, arrivée à la retraite, soit trente-cinq ans pour certaines, se retrouve subitement inutile. J'avais envie d'être autre chose qu'une jolie fille à regarder. Si un jour, pour une quelconque raison, je dois arrêter mon métier, je souhaite avoir un plan B pour ne pas me retrouver sans rien.

— C'est tout à ton honneur.

— Merci. Et toi, ton parcours ?

Il sourit avec douceur en fixant le vide devant lui.

— Rien de bien intéressant. C'est beaucoup moins glorieux que le tien.

— Allez, raconte-moi.

Il lui lança un regard oblique sans se défaire de son sourire en coin.

— Je suis né en Algérie, mon père est mort quand j'avais cinq ans. On est venus vivre en France avec ma mère, ma grand-mère, Hak, et Anissa, ma sœur. Ma mère bossait tout le temps pour pouvoir subvenir à nos besoins, c'est ma grand-mère qui nous a principalement éduqués alors qu'elle ne parlait pas un mot de français. Elle a appris à lire et écrire en même temps que moi. Plus tard, j'ai passé un bac pro clim que j'ai évidemment raté. Et voilà.

— Je suis désolée pour ton père. Au moins, tu as grandi dans une famille aimante.

— Les valeurs familiales sont primordiales pour moi. Ma mère et ma grand-mère se sont sacrifiées pour nous offrir une bonne éducation. Pour Anissa et Izia, sa fille, je pourrais donner le monde. D'ailleurs, avec Hakim, on a beaucoup aidé notre sœur quand son copain l'a quittée quelques semaines après la naissance d'Izia.

— Il a vraiment fait ça ? s'étonna Emily.

— Bien sûr. Avec Hakim, on l'a retrouvé, et on lui a fait comprendre qu'un homme qui abandonne sa famille, quelle qu'en soit la raison, ne mérite pas de vivre.

Emily l'observait avec de grands yeux, se demandant s'il n'exagérait pas. En effet, quitter sa copine alors qu'ils venaient d'avoir un bébé était un acte immonde, mais de là à lui souhaiter la mort…

— Et du coup… que lui avez-vous fait ? demanda-t-elle avec un peu de crainte.

— On l'a sommé de revenir, pas pour se remettre en couple avec Anissa, mais simplement pour être présent pour sa fille. Il a refusé, alors on l'a un peu bousculé, puis on l'a laissé partir. On ne pouvait pas le forcer à être un bon père, Anissa s'est trouvée enceinte par accident, il ne voulait pas d'un enfant. Izia n'aura donc pas de père, mais elle a deux oncles qui s'occupent d'elle.

— C'est toujours ça…

Un silence gênant s'installa entre eux tandis qu'ils ressassaient intérieurement ce qu'ils venaient d'apprendre l'un de l'autre.

— Tu fais quoi jeudi soir ? lui demanda Isaac en la sortant de ses pensées.

Elle consulta son agenda via son téléphone.

— Tu es tellement occupée qu'il faut que tu vérifies ton planning ? se moqua-t-il.

— Arrête de toujours te foutre de moi. Je pars dans une semaine en Turquie pour un nouveau shooting, j'ai pas mal de rendez-vous professionnels avant. Et du coup, jeudi, je ne suis pas disponible. D'ailleurs, aucun autre jour, non plus.

— Eh bien, tu vas annuler.

— Je déjeune au restaurant avec mon agent, il me faudrait vraiment une bonne raison pour que je n'y aille pas.

— Annule, je vais te faire découvrir quelque chose.

— Qu'est-ce que c'est ? s'inquiéta-t-elle.

— Tu verras bien.

— Je ne vais pas annuler pour un truc tordu.

— Ce n'est pas un truc tordu, tu vas adorer, c'est sûr. Je te donne juste un indice. Il faudra que tu viennes avec une tenue normale.

— C'est-à-dire ?

— Pas de robe haute couture, pas de talons, pas de sac à main hors de prix.

— Tu comptes m'emmener au marché de Clignancourt ?

Son sourire amusé s'élargit tandis qu'Emily craignait le pire.

— Je ne te dis rien, mais crois-moi, c'est sûr que c'est un truc que tu n'as jamais fait.

L'air mystérieux affiché sur son visage ne présageait rien de bon, mais il venait de piquer la curiosité d'Emily.

— OK pour jeudi, j'annulerai mon rendez-vous, assura-t-elle. Ça a intérêt à m'émerveiller.

— T'émerveiller, je ne sais pas si c'est le bon mot, mais tu t'en souviendras toute ta vie, c'est sûr.

Emily se demanda soudainement si elle n'avait pas accepté trop vite, mais c'était trop tard pour reculer. Quant à Isaac, il se languissait déjà de voir Emily Tarsikova dans l'endroit où il comptait l'emmener.

11. Je sais que tu mens

Depuis qu'elle s'était réveillée, Emily ne pensait qu'à son rendez-vous du soir avec Isaac. Elle appréhendait qu'il l'entraîne dans un endroit étrange. Bien sûr, elle savait qu'il ne lui ferait courir aucun risque pour sa sécurité – quoique –, mais elle se posait mille questions sur la suite des événements. Elle aimait avoir le contrôle de ce qu'elle faisait, où elle allait, et avec qui. Là, elle était perdue, et devait se laisser guider par son nouvel ami qui adorait la pousser dans ses retranchements dès qu'il en avait l'occasion. À coup sûr, il n'allait pas l'emmener dîner dans un restaurant étoilé ou écouter un concert d'orchestre symphonique.

Isaac lui avait demandé de s'habiller simplement. Aussi, elle avait opté pour un jean Levi's classique ainsi qu'un T-shirt noir Adidas. Comme demandé, les talons resteraient au placard, et sa paire de Nike allait enfin sortir de son dressing. Elle n'avait pas réussi à ne pas se maquiller. Après tout, un peu de mascara et de poudre, ce n'était pas être apprêtée, si ? Ses longs cheveux bruns avaient été attachés dans une haute queue-de-cheval. En mettant sa parka kaki devant le miroir de son dressing, elle se fit la réflexion qu'elle n'était jamais sortie de chez elle dans une tenue aussi… banale. Elle se trouvait soudainement quelconque, et ce simple constat l'obligea à arrêter de se regarder dans la psyché.

Quand elle retrouva Isaac au pied de son immeuble, il marqua un temps d'arrêt en la découvrant ainsi.

— C'est la première fois que je te vois en baskets, mocheté.

— J'ai l'air d'une plouc comme toi, mais je dois reconnaître que c'est plus confortable qu'une paire de Louboutin.

— J'imagine… On y va ?

— Paul ne va pas tarder à arriver.

— Pas de chauffeur ce soir, on prend le métro.

— Le métro ?

— Oui, tu sais, l'espèce de train souterrain que des millions de gens normaux prennent chaque jour pour aller bosser.

— Ça va, je sais ce que c'est, râla-t-elle en lui emboîtant le pas. C'est juste que, à part en cas d'extrême nécessité, j'ai arrêté de le prendre depuis un moment.

— C'est certain qu'un chauffeur est plus tentant.

— Ce n'est pas ça.

— C'est quoi, alors ? s'enquit-il. Tu es claustrophobe ?

Elle garda le silence quelques secondes avant de lui confier ses craintes.

— J'ai peur que les gens me reconnaissent, et me demandent de prendre des photos avec eux.

— Ce serait si grave que ça ?

— La foule, ça me fait paniquer, avoua-t-elle en le suivant sous terre.

— C'est si dur d'être célèbre…

Emily ne sourit pas à sa taquinerie, appréhendant les mouvements de foule du métro. Pour l'avoir vécu, elle avait horreur de ça. Tous ces gens qui se jetaient sur elle pour obtenir une photo, tous ces regards scrutateurs. Poser face à un objectif ou défiler était une chose, être seule devant des gens dont elle ne connaissait pas les intentions en était une autre.

Elle s'arrêta devant une machine pour s'acheter des tickets de transport quand Isaac la prit par le bras.

— Ne t'embête pas avec ça, on va passer par-dessus les tourniquets.

— C’est hors de question, s’offusqua-t-elle. Je n’ai pas quinze ans, pour faire ce genre de choses.

— C’est pour l’ambiance.

— Et s’il y a des contrôleurs ?

— T’auras juste à leur faire ton plus beau sourire.

— Tu es si naïf, trésor. Je vois déjà la prochaine une de *Closer* : le mannequin millionnaire, Emily Tarsikova, fraude dans le métro parisien.

— Tu es millionnaire ?

— Ça ne te regarde pas ! rétorqua-t-elle. C’est ce que pensent les gens.

— Arrête de te soucier de ce que pensent les gens ! s’agaça-t-il. Ce soir, c’est moi qui gère, s’il y a un souci, je prendrai mes responsabilités, et je te promets que ton image de femme froide qui se la pète ne sera pas écorchée.

La top model soupira d’exaspération, puis Isaac passa un bras autour de ses épaules pour la conduire devant les tourniquets. Il attendit que quelqu’un passe, puis il sauta par-dessus, avant de retenir la porte pour qu’elle ne se bloque pas.

— À ton tour, mocheté.

Ne voulant pas passer pour une dégonflée devant lui, elle enjamba le tourniquet avec une certaine inquiétude. Isaac lui lança un sourire conquis.

— Tu vois, ce n’était pas si compliqué.

— Je sens que cette soirée va être longue.

— Oh oui, pourvu qu’elle le soit !

Sur le quai, la foule se densifia, ce qui ne fit qu’accentuer le sentiment de malaise de la mannequin. Alors qu’ils attendaient le prochain métro qui devait arriver dans quatre minutes, un groupe de jeunes s’avancèrent vers eux.

— Excuse-moi, tu ne serais pas Emily Tarsikova ? lui demanda l’un d’eux.

Elle lança un regard noir à Isaac qui signifiait : tu vois, je t’avais prévenu. Isaac haussa les épaules, il ne voyait pas où était le mal.

— Oui, c'est moi, répondit-elle avec un sourire qui se voulait chaleureux.

— Oh ! les gars ! Je n'y crois pas ! cria-t-il. Je peux prendre une photo avec toi ? Je like tous tes posts Instagram, je suis ton plus grand fan !

— Merci, c'est gentil.

Sans attendre son consentement, il se positionna près d'elle, et passa le bras autour de ses épaules avant de pointer son téléphone vers leurs visages. Emily fit un timide sourire, puis se détacha de lui dès qu'elle le put. Ses amis réalisèrent le même exercice, tandis que les regards des autres voyageurs se faisaient de plus en plus insistants. Bientôt une dizaine de personnes l'encerclèrent, la prenant en photo sous tous les angles.

— Bon allez, c'est bon ! intervint Isaac. Laissez-la.

— Je n'ai pas eu ma photo, moi ! se plaignit un homme d'une quarantaine d'années.

— C'est fini les photos, siffla le rappeur. Ce n'est pas une bête de foire.

— Si elle ne veut pas être reconnue, elle n'a qu'à pas prendre le métro. Je veux juste une photo.

— C'est bon, Isaac, intervint Emily. Mais je vous préviens, c'est la dernière.

Un sourire triomphant passa sur les lèvres de son admirateur. Quand elle se positionna à ses côtés, la main ferme de l'inconnu se plaça sur sa taille.

— Par contre, je ne veux pas de votre main, l'avertit-elle.

— OK…, répondit-il d'un air déçu.

Juste après avoir pris la photo, il déposa rapidement ses lèvres contre la joue de son idole pour lui voler un baiser. Elle le repoussa vivement en le foudroyant du regard.

— J'ai embrassé la joue d'Emily Tarsikova ! se réjouit-il, les yeux plantés sur son téléphone pour admirer sa photo.

Elle émit un sifflement de dégoût, puis s'éloigna de lui pour rejoindre Isaac dont le regard était dur comme la pierre.

— Un mot de ta part, et je lui éclate les dents sur le quai, dit-il d'une voix blanche.

Emily releva son visage étonné vers celui d'Isaac. Il fixait l'homme comme s'il était prêt à se jeter sur lui.

— Laisse tomber.

La population sur le quai les observait toujours aussi attentivement, elle pria pour que le métro arrive rapidement.

— Hey, on peut en prendre une autre ? revint à la charge le quadragénaire. J'ai fermé les yeux sur la photo.

— Non, je vous ai dit que c'était la dernière.

— Allez, quoi ! Sois sympa.

— Elle a dit non, intervint Isaac. Casse-toi.

— Ça va, reste tranquille, le garde du corps, je veux juste une photo.

Isaac s'approcha de l'homme, et le saisit par le col de sa veste pour l'attirer à lui, leurs visages ne se trouvant plus qu'à quelques centimètres l'un de l'autre. La situation commençait à déraper, et d'ailleurs, les gens autour d'eux s'écartèrent. Emily regardait le spectacle en se demandant jusqu'où il irait.

— Je te le répète, déclara Isaac d'un ton tranchant, elle a dit non. Maintenant, tu la lâches ou je te jure que je te fous sous le prochain métro.

— OK, j'ai compris, râla l'homme en le poussant pour se défaire de lui. Je pensais que tu étais plus sympa que ça, Emily ! Pour quelqu'un qui fait la pute sur Instagram, tu es bien sauvage.

Isaac reprit fermement l'homme par sa veste avant de le pousser violemment pour le faire chuter au sol. Il se retourna vers son amie, et d'un pas vif la rejoignit avant d'attraper son bras pour lui intimer de s'éloigner. Sur leur chemin, les usagers s'écartèrent ; Emily et Isaac continuèrent de marcher jusqu'au bout du quai, où ils furent quasiment seuls. Il défit délicatement l'élastique des cheveux de la mannequin pour les placer autour de son visage, puis déposa sa propre casquette sur la tête d'Emily.

— Ça va ? s'inquiéta-t-il en posant une main rassurante sur sa taille.

— Je t'avais dit que je ne voulais pas prendre le métro. C'est toujours ce qui arrive quand je sors dans des endroits trop peuplés et qu'il n'y a pas de sécurité.

— Je suis désolé, j'avais tort. Je ne pensais pas que les gens deviendraient fous en te voyant. Quand ils me reconnaissent, ils sont toujours super cool.

— Tu es un homme, qui plus est un rappeur. Je suis une femme, mannequin lingerie. On n'a pas le même public.

— Ce n'est pas faux, concéda-t-il. On peut oublier ça, et passer une bonne soirée ?

— Ça se voit que ce n'est pas toi qui t'es fait baver dessus par un tocard, siffla-t-elle en se frottant la joue avec la manche de sa parka.

Les mains d'Isaac encadrèrent son visage, puis ses lèvres se déposèrent à l'endroit où l'homme l'avait embrassée quelques minutes plus tôt. Le baiser fut aussi furtif que tendre et réussit à rougir ses pommettes. À ce contact, le cœur d'Emily s'emballa plus que de raison. Les yeux d'Isaac se perdirent dans la profondeur des siens. C'était la première fois qu'il les voyait d'aussi près. Il remarqua qu'en plus d'être d'un magnifique marron clair, ses iris étaient parsemés de minuscules taches beiges. Isaac aurait aimé continuer de les admirer encore, ils étaient si particuliers.

— Maintenant, c'est un baiser que tu as aimé, fait par un homme que tu apprécies.

— Qui te dit que j'ai aimé ça ?

— Tu ne m'as pas repoussé, donc je suppose que c'est le cas.

Les mains d'Isaac quittèrent le visage d'Emily pour regagner ses poches. Ils se regardaient sans prononcer le moindre mot. L'une ne savait pas comment réagir, et l'autre se demandait ce qu'il lui avait pris d'agir de la sorte. Il aurait pu justifier son geste en lui disant que c'était seulement pour se faire pardonner, mais il ne voulait pas lui mentir.

Le métro entra en gare avec des bruits stridents, les coupant dans leur contemplation commune. Au grand dam d'Emily, la rame était bondée.

— Tu veux vraiment ma mort, Mehla…, murmura-t-elle en fixant les gens entassés les uns contre les autres.

— Ça va aller, reste près de moi.

Il déposa la main sur sa hanche, puis ils se frayèrent un chemin à travers les voyageurs. Comme avec une enfant, Isaac la guida, et lui intima de s'adosser à la porte opposée. Il se positionna face à elle, près, tout près de son corps. À peine quelques centimètres séparaient le visage d'Emily de la clavicule d'Isaac, sa poitrine effleura son torse musclé. Isaac, la surpassant d'une tête, la protégeait du regard des gens, elle l'en remercia intérieurement. L'odeur nauséabonde du métro se mélangea au doux parfum d'Isaac, et ce fut ainsi qu'elle se décontracta dans cet endroit qu'elle détestait et qui lui fichait la frousse.

Arrivé à la station suivante, le métro freina brusquement ; Isaac retint Emily par la taille pour qu'elle puisse garder l'équilibre. Durant tout le trajet, la main d'Isaac ne la quitta plus, et elle dut reconnaître au fond d'elle-même qu'elle aimait ça.

Une fois sortis du métro, ils purent respirer l'air frais et pollué de la capitale. Emily savoura le fait de ne plus être collée à des inconnus, même si elle avait aimé qu'Isaac soit si proche d'elle. Elle mit plusieurs secondes à comprendre dans quel quartier de Paris ils se trouvaient. Elle n'avait pas fait attention à la station à laquelle ils étaient descendus, se laissant guider par Isaac. De nombreux bruits de klaxon se faisaient entendre, des gens parlaient fort. Elle reçut un nuage de fumée de cigarette en plein visage pendant que son ami la considérait d'un air amusé.

— Ne me dis pas qu'on est à Barbès, s'il te plaît.

— On est à Strasbourg-Saint-Denis, précisa-t-il.

— Je déteste ce quartier, siffla-t-elle. On va m'arracher mon sac à main.

— Tu ne vas rien te faire voler parce que tu es avec moi.

— Tu m'en diras tant.

Ils avancèrent sur le grand boulevard où une dizaine de racoleurs proposèrent à Emily des faux ongles, des tissages, des perruques ou encore un défrisage à moitié prix.

— Tu ne veux pas te faire défriser ? la taquina Isaac.

— Le jour où je laisserai ces pseudo-coiffeurs toucher une seule mèche de mes cheveux, c'est que je serai morte.

Il rit intérieurement. C'était grisant de la sortir de ses habitudes. Ils quittèrent l'agitation de l'avenue pour avancer dans de petites rues moins peuplées. Le rappeur s'arrêta cinq minutes plus tard devant une porte vitrée dont l'encadrement était d'un bleu délavé. Il n'y avait aucun nom de restaurant, pas de menu à l'extérieur. Devant eux passèrent deux hommes en boubou, ils retinrent la porte qu'Isaac attrapa en les remerciant.

— Tu viens, mocheté ?

Le sourire malicieux sur ses lèvres ne présageait rien de bon. Emily ne savait pas ce qu'il y avait au bout du couloir qui leur faisait face. Ne voulant pas le décevoir, elle passa devant lui, puis ils marchèrent jusqu'à une porte battante qui s'ouvrit devant ses yeux ahuris. Elle découvrit une immense salle dans laquelle se trouvaient sans doute une centaine de personnes. Le bruit de discussions, de rires, de couverts raclant des assiettes, prit d'assaut son ouïe en souffrance. Tous les gens devant eux semblaient être d'origine africaine – de plus, leurs vêtements, leurs visages tirés, tout affichait le fait que le milieu dans lequel ils vivaient était précaire.

— Ne me dis pas que tu m'as emmenée dans un foyer malien, déclara-t-elle, le regard interdit.

— Quel sens de l'observation ! Allez viens, on va chercher nos assiettes.

Sur elle, elle sentit des regards curieux, alors elle baissa les yeux, honteuse de sa propre présence dans cet établissement. En un shooting photo, elle gagnait sans aucun doute bien plus que ce qu'ils percevaient en plusieurs années. Elle se sentit mal à l'aise dans son jean Levi's à deux cents euros. Isaac dut s'en apercevoir, car il déposa la main au creux de ses reins pour lui intimer de le suivre. Il donna un billet de dix euros à une femme tenant une caisse, puis il tendit à Emily une assiette et des couverts qu'elle accepta sans prononcer un mot. Des femmes les servirent généreusement, puis ils s'installèrent l'un en face de l'autre à une des grandes tables que d'autres personnes partageaient également.

— Je t'avais dit que tu t'en souviendrais toute ta vie, s'amusa-t-il en découpant une cuisse de poulet.

— Je suis vraiment gênée.

— Pourquoi ? Ici, personne ne te connaît, personne ne te juge. Tu payes, tu manges, tu t'en vas.

— Je pars demain pour la Turquie, je te jure que, si je tombe malade à cause de cette nourriture, je te tue.

— C'est vrai qu'il ne faut pas trop regarder l'hygiène, mais c'est super bon. Goûte !

Elle se risqua à prendre une fourchette de riz baignant dans une sauce rougeâtre.

— Alors ?

— Ce n'est pas mauvais, mais ce n'est pas délicieux non plus.

— Tu payes cinq euros le repas, ricana-t-il, tu pensais vraiment que tu aurais du poulet bio et du riz de l'agriculture durable ? C'est cuisiné avec amour, c'est tout ce qui compte.

— Si tu le dis.

Emily se força à goûter la viande, qui était bien meilleure que le reste, elle se surprit même à la terminer en à peine quelques bouchées.

— Tu sais, tu n'es pas obligée de garder ton sac à main sur tes genoux.

— Je n'ai pas envie qu'on me le vole. Il vaut sans doute plus que toute la recette qu'ils vont se faire ce soir.

— Arrête de toujours raisonner en fric. Ces gens-là, ils s'en fichent que tu sois riche. Ils sont venus ici pour manger.

— Oui, parce qu'ils n'ont pas les moyens d'aller dans de vrais restos, rétorqua-t-elle.

— Tu vois, je ne pensais pas que tu étais le genre de fille à juger les gens sur leur apparence.

— Arrête d'être hypocrite deux minutes, Mehla. Eux et moi, on n'est pas du même monde. Je n'ai absolument rien contre ces gens, ils sont sans doute adorables, mais je ne me sens pas à ma place. Je suis vraiment mal à l'aise devant la pauvreté qu'ils affichent. Je pense que, pour la première fois de ma vie, j'ai honte de gagner autant d'argent et de le dépenser dans des conneries comme un tapis importé du Japon.

Un sourire victorieux étira les lèvres d'Isaac.

— Tu commences à comprendre ce qu'est la valeur de l'argent, maintenant.

— Tu m'as emmenée ici pour me donner une leçon de vie ? s'agaça-t-elle.

— Je t'ai emmenée ici pour te sortir un peu de ton univers de diva. Tout le monde ne naît pas avec une petite cuillère en diamant dans la bouche.

— Une petite cuillère en argent, rectifia-t-elle en appuyant sur le dernier mot. Tu vas me demander de m'excuser d'avoir grandi dans une famille aisée ? Tu vois, Isaac, tu penses que je suis dans le jugement face à toutes ces personnes, mais en réalité, c'est toi qui n'arrêtes pas de me juger.

— C'est faux, arrête de dire des conneries. Je te prends comme tu es.

— C'est justement ça que tu n'as pas compris, Mehla. Tu n'as pas à me prendre comme je suis. Tu n'as pas à me prendre du tout, d'ailleurs.

— Tu as fini ? demanda-t-il sur un ton calme. Parce que je comptais passer une bonne soirée avec une amie, et là, tu es en train de tout gâcher. C'est juste un repas, arrête de chercher des significations là où il n'y en a pas. Tu ne finis pas ton riz ?

Elle lui tendit son assiette qu'il accepta sans se défaire de son sourire en coin. Il engloutit en quelques bouchées ce qui restait du repas avant d'appuyer ses coudes sur la table.

— Tu as encore faim ? lui demanda-t-il.

— Non, ça va, j'ai bien mangé, et je dois reconnaître que ce n'était pas si terrible.

— Vraiment ?

— Ça va, arrête de me charrier ! ricana-t-elle avec douceur.

— Je ne peux pas, c'est tellement marrant. Cela dit… c'est vraiment dommage que tu n'aies plus faim, j'avais prévu un truc pour le dessert.

— Les Restos du cœur, peut-être ?

— Ah, ah, très drôle, mocheté. Allez, prends ton sac de luxe, on s'en va.

Emily n'attendit pas une minute de plus pour se lever. Elle n'osait pas regarder ces gens qui se trouvaient dans une situation précaire. Elle se sentit honteuse en serrant fermement son sac Gucci contre elle. Isaac avait bien fait de lui dire de s'habiller simplement. Elle n'aurait pas assumé le fait de débarquer dans cet endroit avec une robe Chanel à plusieurs milliers d'euros. Le brouhaha de la salle lui avait donné un mal de tête, accentué par la chaleur étouffante qui y régnait.

— On va où maintenant ? s'inquiéta-t-elle alors qu'ils retrouvaient l'air frais de l'extérieur.

— Tu verras.

Il lui fit un clin d'œil malicieux tandis qu'un sourire s'esquissait malgré elle sur ses lèvres.

— Enfin un sourire, c'est le premier de la soirée, observa-t-il.

— Tu exagères…

— Peut-être un peu, admit-il avec malice.

— Au fait, comment tu as connu cet endroit ? Tu n'es pas à plaindre niveau argent, toi non plus.

— C'est une amie de la tante de Madou qui bosse en cuisine. Du coup, avec les gars, on y va de temps en temps.

— Je vois que tu as toi aussi un réseau, ironisa-t-elle.

— Cette amie n'est pas une cheffe étoilée, mais tu as quand même aimé sa cuisine.

— Oui, c'était bon.

Ils continuèrent de discuter jusqu'à arriver devant la vitrine d'un restaurant. Isaac ouvrit la porte et, tel un gentleman, la laissa passer la première.

— Hey, Iz ! Comment tu vas ? l'apostropha un serveur. C'est qui cette petite bombe avec toi ?

— Commence pas, Fred. Il te reste de la place pour deux personnes ? Juste pour un dessert.

— Tu sais bien qu'il y a toujours de la place pour toi.

Il leur désigna une table au fond de la salle, à laquelle ils s'installèrent.

— Charmant, ton ami, releva Emily.

— Il est un peu lourd parfois.

— Ah bon ? Je n'avais pas remarqué.

Il tapa sur la visière de sa casquette – qui se trouvait toujours sur la tête d'Emily – pour répondre à sa taquinerie.

— Qu'est-ce que tu peux être susceptible, le chambra-t-elle en enlevant la casquette pour la déposer sur le dessus de la tête d'Isaac.

— C'est l'hôpital qui se fout de la charité. Tu ne veux pas la garder ?

— Non, ça ira, merci. On est au fond de la salle, et dehors il fait nuit, je devrais être tranquille.

Alors qu'ils n'avaient rien commandé, le serveur déposa devant eux deux fondants au chocolat.

— Tu ne nous as toujours pas présentés, fit-il remarquer.

— Fred, voici… Emma, hésita Isaac. Emma, voici Fred.

— Enchanté, mademoiselle Emma.

— De même, répondit-elle dans un timide sourire.

— Vous avez de la chance, ce sont nos derniers desserts de la soirée.

Il les laissa tandis qu'Isaac fut pris par la gêne.

— Il connaît les gars, expliqua-t-il, s'il leur dit qu'il m'a vu avec une Emily, ils vont comprendre.

— J'ai menti sur ton prénom aussi quand on est allés à mon agence, je ne suis pas en position de te faire une scène. J'espère juste qu'un jour, tu assumeras le fait qu'on soit amis devant tes potes.

— Laisse ça de côté pour l'instant, et goûte ce gâteau. Tu ne vas pas t'en remettre.

Il venait de titiller sa curiosité. Le mets chocolaté fit pétiller les papilles d'Emily, qui retint un gémissement de gourmandise.

— C'est super bon !

— Le meilleur fondant de tout Paris.

Isaac prit à son tour une bouchée, et la savoura en observant sa comparse. De son côté, elle mit à peine plus d'une minute pour finir son gâteau. La frustration la gagna en avalant sa dernière bouchée.

— Prends le mien, si tu veux, lui proposa Isaac qui avait compris qu'elle en voulait encore.

— Je ne peux pas t'enlever cette pépite de la bouche.

— Prends-le, insista-t-il en poussant l'assiette vers elle. J'ai déjà trop mangé tout à l'heure, je ne le finirai pas.

Emily accepta sa générosité d'un sourire chaleureux.

— Je sais que tu mens, Mehla, juste pour me faire plaisir.

— Je dois bien me rattraper pour le coup du foyer malien.

— Tu n'as rien à rattraper, le contredit-elle. C'était gênant, mais cool à la fois. Et puis, tu avais raison sur une chose : je n'oublierai jamais cette soirée.

Isaac se laissa tomber au fond de sa chaise et enfouit ses mains dans les poches de son pantalon en la regardant se régaler. Il se dit qu'Emily était décidément la plus belle femme qu'il ait jamais rencontrée. Plus il la côtoyait, et plus il avait envie de la connaître. Avant leur rendez-vous, il avait appréhendé l'idée de l'amener dans un endroit si différent de ses habitudes, mais force était de constater qu'il avait eu raison. Il aimait lui faire découvrir son monde, tout comme il aimait entrer dans le sien.

— Est-ce que je peux te poser une question ? demanda Emily après avoir terminé son second gâteau.

Isaac opina simplement, curieux.

— Pourquoi tu es toujours célibataire ? se lança-t-elle. Je veux dire… Des tas de filles rêveraient de sortir avec un homme comme toi.

— Des tas, vraiment ? s'amusa-t-il.

— Oui, tu es… plutôt bel homme, marrant, attentionné. Ce sont des qualités recherchées.

Isaac fut ravi de recevoir autant de compliments de la part d'Emily. En temps normal, il aurait tourné cette discussion à la dérision, mais devant le regard doux de son amie, il choisit de faire preuve de franchise.

— J'ai eu plusieurs histoires sérieuses, mais aucune n'a fonctionné. Chaque fois, tu crois connaître une personne, mais dès qu'il y a un désaccord, ça se transforme en dispute. J'ai été pendant un long moment lassé de la vie de couple. Je n'avais aucune envie de m'attacher à une fille, puis de la voir partir parce que je passe mes journées en studio avec mes amis et pas avec elle. Sans parler des tournées, des groupies, etc. La vie d'artiste n'est pas simple à accepter pour la personne avec qui tu es en couple.

— Tu aurais pu réduire ton activité pour essayer de préserver ta vie privée.

Isaac rit avec douceur.

— C'est hors de question, la musique passe avant tout. C'est ma passion, la raison pour laquelle je me lève le matin, et en plus je fais tout ça avec mes meilleurs amis et mon frère. Je ne dis pas que je continuerai jusqu'à ma mort, mais aujourd'hui, je fonctionne ainsi. Peut-être qu'un jour, je trouverai une femme qui travaille autant que moi et qui accepte ma vie telle qu'elle est.

— Je comprends. Si un homme me demandait d'arrêter le mannequinat, je refuserais.

— Si un homme te demande ça, c'est qu'il ne te comprend pas vraiment.

Emily et Isaac continuèrent de discuter ensemble, se découvrant de plus en plus, et ils adoraient ça.

12. J'ai lamentablement échoué

Dans la boîte de nuit, la fête battait son plein. Isaac et ses amis étaient installés dans un carré VIP pour pouvoir profiter de leur soirée tranquillement sans que leurs fans les assiègent. L'alcool coulait à flots, les rires et les discussions allaient bon train.

Il était déjà une heure du matin quand Isaac se demanda si elle viendrait.

— Comment ça va ? le questionna Aidan. Tu as l'air ailleurs, ce soir.

— Tout va bien, je me demandais juste quand Asma allait arriver.

— Tu l'as invitée ? C'est rare que vous fassiez des cousinades en boîte de nuit.

— Je me suis dit que ça pourrait être sympa.

— J'espère qu'elle ne va pas se pointer avec Emily, râla Aidan.

— Ce serait si dérangeant ?

Les sourcils d'Aidan s'arquèrent, tandis que le regard d'Isaac se porta sur la foule qui se mouvait sur un son latino.

— Tu sais bien que c'est toujours compliqué avec elle, expliqua-t-il. Elle déclenche des disputes partout où elle va. Et puis, je n'ai pas envie de passer la soirée à la virer de mes genoux. Elle va encore me coller pendant des heures.

— Je pense que ça fait longtemps qu'elle est passée à autre chose, rétorqua Isaac sur un ton plus froid qu'il ne l'aurait voulu.

— Arrête, cette fille, c'est une vraie sangsue. Je suis sûr que, si je l'appelais, elle rappliquerait dans la minute.

La réponse d'Aidan énerva Isaac, mais il prit sur lui pour garder un visage neutre. Son ami était si loin de ce qu'Emily était devenue. Ou alors, était-ce lui qui était trop naïf ?

— De toute manière, tu ne l'appelleras pas.

— Heureusement que non ! répliqua Aidan. Aly m'égorgerait si je le faisais. N'empêche, je dois reconnaître que j'ai quand même passé de bons moments avec Emily. Je l'ai prise partout et dans toutes les positions possibles. Qu'est-ce qu'elle est torride, cette fille.

Isaac but plusieurs gorgées de whisky pour effacer l'image d'Aidan et Emily qui avait fait son chemin jusqu'à son esprit.

— Et si on parlait d'autre chose ? tenta-t-il. On s'en fout d'elle, non ?

— Carrément, qu'on s'en fout. Plus elle est loin de nous, et mieux c'est. On n'a pas besoin de quelqu'un comme ça dans notre groupe.

— Ouais…

— Tiens, regarde, Asma est arrivée. C'est bon, elle est seule.

Sa cousine salua les garçons chaleureusement en terminant par Isaac. Une lueur de malice animait ses yeux qui l'observaient attentivement. Il devina qu'Emily avait parlé à Asma de leur relation. Il ne savait pas si c'était en bien ou en mal, mais cela le mit mal à l'aise. Il espérait seulement qu'elle garderait ça pour elle.

— Tu es beau ce soir, mon cousin, le taquina-t-elle. Tu attendais quelqu'un, peut-être ?

— Il est toujours beau pour draguer des filles, renchérit Madou.

— Je ne suis pas à l'abri de faire une belle rencontre ce soir, se défendit Isaac.

— Tu cherches la femme de ta vie ? s'étonna Asma. Peut-être que tu l'as déjà rencontrée, mais que tu ne sais pas encore que c'est elle.

— Il a une copine, intervint Hakim. Une certaine Emma. Il ne veut même pas nous montrer de photo d'elle.

Le sourire d'Asma s'élargit, tandis qu'Isaac buvait à nouveau quelques gorgées de son whisky.

— C'est un beau prénom, continua-t-elle.

— Au fait, elle n'est pas avec toi, ta copine ? demanda Hakim.

— Emily ? comprit Asma. Elle avait déjà une soirée à son agence, d'ailleurs elle doit sans doute encore y être.

Son regard se porta à nouveau sur celui d'Isaac, tandis que le sien la fuyait. Elle savait qu'il l'avait invitée en partie pour qu'Emily se joigne à elle, mais elle se retint d'aller plus loin dans ses propos. Au contraire, elle venait de lui dire où il pouvait la trouver s'il voulait la voir. Cela faisait dix jours qu'il ne l'avait pas vue. Emily était rentrée de son shooting en Turquie l'avant-veille, et il n'avait pas trouvé de prétexte pour la recontacter.

— Qu'elle y reste, à son agence, se moqua Madou. Qu'est-ce qu'elle était chiante, cette fille. Toujours en train d'accaparer Aidan.

— Ne dis pas de mal de mon amie, l'avertit Asma. Premièrement, elle était amoureuse de lui. Deuxièmement, elle a beaucoup changé. Si vous appreniez à la connaître réellement, je suis certaine que vous l'apprécieriez.

— On ne veut pas la connaître, dit Hakim. Si elle a changé, tant mieux pour elle, mais ça m'étonnerait.

— Pourquoi tu dis ça ? lui demanda Isaac.

— Tu as bien vu comment elle était la dernière fois ? répliqua-t-il. On l'a ramenée alors qu'il neigeait, elle nous a à peine dit merci.

— Elle n'allait pas non plus se mettre à genoux pour nous baiser les pieds.

— Arrête, Iz, râla son frère. Elle est toujours aussi capricieuse, vénale et stupide.

— Stupide ? répéta Isaac sur un ton sec.

— À part les fringues, elle n'a aucun autre sujet de conversation. Rappelle-toi, elle nous a parlé d'une robe pendant vingt minutes.

Si Hakim savait qu'Emily possédait un master 2 en droit des affaires internationales, il ne se permettrait certainement pas ce genre de remarques.

— C'est parce que c'est sa passion, expliqua Isaac.

— Qu'est-ce que tu as à la défendre, là ? s'énerva Hakim.

— Je ne la défends pas, s'agaça-t-il. Je t'explique seulement que la mode est sa passion. C'est pareil pour nous avec la musique. On pourrait en parler pendant des heures.

— La musique, c'est un art, rétorqua Antoine.

— Parce que la mode, non ?

— La mode, c'est superficiel, lui répondit-il. C'est seulement des apparences, de la poudre aux yeux.

— Chacun ses passions, les gars, intervint Aidan. Si elle aime ça, et qu'elle a réussi à en faire son métier, tant mieux pour elle.

— Oui, c'est vrai, approuva Madou. Heureusement qu'elle n'a pas choisi sa deuxième passion : le sexe. Elle aurait fini pute de luxe.

Tout le groupe partit dans un rire gras, à part Asma et Isaac. Les garçons continuèrent de se moquer d'Emily tandis qu'Asma lui lança un petit sourire compatissant.

Isaac but son verre d'une traite, le posa bruyamment sur la table avant de se lever pour enfiler sa veste.

— Tu vas où ? s'étonna Hakim.

— Je me casse.

— Il est qu'une heure et quart !

— Je suis fatigué.

— Tu as l'air énervé, observa Madou.

— Ça va, je suis juste crevé. Vous pouvez me lâcher, maintenant, ou vous allez me juger, moi aussi ? Putain, j'ai l'impression d'être devant un tribunal !

Tous ses amis le regardèrent d'un air ahuri. Ils ne comprenaient pas pourquoi il réagissait de cette manière, mais comment pouvait-il en être autrement ? Ils ne se doutaient pas qu'Emily et lui étaient devenus amis. Les voir se moquer d'elle sans qu'elle puisse se défendre, qui plus est sur des choses absurdes, l'avait littéralement écœuré.

Aidan et Hakim tentèrent de le retenir, mais sans succès. Il quitta la boîte de nuit sans même se retourner.

À quelques pas de l'immeuble de son agence, adossée contre un mur, Emily fixait le vide. Le vent froid mordit son visage en faisant sécher une larme qui mourait le long de sa joue. Il était presque deux heures du matin et la soirée s'était bien passée jusqu'à ce qu'elle reçoive ce maudit coup de fil. Comme chaque fois, au-delà de l'inquiétude qui la rongeait, elle se demandait comment la situation pourrait s'améliorer, et si cela était même possible.

— Pourquoi tu pleures, mocheté ?

Incrédule, Emily se tourna vers la droite, puis essuya vivement ses pommettes humides. Isaac s'approcha d'elle, et appuya son épaule contre le mur. Son visage affichait l'incompréhension, mais également la peine qu'il ressentait à son égard. C'était bien la première fois qu'il la voyait aussi vulnérable.

— Qu'est-ce que tu fais là, Mehla ? Tu ne devais pas être en discothèque avec Asma ?

— On ne t'a jamais appris qu'on ne répondait pas à une question par une autre ? Si tu réponds à la mienne, je ferai de même.

— C'est compliqué, éluda-t-elle. Pourquoi est-ce que tu es ici ?

— C'est compliqué.

Il alluma une cigarette, tout en continuant de l'observer avec intensité. Il attendait simplement qu'elle se confie à lui, mais lui montrer cette facette de sa vie n'était pas l'idée qui la séduisait le plus. La voiture de son chauffeur s'arrêta devant eux. Elle lança un dernier regard à Isaac avant de monter à l'intérieur. À peine la portière d'Emily fut-elle fermée que la portière de l'autre côté s'ouvrit à la volée. Son comparse s'assit à ses côtés, ouvrit la fenêtre et continua de fumer sans la quitter du regard.

— J'ai sans doute raté le moment où je te proposais de m'accompagner, siffla-t-elle.

— Tu as aussi sans doute raté le moment où je te disais que je n'en avais rien à faire que tu me le proposes ou pas.

— Vous voulez que je le mette dehors, mademoiselle Tarsikova ? lui demanda Paul.

— Non, il va sortir tout seul, comme un grand.

— Alors là, tu rêves, ricana-t-il amèrement. Soit tu me dis pourquoi tu pleures, soit je te suis. Dans tous les cas, je finirai par le découvrir.

Ses yeux perçants ne quittaient pas ceux d'Emily, et elle crut y lire de l'inquiétude. Comment pouvait-il se faire du souci pour elle ? Elle n'était qu'Emily. La fille qui était tombée amoureuse de son meilleur ami des années plus tôt.

— Sors de cette voiture, lui ordonna-t-elle.

— Je le ferai quand tu te seras expliquée.

— Pourquoi est-ce que ça t'intéresse ?

— On est amis, tous les deux, non ?

— Si tu continues à me soûler, ça risque de changer.

— Eh bien, sache que les amis doivent être présents en cas de coup dur.

— Parce que tu crois que, ça, c'est un coup dur ? rétorqua-t-elle en pointant son visage de l'index. Crois-moi, ce n'est rien du tout.

— Si ce n'est rien, alors raconte-moi.

Emily commençait à perdre patience. On l'attendait ailleurs, et Isaac lui faisait perdre son temps.

— Tu fais chier, Mehla !

— Toi aussi tu fais chier, Tarsikova ! s'énerva-t-il. J'étais en boîte en train de passer une bonne soirée avec mes amis, et il a fallu que tu te pointes dans ma tête.

— Oh ! tu es trop mignon, minauda-t-elle faussement. Tu pensais à moi alors que tu étais censé t'amuser. Désolée d'avoir plombé l'ambiance. Ah, mais c'est vrai, j'oubliais : je n'y suis pour rien si tu penses à moi ! Je n'ai rien fait pour ça !

— C'est vrai que tu n'as rien fait, concéda-t-il. Ce sont les gars qui ont commencé à parler de toi.

— Et je peux savoir ce qu'ils ont dit ?

— Je préfère ne pas te le dire.

En vérité, elle se fichait complètement de ce que les amis d'Isaac pensaient d'elle. Elle savait qu'ils ne l'appréciaient pas, elle ne s'était jamais voilé la face à ce sujet.

Un long soupir de lassitude s'échappa d'entre ses lèvres pleines lorsque l'arrière de son crâne se posa sur l'appuie-tête. Son téléphone sonna dans son sac à main.

— Oui, j'arrive, madame Millet ! cingla-t-elle dans son mobile. Vous pouvez me laisser au moins le temps de faire le chemin jusque chez vous ? Eh bien, appelez la police ! Qu'est-ce que vous voulez que ça me fasse ?

Elle lui raccrocha au nez, puis passa la main nerveusement dans ses cheveux. Ses yeux se portèrent à nouveau sur Isaac pour lui lancer un regard noir.

— Descends, s'il te plaît. Je dois vraiment partir.

Il boucla sa ceinture tout en gardant le silence, se contentant de tirer sur sa cigarette. Il ne lui laissait pas le choix, elle devait y aller. Elle fit signe à Paul de démarrer, le chauffeur s'exécuta avec professionnalisme. Durant tout le trajet menant du 1er au 15e arrondissement de Paris, aucun mot ne fut prononcé. Emily se rongeait les ongles, fichant en l'air sa manucure réalisée la veille par Anna. Isaac ne comprenait pas ce qui pouvait la mettre dans un état pareil.

Une fois la voiture garée, Emily offrit un généreux pourboire à Paul pour l'avoir forcé à venir la chercher alors qu'elle lui avait dit en début de soirée qu'elle prendrait un taxi pour rentrer. Cependant, elle n'avait pas voulu qu'un inconnu la voie pleurer et vende cette information à *Paris Match*. Comme d'habitude, Paul la remercia d'un timide sourire avant de lui souhaiter une bonne nuit.

— Je te préviens, Mehla, déclara-t-elle en composant le code de l'immeuble. Tu vas t'en prendre plein la tête. Il faut que tu me promettes de gérer.

— Pourquoi je m'en prendrais plein la tête ?

— Tu vas vite comprendre. Promets-moi que, quoi que tu voies, quoi que tu entendes, tu resteras calme.

Il fronça les sourcils en la scrutant du regard. Il ne savait pas à quoi s'attendre, et avec la demande d'Emily de rester calme il s'attendait au pire.

— Je te le promets.

— Une dernière chose, l'avertit-elle. Si tu répètes à quelqu'un ce que tu vas voir ce soir, je te jure que je fais de ta vie un véritable enfer.

Il se contenta d'acquiescer docilement de la tête, puis ils grimpèrent les étages à pied. Plus les marches défilaient, et plus des cris parvenaient à leurs oreilles. Emily courait presque, et quand ils arrivèrent au sixième, à bout de souffle, une petite dame âgée les attendait déjà.

— Ça fait une heure qu'il hurle ! se plaignit-elle. On veut dormir ! Faites-le taire.

— Si vous continuez d'être aussi aigrie, c'est vous que je vais faire taire, cingla la mannequin.

Un nouveau cri se fit entendre, puis des bruits sourds, comme si un déménagement avait lieu. Emily sortit un trousseau de clés de son sac à main. Au moment d'ouvrir la porte, elle se tourna vers Isaac qui n'avait pas prononcé un mot.

— Si je te demandais de rester là, tu le ferais ?

— Dans tes rêves, mocheté. Je ne sais pas qui hurle comme ça, mais je ne te laisse pas entrer toute seule dans cet appart.

— Tu ne vas pas être déçu.

À l'intérieur, une odeur de renfermé mélangée à de la transpiration et de l'urine fit son chemin jusqu'à leurs narines. Une tornade semblait avoir fait un carnage dans le salon, qui était sens dessus dessous. Les meubles étaient tous poussés vers le centre de la pièce, des cadavres de bouteilles jonchaient le sol. Des vêtements, sans doute sales, étaient laissés à l'abandon un peu partout. Le père d'Emily était allongé en caleçon sur la table de la salle à manger. En les entendant, il se leva d'un bond. Un regard d'incompréhension se forma sur son visage rougi en découvrant Isaac.

— Papa, voici Isaac, un ami. Mehla, voici mon père, Serge.

— Tu ramènes un Arabe dans mon appartement ? siffla son géniteur. Tu n'as vraiment honte de rien, toi.

— Oh si, j'ai bien honte d'une chose en ce moment, mais ce n'est pas de lui.

Son père tituba jusqu'à Isaac, puis il posa lourdement la main sur son épaule. Le rappeur ne bougea pas d'un centimètre, même lorsque l'odeur fétide de l'haleine de l'homme le dégoûta.

— Enchanté, monsieur Tarsikova.

— Mais c'est qu'il est poli, le petit immigré, dit-il en riant et en claquant doucement la joue d'Isaac.

— Ça va, arrête, lui ordonna Emily en le poussant pour qu'il s'éloigne de lui.

— C'est le premier type que tu me présentes, Em ! se réjouit-il faussement. Tu aurais dû me prévenir, je me serais habillé pour l'occasion.

Il recula, jusqu'à s'effondrer sur le canapé. Il but plusieurs gorgées de whisky directement au goulot en fermant les yeux comme pour en savourer le goût.

— Tu peux partir si tu veux, suggéra Emily à son ami.

— Pourquoi ça ? On est bien, ici, non ?

Son regard bienveillant réchauffa le cœur de la jeune femme. À travers ses yeux, il lui fit comprendre qu'il se fichait éperdument du spectacle qui s'offrait à lui, et elle eut envie de se blottir dans ses bras pour le remercier de ne pas porter de jugement sur son père. Isaac lui caressa le dos avec une douceur qui la fit frissonner.

— Je ne partirai pas d'ici sans toi, lui murmura-t-il.

Son regard intense la fit déglutir, elle eut l'impression de le découvrir à nouveau. Les traits fins de son visage esquissèrent un sourire, sa main continuait de caresser le dos d'Emily d'un geste rassurant.

— Assieds-toi où tu peux, je vais ranger, se contenta-t-elle de répondre.

Elle ôta son manteau, Isaac l'imita, mais ne l'écouta pas pour autant. Tandis que Serge était toujours installé sur le canapé, son ami aida Emily à remettre les meubles du salon à leur place. Elle devait reconnaître que sa présence la soulageait. La dernière fois, elle avait mis deux fois plus de temps pour tout redisposer.

— Dis-moi, Isaac, lança Serge. Qu'est-ce que ça fait d'être en couple avec une pute ?

Isaac lança à Emily un regard interdit. Plus le temps défilait, et plus il avait envie de donner une correction au père d'Emily, mais il avait promis de garder son calme. Alors, il refoula son désir de violence au fond de lui.

— Ne t'inquiète pas, j'ai l'habitude, lui dit Emily.

— Vous parlez de votre fille ? demanda Isaac à Serge pour être certain qu'il avait bien compris.

— Évidemment que je te parle de ma fille ! Tu es allé à l'école, au moins ?

— Laisse tomber, s'empressa d'ajouter Emily. Ne lui réponds pas.

— Ton père te traite de pute, et tu laisses couler ?

— Tu m'as promis de ne pas t'énerver et de rester à ta place quoi que tu entendes ou que tu voies. C'est le moment de tenir parole.

Il soupira en prenant sur lui pour ne pas s'emporter.

— On en reparlera plus tard, concéda-t-il en ramassant une chaise sur le sol afin de la glisser sous la table.

Emily le remercia d'un regard, puis fila dans la cuisine faire à manger. Isaac la rejoignit, et fit glisser sa main le long de son bras avant de s'asseoir sur le plan de travail. Ce simple geste lui signifiait qu'il était là pour elle. Il la dévisageait attentivement comme s'il cherchait à lire dans son esprit. Elle évitait soigneusement son regard, ne voulant pas répondre aux nombreuses questions qui devaient l'envahir. Une fois les pâtes cuites, elle les mit dans une assiette, puis les déposa sur la table basse face à son père.

— Encore des pâtes, râla-t-il. Tu n'es vraiment pas bonne à marier, ma pauvre.

— Un « merci » aurait suffi. Mange.

Il soupira, puis obéit docilement. Emily le faisait systématiquement manger pour faire baisser son alcoolémie. Pendant que son père avalait son repas, elle ramassa tous les vêtements au sol, puis lança une machine. Elle en profita pour changer les draps du lit. En revenant au salon, elle ouvrit les fenêtres pour aérer l'appartement.

— Il caille, putain ! cria Serge. Pourquoi tu fais toujours chier en ouvrant les fenêtres ?

— Parce que ça pue ici !

Il se leva et claqua la fenêtre violemment pour la refermer, sans manquer de fusiller sa fille du regard. Il se rassit sur le canapé, alluma la télévision et se remit à manger comme si de rien n'était.

— On va y aller, le prévint-elle. Tu as besoin de quelque chose ?

— J'ai besoin de rien, rétorqua-t-il sans quitter des yeux son émission débile.

— Très bien.

— Allez, casse-toi ! lui ordonna-t-il. Tu es tellement fatigante, Em. Je me demande comment ton Arabe fait pour te supporter.

Isaac se tendit au bout de la pièce, mais il se contenta de rester à sa place, comme il l'avait promis. Son visage affichait ouvertement toute la colère qu'il ressentait à l'égard de l'ivrogne.

— Ah oui, c'est vrai, ricana Serge, tu dois lui faire prendre son pied au pieu. Je ne vois pas d'autre raison qui pourrait l'inciter à rester avec toi.

— Vous êtes méprisable, lâcha Isaac.

Le regard de Serge se déporta de la télévision jusqu'à lui. Emily ne sut comment réagir. Elle était touchée que son ami la défende, mais elle n'avait pas envie qu'une dispute éclate entre eux.

— Ne me dis pas que tu restes avec elle pour autre chose que son cul, railla Serge. Moi, au moins, je suis lucide, je sais que ma fille est une salope. Tu devrais l'accepter aussi.

Isaac se leva d'un bond, mais Emily se positionna rapidement devant lui en posant ses paumes sur son torse. Elle sentit battre son cœur à vive allure.

— Laisse tomber, Mehla, le supplia-t-elle d'une petite voix.

— Il mériterait mon poing dans la gueule.

— Je m'en fiche, tu m'as promis de ne pas t'énerver. Recule, s'il te plaît.

Il respira un grand coup, puis enfila sa veste.

— On se casse, Tarsikova. Je te jure que, si je l'entends encore une fois t'insulter, je vais partir en vrille.

Alors qu'ils s'apprêtaient à partir, Serge tituba jusqu'à eux, et posa une main lourde sur l'épaule d'Isaac qui le fusilla du regard.

— Moi aussi j'ai essayé de la protéger, déclara-t-il d'une voix tremblante, mais sache que ma fille peut se défendre elle-même. Elle est seule, désespérément seule. N'imagine pas pouvoir la sauver, personne ne le peut. Elle est perdue depuis trop longtemps déjà.

La tristesse avait remplacé le cynisme, une certaine émotion émanait de sa voix rauque.

— Ne vous inquiétez pas, rétorqua Isaac. Je l'aiderai à retrouver son chemin.

Serge tapota l'épaule du rappeur, avec bienveillance cette fois.

— Puisses-tu l'aider. Moi, j'ai lamentablement échoué.

Ses yeux vitreux s'embrumèrent, puis une larme roula sur sa joue rouge que sa main gonflée balaya rapidement.

— J'ai échoué, répéta-t-il en baissant le regard honteusement.

Il fixa le vide pendant quelques secondes tandis qu'Emily sentit son cœur se scinder en deux morceaux.

— Tu n'as pas échoué, papa, le rassura-t-elle. Arrête de culpabiliser pour quelque chose dont tu n'es pas responsable.

Il fit un « non » silencieux de la tête, puis, d'un geste de la main, leur ordonna de partir. Ils laissèrent Serge avec sa tristesse et ses vieux souvenirs douloureux.

13. Pas un seul instant

Isaac tentait de faire redescendre la colère qui le taraudait. Il venait d'être spectateur d'une étonnante scène dramatique. Il comprenait à présent pourquoi Emily n'avait pas voulu qu'il la suive, ainsi que l'origine de ses larmes. À plusieurs reprises, il avait été tenté de remettre Serge à sa place. Il avait finalement cédé à la tentation, car il ne supportait plus que son amie se fasse insulter de cette manière, et surtout par son propre géniteur.

Ils commencèrent une marche nocturne en direction de l'appartement d'Emily qui se situait à un pâté de maisons.

— Je suis désolée que tu aies assisté à tout ça, déclara-t-elle.

— Je n'avais encore jamais entendu un père traiter sa fille de pute.

— Il ne le pense pas vraiment.

— Il le dit sans aucune gêne, même devant moi, alors qu'il pense qu'on est en couple. Ça n'a pas l'air de te toucher.

— J'y ai droit chaque fois. Au bout de quelques années, on s'y habitue. Il n'a jamais accepté que je devienne mannequin lingerie. Pour lui, c'est un échec.

— Il te voyait avocate, se rappela-t-il.

— C'est exactement ça.

— Alors pourquoi est-ce qu'il t'a mise devant un objectif alors que tu avais à peine douze ans ?

— C'est ma mère qui a fait ça, expliqua-t-elle. Elle aussi était mannequin pour une prestigieuse agence. Quand je suis née, elle a dû mettre sa carrière de côté, puis ma sœur est arrivée quelques années plus tard.

— Et elle est où, ta mère, maintenant ?

Emily hésita à lui dire la vérité, mais à présent qu'Isaac avait vu la partie immergée de sa vie, il était inutile de lui cacher le reste.

— Elle s'est suicidée quand j'avais dix-sept ans.

— Merde… Je suis désolé.

Le silence les enveloppa pendant qu'ils marchaient dans les rues de la capitale.

— Pourquoi elle a fait ça ? s'enquit Isaac. Tu n'es pas obligée de répondre, mais j'aimerais comprendre.

— C'est une longue histoire qui ne se raconte pas sur un trottoir.

— Est-ce qu'elle se raconterait sur un confortable canapé avec un thé à la pomme ?

Un sourire en coin se forma sur le bord de ses lèvres rosées. Emily le remercia intérieurement de ne pas la prendre en pitié en découvrant ses histoires de famille.

— Tu t'invites encore chez moi, Mehla.

— Tu es partie en Turquie pendant dix jours, faut bien qu'on rattrape le temps perdu.

— Est-ce que tu insinues que je t'ai manqué ?

— Oh ! oui, ironisa-t-il. Chaque seconde, je me sentais mourir sans ta présence.

Isaac lui attrapa le bras avec douceur pour les arrêter dans leur marche.

— Si tu ne veux pas en parler, je comprendrai.

Il plongea ses yeux dans ceux d'Emily, qui apprécia le fait qu'Isaac ne la force pas à se confier à lui. Il le lui proposait simplement, sans que cela résonne comme une obligation.

— Ça ne me dérange pas, assura-t-elle. On est amis maintenant, non ?

Les lèvres d'Isaac frémirent pour finalement esquisser un sourire radieux. Évidemment, il la considérait comme son amie. Une amie un brin particulière et secrète.

Une fois chez Emily, alors qu'Isaac préparait leur thé, elle troqua sa robe contre un legging et un débardeur, puis ses lentilles de contact contre sa paire de lunettes. Quand elle le rejoignit sur son canapé, Isaac apprécia de la voir aussi naturelle avec lui. Il avait l'impression d'être un privilégié qui pouvait observer la grande Emily Tarsikova sans artifices.

— Bon alors, pourquoi est-ce que ta mère s'est suicidée ? demanda-t-il de but en blanc.

— Tu manques de tact, trésor.

— Si tu es capable de rester impassible devant ton père qui t'insulte, je sais que tu peux me raconter cette histoire.

Emily but quelques gorgées de thé avant de se lancer.

— Comme tu le sais, j'ai commencé ma carrière à douze ans. C'était le rêve de ma mère. Elle voulait que je suive ses pas, que je goûte sa passion de la mode.

— Ça a plutôt bien marché, observa-t-il.

— Oui, en effet, mais quelques années plus tard, elle l'a regretté. Quand j'avais quatorze ans, j'ai fait un shooting pour un ami à elle. Mark Jary, tu connais ?

— Absolument pas.

— C'est un photographe mondialement connu, mais c'est aussi un être infâme. Ce jour-là, il nous avait donné rendez-vous chez lui pour une séance « en toute intimité », comme il aimait le dire. Ma mère devait emmener ma sœur chez le médecin, parce que Christina était malade, puis faire quelques courses. Elle m'a donc laissée en toute confiance seule avec son ami, dans son immense loft.

— Je le sens mal…, dit-il en déglutissant péniblement.

Emily ferma les yeux quelques secondes. En les rouvrant, elle vit Isaac qui attendait patiemment la suite de l'histoire.

— Il m'a demandé de me mettre nue, poursuivit-elle. J'ai évidemment refusé, mais il m'a dit que, si je voulais être une véritable professionnelle, c'était une étape à passer. À cet âge, mon corps était déjà formé, mais j'étais très pudique. Pour moi, il était hors de question de me déshabiller devant lui.

— Tu avais raison. C'est quel genre de fils de pute, ça, encore ? s'énerva-t-il.

— Attends d'entendre la suite.

Il lui fit signe de continuer en buvant son thé.

— Je vais te passer les détails, mais il m'a quand même forcée à me déshabiller, et m'a violée pendant presque deux heures. Quand je dis qu'il m'a violée, je veux que tu comprennes qu'il y est allé vraiment fort, et de toutes les manières possibles. À cette époque, j'étais encore vierge, et ce qu'il m'a fait subir m'a détruite aussi bien physiquement que mentalement.

Isaac ne prononçait pas un mot, sa mâchoire était serrée, ses yeux ne quittaient pas le visage d'Emily – qui affichait la tristesse et l'humiliation qu'elle ressentait.

— Ma mère est revenue me chercher, reprit-elle d'une voix tendue. Dès qu'elle m'a vue, elle a compris qu'il s'était passé quelque chose de grave. Quand on est rentrées chez nous, je me suis effondrée en lui racontant tout ce que son ami m'avait fait subir. Elle en a évidemment parlé à mon père qui est devenu fou de rage.

— Il était déjà alcoolique ?

— Non, ses problèmes d'alcool sont arrivés bien plus tard.

— Et du coup, vous avez porté plainte ?

— Lorsque mon père a dit à Marc qu'il comptait le faire, ce dernier lui a proposé une très grosse somme d'argent pour étouffer tout ce qui s'était passé. C'est ainsi qu'il agit : il viole des mineures, et les dédommage ensuite. Comme si l'argent pouvait tout acheter.

— Je t'en supplie, ne me dis pas que ton père a accepté.

— Il a évidemment refusé, mais ma mère, non. Alors qu'on s'apprêtait à se rendre au commissariat avec mon père, elle a débarqué dans le salon, et elle lui a tendu un chèque de deux cent mille euros.

Isaac se laissa tomber au fond du canapé en se frottant les yeux comme s'il venait de prendre une chape de plomb sur le crâne.

— Comment une mère peut faire ça ? soupira-t-il sans comprendre.

— Elle disait que ça ne servait à rien de porter plainte, que ça ne changerait pas ce qui s'était passé une semaine plus tôt. Elle pensait que les poursuites judiciaires m'obligeraient à revivre ces horreurs pendant encore des années, et que ça ne me guérirait jamais. Elle était persuadée qu'il valait mieux accepter l'argent, et continuer à vivre comme si rien ne m'était arrivé.

— Excuse-moi, mais ta mère était timbrée. Comment tu peux te reconstruire après ça ? Surtout à l'adolescence, c'est la période de ta vie où tu commences à te forger ta propre personnalité.

Isaac semblait sincèrement touché par le récit d'Emily, et cela lui réchauffa le cœur de se sentir écoutée et comprise.

— Après ça, poursuivit-elle, j'ai mal tourné. Et quand je dis mal, c'est un euphémisme. Malgré mon jeune âge, j'étais souvent invitée à des soirées, et je côtoyais presque uniquement des personnes majeures ou des filles dans mon genre. De quatorze à dix-sept ans, ma vie a été un champ de ruines. Je buvais énormément, je fumais beaucoup de joints, je sniffais des rails de coke en boîte de nuit, je ne pouvais pas passer une soirée sans prendre un cachet d'ecstasy. J'étais devenue une véritable junkie alors que je n'avais même pas encore l'âge de voter. Le pire, c'était l'héroïne, c'était vraiment ce que je préférais. Grâce à ça, j'oubliais qui j'étais, et ça m'allait parfaitement. Je passais d'homme en homme, totalement déséquilibrée à ce niveau-là. Mon premier rapport avait été si violent que je pensais que le sexe devait toujours être ainsi, brutal et dénué de sentiments. À dix-sept ans, j'avais déjà couché avec une quarantaine de garçons différents.

Dans les yeux du rappeur qui la regardaient avec intensité, elle lut de la peine.

— Un soir, je suis rentrée chez moi, totalement soûle et défoncée. Mes parents m'attendaient et m'ont incendiée de me comporter de cette manière. Ma mère disait que je lui faisais honte. Alors je lui ai dit que tout était sa faute. Elle m'a demandé comment elle pouvait se racheter, et je me suis approchée d'elle pour qu'elle puisse distinguer mes yeux qui exprimaient tout le dégoût que je ressentais à son égard. Je lui ai simplement dit que, si elle se sentait réellement coupable, elle n'avait qu'à se suicider, et me foutre la paix une bonne fois pour toutes. Je ne pensais évidemment pas ce que je disais, mais je lui en voulais tellement d'avoir étouffé mon viol et mes souffrances... Le lendemain, mon père l'a retrouvée morte dans la baignoire de leur salle de bains. Elle s'était ouvert les veines. À côté d'elle, il n'y avait qu'un simple mot : « Pardonne-moi, Em. »

— Comment tu as fait pour survivre à ça ?

— Comme pour tout le reste. J'ai encaissé, je me suis blindée le plus possible.

— C'est pour ça que ton père a commencé à boire ?

— Oui. C'est à cause de moi qu'il est devenu ce que tu as vu tout à l'heure. C'est pour cette raison que je ne le juge jamais. Il est comme moi : brisé. Nous ne pourrons jamais être réparés.

Isaac garda le silence tout en buvant la fin de son thé, l'esprit perdu dans ses pensées. En le voyant si touché, Emily se fit la réflexion qu'elle avait bien fait de lui raconter cet épisode de sa vie. Lui qui voulait la connaître sincèrement, il venait d'être servi, et plutôt généreusement.

— Donc ça s'arrête là..., conclut-il. Le mec t'a donné de l'argent, et il continue de violer des adolescentes.

— Pas vraiment. Il y a deux ans, Christina m'a convaincue de porter plainte contre lui. Depuis, il lui est interdit de quitter la France jusqu'à son procès, qui doit avoir lieu dans sept mois.

— Tu avais le droit de faire ça ? s'étonna-t-il. Je veux dire, il ne t'a pas fait signer de contrat de confidentialité ou ce genre de truc ?

— Non, et même si c'était le cas, ça n'aurait eu aucune valeur juridique.

— Et tu penses que tu peux gagner ?

— Mon avocate est plutôt mitigée. C'est la parole d'un photographe mondialement connu et adulé contre la mienne.

— Ta parole a aussi du poids. Qu'est-ce que tu aurais à gagner à l'accuser ? Tu es déjà riche et célèbre, je ne vois pas ce que ça pourrait t'apporter de plus. C'est évident que tu fais ça pour l'empêcher de recommencer.

— Tu sais, Isaac, répondit-elle d'une petite voix, la peine maximum qu'il encourt est vingt ans de prison ferme. Avec les remises de peine et tout le bazar, mon avocate m'a prévenue qu'il pourrait sortir de prison au bout de sept ans environ. Après ça, il quittera sans doute la France, et continuera de violer des jeunes filles vierges.

— Ça fera toujours sept ans de tranquillité pour elles.

— Tu vas sans doute trouver ça égoïste de ma part, murmura-t-elle en baissant les yeux, mais ce que je voudrais avant tout, c'est être reconnue comme une victime. Je veux enfin qu'on me croie, qu'on ne me rie pas au visage comme les flics qui ont pris ma déposition quand j'ai porté plainte.

— Ils ont vraiment fait ça ? demanda-t-il d'une voix blanche.

Emily opina simplement tout en refoulant les larmes d'humiliation qui tentaient de s'échapper de ses yeux tristes.

— Parce qu'apparemment, quand on est mannequin lingerie, et que des millions de personnes ont déjà vu ton corps nu, on ne peut pas être victime de viol. Ils m'ont même demandé si je ne l'avais pas cherché.

— Quelle bande de fils de pute.

— Je suis d'accord. J'aimerais seulement que, si une femme qui a été abusée découvre mon histoire, elle ne se sente plus isolée. Je veux devenir une icône pour toutes celles qu'on n'a pas crues, toutes celles qui pleurent quand personne ne les voit et qui gardent pour elles ce qu'elles ont vécu comme un secret honteux. J'ai envie de leur dire que moi, je sais qu'elles disent la vérité, que je suis comme elles. Peu importe le métier, la classe sociale, les origines, personne ne doit subir ça et ne pas être reconnue comme victime.

— C'est une cause juste. J'étais à mille lieues d'imaginer que c'était ton combat.

— Je suis marraine d'une association qui aide les mineures ayant subi des agressions sexuelles ou des viols à se reconstruire. D'ailleurs, je participe à leur soirée caritative dans une semaine. Tu pourrais m'y accompagner ? Enfin, si tu en as envie.

— C'est un rencard ? s'amusa-t-il subitement.

Emily ne put retenir le rire qui s'échappa de sa gorge. En une phrase, Isaac venait de balayer ses vieux souvenirs douloureux. Il avait ce don d'effacer ce qui la tracassait en quelques répliques.

— Je t'ai déjà dit que, le jour où je te proposerai un rencard, je serai vraiment au fond du gouffre.

— J'ai cherché un gouffre sur Amazon, mais ils n'en vendent pas. Tu feras moins la maligne quand j'en aurai trouvé un.

— J'ai hâte de voir ça, se moqua-t-elle avec douceur.

— Et moi donc. Sinon, j'ai une condition pour t'accompagner à ton gala de charité.

— Laquelle ?

Il lui prit sa tasse des mains pour la déposer sur la table, puis il se rapprocha d'elle jusqu'à ce que leurs jambes se touchent. Les doigts d'Isaac effleurèrent la joue d'Emily, dont le cœur se mit à battre à tout rompre à ce contact. Il la regardait comme la dernière fois au restaurant quand elle mangeait son fondant au chocolat, comme s'il contemplait une œuvre d'art dont il avait envie de mémoriser chaque détail. Il s'approcha davantage d'elle, si près qu'à cet instant, leurs lèvres se frôlèrent.

Emily ne bougeait pas d'un centimètre, comme si elle avait peur que, si elle esquissait un mouvement, Isaac prenne subitement conscience de ce qu'il était en train de faire. Sentir sa paume chaude contre sa joue était euphorisant, et elle se demanda comment réagiraient les autres parties de son corps s'il les touchait.

Les yeux d'Isaac firent plusieurs allers-retours entre ceux d'Emily et sa bouche.

— Je veux un costard Hugo Boss, lâcha-t-il.

Emily mit au moins trois secondes à comprendre ce qu'il voulait dire avant de se rappeler qu'Isaac avait parlé d'une condition pour l'accompagner. Elle aurait pu être déçue de la tournure de la situation, mais au lieu de ça, elle rit. Elle se moquait d'elle-même pour s'être fait prendre aussi grossièrement par son ami. Évidemment qu'il ne voulait pas l'embrasser. Et, bien sûr, elle non plus n'en avait aucune envie, elle l'avait laissé faire pour voir jusqu'où il irait. Enfin, ce fut ce dont elle se convainquit.

— Tu pensais vraiment que j'allais t'embrasser ? plaisanta-t-il.

— Pas un seul instant.

— C'est ça, oui. Tu étais à deux doigts de te jeter sur moi !

— Si je voulais t'embrasser, trésor, crois-moi, tu le saurais.

Il rit, amusé, tout en continuant inlassablement de la fixer avec une intensité qu'elle adorait.

Lorsqu'elle se réveilla le lendemain matin, Emily se remémora la nuit passée avec Isaac. Après s'être confiée, elle avait passé des heures à discuter avec lui. En sa compagnie, elle se sentait elle-même. Il avait ce don pour la calmer quand elle était nerveuse, pour la faire rire quand elle ne s'en pensait pas capable. D'ailleurs, elle ne se rappelait plus la dernière fois qu'elle avait ri sincèrement sans la présence d'Isaac tellement cela remontait à loin.

C'était naturellement qu'elle lui avait proposé de rester dormir chez elle. Il l'avait suivie jusqu'à son lit, puis son sourire en coin s'était affaissé quand elle l'avait conduit dans la chambre d'ami. Il avait alors prétendu que c'était l'occasion de lui prouver que le surnom de « trésor » n'était pas adapté pour lui, mais, sans même attendre la réponse d'Emily, il l'avait poussée dehors et avait refermé la porte derrière elle en riant.

Emily découvrit Isaac assis sur son canapé en train de feuilleter un carnet. Elle ne mit pas loin de cinq secondes à s'apercevoir qu'il tenait entre ses mains son précieux carnet à croquis.

— Non, non, non ! s'alarma-t-elle en le lui arrachant.

— Bonjour, mocheté, dit-il en souriant de toutes ses dents parfaitement alignées. Oui ça va, j'ai bien dormi, je te remercie. Oh ! mais de rien pour le café que j'ai préparé pendant que tu dormais.

— Tu as fouillé ! s'indigna-t-elle en pointant sur lui un index accusateur.

— Il était posé sur le meuble télé, se justifia-t-il. Je l'ai juste pris pour regarder. Tu dessines super bien !

— C'est…

Emily se mordilla la lèvre inférieure en passant nerveusement la main dans ses cheveux emmêlés.

— C'est ? répéta-t-il avec amusement.

— Pas abouti. Et gênant.

— Moi je trouve ça cool. Je n'ai pas fini de regarder, d'ailleurs, rends-le-moi.

— Non, c'est trop personnel…

— Arrête, Tarsikova. Ce ne sont que des dessins.

— Pas vraiment…, admit-elle en s'asseyant près de lui. Ce sont surtout des souvenirs.

— Donc l'Apollon nu que tu as parfaitement bien représenté, c'est un mec avec lequel tu as couché ? Tu dessines tous ceux qui t'ont marquée ?

Il pinça les lèvres pour se retenir de rire tandis que les joues d'Emily s'empourprèrent.

— C'est un peu ça, avoua-t-elle. Tu as vu quoi d'autre ?

— Le lac, ta sœur, le studio photo, et d'autres trucs. Pourquoi tu as honte ? Tu dessines vraiment bien. Tu veux que je te dise lequel est mon préféré ?

— Ça ira, merci.

Il lui arracha son carnet des mains, et tourna quelques pages rapidement avant de le lui rendre. Le croquis était un portrait de profil d'une jeune femme, qui s'arrêtait en haut de son soutien-gorge. Son visage était parfaitement maquillé, tourné vers le sol. Une mèche de cheveux tombait maladroitement de son chignon. À première vue, on ne voyait que la beauté qui émanait d'elle, puis, quand on ne prêtait plus attention à ses traits parfaits, on se rendait compte qu'elle était d'une tristesse infinie.

— Tu t'es parfaitement dessinée, commenta-t-il d'une voix basse.

— Merci.

La mannequin regardait l'œuvre qu'elle avait réalisée à un moment douloureux de sa vie. Sa gorge se serra, elle ne parvenait plus à détacher son regard de ce souvenir.

— Dessine-moi.

Son visage incrédule se tourna vers Isaac, qui semblait sérieux.

— Pardon ?

— Ça te fera un souvenir heureux.

— Je ne vais pas te dessiner, Mehla.

— Pourquoi ? Je ne t'ai pas assez marquée pour que tu le fasses ? On peut aller faire un tour dans ta chambre s'il n'y a que ça.

— Quel prétentieux !

— Pas du tout, je suis juste lucide sur mes performances.

— Tu m'en diras tant.

Ils prirent leur petit déjeuner ensemble, puis Isaac la laissa pour aller travailler au studio avec ses amis.

Après son départ, Emily observa ce carnet sur lequel elle aimait coucher ses émotions. Sans réfléchir, elle sortit sa boîte de fusains et commença à dessiner les traits d'un nouveau portrait. À aucun instant son sourire ne quitta ses lèvres.

14. I Believe You

Accompagnée d'Anna et de Christina, Emily faisait les magasins de l'avenue Montaigne. Dans une boutique Dior, la vendeuse prenait sur elle pour satisfaire les exigences de la cadette. Installées dans un confortable fauteuil en face de la cabine d'essayage, Emily et son assistante buvaient une coupe de champagne qui leur avait été offerte.

— Qu'est-ce que tu penses de celle-ci ? demanda Christina à sa sœur.

— Je te l'ai dit déjà cent fois, le rouge ne va pas avec ton teint de porcelaine. Ça te rend encore plus blanche.

— OK…, râla-t-elle, on passe à une autre.

Christina claqua la porte en bois, tandis qu'Anna ne cessait de loucher sur une robe.

— Essaye-la, lui proposa Emily.

— Ça ne sert à rien, je n'ai pas les moyens de me l'offrir.

— Essaye-la. Si elle te plaît, je te l'offre.

— C'est gentil, Emily, mais je ne peux pas accepter, elle doit être à au moins deux mille euros.

— Et alors ? Ça me fait plaisir. Et puis, je viens de toucher le bonus que m'avait promis Craig.

Un sourire radieux se déposa sur le visage d'Anna, étirant ses joues rondes.

— S'il vous plaît, madame ! appela Emily, je voudrais la robe là-bas, en taille 46.

La vendeuse lâcha un petit rire narquois, croyant sans doute qu'elle plaisantait. Ce simple geste suffit à faire poser sa coupe de champagne à Emily sur la table basse. Elle sentait monter la garce en elle. Cette petite voix qui lui avait valu la réputation de personnalité caractérielle.

— Je peux savoir ce qu'il y a de drôle ? s'indigna-t-elle.

— Toutes mes excuses, mademoiselle Tarsikova, je pensais que c'était une boutade. Nous ne faisons pas de vêtements au-delà de la taille 42.

— Et pourquoi ça ?

— Parce que nos clients ne nous en réclament que très rarement, ça reviendrait trop cher à notre maison d'en produire alors que nous ne serions pas certains de les vendre.

— Donc une femme ronde ne peut pas porter de Dior ?

— Je m'excuse, mais vous ne semblez pas faire une taille 46, vous êtes tout sauf obèse.

Le visage d'Anna se baissa honteusement, alors que celui d'Emily affichait le dégoût qu'elle ressentait pour cette femme. Celle-ci supposait que ce modèle était destiné à la mannequin, et non à la jeune brunette à ses côtés dont elle avait visiblement omis la présence. Emily se leva, et se planta devant la vendeuse pour la fusiller du regard.

— Comment est-ce que vous vous appelez ?

— Catherine..., répondit la vendeuse d'une petite voix.

— Allez me chercher le directeur de la boutique, Catherine.

— Je ne voulais pas paraître grossière, mais je...

— Taisez-vous, et appelez-moi immédiatement votre supérieur.

Elle bredouilla un « Oui, mademoiselle » avant de partir.

— Ce n'est pas nécessaire, Emily, murmura Anna.

— Bien sûr que si !

Quelques secondes plus tard, Richard Audaine se présenta devant elles, un sourire chaleureux aux lèvres.

— Emily ! Comment allez-vous ? Ça me fait tellement plaisir de vous voir dans notre boutique. Vous avez vu notre nouvelle collection ?

— Il y a un problème, Richard.

— Vraiment ? s'inquiéta-t-il.

— Oui, vraiment ! Votre vendeuse vient d'insulter mon assistante, elle lui a manqué de respect en se moquant de sa taille 46.

Le quinquagénaire foudroya Catherine du regard avant de reprendre contenance.

— Je vous présente nos plus plates excuses, Emily. Cela ne se reproduira plus. Qu'est-ce que je peux faire pour que vous nous pardonniez notre écart de conduite ?

À cet instant, Emily sut qu'elle avait gagné. Elle aurait pu s'arrêter là, mais la peste en elle voulait encore montrer les crocs. Elle n'en avait pas fini avec cette sale petite vendeuse.

— Je veux que vous vous sépariez de Catherine.

Richard Audaine entrouvrit la bouche, puis la referma, puis la rouvrit. Visiblement, il ne savait pas comment réagir.

— Mais Catherine est une de nos…

— Catherine est une conne, le coupa Emily.

Christina sortit à cet instant de la cabine d'essayage. Elle avait finalement fait son choix, optant pour une robe blanche de la dernière collection.

— Qu'est-ce qui se passe ? s'enquit-elle.

— Anna voulait essayer une robe, et la vendeuse lui a dit qu'elle était trop obèse pour porter du Dior.

— Non, mais j'hallucine ! s'énerva sa sœur. Vous vous prenez pour qui ? Depuis quand, lorsque l'on est ronde, on n'a pas le droit d'avoir accès à vos vêtements ? Vous pensez avoir le monopole du bon goût ?

— Non, pas du tout, se défendit Richard. Nous ne sommes pas responsables de ce que décident nos stylistes.

— Écoutez, Richard, reprit Emily. Ça va être très simple, soit vous licenciez votre vendeuse incompétente, soit vous offrez un sac à main à mon assistante.

— Mais nos sacs coûtent en moyenne deux mille euros.

— Vous savez combien j'ai d'abonnés Instagram ?

— Quelques millions, sans doute…, hésita-t-il.

— Trente millions, précisa-t-elle, quinze fois la ville de Paris. Imaginez que je fasse un post, expliquant ce qui vient de se passer dans votre boutique. Ça vous ferait une mauvaise publicité, et vous seriez accusé de grossophobie. Toutes les féministes vont appeler au boycott de votre marque. C'est vraiment ce que vous désirez ? À votre place, j'y réfléchirais à deux fois. D'ailleurs, je me demande comment votre direction va gérer votre carrière en l'apprenant.

Comme une minute plus tôt, la bouche du directeur s'ouvrit et se ferma à plusieurs reprises ; il semblait chercher ses mots, réfléchissant à la solution la plus favorable pour lui.

— Je peux vous proposer une besace ?

— Une besace ? Vous vous foutez de nous, Richard ? Je suis sûre que vous pouvez faire mieux que ça. Pourquoi ne pas laisser mon assistante choisir ce qui lui plaît ? Après tout, c'est elle qui a été humiliée.

— Bien sûr, concéda-t-il. Prenez ce qu'il vous plaira.

Anna semblait ne plus savoir où se mettre. Emily savait qu'elle était gênée par son scandale, mais il était hors de question pour elle de laisser passer ce genre de comportement. La petite brune se leva de son fauteuil, et partit quelques secondes avant de revenir avec le plus petit sac qu'elle avait trouvé.

— Celui-ci vous plaît, mademoiselle ? s'enquit le directeur.

Emily le lui arracha des mains pour le jeter quelques mètres plus loin sous le regard effaré des employés.

— Écoute-moi attentivement, Anna, déclara-t-elle sur un ton ferme. Je t'ordonne de prendre quelque chose qui te plaît réellement. Tu n'as pas à avoir honte de le faire, ce sont eux qui doivent se sentir gênés. Cesse de t'excuser quand on t'insulte de la sorte.

Anna acquiesça simplement de la tête, puis choisit un sac de la nouvelle collection. Emily vérifia l'étiquette – affichant trois mille cinq cents euros.

— On prend celui-ci, Richard.

— C'est un excellent choix, se réjouit-il faussement.

— Et moi, je vous laisse ça, siffla Christina en lui jetant sa robe à la figure. Je n'ai pas envie de porter de vêtements venant d'une boutique qui insulte les femmes.

— Encore toutes nos excuses, mesdemoiselles, je vous garantis que ça ne se reproduira plus.

— Il y a intérêt, répliqua la cadette.

Après un dernier regard noir pour le personnel de la maison Dior, elles sortirent de l'échoppe en se promettant de ne plus jamais y mettre les pieds.

La soirée de bienfaisance pour l'association dont Emily était marraine avait lieu ce soir-là. Le Tout-Paris avait été invité, et de prestigieuses personnalités avaient répondu présentes. Le ballet de l'Opéra Garnier allait réaliser une représentation, puis un cocktail était ensuite prévu. Cette soirée était l'occasion de récolter des fonds afin de permettre d'ouvrir des centres d'accueil pour que les jeunes filles qui avaient été abusées puissent venir y trouver une oreille attentive, des conseils juridiques, ou, pour celles qui avaient été victimes de leur propre famille, s'y réfugier.

Dans une loge, une maquilleuse venait de s'occuper du visage d'Emily pendant qu'une autre terminait un magnifique chignon.

Asma, Anna et Christina étaient à ses côtés, l'accompagnant dans ce combat qu'elle menait depuis des années. Anna ne lâchait pas son nouveau sac à main. Elle était fière de l'arborer, mais elle avait honte de la manière dont elle l'avait obtenu. Elle était reconnaissante à sa patronne d'avoir pris sa défense. Cependant, comme toujours, les réactions d'Emily pouvaient être disproportionnées. Anna lui enviait sa force combative. Elle aurait aimé être comme elle. Belle, adulée de tous, capable de mettre n'importe qui à ses pieds par la séduction ou par le pouvoir conféré par sa notoriété. Aucune porte n'était fermée pour Emily, et donc pour Anna qui la suivait à la trace. À ses côtés, la jeune femme de vingt ans vivait un rêve éveillé. Elle voyageait gratuitement à travers le monde, elle était payée grassement, et elle côtoyait des hommes beaux à en damner une sainte. Bien sûr, la contrepartie était de subir tous les caprices d'Emily, mais Anna avait appris à faire avec.

Le portable sur la tablette devant Emily sonna, indiquant l'arrivée d'un nouveau message.

De Trésor : La sécurité ne veut pas me laisser entrer.

À Trésor : J'arrive.

Emily attendit que la coiffeuse termine son travail, puis se leva avec la grâce qui lui était propre.

— Je vais chercher Isaac, prévint-elle. La sécurité le bloque à l'entrée.

Sa sœur, son amie et son assistante savaient ce qui allait se passer, mais elles ne firent rien pour la retenir quand ses talons claquèrent sur le sol d'un pas énervé. Emily avait revêtu une robe d'un bleu presque noir parsemé de fils argentés. Sa tenue faisait penser à une constellation, et le visage de la mannequin était le trou noir qui allait faire des ravages à l'entrée de la salle de l'Opéra Garnier. Elle affichait la froideur et la colère de ses yeux maquillés de gris anthracite. Elle était d'une beauté aussi captivante que glaciale, dangereuse comme une rose qui vous tente et dont l'épine vous fait saigner quand vous essayez de la cueillir.

Isaac était appuyé contre une colonne de l'entrée en attendant son amie. Pour Emily, c'était une honte qu'il ne puisse pas entrer alors qu'elle avait mis son nom sur la liste. Isaac n'allait pas faire de scandale, mais si le styliste d'une grande maison de haute couture avait été refoulé à l'entrée à sa place, que serait-il advenu de l'image d'Emily ? Dans ce monde d'apparence, l'image officielle ne devait pas être écorchée, et la mannequin comptait bien faire passer le message aux agents de la sécurité.

— Bonjour, mademoiselle Tarsikova, la salua poliment le responsable. Vous êtes sublime.

— Et très énervée.

Le visage de l'homme se décomposa. On l'avait prévenu qu'il n'avait pas le droit au moindre faux pas lors de cette soirée. Il s'apprêtait à répondre lorsqu'elle leva l'index dans sa direction sans même le regarder. D'un simple geste, elle venait de lui dire de la fermer.

— Allez me chercher mon ami, là-bas.

L'agent de sécurité s'exécuta sans broncher. Il revint, suivi par Isaac, qui aperçut Emily dans sa robe de soirée. Il ne trouva aucun adjectif assez fort pour exprimer l'étendue de sa splendeur. Elle était d'une beauté impériale.

— Qui est celui qui te refuse l'entrée ? lui demanda-t-elle.

— Peu importe, fit Isaac en comprenant qu'elle s'apprêtait à faire un scandale.

Voyant que son ami ne lui donnait pas la réponse qu'elle attendait, elle se planta aux côtés de l'homme qui tenait entre ses doigts la liste des invités, et la lui arracha des mains. Il se tourna vers elle pour riposter, mais se ravisa lorsqu'il vit que c'était Emily Tarsikova qui était devant lui. Elle feuilleta la liste à la recherche du nom d'Isaac. S'il n'y était pas, c'était Anna qui allait passer un très mauvais quart d'heure. Emily lui avait demandé de s'en occuper.

À la lettre M, il n'y avait rien, ni à la lettre I. Elle parcourut les noms des quatre cents invités, et tant pis si la file d'attente s'allongeait et que les agents devaient s'excuser auprès des gens qui patientaient. Le nom d'Isaac était le dernier sur la liste. Évidemment, il avait été convié à la dernière minute. Elle pointa son doigt manucuré sur son nom en le montrant à l'agent de sécurité.

— Vous ne savez pas lire ? le questionna-t-elle.

— Si, mais la liste était censée être classée par ordre alphabétique.

— Et il ne vous est pas venu à l'idée qu'il ait pu y avoir une erreur ?

— Laisse tomber, Tarsikova, tenta Isaac. Ce n'est pas la peine de te mettre dans cet état.

Emily prit une profonde inspiration pour tenter de faire taire l'agacement en elle, mais elle était bien trop vindicative.

— C'est la dernière fois que je suis obligée de faire votre travail à votre place, cingla-t-elle. Si j'apprends qu'un autre convive a été recalé par la faute de votre absurdité, je vous assure que ce n'est pas de société que vous devrez changer, mais de branche professionnelle, parce que je m'assurerai que votre incompétence ne se reproduise pas lors d'un autre événement, quel qu'il soit. Est-ce bien clair ?

L'agent de sécurité fut estomaqué par ce ton tranchant, et même son responsable n'osa pas prendre sa défense. Il opina simplement, puis reprit d'une main tremblante la liste que lui tendait Emily.

Elle tourna les talons, et Isaac lança un regard désolé à l'homme, qui faisait pâle figure.

— Tu n'étais pas obligée de lui parler de cette manière et de lui foutre la honte devant tout le monde, lui lança-t-il.

— Je sais.

Ce fut la seule réponse qu'elle lui accorda sur ce sujet. Oui, elle aurait pu envoyer Anna qui aurait réglé le problème avec douceur et diplomatie, mais à présent, les agents de sécurité prendraient leur rôle plus au sérieux. Elle ne vit pas le regard froid que lui lança Isaac en la suivant dans sa loge. Il salua Christina, Anna, ainsi que sa cousine qui lui fit un malicieux clin d'œil. Il savait qu'elle ne dirait rien à Hakim sur le fait qu'il soit présent aux côtés d'Emily.

Un agent de la logistique passa sa tête dans la loge – dont la porte était restée ouverte – pour prévenir que le show commençait dans dix minutes. Les filles et Isaac furent invités à rejoindre leur siège et Emily devait se rendre dans les coulisses près de la scène, car elle était responsable du discours d'ouverture. Anna, Christina et Asma sortirent, puis Isaac referma la porte derrière elles. Il était bien décidé à dire à son amie ce qu'il pensait de sa façon de se comporter avec la sécurité, mais se ravisa en la voyant lire une feuille. Ses sourcils étaient froncés, ses doigts tremblaient légèrement.

Il avait en face de lui une jeune femme stressée et apeurée par ce qui l'attendait. Elle relisait ses notes méthodiquement.

— C'est ton discours ?

Elle sursauta, puis sourit en voyant qu'il n'avait pas quitté la pièce avec les autres.

— Je suis terrorisée à l'idée d'oublier une partie de mon texte, admit-elle.

La mannequin scandaleuse avait disparu, il ne restait que l'Emily qu'il appréciait. Isaac lui prit son papier des mains et le rangea dans la poche de son costume. D'ailleurs, ce ne fut qu'à ce moment-là qu'Emily le regarda réellement pour la première fois de la soirée. Comme promis, elle avait fait livrer un costume Hugo Boss chez lui. Et le vêtement lui allait comme un gant. Il était élégant et sexy, totalement à son goût.

— Tu n'es pas mal comme ça, lui dit-elle d'une petite voix.

— Et toi, tu es carrément affreuse dans cette robe. J'ai rarement vu une fille aussi hideuse.

Elle rit avec douceur. Depuis qu'elle lui avait demandé de ne pas lui dire qu'il la trouvait belle, ses compliments étaient devenus plus que douteux. Bien sûr, elle comprit qu'il pensait tout le contraire au regard brûlant qu'il lui lança.

— Merci, se contenta-t-elle de répondre. C'est une robe Yves Saint Laurent.

Isaac opina de la tête comme s'il comprenait en quoi ce détail était important. L'instant suivant, il déposa ses mains sur les hanches d'Emily pour l'attirer contre lui. Emily ne le repoussa pas, et ses mains à elle glissèrent le long de sa nuque pour lui montrer qu'elle appréciait cet élan d'affection. Sentir le corps d'Isaac contre le sien fit crépiter un feu dans son bas-ventre. Ses seins, collés au torse du jeune homme, devinrent lourds. Et rien ne s'arrangea quand elle sentit les lèvres d'Isaac sur la peau nue de son épaule. Son cœur se lança dans une course folle. Elle ferma les yeux en laissant choir sa tête le long de la clavicule d'Isaac. Elle ressentait toute l'énergie qu'il lui envoyait, mais également l'affection qu'il lui portait.

Puis, Isaac lui asséna une multitude de petites claques dans le dos.

— Qu'est-ce que tu fais ? dit-elle en riant contre son torse.

— Avant nos concerts, avec les gars, on se prend dans les bras, et on se tape comme ça pour se donner de la force. Enfin, avec toi, j'y vais nettement moins fort, je n'ai pas envie de te faire mal.

— Et ça fonctionne ?

— À toi de me le dire.

Emily releva son visage vers le sien pour pouvoir admirer ses yeux. Un mélange de malice et de désir faisait briller ses pupilles.

— Je vais être en retard. Merci pour les encouragements.

— De rien, mocheté.

Quand leurs corps se séparèrent, ils ressentirent tous deux une vague de froid et un sentiment de frustration. Leurs yeux ne se quittaient toujours pas. Isaac fit glisser ses doigts le long du bras d'Emily, la faisant frissonner.

Plusieurs coups résonnèrent à la porte, puis la voix du chef logistique rappela à Emily qu'elle était attendue dans moins de cinq minutes sur scène.

— Je t'ai réservé une place à côté de moi, dit-elle. Je me suis dit que ça t'aiderait à supporter le spectacle.

— Très prévenant de ta part. C'est vrai que la danse classique, ce n'est pas vraiment mon truc.

Un dernier regard ardent, et ils quittèrent la pièce chargée d'électricité.

La salle était pleine à craquer. Emily aurait voulu relire son discours une dernière fois, mais Isaac avait emporté sa feuille. Les lumières se tamisèrent, puis la musique retentit. Emily fit son entrée d'un pas assuré vers le pupitre. Heureusement, elle avait l'habitude de marcher en talons aiguilles devant de grandes foules. La salle l'applaudit chaleureusement.

— Bonsoir à tous, déclara-t-elle timidement. Je vous remercie de vous être déplacés pour soutenir l'association I Believe You dont je suis la marraine. Quand on m'a proposé ce rôle, je me suis demandé comment j'allais pouvoir y apporter ma contribution. Après en avoir fait la promotion pour récolter les premiers fonds, j'ai compris que, plus que l'argent, ce qui comptait avant tout était de soutenir toutes ces jeunes femmes victimes d'agression sexuelle ou de viol.

Elle prit une grande inspiration, ses mains tremblaient légèrement. Elle fut soudainement prise d'une certaine émotion qui transparaissait à travers sa voix.

— Mesdemoiselles, continua-t-elle, c'est à vous que je m'adresse ce soir. Vous vivez sans doute les instants les plus sombres de votre vie, vous n'osez pas en parler parce que cela rendrait tout ça réel. Vous priez tous les soirs pour vous réveiller de ce sordide cauchemar ou simplement oublier les heures qui vous ont changées à jamais. Vous n'osez pas vous confier à votre entourage parce que vous avez peur des questions : comment étais-tu habillée ? Est-ce que tu ne l'as pas un peu cherché ? Est-ce que tu avais bu ? Comme si le fait de porter une minijupe, de regarder un homme ou bien d'être soûle était un acte de consentement. Ensuite, les remarques : elle fait ça seulement pour qu'on s'intéresse à elle, de toute manière elle couche avec n'importe qui ; ou encore : elle a dit non, mais son regard disait oui. Sachez, messieurs, qu'un silence n'est pas un oui, et qu'un NON est un NON !

Une salve d'applaudissements bourdonna dans ses oreilles et la surprise s'empara d'elle en voyant le public si réceptif.

— Pour conclure, mesdemoiselles, nous vous aiderons à chaque étape. Et soyez assurées que moi, je vous crois. Notre association vous croit. Vous n'êtes pas seules. Vous n'êtes pas responsables. La honte doit changer de camp.

L'assemblée entière se leva pour ovationner son discours d'accueil. L'émotion qui lui serrait la gorge s'accrut subitement quand elle songea que la voix de ces femmes serait enfin entendue, qu'elles n'allaient plus crier leur souffrance sans que personne n'écoute. Auprès de l'association, elles pourraient se reconstruire, enterrer leurs démons, et apprendre à vivre à nouveau.

Emily remercia le public, puis quitta la scène pour que le ballet puisse débuter. Elle rejoignit sa place au premier rang entre sa sœur et Isaac. Ce dernier la gratifia d'un sourire radieux qu'elle lui rendit.

— C'était super, chuchota-t-il.

— C'est vrai ? Ce n'était pas *too much* ?

— Absolument pas.

La musique résonna dans l'immense salle, puis le spectacle commença.

— Tu veux vraiment ma mort, râla Isaac à son oreille.

Emily ricana discrètement en tentant de garder les yeux sur les danseuses de l'Opéra de Paris.

— En plus, on est au premier rang, si je m'endors ça va se voir.

— Si tu t'endors, je te tue, Mehla.

— Oui, je sais. Je ne dois pas te faire honte.

— Tu as tout compris.

Quand un danseur en collant fit des entrechats, Isaac ne put s'empêcher de pouffer.

— Arrête, le réprimanda-t-elle en chuchotant.

— C'est tellement nul. Un jour, je t'emmènerai voir un vrai spectacle de danse, tu verras que c'est tout sauf ça.

— Ne sois pas méprisant.

— Laisse-moi gérer ta prochaine soirée caritative. Ça va être une tout autre ambiance.

— Si je voulais que tous tes copains rappeurs salissent l'association, c'est ce que je ferais.

Il rit dans sa barbe avant de se reconcentrer sur le show. Tandis qu'Emily se tenait droite, les jambes croisées, lui était affalé sur son siège, tenant sa tête dans sa main. Il semblait prêt à s'endormir.

— Tiens-toi correctement, le sermonna-t-elle discrètement.

— Putain, je ne peux même pas me mettre à l'aise… C'est nul, ton truc.

— Je suis désolée que cette soirée soit si affreuse pour toi, siffla-t-elle. Je pensais que ça te ferait plaisir de partager ça avec moi, mais tu peux partir si tu veux.

— Ne me tente pas, Tarsikova.

Il se redressa pour s'asseoir correctement, acceptant de paraître plus intéressé par le spectacle.

Une fois le ballet terminé, les invités furent conviés dans la salle de réception attenante pour participer à un cocktail. C'était le moment pour Emily d'afficher son plus beau sourire et de séduire chaque personne de l'assemblée pour qu'elle verse le maximum d'argent à l'association. Tout était une question d'image, de communication verbale ou non verbale. La mannequin était forte à ce jeu.

Après plus d'une heure et demie à parlementer avec des stylistes, des journalistes, des acteurs, des chanteurs et nombre d'autres professionnels, Emily rejoignit Asma, Christina, Anna et Isaac qui discutaient ensemble.

— Vous ne vous ennuyez pas trop ? s'enquit-elle.

— Pas du tout, la rassura sa sœur avec un sourire bienveillant.

— Je crois que je vais partir, l'avertit Isaac.

— Pourquoi ?

— Ce n'est pas mon truc, ce genre de soirées. Je ne suis pas…

— Emily ? le coupa une voix derrière elle.

Elle se retourna pour apercevoir Anthony Adams, qui la détaillait de la tête aux pieds. Depuis la soirée d'anniversaire de son agence, et les quelques messages qu'ils avaient échangés, elle n'avait pas eu de nouvelles de lui.

— Je suis surprise de vous voir ici, lui lança-t-elle.

— Notre agence a reçu votre invitation, je ne pouvais refuser de vous revoir. Vous êtes vraiment à couper le souffle.

Ses yeux voyagèrent sur la robe bleu nuit dont le tissu vaporeux brillait d'éclats argentés.

— Je vous retourne le compliment.

Son costume gris clair ainsi que sa chemise ouverte sur le haut de son torse lui allaient parfaitement. Il était diablement sexy.

— Je tenais à vous féliciter pour votre discours d'introduction, continua-t-il. Les mots que vous avez choisis étaient très forts. J'espère que les mentalités évolueront rapidement.

— C'est aussi ce que je souhaite.

Le sourire charmeur d'Anthony ne quittait pas ses lèvres, qui devaient avoir le goût du champagne qu'il buvait tout en la fixant inlassablement.

— Em ? l'appela sa sœur en la sortant de sa contemplation. Tu ne nous présentes pas ?

— Si, bien sûr, répondit-elle maladroitement. Christina, Asma, Anna, voici Anthony Adams. Nous nous sommes rencontrés lors d'une soirée à mon agence. Isaac, tu le connais déjà.

— Oui, on s'est déjà vus, répondit-il sur un ton neutre.

— Anthony, voici ma sœur, une amie et mon assistante.

— Enchanté, mesdemoiselles.

Les trois jeunes femmes sourirent de toutes leurs dents. Visiblement, il n'y avait pas qu'Emily qui le trouvait séduisant.

— Je dois aller parler à mon agent, s'excusa Anthony. Je reviens juste après.

— Avec plaisir.

Son sourire enjôleur ne quitta pas ses lèvres lorsqu'il les laissa. Tandis que les filles gloussaient entre elles un peu à l'écart, Isaac observait Emily tout en dégustant son champagne.

— Alors moi, je n'ai pas le droit de te dire que tu es belle, mais lui oui.

— Il dit ça seulement pour me draguer, rétorqua-t-elle.

— Et sans doute parce qu'il le pense.

— Et alors ? Il n'y a pas de mal à ça.

Il rit amèrement.

— Qu'est-ce que tu as ? le questionna-t-elle.

— Je te parie deux cents euros que tu n'es pas capable de coucher avec lui dans les loges.

— Je ne coucherai pas avec lui pour un stupide pari.

— Tu n'es pas joueuse. Moi, je l'ai fait avec Rose.

Emily sourit en levant les yeux au ciel.

— Tu n'as pas compris ma phrase, Mehla. Je ne coucherai pas avec lui pour un pari, je vais le faire parce que j'en ai envie.

— Il t'excite tant que ça ?

— Tu rigoles ou quoi ? Ce mec est un sex-symbol ambulant. Juste en me regardant, il me donne chaud.

— En même temps, ce n'est pas difficile de te donner chaud.

Elle se figea sur place en entendant sa remarque. Parfois, Isaac pouvait se montrer incisif avec elle, voire blessant. Chaque fois, il s'en excusait, mais là, son regard indiquait à Emily qu'il ne regrettait pas ses paroles.

— Je peux savoir ce que tu insinues ?

— Tu t'embrases vite. Un mec en costard, un sourire, un compliment, et t'en peux déjà plus.

— Non, mais je rêve ! Rose n'a même pas eu besoin de te regarder pour que tu bandes déjà pour elle, et c'est moi qui m'embrase vite ?

— Ce n'est pas pareil, siffla-t-il.

— Sous prétexte que je suis une femme, je n'ai pas le droit d'avoir envie de coucher avec un homme que je viens de rencontrer ? Tu vois, je ne pensais pas que tu serais dans le jugement vis-à-vis de ça.

— Je te l'ai déjà dit, Tarsikova, tu fais ce que tu veux de ton cul.

— Je suis heureuse d'avoir ta permission. Ah non, en fait, tu sais quoi ? Je n'en ai rien à faire que tu approuves mon comportement, ou pas.

— Tu me soûles. Toute cette putain de soirée commence vraiment à me prendre la tête.

— Eh bien, pars, Isaac ! s'énerva-t-elle. Depuis que tu es arrivé, tu fais la gueule. Tu l'as pourtant eu, ton costume Hugo Boss, c'était la condition, non ?

— Ne t'inquiète pas, je te le rends dès ce soir.

— Ce n'est pas la peine, je l'ai acheté, cette fois. Il est à toi.

Alors qu'elle pensait lui être agréable, les sourcils du rappeur se froncèrent tandis qu'un masque de colère orna son visage.

— Tu crois que j'ai besoin que tu dépenses deux mille euros dans un costume pour me faire plaisir ? Visiblement, on ne se connaît pas si bien que ça.

— Mais qu'est-ce qui te prend ce soir ?

— Je ne te reconnais pas, voilà ce qui se passe ! s'énerva-t-il à son tour.

Il alla poser son verre sur une des tables avant de prendre le chemin de la sortie. Emily se précipita vers lui, et lui attrapa le bras.

— Explique-toi, lui ordonna-t-elle.

Il soupira en fuyant son regard, prenant visiblement sur lui pour ne pas exploser.

— Tu as vu comment tu as parlé à l'agent de sécurité tout à l'heure ?

— C'est quoi le rapport ? Il a été incompétent.

— Ce n'était pas une raison pour l'humilier. Et le fait de me dire comment me comporter, on en parle ?

— Je voulais seulement que tu te tiennes correctement en public. C'est normal, non ?

— C'est bien ça le problème, Tarsikova. Tu réfléchis trop à ce que les gens pensent de toi. Quand on n'est que tous les deux, tu es une femme géniale que j'apprécie de plus en plus. Dès qu'il y a du monde, tu redeviens la garce que je déteste.

Emily eut un mouvement de recul en recevant ces attaques qu'elle jugeait gratuites. Cependant, elle ne pouvait pas le contredire, et elle détesta cette position de faiblesse.

— Ces deux femmes font partie de moi, répondit-elle en reprenant son calme. L'une ne va pas sans l'autre.

— Dans ce cas, je préfère les laisser toutes les deux, déclara-t-il d'une voix ferme. Bonne baise avec ton mannequin italien.

Sans un dernier regard, il la planta en pleine réception.

— Mehla, attends !

Il ne l'écouta pas, continuant sa route.

— Mehla !

Isaac passa la porte de la salle.

— Tout va bien ? s'inquiéta Anthony en la rejoignant. Je vous ai vue vous disputer avec votre ami.

— Oui, ça va, répondit-elle doucement en fixant ses pieds. C'est juste que…

— Que ?

— Je me rends compte qu'Isaac compte pour moi, maintenant, et que son avis ne me laisse pas indifférente.

— C'est normal, c'est votre ami.

— Oui… C'est mon ami…, répéta-t-elle lentement.

Ses yeux scrutaient la porte qui s'était refermée derrière Isaac. Son esprit vagabondait sur les raisons qui poussaient son cœur à battre si fort ; pourquoi avait-elle mauvaise conscience ?

Isaac n'aimait pas la personne qu'elle était en public, elle le savait déjà, mais quand il lui avait avoué qu'il appréciait de plus en plus celle qu'elle était en privé, un frisson l'avait parcourue. Le terme « de plus en plus » résonnait dans sa tête, et elle ignorait quelle signification elle pouvait lui donner.

Le lendemain, Emily se réveilla dans une suite du George V. Anthony dormait à ses côtés. Son torse musclé montait et descendait sous sa respiration calme. Ils avaient passé la nuit ensemble, laissant leurs corps se rencontrer chaudement.

Sous la douche de l'immense salle de bains, elle laissa couler l'eau sur sa tête en se rappelant les paroles blessantes que lui avait jetées Isaac au visage. Pourquoi avait-il été si amer avec elle ? Elle ne comprenait pas sa soudaine animosité. Oui, elle avait été odieuse avec les agents de sécurité. Oui, elle lui avait demandé de se tenir correctement, mais elle ne méritait certainement pas tous les reproches qu'il lui avait faits.

Heureusement, peu de personnes avaient entendu leur dispute. Sinon, Emily aurait été couverte de honte. Dans le milieu professionnel, personne n'osait lui parler de cette manière, sa réputation en aurait pris un sacré coup.

Ses pensées s'envolèrent quand elle sentit le corps d'Anthony se lover contre le sien.

— Tu es parfaite, murmura-t-il à son oreille en caressant ses seins.

— Tu n'es pas mal non plus.

— Seulement pas mal ?

— Tu voudrais être plus ?

— Bien sûr.

De sa main libre, il attrapa le visage d'Emily pour le tourner vers le sien afin de l'embrasser sauvagement.

— Prends-moi, souffla-t-elle d'excitation contre ses lèvres.

— Tu es vraiment torride, j'adore ça.

— Arrête de parler, et agis.

Il ne lui fallut pas un mot de plus pour qu'Anthony la plaque face à la paroi de la douche et prenne possession de son corps. Les coups de reins contre les fesses d'Emily claquaient férocement, mais elle ne parvenait plus à prendre du plaisir comme la veille. Elle ne pensait qu'à Isaac qui, hier soir, avait choisi de ne plus faire partie de sa vie.

Cependant, ce qu'il ignorait, c'était qu'on ne quittait pas Emily Tarsikova aussi facilement.

15. Réfléchis bien à ce que tu fais

Le lendemain de la soirée caritative, la colère avait laissé place à la fatalité dans l'esprit d'Isaac. Emily était toujours cette femme froide et hautaine qu'il ne supportait pas. Comment pouvait-elle posséder deux personnalités si différentes ? Il aimait son espièglerie, son avis sur le monde, sa fragilité, mais son côté BCBG lui donnait la nausée. Ils n'étaient pas du même monde, comment avait-il pu imaginer qu'ils pourraient s'entendre ?

Lorsqu'il entra dans le studio d'enregistrement, ses amis lui lancèrent des regards froids.

— Tu étais où hier ? lui demanda son frère. On t'a attendu toute la soirée pour enregistrer.

— Je vous avais dit que je ne pourrais pas venir.

— Tu as dit aussi que tu passerais après ta soirée avec ta copine, siffla Antoine. Tu aurais au moins pu nous prévenir que tu annulais, plutôt qu'on t'attende comme des connards.

— Je vous ai déjà dit que ce n'était pas ma copine. La preuve, elle a fini la soirée avec un autre mec.

À ces mots, les visages de ses comparses se décrispèrent, et l'agacement qu'ils ressentaient s'envola immédiatement.

— Ah merde…, fit Aidan. Qu'est-ce qui s'est passé ?

— On n'a rien en commun. C'est comme ça, c'est la vie. On gratte ?

— Mon petit Iz, soupira Madou. Tu en trouveras une autre.

— Je n'en ai rien à faire de cette fille, répliqua Isaac. On peut passer à autre chose maintenant ?

Tous l'observèrent d'un air dubitatif avant de se remettre au boulot. L'ingénieur du son lança une production, puis ils se mirent à écrire chacun de leur côté.

Isaac relut le texte qu'il venait de rédiger sans vraiment y réfléchir. Il soupira d'un air las en se massant les tempes. Aidan en profita pour lui prendre sa feuille, et déchiffra ses écrits à voix haute.

La brunette, double visage, double personnalité
Ça, c'est une femme dure à aimer
Elle m'a dit « Me juge pas »
Je lui ai répondu « C'est pas le cas »
On se regarde, on se cherche, on s'amuse
J'arrive pas à croire que c'est devenu ma muse
Mes yeux rivés sur ses fesses quand elle regarde ailleurs
Mes yeux rivés sur ses lèvres quand elle me mate de son regard rieur
Observation, discussion, transgression, déception, pression
J'crois qu'elle me fait péter un plomb
Mannequin attirant tous les regards
Mais c'est avec moi qu'elle se couche tard
On refait le monde, on se confie
Et je me dis : « Après tout pourquoi pas, on n'a qu'une vie »

— Je n'avais pas fini, râla Isaac quand Aidan s'arrêta.

— Elle te perturbe, ton Emma…, le taquina Antoine.

— Elle me gave, en fait. On n'est vraiment pas du même monde.

— Pourquoi tu dis ça ? s'enquit Hakim.

— Tu n'as pas écouté ce que j'ai écrit ? Elle est mannequin.

— Et alors ? s'étonna Aidan. Aly aussi est mannequin, on a un enfant, et on va se marier l'année prochaine.

— Aly est quelqu'un de simple et de facile à vivre, rétorqua Isaac.

— Ça se voit que ce n'est pas toi qui cohabites avec elle.

— Pourquoi, ça ne va pas ? s'inquiéta soudainement Isaac.

— Si, ça va, répondit Aidan. Mais on est comme tous les couples, il y a des hauts et des bas. Elle continue de me traiter de connard de temps en temps en quittant l'appartement pour fuir chez ses potes.

— Je crois que c'est son insulte préférée, à notre petite Aly, rit Madou.

— Ne te plains pas, bougonna Hakim. Quand je suis rentré hier soir, Mel était en train de compter l'argent de son coffre. Il y avait des billets de cent et deux cents euros partout sur le lit. Elle va le confier à une amie en le déposant sur un compte à l'étranger à son nom. Cette fille, je vous jure qu'elle me rend fou, par moments.

— Ah là là…, sourit Antoine. Mel et ses histoires de fric.

— Mel et ses mensonges, soupira l'aîné Mehla, l'air tellement désespéré qu'Isaac s'inquiéta pour leur couple.

— Vous vous êtes disputés ? demanda-t-il.

— J'ai pété un plomb, admit Hakim. J'en ai vraiment plein le cul de toutes ses magouilles. On dirait qu'elle aime ça.

— Mais c'est le cas, affirma Aidan en riant. Ne lui en veux pas. Ta copine, c'est une débrouillarde. Si elle veut quelque chose qu'elle n'a pas le droit d'avoir, elle va forcément trouver un moyen pour l'obtenir. Elle est allée à l'école de la vie, elle connaît tous les trucs.

— Ouais…, concéda Hakim à contrecœur, mais si elle pouvait arrêter toutes ses conneries, je dormirais mieux la nuit.

— On est devenu des filles, les mecs, pouffa Aidan. On a des discussions sur nos couples, quoi !

— En même temps, intervint Madou, vu les nanas dont vous tombez amoureux, c'est normal. Une qui fuit dès qu'elle en a l'occasion, une voleuse, et une schizophrène apparemment, ça ne pouvait pas être autrement.

Ils continuèrent de discuter et d'écrire leur nouvel album dans une atmosphère plus légère. Après plus de douze heures à travailler sans relâche, ils avaient besoin de reposer leurs cerveaux en ébullition. Sur le chemin du retour, Isaac fit la route à pied avec son frère, qui habitait à quelques rues de chez lui.

— On en parle ou pas ? lança Hakim.

— Parler de quoi ?

— De la fille qui est dans ton crâne.

— On n'en parle pas, soupira Isaac.

— C'est la première fois que tu refuses de nous raconter tes histoires. Qu'est-ce qui se passe avec elle ?

— Justement, il ne se passe rien.

— Tente quelque chose, l'encouragea Hakim. Tu as peur de quoi ?

— De ne pas être assez bien pour elle.

L'aîné s'arrêta de marcher pour lui faire face.

— C'est une duchesse ou quoi, ta copine ? Depuis quand tu te remets autant en question ? Si elle trouve que tu n'es pas assez classe pour elle, qu'elle aille se faire foutre. Je ne laisserai personne douter de toi, Iz. C'est clair ou pas ?

— Je te dis ça, mais c'est peut-être juste dans ma tête, répondit Isaac alors qu'ils reprenaient leur route. Elle m'a invité à plusieurs de ses soirées mondaines, elle m'a présenté à des gens importants pour elle. C'est peut-être moi qui me fais des films.

— Si elle a fait ça, c'est qu'elle t'accepte comme tu es, non ?

— Je ne sais pas… De toute manière, je lui ai dit que je ne voulais plus la voir.

— Pourquoi ?

— Elle a deux personnalités. Une que j'aime vraiment, et une autre que j'ai envie de gifler. Parfois, elle peut être une femme généreuse, marrante, intelligente, mais elle sait aussi se comporter comme la pire des garces, humiliante et méprisante.

— On a tous deux personnalités, lui rappela Hakim. Il y a celle que tu montres aux gens, et celle qui ne ressort que lorsque tu es avec des proches. Laisse-lui encore une chance, ça se voit que tu tiens à elle.

Isaac sourit intérieurement en entendant son frère défendre Emily sans s'en rendre compte.

— D'habitude, continua-t-il, les filles, tu les prends, tu les baises, et tu passes à la suivante. Elle, tu l'as vue plusieurs fois, et vous n'avez même pas couché ensemble. Tu l'as déjà embrassée au moins ?

— Même pas...

— Mais tu en as envie ?

— Cette fille est une bombe atomique. Bien sûr que j'en ai envie.

— Je ne te parle pas de l'embrasser pour coucher avec elle, mais parce que tu as envie de quelque chose de sérieux, et pas juste un plan cul.

— Je n'en sais rien, admit Isaac en regardant au loin. C'est compliqué.

— J'ai l'impression que tu ne me dis pas tout, Iz.

Isaac s'arrêta de nouveau de marcher, puis soupira en balayant son visage de ses mains. Hakim le connaissait par cœur, son frère avait forcément deviné qu'il lui cachait quelque chose d'important. Son aîné avait parfaitement réalisé ne pas avoir toutes les cartes en mains pour saisir ce qui faisait tant hésiter son cadet.

— Elle a un mec ? reprit Hakim. Le gars avec qui elle a passé la nuit d'hier ?

— Peut-être que ça va devenir son mec. Je n'en ai aucune idée.

— Putain, mais dis-moi ce qu'elle a de particulier ! Pourquoi tu es aussi mou, là ? En temps normal, tu te mets en mode guerrier. Tu adores draguer les filles, tu aimes la séduction, et là, non. On dirait un mec qui se dit qu'il a rencontré la femme de sa vie alors qu'il vient d'apprendre qu'il part faire la guerre.

Ses yeux noirs, les mêmes que ceux de leur père, regardaient Isaac avec insistance, attendant qu'il se confie à lui. L'aîné était nettement moins patient que le cadet.

— C'est quand tu veux, pour répondre à ma question ! s'énerva Hakim.

— Si je te le dis, je veux que tu me promettes d'en parler à personne. Ni aux gars, ni à Mel. À personne !

— Dis-moi ce qu'elle a de si particulier !

— Jure-moi de n'en parler à personne.

— Je te jure sur la tête d'Izia que je ne dirai rien.

Le fait de jurer sur la vie de leur nièce était un acte digne de confiance. Ils n'étaient pas superstitieux, mais ils ne faisaient pas ça non plus à la légère.

— Elle ne s'appelle pas Emma, lâcha Isaac, mais Emily.

— Et alors ? C'est quoi le problème avec son pré…

Hakim s'arrêta de parler, et sa bouche s'ouvrit de quelques millimètres sans qu'aucun mot n'en sorte. Ses sourcils s'arquèrent tandis que ses yeux s'écarquillaient.

— Et son nom de famille ? questionna-t-il lentement en appréhendant la réponse.

— Oui, c'est l'Emily à laquelle tu penses !

— Putain, Isaac !

Hakim se remit à marcher en jurant de plus belle. Isaac le suivit, étant partagé entre le soulagement de s'être enfin confié à quelqu'un et le fait que son frère réagissait comme il l'avait prédit : avec colère. Hakim s'arrêta enfin, puis lui attrapa le bras.

— Tu sais qu'Aidan ne va pas du tout apprécier que tu te tapes son ex-plan cul.

— Je ne me tape personne, rétorqua-t-il.

— Comment tu as pu tomber sous le charme de cette fille ? Elle est dégueulasse. Désolé, mais il n'y a pas d'autre mot. Et puis, elle est tellement conne !

— Tu ne la connais même pas ! s'emporta Isaac. Je te jure qu'elle est tout sauf stupide. Elle est cultivée, elle est drôle, captivante.

— Captivante ? répéta Hakim avec écœurement. Mais réveille-toi ! Tu parles d'une fille qui rappliquait dès qu'Aidan voulait la baiser. Elle a traité Aly de salope sans la moindre raison, elle a tout fait pour les séparer. Elle couche avec un mec différent chaque soir. Elle gagne sa vie en montrant son cul sur Instagram. Je ne comprends vraiment pas ce que tu peux lui trouver.

— Je ne pense pas que tu sois en position de la critiquer.

— Qu'est-ce que tu racontes encore ?

— Je dois te rappeler ce que Mel faisait quand tu l'as rencontrée ? Je me souviens que ce n'était pas si glorieux que ça.

— Ne compare pas ma copine à une pute comme Emily.

— Et toi, ne traite pas Emily de pute.

Leurs visages affichaient ouvertement leur incompréhension commune. La colère avait pris place dans leurs esprits étriqués. Les bras croisés sur la poitrine, Hakim regardait durement son cadet.

— Tu l'apprécies vraiment ou tu veux juste coucher avec elle ? lui demanda-t-il sur un ton qui tentait de rester calme.

— Si je voulais seulement la mettre dans mon lit, ce serait déjà fait.

— Putain, Iz…, soupira-t-il en se pinçant l'arête du nez.

— Je sais que, pour toi, ce n'est pas une fille bien, qu'elle a mauvaise réputation, mais je te promets qu'elle est totalement différente quand on apprend à la connaître. Oui, elle a couché avec beaucoup d'hommes, et alors ? J'ai soulevé des tas de femmes moi aussi.

Hakim soupira tout en réfléchissant à la meilleure attitude à adopter.

— Écoute, tu es mon petit frère, mais je pense que tu as passé l'âge de recevoir des sermons. Je te dis simplement que je n'approuve pas. Après, c'est ta vie, tu fais ce que tu veux. Par rapport à ce que tu m'as dit tout à l'heure, je veux juste que tu saches que ce n'est pas à elle d'avoir honte de toi. C'est elle qui ne te mérite pas, et non le contraire. Ne pense pas une seconde qu'elle vaut mieux que toi.

— OK, se contenta de répondre Isaac. Tu ne diras rien aux autres, hein ?

— Tu rigoles ou quoi ? Je ne veux pas être responsable de toute la merde que ça va créer. Surtout avec Aidan. Il ne l'a jamais aimée, c'est clair, mais tu sais très bien que ça ne se fait pas de passer après un pote. Sans parler du comportement qu'Emily a eu avec Aly. Quand Aidan va l'apprendre, ça va sans doute leur faire revivre certains moments de leur histoire qu'ils préféreraient oublier. Il va vouloir protéger Aly, et je peux te garantir qu'Emily va en prendre plein la gueule.

— Je sais…

— Réfléchis bien à ce que tu fais, Isaac, lui conseilla-t-il. Quoi qu'il se passe, je te soutiendrai, mais je préférerais éviter de m'embrouiller avec un de mes meilleurs amis ou te ramasser en mille morceaux si elle se comporte mal avec toi.

— Merci.

— Mon petit frère et Emily Tarsikova, se lamenta-t-il. Moi qui voulais dormir tranquillement.

— Tu n'as pas à t'inquiéter.

— Je m'inquiéterai toujours pour toi. C'est mon boulot.

Les deux hommes se sourirent d'un amour fraternel avant de continuer leur marche nocturne.

16. C'est bien mieux comme ça

Assise sur le canapé du salon, Emily fixait son téléphone, qu'elle tenait dans sa main depuis de longues minutes. Le doute s'était emparé d'elle, et la mannequin se demandait comment elle devait agir vis-à-vis d'Isaac. Cela faisait une semaine qu'elle n'avait eu aucune nouvelle de lui. Son dernier regard énervé était la seule chose qui lui restait en mémoire.

Elle devait partir le lendemain pour un shooting en Malaisie pendant deux semaines. Elle ne savait pas pourquoi, mais elle voulait lui parler avant son départ, simplement le revoir, retrouver son sourire. Bon sang, qu'est-ce qu'il lui prenait de penser ce genre de choses ? Cependant, Isaac lui manquait, elle ne pouvait pas le nier.

Plutôt que de lui envoyer un message, elle décida de se rendre directement chez lui. Elle ne prit pas en considération la petite voix qui lui disait que ce n'était pas l'idée du siècle.

Elle se souvenait de son adresse grâce aux soirées passées chez lui quatre ans plus tôt. Arrivée au bas de son immeuble, elle attendit qu'une habitante sorte pour franchir la lourde porte. Elle repéra le nom d'Isaac sur la boîte aux lettres, ainsi que l'étage. Dans l'ascenseur, Emily se questionna une nouvelle fois sur son état de lucidité. Allait-elle vraiment débarquer chez Isaac à l'improviste alors qu'il ne l'avait jamais invitée chez lui, qu'il n'était peut-être pas présent, ou pire, qu'il était avec ses amis ? La réponse se fit naturellement lorsqu'elle sonna à sa porte d'entrée.

Après quelques secondes interminables, la porte s'ouvrit sur le rappeur. Son visage était orné de son habituel sourire en coin, mais les yeux de la jeune femme s'attardèrent avant tout sur son torse nu. Il était vêtu seulement d'un jean, ce qui lui donnait une allure sexy au possible. À ses cheveux mouillés, elle devina qu'il sortait de sa douche. Quand il enfila le T-shirt qu'il tenait dans ses mains, un sentiment de frustration la gagna.

— Salut, dit-elle timidement.

— Salut, mocheté. Tu t'es perdue ? L'appart des filles qui matent les mecs sans gêne se trouve à l'étage du dessous.

— Je ne te matais pas.

— Bien sûr. Entre.

Elle le suivit à travers un couloir qui desservait sa chambre, puis une salle de bains. Au bout se trouvait un petit salon avec une cuisine ouverte. Si Emily était un brin maniaque, Isaac était son opposé. On aurait dit qu'une petite tornade avait élu domicile chez lui. Des feuilles traînaient maladroitement sur la table basse sur laquelle étaient disposés un cendrier plein et quelques verres. Des vêtements s'éparpillaient ici et là, sans parler des paires de baskets aux quatre coins du salon.

— J'avais oublié à quel point c'était le bazar chez toi.

— Ça va, là, non ? demanda-t-il en observant autour de lui. J'ai même fait la vaisselle ce matin.

— Tu as apparemment oublié quelques verres, observa-t-elle.

— C'est vrai, mais le lave-vaisselle était plein.

Il les prit pour les déposer dans son évier, puis vida son cendrier dans la poubelle. Pendant qu'il finissait de ranger, Emily s'assit dans son canapé.

— Tu n'es pas obligé de faire le ménage.

— Si je ne range pas un peu, tu vas me chambrer en me disant que je vis dans un taudis, je te connais.

Il partit quelques secondes dans sa salle de bains avant de finalement la rejoindre.

— Tu veux boire un truc ? proposa-t-il. J'ai acheté du thé à la pomme comme le tien.

— Ça va devenir notre boisson fétiche.

— Vaut mieux ça que le whisky, non ? plaisanta-t-il.

— C'est vrai. J'en prendrai un avec plaisir.

Elle le suivit jusque dans sa cuisine et s'assit sur son plan de travail comme il le faisait lorsqu'il était chez elle. Il lui lança un regard amusé, il aimait la voir chez lui.

— Toi aussi, tu trouves vite tes marques.

— Je me suis permis, vu que tu le fais tout le temps chez moi.

— Et si la prochaine fois je me mets nu dans ton salon, tu vas le faire ici aussi ? la provoqua-t-il.

— Si tu fais ça, je te mets à la porte.

— J'aurai essayé, dit-il en levant les mains en signe d'innocence.

La bouche d'Emily esquissa un nouveau sourire. Il versa l'eau chaude dans leurs tasses, puis ils regagnèrent son salon pour s'asseoir sur son canapé.

— Du coup, tu comptes me dire pourquoi tu passes à l'improviste chez moi ? demanda-t-il en soufflant sur la boisson chaude.

— Je voulais m'excuser pour la dernière fois. C'est vrai que parfois je peux être un peu…

— Salope ?

— Ne va pas trop loin, Mehla !

— Je crois plutôt que c'est toi qui as tendance à aller trop loin. Et pour pas grand-chose.

— C'est vrai, admit-elle. Je n'aurais pas dû me montrer aussi méprisante avec la sécurité, ni avec toi. Tu avais le droit de t'endormir, le spectacle était vraiment ennuyeux. C'est la dernière fois que j'organise quelque chose avec de la danse classique.

— Je te l'ai dit, laisse-moi gérer ta prochaine soirée caritative. Tu verras la différence.

— Dans tes rêves, tu vas faire couler notre réputation.

— Mais bien sûr… Et du coup, tu as récolté combien ?

— Presque deux cent mille euros. On va pouvoir s'en servir pour payer des psychologues, des frais d'avocats, des loyers… Je suis plutôt satisfaite, je m'attendais à moins.

Elle but le liquide chaud qu'elle affectionnait tant avant de jouer avec le fil du sachet de thé.

— Et alors, avec l'Italien ? demanda Isaac avec curiosité.

— On a passé la nuit ensemble à son hôtel.

— C'était bien ?

— Rien d'exceptionnel, avoua-t-elle sans gêne.

— Comme quoi, ce n'est pas parce qu'on est mannequin pour Dolce & Gabbana qu'on est forcément un bon coup.

— Crois-moi, les plus beaux ne sont pas forcément les meilleurs.

— Eh bien, je suis ravi de le savoir, soupira-t-il avec malice.

— Tu vois, toi, par exemple, tu n'es pas terrible physiquement, mais tu pourrais être un bon amant.

— Mais je t'emmerde ! dit-il en riant devant son espièglerie. En attendant, je te rappelle que tu bavais sur moi il y a moins de dix minutes.

— Je ne bavais pas !

— Et maintenant, tu mens. C'est moche tout ça, comme toi en fait. Tu es tellement hideuse comme fille. Je ne sais même pas comment tu fais pour te regarder, personnellement, ça me brûle la rétine quand je te vois.

Elle le poussa sur le côté avec taquinerie, ce qui le fit rire davantage.

— Ma petite mocheté.

— Je suis beaucoup plus bonne que la plus bonne de tes copines, railla-t-elle.

— Et maintenant tu cites du NTM ? Je crois que j'ai une mauvaise influence sur toi.

— Comme si tu m'influençais en quoi que ce soit. Si c'était le cas, je serais mal barrée.

Cette fois, ce fut lui qui la poussa légèrement avec malice. Leurs yeux espiègles s'observaient avec une attention particulière. Comme cela leur était déjà arrivé, un échange inaudible se noua entre eux. Leurs lèvres retroussées exprimaient à la place de leurs cordes vocales le plaisir qu'ils avaient à se retrouver.

— Viens, il faut que je te rende un truc.

Elle le suivit jusque dans sa chambre, puis il lui tendit une housse contenant son costume Hugo Boss.

— Arrête avec ça.

— Je n'en veux pas, ça me gêne de le garder. Je l'ai donné au pressing, il est comme neuf. Tu pourras peut-être le rapporter au magasin ?

— Je ne veux pas le rendre. C'était un cadeau.

— Un cadeau à deux mille euros. Merci, mais non merci. Je te l'ai déjà dit : je ne suis pas ta pute, Tarsikova.

— Et moi je t'ai déjà répondu que, si je te considérais comme telle, je t'aurais déjà baisé. Garde-le, tu le mettras quand on ressortira ensemble.

— Je suis ravi de savoir que tu vas me traîner à nouveau dans tes soirées huppées.

— Si tu ne veux plus m'accompagner, ce n'est pas grave. Mais s'il te plaît, garde-le. Prends ça comme un dédommagement pour tout l'ennui que tu as supporté par ma faute, et mon comportement un brin stupide.

Il raccrocha le costume dans sa penderie, puis il s'appuya contre son armoire en rangeant ses mains dans les poches de son jean. Comme s'il cherchait à lire en elle, ses yeux ne quittaient pas les siens, la scrutant avec assiduité.

— Je n'ai jamais dit que je ne voulais plus t'accompagner, déclara-t-il avec nonchalance.

— Tu me l'as très bien fait comprendre.

— Ah ! parce que tu lis en moi, maintenant ?

— Tu es un vrai livre ouvert, Mehla. Je devine tout ce qu'il y a dans ta tête.

Il s'éloigna de l'armoire, puis ses mains quittèrent ses poches pour se poser sur les hanches d'Emily, son torse effleura sa poitrine. Le regard ardent d'Isaac caressa sa bouche tandis qu'elle se sentait devenir fébrile. Depuis quand un homme avait-il ce pouvoir sur elle ? Habituellement, c'était elle qui provoquait cet effet.

Emily devint vulnérable en sentant le souffle d'Isaac sur sa peau, qui brûlait d'envie que ses doigts la caressent. Elle eut l'impression d'être faible en le suppliant intérieurement de l'embrasser. Comme si un fil invisible les y obligeait, leurs visages se rapprochèrent lentement. Plus rien de rationnel n'habitait son esprit. Le monde les avait laissés, ou plutôt, ils l'avaient oublié.

— Et maintenant, je pense à quoi ? murmura-t-il en frôlant ses lèvres avec les siennes.

Emily ferma les yeux en ressentant l'envie de sa chair. Lorsque la bouche d'Isaac effleura la sienne, la sonnette de l'appartement retentit soudainement.

Ce son strident fit éclater leur bulle de désir. Le front d'Isaac se posa contre celui de la mannequin, elle devina qu'un sentiment de frustration le prenait quand il se détacha d'elle en lui caressant les bras jusqu'au bout des doigts.

— J'avais oublié que les gars devaient passer ce soir, soupira-t-il.

— Tu veux peut-être que je me jette par la fenêtre ?

— Je voudrais des tas de choses, Tarsikova, mais ça, ça n'en fait pas partie.

Il avait dit cette dernière phrase en lâchant sa main avec difficulté, et cette fois, ce fut elle qui fut prise de frustration.

— Ne fais pas la tête.

— Ce n'est pas le cas, dit-elle tout bas. Après tout, c'est peut-être mieux comme ça.

Isaac lui lança un regard qu'elle ne comprit pas. Sans qu'elle s'y attende, il déposa les mains au creux de ses reins pour l'attirer fermement contre son torse. Il l'embrassa dans une salve de sensualité et de fougue. Leurs langues se découvrirent, et se caressèrent chaudement. Leurs mains ne purent s'empêcher de se montrer taquines.

Pendant que celles d'Emily passaient sous le T-shirt d'Isaac pour sentir les muscles de son ventre, les doigts du rappeur voyageaient sur ses fesses. Ils venaient de céder à une tentation qu'ils peinaient à affronter depuis plusieurs semaines. Ils succombaient sous les assauts de l'autre, laissant seulement leurs sens en effervescence guider leurs gestes.

Une nouvelle fois, la sonnette retentit, mais Emily n'y prêta pas attention, se laissant totalement envahir par l'envie qu'elle ressentait à cet instant. C'était bon de l'embrasser, de sentir sa peau chaude à travers ses vêtements, d'être désormais certaine qu'il la désirait réellement. Leurs corps se pressèrent l'un contre l'autre. Elle l'embrassait avec une passion peu contenue, leur baiser était la promesse que la suite ne serait pas chaste. Isaac glissa sa main dans les cheveux d'Emily pour les empoigner, elle adora ce geste possessif, presque sauvage.

Isaac ralentit le rythme de leur baiser jusqu'à l'éteindre totalement. Il posa son front contre celui d'Emily, puis lui caressa la joue d'un geste tendre.

— Je pense que c'est bien mieux comme ça, affirma-t-il.

Il embrassa à nouveau ses lèvres avant de se défaire totalement d'elle.

— Hakim a les clés de chez moi. Si je ne vais pas ouvrir, ils vont penser que je me suis endormi, ou que je suis sous la douche, et entrer quand même. C'est déjà arrivé plus d'une fois. Chez moi, c'est chez eux. Et chez eux, c'est chez moi. Enfin, sauf chez Hakim et Aidan parce qu'ils vivent en ménage, maintenant.

— Donc, tu ne peux pas être tranquille ? s'agaça-t-elle.

— C'était prévu qu'ils viennent avant que tu débarques. J'avoue que je n'ai pas pu résister à l'idée de te faire entrer chez moi. Mais je ne pensais pas qu'ils arriveraient si tôt. Ne t'inquiète pas, bébé, on reprendra là où on s'est arrêtés, la prochaine fois.

— Premièrement, c'est la dernière fois que tu m'appelles « bébé ». Et deuxièmement, j'espère que tu es patient parce que je pars demain matin pour la Malaisie pendant deux semaines.

— Deux semaines ? bougonna-t-il.

— Ma sœur m'accompagne à un shooting photo. On en profite pour prendre quelques jours de vacances.

Le bruit de la porte d'entrée en train de s'ouvrir les sortit de leur discussion. Isaac jura en soufflant.

— Iz ? l'appela Hakim.

— Reste là, s'il te plaît, je reviens tout de suite.

— Je te préviens, je sors de cette chambre dans cinq minutes, riposta-t-elle. Je n'en ai rien à faire, de tes potes.

Il lui sourit simplement, puis quitta la pièce en prenant soin de refermer la porte derrière lui.

Dans le salon, ses amis s'étaient déjà installés. Ils avaient l'habitude du fait qu'Isaac ne soit pas prêt à l'heure prévue. Il était toujours le plus en retard de leur groupe. Il prétexta s'être endormi avant de les saluer. Madou et Antoine le chambrèrent en lui disant que c'était son Emma qui écourtait ses nuits. Emily, qui écoutait à travers la porte de la chambre, se figea en comprenant qu'il leur avait parlé d'elle. Elle se demanda si c'était bon ou mauvais signe. Isaac leur avait menti et, forcément, lorsqu'ils découvriraient le pot aux roses, ses amis lui en voudraient pour cette tromperie. Quant à elle, elle mit une fois de plus de côté le fait qu'il n'assumait pas leur relation. Pour l'instant, elle ne souhaitait pas s'embêter avec ça, la seule envie qu'elle avait, c'était de retrouver le corps d'Isaac contre le sien, de sentir encore ses lèvres contre les siennes.

Ne sachant comment s'occuper, elle s'approcha du bureau d'Isaac sur lequel elle trouva un cahier qu'elle ne se gêna pas pour ouvrir. Après tout, lui avait bien regardé ses croquis sans sa permission. Elle comprit qu'elle était en train de lire les paroles d'Isaac pour le prochain album de leur groupe.

La porte s'ouvrit doucement sur le rappeur, qui se précipita pour lui arracher le petit cahier des mains.

— Tu fouilles !

— Il était sur ton bureau, se défendit-elle maladroitement. Je n'ai pas pu m'empêcher de lire.

Il reposa l'objet sur le meuble en soupirant.

— C'est super personnel, râla-t-il.

— Un peu comme mon carnet de croquis que tu as regardé sans ma permission ?

— Oui, c'est un peu ça…

— On est quittes, alors ?

— Ça va pour cette fois, mais ne recommence pas. Je n'aime pas qu'on lise les textes que j'ai écrits sans réfléchir.

— Je te promets que je ne recommencerai pas. Tu t'es débarrassé d'eux ?

— Non, ils sont sur le balcon, Hakim leur fait croire qu'il y a une pluie d'étoiles filantes qui ne va pas tarder à tomber. Ils sont un peu naïfs sur ce coup-là.

Emily fronça les sourcils en se demandant comment ils avaient pu avaler ça.

— Ils sont stupides. Ça n'existe pas les pluies d'étoiles filantes, à Paris. Il y a trop de pollution pour qu'on puisse voir quoi que ce soit. Mais attends, Hakim sait qu'on se voit ?

— Je le lui ai dit il y a une semaine.

Emily déglutit péniblement. De tous, c'était bien Hakim qui était le plus virulent envers Emily, pas parce que c'était lui qui l'appréciait le moins, mais parce que lui ne se gênait pas pour lui dire le fond de sa pensée.

— Et comment il a réagi ? demanda-t-elle avec appréhension.

— Pas très bien, mais on parlera de ça plus tard. Faut que tu partes, maintenant.

— J'ai l'impression d'être une ado dans la chambre de son copain, et que ses parents sont rentrés plus tôt que prévu.

— Crois-moi, je préférerais que ce soit ma mère plutôt qu'eux.

La situation tournait au ridicule, mais Emily voyait bien l'embarras d'Isaac. Malgré tout, elle devait reconnaître qu'elle n'avait pas non plus envie de croiser ses amis. Aussi, elle ne se fit pas prier pour déguerpir tant qu'elle le pouvait.

Au moment où elle allait ouvrir la porte de la chambre, Isaac l'attira contre son torse et lui donna un baiser fiévreux qu'elle lui rendit ardemment.

— Ne m'oublie pas en Malaisie, mocheté.

Il la fixait, la respiration haletante, le regard hésitant. C'était la première fois qu'Emily le voyait aussi fébrile, comme si sa demande lui coûtait. Ce qu'Isaac ignorait, c'était qu'elle n'avait aucune envie d'oublier quoi que ce soit le concernant.

— De quoi est-ce que tu as peur, Isaac ?

— De rien. Je te demande seulement de ne pas oublier ce qu'on est en train de faire. Et si tu le veux, on reprendra là où on s'est arrêtés à ton retour. Si tu n'en as plus envie, il n'y aura aucun problème non plus.

— Je suis certaine d'en avoir envie, et d'en redemander encore et encore.

Du bout de la langue, elle caressa la bouche d'Isaac, puis elle l'embrassa langoureusement pour lui faire comprendre à quel point elle le désirait. La poitrine d'Isaac se gonfla d'air, des papillons dansèrent dans son ventre. C'était la première fois qu'il désirait autant une femme, car c'était la première fois qu'il prenait autant son temps pour en séduire une. Il ne voulait pas seulement coucher avec Emily, il voulait la marquer, la faire sienne, et la faire jouir d'un plaisir indécent comme aucun autre de ses amants ne l'avait fait. Ce n'était pas une question d'ego mal placé, mais seulement le désir de créer une intimité sans pareille avec elle.

Il laissa Emily filer discrètement, espérant la revoir dès son retour.

17. Tu as oublié quelque chose chez moi

Christina Tarsikova avait toujours pris Emily en exemple. Enfant, la cadette voulait être la copie de l'aînée. Elle la trouvait parfaite, et c'était encore le cas aujourd'hui. Bien sûr, Christina n'ignorait pas le passé tumultueux de sa sœur, mais elle pensait que c'était ce qui la rendait encore plus forte et insaisissable. Emily était une battante qui avait connu des hauts et des bas. Depuis, elle essayait de rester dans la lumière pour ne jamais retomber dans ses travers.

Christina avait commencé à se forger sa propre personnalité à peine deux ans plus tôt, à l'orée de ses vingt ans. En école d'architecture, elle avait fini par réaliser qu'elle n'avait pas besoin de copier le tempérament d'Emily : elle en avait un fort, elle aussi. Les filles Tarsikova avaient des caractères bien différents, mais s'il y avait bien un point sur lequel elles étaient semblables, c'était qu'elles ne laisseraient jamais personne leur marcher sur les pieds.

Christina profitait du succès de sa sœur pour vivre la vie dont elle avait toujours rêvé. Emily lui avait acheté un petit appartement près de son école d'architecture, dont les frais scolaires étaient également à sa charge. À chaque début de mois, Emily lui versait une coquette somme d'argent pour faire ses courses, du shopping, sortir avec ses amis. En échange, Christina travaillait dur. Elle voulait remercier Emily de jouer le rôle de sa mère et de son père en même temps. Même si la cadette n'avait jamais été compliquée à gérer, elle mettait un point d'honneur à rendre fière son aînée, qui dépensait sans compter pour son père et elle. Mais au moins, Christina, elle, le lui rendait bien.

Cela faisait un an qu'Emily avait pris le relais de sa sœur pour s'occuper de leur père. Quand Emily avait fui à l'étranger pour le travail – et aussi pour moins le voir –, elle ne se doutait pas que Christina vivait un enfer. Mais un soir, à bout de patience et de nerfs après une énième crise de leur père, Christina l'avait appelée en pleurs et Emily avait décidé de rentrer pour de bon en France. Et Christina appréciait chaque jour de ne plus voir ou entendre ce père qui lui faisait honte. C'était bien mieux ainsi. Dans quelques années, quand elle serait reposée, elle prendrait à son tour le relais d'Emily. Et elles alterneraient ainsi dès que l'une aurait atteint ses limites, et ce jusqu'à ce que leur père meure de son addiction ou qu'il décide de se reprendre en main.

Les deux filles étaient complices, et c'était tout naturellement qu'Emily avait proposé à Christina de l'accompagner en Malaisie, car les dates de son voyage correspondaient aux vacances scolaires.

— Tu penses à quoi, Em ? lui demanda-t-elle. Tu as l'air complètement ailleurs.

Emily ne lâchait pas le hublot des yeux. Elle était perdue dans ses pensées, qui tourbillonnaient dans sa tête. Isaac lui avait-il réellement demandé de ne pas l'oublier ? Que cela sous-entendait-il ? Ils n'étaient pas en couple, ne s'étaient rien promis, alors pourquoi demander une telle chose ?

— Je pense à un garçon, répondit-elle dans un soupir.

— Isaac, hein ?

Emily tourna vers elle un regard incrédule. Comment avait-elle pu deviner ça ?

— J'ai bien vu comment vous vous regardiez à la soirée caritative. Raconte à ta petite sœur d'amour ce qui te tracasse.

Il n'y avait aucun tabou entre les deux filles, alors Emily se confia naturellement.

— Il m'a embrassée chez lui, puis ses amis sont arrivés. J'ai dû rester cachée dans sa chambre pour qu'ils ne me voient pas. Je suis partie quand ils avaient le dos tourné.

— Ne reste pas avec lui.

Le ton employé par Christina ne laissait place à aucun doute.

— C'est un peu radical, non ?

— Un mec qui a tellement honte de toi qu'il te demande de te cacher, ce n'est pas quelqu'un de bien. Je ne comprends même pas comment tu as pu accepter ça. À ta place, j'aurais attendu que tout le monde soit au salon pour me montrer.

— C'est compliqué, Chris… Ses amis me détestent.

— Et alors ? s'agaça Christina. Il est capable de coucher avec toi, mais pas d'assumer votre relation ? Tu te lances dans une histoire malsaine.

— Comme toutes mes aventures, souffla Emily d'un air las. Je suis le genre de filles que les garçons aiment baiser, mais qu'ils ne prendront jamais au sérieux. J'ai l'impression d'être tellement insignifiante, d'être juste un corps bien foutu.

— Tu es bien plus que ça, Em, la rassura-t-elle. S'il ne s'en rend pas compte, c'est qu'il est comme tous les autres, un abruti fini.

— Si tu le dis…

Christina lui prit la main, et lui offrit un sourire angélique dont elle seule avait le secret.

— Moi, je t'aime, et je t'aimerai jusqu'à la fin de mes jours. Tu n'es pas juste un corps bien foutu, tu es la personne la plus merveilleuse que je connaisse.

— Merci. Moi aussi, je t'aime, Chris.

Elles s'enlacèrent, et Emily sentit tout l'amour fraternel que Christina lui portait. Elle n'avait besoin de personne d'autre au monde que sa sœur. Celle-ci était son pilier, sa confidente, sa plus grande supportrice.

— Au fait, comment ça va avec Hugo ? s'enquit Emily en défaisant leur étreinte.

— Justement, je voulais t'en parler…, hésita Christina.

— Qu'est-ce qui se passe ?

— J'ai fait une connerie avec un garçon que j'ai rencontré à mon boulot. Je n'ai pas réfléchi, et je m'en veux beaucoup… Je ne sais pas si je dois le lui dire.

Pour rien au monde Emily ne se serait montrée moralisatrice avec sa cadette. Si celle-ci se confiait avec autant de facilité à elle, c'était bien parce que Christina savait qu'elle ne serait jamais jugée.

— Tu couches encore avec lui ? la questionna-t-elle.

— Non, ce n'est arrivé qu'une fois.

— Alors, ne dis rien. Oublie toute cette histoire, fais comme si ça n'avait jamais existé. Tu n'aurais pas dû, c'est vrai, mais maintenant que c'est fait, inutile de foutre en l'air ton couple. Tu as le droit de faire des erreurs, Chris.

— Mais je flippe à l'idée qu'Hugo l'apprenne.

— Si ton collègue ne dit rien et toi non plus, il n'y a pas de raisons qu'il le découvre. Par contre, il ne faut pas que tu recommences.

— Avec mon collègue, ça ne risque pas, dit-elle en riant. Il était tellement nul ! Il n'a même pas réussi à me faire jouir. Il s'est vidé en moi, je me suis dit : quoi ? déjà ? Ça n'en valait même pas le coup !

Elles s'esclaffèrent ensemble de cette triste histoire.

— Du coup, reprit Emily, pourquoi avoir trompé Hugo ? Je pensais que ça roulait entre vous.

— Je peux te parler franchement ?

— Tu sais bien que oui !

— On n'est pas vraiment sur la même longueur d'onde niveau sexe. J'aimerais qu'il soit plus entreprenant, qu'il me surprenne, mais il nous enferme dans une routine intime que j'ai de plus en plus de mal à supporter. Je n'en peux plus… J'ai la vingtaine, je devrais m'éclater, mais j'ai la sexualité d'une femme de cinquante ans, mariée à un homme depuis des lustres. Je suis à deux doigts de le quitter juste pour ça.

— Tu lui en as parlé ? Peut-être qu'il ne se rend pas compte qu'il est plan-plan.

— J'ai essayé, mais il se braque dès que j'aborde le sujet.

— Tu pourrais peut-être t'habiller sexy quand il rentre du boulot, et lui demander de te faire l'amour sur la table de la salle à manger, ça changerait.

— Pfff…, soupira Christina. Il me dirait que c'est sale parce que c'est l'endroit où l'on mange. Cependant, je peux aussi comprendre que mes envies ne soient pas les siennes, et je le respecte, mais ça crée en moi une vague de frustration qui ne demande qu'à être assouvie.

— C'est clair que le sexe est important dans un couple, mais il ne fait pas tout. Après… si cela te pèse trop et qu'Hugo ne répond pas à tes attentes, c'est un mauvais présage pour votre futur. Essaye à nouveau de discuter de ce souci avec lui, et si rien ne change, et que tu te sens toujours aussi frustrée, il sera temps de passer à autre chose, sinon tu risques de le tromper encore une fois, et on sait toutes les deux que la tromperie est une attitude malsaine qui peut briser la confiance en soi de son partenaire.

Pendant de longues heures de vol, elles continuèrent de discuter avec une simplicité caractérisant leur relation, qui leur était si chère.

Le photographe, Gayle Sumer, avait loué une immense maison à la fois typique et moderne. La terrasse donnait sur une piscine à débordement avec vue sur une plage privée. La maquilleuse et la coiffeuse travaillaient pour rendre Emily le plus désirable possible. Ses cheveux avaient été légèrement ondulés, le noir sur ses paupières renforçait la dureté de son regard. Le maillot de bain qu'elle portait aurait pu donner des envies luxurieuses à n'importe quel homme. Gayle Sumer avait la réputation d'être un photographe particulièrement exigeant, tyrannique sur les bords. Cela promettait une collaboration haute en couleur avec la personnalité caractérielle d'Emily. Il se fichait bien de la renommée des mannequins qu'il photographiait. Pour lui, seul le résultat comptait, et même un top model d'élite comme Emily, qui avait collaboré avec les plus grandes marques de lingerie comme de haute couture, et jouissait d'un prestige mondial, avait des raisons de craindre les répercussions qu'une prise de bec avec lui pourrait avoir.

— Vous avez soif, Emily ? lui demanda Anna en lui tendant une bouteille d'eau fraîche. Pensez à vous hydrater, il fait si chaud ici.

La mannequin déclina d'un geste de la main. Ses pensées étaient focalisées sur tout autre chose que les quarante-deux degrés qui l'attendaient dehors.

— Est-ce que j'ai reçu des messages ? la questionna Emily.

Anna sortit le téléphone de sa patronne de son nouveau sac à main, puis lui fit signe que non.

— Vous attendez des nouvelles de quelqu'un ?

— Non, répondit froidement Emily en fixant son reflet dans le miroir.

Cela faisait cinq jours qu'elle n'avait pas de nouvelles d'Isaac. Entre les shootings photo et les soirées avec d'autres mannequins, elle n'avait pas eu le temps de réellement y penser.

Debout sur le rebord de la piscine, elle posa simplement face à la mer, dos à l'objectif. Cela faisait sept heures qu'elle enchaînait les prises de vues en changeant de tenue, de maquillage, de coiffure. Emily se sentait épuisée. Le soleil cognait et elle avait la tête qui tournait.

— Il faut que je fasse une pause.

— On n'a pas encore fini, râla Gayle Sumer. Balaye tes cheveux.

Emily se tourna vers Louis, qui comprit qu'elle était à deux doigts d'envoyer promener le professionnel. Habituellement, elle ne demandait jamais de pause ; si elle le faisait à présent, c'était qu'elle en avait réellement besoin. Louis lui demanda silencieusement de se montrer encore patiente, et s'approcha du photographe près duquel une assistante tenait une ombrelle pour qu'il reste à l'ombre.

— Vous shootez pendant encore cinq minutes, et après on fait une pause, ordonna l'agent.

— Ouais, ouais…, répondit Gayle Sumer machinalement, sans réellement écouter. Retourne-toi, Emily.

Sa tête s'alourdissait de plus en plus, des sueurs froides se répandirent le long de son dos. Elle connaissait ces symptômes, elle allait tomber dans les pommes. Les jambes flageolantes, elle s'assit sur le bord de la piscine, et se mit de l'eau sur la nuque, le visage et les bras.

— Bordel, elle fout son maquillage en l'air ! hurla Gayle Sumer.

— Emily, ça va ? s'inquiéta Louis.

— Qu'est-ce que tu fous ? Relève-toi ! exigea le photographe.

Emily planta son regard graniteux sur le sien.

— Toi, tu vas commencer par la fermer, lui ordonna-t-elle d'une voix blanche. Ensuite, tu iras te faire foutre.

Des hoquets de surprise se firent entendre, puis des messes basses. Certains la regardaient avec inquiétude. Un silence pesant s'était installé autour de la piscine. Les yeux noirs de Gayle Sumer la scrutaient attentivement, la colère imprégnait son visage.

— Emily…, souffla Louis en passant les mains sur son visage comme s'il essayait de se réveiller d'un cauchemar.

— Ne t'inquiète pas, Louis, dit amèrement le photographe en riant, j'ai l'habitude de recadrer ces petites connes qui se prennent pour des stars.

Il s'approcha du bord de la piscine, et pointa l'index sur Emily.

— Tu vas te relever, et terminer le shooting, lui commanda-t-il d'une voix autoritaire.

Tout en le foudroyant du regard, elle se mit sur ses jambes, les raidissant de son mieux pour éviter toute manifestation de faiblesse ou de vertige, et fit le tour du bassin pour redescendre à la hauteur du photographe. Elle prit soin de se placer face à lui pour qu'il puisse correctement comprendre ce qu'elle comptait lui dire.

— Démerde-toi pour finir ton shooting tout seul, et cesse de croire que les mannequins sont seulement de jolies poupées. J'ai quatorze ans de carrière, j'ai passé l'âge de travailler avec des photographes qui se prennent pour Dieu.

Elle passa devant lui, et tous les autres professionnels, qui la regardaient à présent avec bienveillance. À cet instant, elle imagina que ce qu'elle avait dit était le fond de leurs propres pensées. Elle quitta la maison sans même prendre la peine de se changer, Anna et Christina sur ses talons.

— J'ai pris vos affaires, l'avertit l'assistante.

Emily ouvrit le SUV que l'agence avait loué pour elles, puis elles montèrent toutes les trois à l'intérieur.

— Mets la clim à fond, Anna, la supplia Emily. J'ai tellement chaud.

— Bois de l'eau, lui conseilla sa sœur en lui tendant une bouteille.

Emily était couverte de sueur, le visage livide. Christina lui versa de l'eau sur les cheveux, la poitrine et les jambes pour essayer de la rafraîchir. Emily tentait de calmer son cœur, qui palpitait violemment dans sa poitrine, mais rien n'y faisait. Ses vertiges se renforcèrent lorsque Anna prit la route.

— Je ne me sens pas bien…, balbutia-t-elle.

— Tu dois avoir une insolation, supposa Christina. On va rentrer, et tu vas dormir un peu. La clim de la villa va te faire du bien.

Soudain, Emily sentit son ventre se contracter. Elle posa la main sur sa bouche, Christina hurla à Anna de s'arrêter. Emily eut à peine le temps de sortir de la voiture qu'elle vomissait tout son déjeuner avalé trois heures plus tôt. Christina lui tenait les cheveux comme sa sœur l'avait fait pour elle lors de sa dernière cuite, puis elle l'obligea à boire à nouveau quelques gorgées d'eau. Les mains d'Emily tremblaient ; elle ferma les yeux, espérant que cela calmerait ses vertiges, mais cela ne fonctionna pas.

Ce ne fut que dans la villa, dans un bain tiède, qu'Emily retrouva un semblant de couleurs. Elle avait pourtant l'habitude de réaliser des shootings dans des conditions extrêmes, mais elle ne s'était pas assez hydratée, une erreur de débutante.

Elle se coucha entre les draps en soie de son lit king size en savourant la fin des vertiges.

— Emily ? l'appela son assistante d'une petite voix en passant sa tête dans la chambre.

— Je fais une sieste. Prends ta soirée, Anna.

— Je voulais juste vous donner votre téléphone. Vous avez reçu un message.

Elle lui tendit son mobile avec un petit sourire mutin aux lèvres avant de la laisser.

De Trésor : Ça va, mocheté ? J'espère que je ne te manque pas trop. Donne-moi de tes nouvelles à l'occasion.

Sans vraiment s'en rendre compte, Emily avait attendu ce signe de vie depuis cinq jours. Bien sûr, elle aurait pu contacter Isaac, mais elle préférait que ce soit lui qui le fasse le premier.

À Trésor : Il est quatre heures du matin en France, je pense que c'est plutôt moi qui te manque.

De Trésor : Oui, tu as oublié quelque chose chez moi, c'est pour ça.

À Trésor : Qu'est-ce que c'est ?

Elle ne se rappelait pas avoir oublié quoi que ce soit chez Isaac.

De Trésor : Ta lucidité. Si je t'envoie un message, c'est juste parce que je m'ennuie.

Elle ne put s'empêcher de rire devant son mensonge honteux.

À Trésor : Je t'autorise à prendre ma lucidité pour t'en servir, et m'avouer que je te manque.

Elle devinait déjà son sourire, ses yeux rieurs.

De Trésor : Je ne peux pas, tu as oublié de prendre ma fierté avec toi.

Ils continuèrent de discuter ainsi pendant presque une heure, puis elle comprit qu'Isaac s'était endormi quand il ne répondit pas à son dernier message. De son côté, elle fit de même, se laissant sombrer dans un profond sommeil.

18. J'aurais dû le faire

Le lendemain, lorsque Emily se rendit au salon pour prendre son petit déjeuner, Louis l'y attendait déjà. À son regard, elle comprit qu'il allait lui annoncer une mauvaise nouvelle. Anna et Christina étaient installées sur les canapés en train de se faire les ongles, les regardant discrètement.

— Bien dormi ? lui demanda-t-il.

— Je ne m'excuserai pas.

— Ce ne sera pas nécessaire, je l'ai fait pour toi.

— À la bonne heure, se contenta-t-elle de répondre en se servant un verre de jus d'orange frais.

Elle s'installa à table, puis s'attela à éplucher une mangue. Louis s'assit face à elle en soufflant bruyamment.

— C'est fini, c'est ça ? comprit-elle.

— Je t'avais prévenue, Em. Tu ne peux pas insulter Gayle Sumer et t'attendre à ce qu'on laisse passer ça. J'ai négocié pour que tu puisses aller au bout de ton contrat qui se finit dans quatre mois, mais il ne sera pas renouvelé.

Elle accusa le coup, et comme d'habitude, elle se força à rester impassible face à cette annonce qui lui brisait le cœur.

— Et toi ? Qu'est-ce que tu comptes faire ?

— Je ne sais pas, admit-il en détournant le regard.

— Alors, quand tu me disais que tu ne me lâcherais jamais, c'était du vent ?

— C'est compliqué. Si je te suis, je dois démissionner, et j'ai d'autres mannequins à gérer. Tu n'es pas toute seule dans ce monde.

— Laisse-moi deviner, siffla-t-elle. Tu vas suivre la carrière de Rose ? Elle est si parfaite !

— Elle, au moins, elle n'est pas aussi infâme que toi.

Emily se leva d'un bond, la colère coulant dans ses veines. Son regard n'avait que rarement été aussi glacial. Il n'y avait aucun doute à avoir sur son état d'énervement.

— Tu me trouvais moins infâme quand tu m'as demandé de te prêter de l'argent pour pouvoir payer ton divorce.

— Tu mélanges tout ! s'agaça Louis. Je te parle de ta carrière.

— Quand les autres agences sauront que je suis disponible, les propositions vont pleuvoir.

— Je n'en doute pas une seconde, mais ça se fera sans moi.

— Après tout ce que j'ai fait pour toi, pour cette foutue agence ! cria-t-elle. Vous êtes vraiment d'une ingratitude inimaginable ! Qui a défilé pour LV en 2015 ? C'est moi. Qui a travaillé avec Chanel pendant trois ans ? C'est moi aussi. L'agence doit sa réputation à MA carrière, justement ! Sans moi, vous seriez restés dans l'ombre des autres. Si vous pouvez vous permettre de gérer des mannequins comme Rose, c'est uniquement parce que JE vous ai apporté une notoriété.

— C'est vrai ! concéda-t-il amèrement en se levant à son tour. Mais aujourd'hui, les choses ont changé. Notre réputation n'est plus à faire, nous sommes reconnus dans le monde entier. C'est peut-être difficile à entendre, mais nous n'avons plus besoin de toi, Emily.

Elle dut se cramponner à la table pour ne pas en faire le tour et le gifler. Elle en mourait d'envie, et il le méritait. Comment pouvait-il se permettre de lui parler de cette manière ? Elle était sa poule aux œufs d'or, et il la jetait comme une malpropre. En le fixant dans les yeux, elle se promit de faire payer amèrement cet affront à la TSA Model Agency. Même si elle devait mettre des années, elle leur rendrait la pareille, et ils se mordraient les doigts d'avoir osé la virer, elle, la grande Emily Tarsikova.

— Dégage ! hurla-t-elle.

Elle s'approcha de lui, et le poussa vivement vers la sortie. Christina la retint par la taille pour qu'elle n'aille pas plus loin.

— Sors d'ici !

Son ancien agent la regardait avec incrédulité. Il ne pensait sans doute pas qu'elle prendrait cette annonce aussi mal.

— Tu n'as pas compris, abruti ? siffla la cadette. Elle t'a dit de te barrer. Tu la retrouveras quand elle fera la une de *Vogue New York* ou à un défilé pour Mark Kylo, et moi, je serai présente pour me foutre de toi et de tous les abrutis qui l'ont rejetée parce qu'elle a choisi de ne pas se laisser marcher dessus.

— Apparemment, l'impolitesse est dans vos gènes.

Il leur lança un dernier regard méprisant avant de les quitter. Dès que la porte fut fermée, Emily se rassit sur sa chaise et posa sa tête contre la table. Des larmes de rage s'échappèrent de ses yeux. Elle sentit la main tendre de sa sœur lui caresser les cheveux.

— Tu n'as pas besoin d'eux, Em.

— Je sais, répondit-elle d'une voix brisée en relevant le visage pour s'essuyer les joues. Mais c'était à moi de les quitter, j'aurais dû le faire depuis longtemps. On m'a démarchée un nombre incalculable de fois, et j'ai toujours refusé parce que j'étais loyale à cette agence. Je me rends compte que ça n'allait que dans un sens.

— Vous en ressortirez plus forte, déclara Anna d'une petite voix.

Son regard doux semblait pris par l'émotion. La fin du contrat d'Emily signifiait également celle de son engagement auprès d'elle. C'était l'agence qui les rémunérait, elle et Paul, le chauffeur. Emily réalisa qu'elle allait les perdre tous les deux.

— Je ne t'en voudrai pas si tu restes avec eux, énonça la mannequin d'une voix qu'elle s'efforça de garder neutre.

— C'est hors de question, rétorqua son assistante. Peut-être que, parfois, vous vous montrez sèche avec moi, impatiente, mais jamais personne ne m'a défendue comme vous le faites dès que quelqu'un se moque de moi à cause de mon poids. Grâce à vous, j'ai arrêté de faire les régimes que je peinais à suivre depuis que j'ai treize ans. Je me suis acceptée avec mes rondeurs, vous m'avez fait comprendre que la beauté n'était finalement pas grand-chose. Je ne vous lâcherai jamais, Emily, tout simplement parce que je sais que vous, vous ne m'auriez jamais laissée tomber.

— Si je m'attendais à une telle déclaration, ricana celle-ci en reniflant.

— Vous êtes quelqu'un de bien, conclut Anna. Il n'y a peut-être que les gens qui vous connaissent vraiment qui le voient, mais vous savez ce qu'on dit : plaire à tout le monde, c'est plaire à n'importe qui.

— Rappelle-moi de te racheter un sac à main ce mois-ci.

— Je n'y manquerai pas, dit Anna en riant avec légèreté.

Emily observa son assistante avec tendresse. Elle n'avait jamais réfléchi à ce qu'Anna pouvait ressentir quand elle la défendait face aux moqueries qu'elle subissait. Dans ces moments-là, Emily ne pensait qu'aux blessures que ces remarques lui infligeaient. Anna avait pris une place importante dans sa vie. Tout comme Christina, Anna savait qu'Emily anéantirait tous ceux qui pourraient lui faire du mal.

Une soirée avait lieu sur la plage privée du mannequin Joseph Blackstorn. Tout comme Emily et d'autres invités, il avait posé pour Gayle Sumer durant de longues heures. Ils étaient entre modèles, seules Anna et Christina ne faisaient pas partie du métier, mais elles s'intégraient facilement au reste du groupe. N'étant pas d'humeur festive, Emily avait seulement revêtu une brassière ainsi qu'un bas de jogging. Elle n'avait pas eu le cœur d'enfiler une robe.

La fête battait son plein sur la plage. Tous l'avaient félicitée d'avoir tenu tête au photographe. Emily ne comprenait pas vraiment en quoi cela était si exceptionnel, ils n'étaient pas des pantins, il fallait bien que quelqu'un le lui rappelle.

— Prends la pose, Em ! s'amusa sa sœur en pointant son téléphone sur elle.

Sans réfléchir, elle s'exécuta avec amusement.

— Tu es trop belle ! Je l'envoie à Isaac !

— Hein ? Pourquoi ?

Christina pianota si vite sur son téléphone que, lorsque Emily le lui arracha des mains, elle avait déjà envoyé son message.

À Isaac : Pour te remercier pour la dernière fois, je t'envoie une photo de ma sœur. Tu remarqueras à quel point elle est belle au naturel.

— Chris ! râla Emily. C'est quoi ce truc d'envoyer une photo de moi pour le remercier ? Un « merci » tout court aurait suffi.

— Un « merci » tout court ne lui aurait pas autant fait plaisir.

Dans la main de la mannequin, le mobile indiqua que le rappeur venait de répondre.

— Qu'est-ce qu'il dit ? s'enquit Christina en se jetant sur elle pour lui prendre son téléphone des mains.

Emily lut le message par-dessus son épaule.

De Isaac : Je te ramènerai plus souvent chez ta sœur si tu m'envoies des photos d'elle comme ça.

— Tu vois, il a aimé, dit Christina en riant.

De Isaac : Envoie-m'en une autre.

— Il en veut une autre ! cria presque Christina.

— C'est hors de question. Dis-lui d'aller sur mon Instagram, s'il veut des photos de moi.

Les yeux d'Emily s'arrondirent en voyant sa sœur lui envoyer un autre cliché d'elle. Cette fois, elle était en maillot de bain sur le rebord de la piscine.

— Chris ! Arrête, maintenant. Envoie-lui des photos de toi si ça peut te faire plaisir, mais pas de moi.

— Ce n'est pas moi qui l'intéresse.

Comme deux enfants, elles attendirent la réaction d'Isaac avec impatience.

De Isaac : Pas mal, mais je préfère la première photo. Elle fait plus naturelle.

— Non, mais il donne vraiment son avis ! rit Christina. Il est à fond.

— Bon, ça suffit.

— Attends, je vais lui demander si tu lui manques !

— Chris ! Non…

Emily réfléchit quelques secondes, puis finalement, elle se prit au jeu.

— OK, demande-lui !

À Isaac : Em ne te manque pas trop ?

De Isaac : Je parle avec sa petite sœur, donc ça va. Ça me rapproche un peu d'elle.

— Mais quel beau parleur, ricana Emily. Il est fort.

— C'est clair, un vrai baratineur.

À Isaac : Je lui passerai le bonjour de ta part quand elle aura fini de parler avec Joseph.

— Pourquoi tu lui as dit ça ? se rembrunit Emily.

— Pour voir s'il est jaloux.

De Isaac : Vous êtes en soirée ?

À Isaac : Oui, sur une belle plage au milieu d'une dizaine de fabuleux mannequins.

— Tu exagères, c'est bon, arrête de lui parler.

De Isaac : Amusez-vous bien. Fais attention à ta sœur et à toi.

— Il est si mignon…, minauda Christina.

Elle lui souhaita une bonne soirée à son tour alors qu'il n'était que midi en France, puis elle se tourna vers Emily, un sourire radieux aux lèvres.

— Je l'aime bien, finalement, admit-elle.

— Tu veux que je t'arrange un coup ?

— Oh non, celui-ci, je te le laisse. Il est parfait pour toi ! Vous allez faire quoi quand tu vas rentrer à Paris ?

— Sans doute coucher ensemble, répondit Emily sans même réfléchir.

— Évidemment. Mais je te parlais d'après ça ? Tu serais prête à te mettre en couple avec lui ?

— Je crois que c'est lui qui ne serait pas prêt. Il se soucie trop de ce que pensent ses amis pour nous accorder la moindre chance.

Christina se renfrogna, montrant ouvertement que cette réponse l'agaçait.

— Si tu es sûre de ne pas sortir avec lui, pourquoi tu veux coucher avec ?

— Parce que j'en ai envie.

— Oui, c'est vrai que c'est plutôt une bonne raison. Mais fais attention à toi, Em. Ton cœur d'artichaut risque de souffrir.

— Mon cœur de pierre, tu veux dire ?

— Tu peux mentir aux autres ou à toi-même, mais je te connais. Je sais que tu peux t'attacher facilement à lui. Si tu es certaine qu'il ne veut rien de plus que ton cul, alors laisse-le de côté. Ça ne sert à rien de te faire souffrir.

Emily laissa son regard se perdre sur les vagues qui s'échouaient sur la plage, ses pensées tourbillonnaient dans sa tête.

— Et si je suis déjà attachée ? lui demanda-t-elle dans un murmure.

— Écoute, Em, je ne suis pas très bien placée pour te donner des conseils sur les relations amoureuses, ma propre vie sentimentale est pathétique. Cependant, si tu veux réellement savoir si tu comptes pour Isaac, ne lui donne pas satisfaction tout de suite.

— On s'est déjà embrassés, et…

— Et il t'a demandé de te cacher quand ses amis sont arrivés, la coupa-t-elle. Je l'aime bien, mais ce genre de comportement me fait mal pour toi. Comment tu peux envisager quelque chose avec un homme qui a plus peur du regard des autres que de te blesser ?

— Je ne sais pas…, admit-elle. S'il a fait ça, c'est que je ne dois pas vraiment compter pour lui. Enfin, j'imagine.

— Si tu refuses de coucher avec lui et qu'il reste malgré tout près de toi, tu auras la réponse à tes questions. Si tu couches avec lui dès que tu rentres, vous allez commencer une relation malsaine. Il faut que ce soit clair dans sa tête. Soit il est prêt pour quelque chose de sérieux, soit il part. T'attacher encore plus à lui, ça ne pourra que t'apporter de la souffrance.

Emily soupira d'un air las en passant la main dans ses cheveux, ne sachant que faire vis-à-vis d'Isaac. Elle avait réellement envie de passer la frontière de l'amitié le liant à lui, mais cela n'était pas que physique. Elle ne pouvait pas le nier, elle l'appréciait bien plus qu'elle ne pourrait jamais l'avouer.

Elle se dit que Christina avait finalement raison : si elle couchait avec Isaac et que, de son côté, il n'envisageait rien de sérieux, elle en souffrirait certainement. Après de nombreux déboires amoureux, elle avait peur de se faire refouler. Pour l'avoir vécu plusieurs fois, elle savait que la douleur était trop forte, blessant chaque fois son cœur endolori par les tourments de l'amour.

19. J'ai ressenti la même chose

Dans le salon d'Aidan et Aly, les discussions allaient bon train, zigzaguant entre la musique, les films, ou encore l'actualité. De son côté, Isaac ne cessait de se porter sur l'écran noir de son téléphone. Cela faisait une semaine qu'Emily était revenue de Malaisie, et il n'avait aucune nouvelle d'elle. Il lui avait pourtant envoyé trois messages, mais elle ne lui avait pas répondu. Si elle n'avait pas posté des photos de son shooting sur son compte Instagram, il aurait pu penser qu'elle était morte.

Au-delà du désir physique, il avait aussi envie de la retrouver, elle. Lorsqu'ils s'étaient embrassés, il avait vraiment été à deux doigts de la prendre contre le mur de sa chambre. À cet instant, son corps avait réclamé le sien au point que c'en avait été douloureux. Il pensait qu'elle avait été vexée d'avoir dû partir comme une voleuse, mais leurs derniers échanges de messages avaient contredit cette théorie. Pendant des jours, son silence avait fait remuer ses méninges en ébullition, il n'avait pas compris son mutisme. Il avait beau retourner le problème dans tous les sens, rien n'y faisait, le comportement d'Emily le laissait dubitatif.

Ce soir-là, il avait enfin compris. L'agacement s'était immiscé en lui en regardant ses amis rayonner de bonheur. À cause d'eux, il ne pouvait que difficilement envisager quelque chose avec Emily. Un poison se répandit dans son sang, tirant les traits de son visage, contractant sa mâchoire. Il leur en voulait d'être venus chez lui alors qu'il se trouvait avec Emily, qu'ils la critiquent sans cesse, qu'ils se moquent d'elle. Il était convaincu que, si elle ne lui donnait pas de nouvelles, c'était à cause d'eux. Elle savait pertinemment que ses amis ne l'aimaient pas. Même si elle s'en fichait, elle avait deviné que cela le mettrait dans une situation compliquée vis-à-vis d'eux. La connaissant, elle avait préféré couper les ponts plutôt que de devenir la cause d'une brouille entre ses amis d'enfance et lui. Isaac tapait nerveusement du pied sur le sol, tandis que son esprit s'énervait tout seul.

— Tu penses à quoi ? lui demanda discrètement Mélissa, qui était assise à ses côtés.

— À rien.

— Allez, dis-le-moi. Je te jure que je ne dirai rien aux autres.

Elle se leva, puis lui fit signe de la rejoindre sur la terrasse. Isaac se laissa convaincre. Ils s'allumèrent une cigarette et Mélissa ne se gêna pas pour l'observer de ses grands yeux verts.

— Alors ? C'est ton Emma qui te rend la vie dure ?

— Elle fait la morte.

— Peut-être que tu embrasses mal, se moqua-t-elle.

— Je pense que c'est plus compliqué que ça, rétorqua-t-il.

Mélissa perdit son sourire face au ton d'Isaac. Manifestement, il n'était pas d'humeur à se faire charrier ce soir.

— Tu as essayé d'aller la voir ?

— Je n'ai pas envie de jouer au mec lourd.

— Tu tiens à elle, non ?

Isaac ne savait pas comment répondre à cette question. Oui, non, peut-être ?

— Pas vraiment, conclut-il.

— Arrête, Isaac. Si c'était vrai, tu passerais une bonne soirée, et tu ne tirerais pas une gueule de six pieds de long.

— Je ne tiens pas à elle, mais je l'aime bien. C'est tout.

— Il n'y a pas de mal à ça, je pense.

— Oh que si, murmura-t-il. Elle est tout sauf la fille qu'il me faut, mais tout chez elle m'attire. C'est comme regarder la femme de son meilleur ami. Tu sais qu'il ne faut pas, mais tu ne peux pas toujours contrôler ce que tu ressens.

— Je ne comprends pas trop ce que tu me dis, mais va la voir, Isaac. Il faut que tu parles avec elle. Tu dois au moins savoir si elle ressent la même chose que toi.

Isaac sentit l'agacement monter en lui. Il adorait Mélissa, mais elle ne comprenait pas la situation ; chercher des solutions et le conseiller ne servait donc à rien.

— Tu sais, Mel, si un jour j'ai besoin de conseils pourris venant d'une fille qui a passé son temps à mentir à son mec, je t'appellerai.

Mélissa se figea. Jamais Isaac ne lui avait parlé sur un ton aussi tranchant, et jamais il ne s'était permis de porter un jugement sur sa relation avec Hakim. Oui, leur idylle était loin d'être parfaite, mais cela ne le regardait pas. Elle s'apprêtait à lui renvoyer une réponse cinglante lorsque la porte-fenêtre s'ouvrit sur Aly et Aidan. Mais Isaac continua à extérioriser sa colère.

— Vous les femmes, vous vous plaignez toujours des hommes en disant qu'on est des connards, mais en réalité, vous êtes pires que nous. Vous êtes vicieuses, vous nous faites croire que c'est nous qui avons les cartes en main, alors que c'est totalement faux. Vous êtes de vraies manipulatrices.

— Ça va ? s'inquiéta Aly en les regardant tour à tour.

— Tout va bien ! répondit Isaac sur un ton faussement enjoué. On parlait de femmes manipulatrices. Tu en connais un rayon toi aussi, Aly, non ?

— Qu'est-ce qui te prend ? lui demanda Aidan d'une voix blanche.

— Ce n'est pas ta copine qui t'a repoussé tant de fois, puis repris, puis repoussé comme un larbin ? vociféra Isaac.

Le regard incrédule du couple s'intensifia sur lui.

— C'est faux, balbutia Aly.

— Tu n'as pas à te justifier, la coupa Aidan. C'est quoi ton problème, Iz ?

— Le problème, c'est que j'en ai plein le cul de toutes ces femmes qui se font passer pour des modèles de droiture alors qu'elles sont loin d'être des saintes !

— Tu parles d'Aly, là ? s'énerva son ami à son tour. Je ne te laisserai pas lui manquer de respect.

— Et tu vas faire quoi, hein ? Tu vas me frapper peut-être ?

— Il se passe quoi, ici ? leur demanda Hakim en les rejoignant, accompagné de Madou et Antoine.

— Je ne sais pas, ton frère pète un câble ! cingla Aidan. Calme-le parce que je te jure que s'il parle encore comme ça de la mère de mon fils, je le cogne.

— Calmez-vous, mes poussins, dit Madou en souriant et en se mettant entre eux. Explique-nous ce qui t'arrive, Iz.

— C'est vous tous, là ! cria presque Isaac. Vous quatre, vous vous permettez de juger les gens sans même les connaître réellement. Et vous les filles, vous êtes loin d'être des saintes, et pourtant, tout le monde vous adore !

— Tu pètes un câble, Iz, répondit Hakim en tentant de garder son calme. C'est ton Emma qui te rend hargneux comme ça ?

Sa question désarçonna Isaac et, à son regard, il comprit qu'il reprochait cette crise à Emily alors qu'elle n'avait une fois de plus rien à se reprocher et ne pouvait pas se défendre.

— Mon Emma, comme tu dis, elle ne veut pas de moi à cause de vous, siffla-t-il.

— Elle ne nous connaît même pas ! rétorqua Antoine.

Isaac s'apprêta à lui répondre en lui disant qu'il parlait d'Emily quand Hakim se mit face à lui. Sa main se posa sur la nuque de son cadet d'un geste qui se voulait apaisant, mais cela ne fit qu'accentuer sa colère. Isaac la lui retira vivement en le poussant, et recula de quelques pas en le fusillant du regard.

— Calme-toi, lui ordonna Hakim.

— C'est toi qui vas te calmer.

— Vous allez vous calmer tous les deux, intervint Madou. Il se passe quoi ce soir ? Depuis quand vous voulez vous foutre sur la gueule ?

— Si ça permet de lui remettre les pieds sur terre, je le ferai, dit Hakim entre ses dents.

Les yeux sombres de l'aîné jaugeaient Isaac tandis que ses poings étaient déjà serrés. Ce n'était pas la première fois qu'ils en venaient aux mains. Leur relation avait parfois été houleuse. Ils étaient aussi fusionnels que nerveux.

— Je me casse, déclara Isaac.

— Non, tu vas nulle part, répliqua Hakim.

— Depuis quand tu décides pour moi ? Je ne suis pas Mel.

— Putain, mais tu as quoi contre Mel et Aly ce soir ? demanda Antoine sans comprendre. Elles t'ont fait quelque chose ?

— Elles n'ont rien fait, répondit Isaac en tentant de retrouver son calme. C'est votre comportement par rapport à elles qui me soûle.

— On ne comprend rien à ce que tu dis, intervint Aidan. Tu parles chinois pour nous, là.

— Elles vous ont fait souffrir, et vous leur avez pardonné.

— Oui, et alors ? s'agaça-t-il. Ce sont nos copines, on fait ce qu'on veut, non ? Ce n'est pas toi qui vas nous dire si leur comportement est bon pour nous. Je pense qu'on est assez grands pour le savoir.

— Rappelle-toi ce que tu viens de dire. Je te le ressortirai bien plus tôt que tu le crois.

Isaac retourna au salon, Aidan sur ses talons.

— Pars pas comme ça, Iz. Je ne sais pas ce que tu as ce soir, mais on peut en parler, non ?

Il lui attrapa le bras, et leurs yeux se rencontrèrent. Aidan affichait ouvertement l'incompréhension qu'il ressentait.

— On est amis depuis toujours, tu sais que tu peux tout nous dire. Qu'est-ce qui se passe ? Franchement, je suis super inquiet. Tu n'as jamais vrillé comme ça.

Le cœur d'Isaac se serra en entendant ces paroles. Son ami ne méritait sans doute pas qu'il se comporte ainsi à son égard. Il soupira en regardant derrière lui le reste de son clan qui les observait avec attention.

— Je ne peux pas te l'expliquer pour le moment, mais je le ferai plus tard.

— Pourquoi ? insista-t-il. Tu as des soucis ? Si tu as besoin d'argent, je peux te dépanner. Si c'est des conseils amoureux, je ne suis pas le plus calé, mais je ferai de mon mieux. Et si tu as des problèmes de cul, là je suis ton homme, je m'y connais plutôt bien.

— Non, ricana doucement Isaac. Ce n'est rien de tout ça.

— Tu es comme mon frère, Iz. Je m'inquiète pour toi, et quand tu seras décidé, je serai là pour t'écouter.

— Merci.

Sans qu'il s'y attende, Aidan le prit dans ses bras en le serrant avec force.

— Par contre, tu feras des excuses aux filles.

— Oui… J'y suis peut-être allé fort…

— Tu rigoles ou quoi ? Tu les as laminées, tu as vu leurs têtes !

— Je m'excuserai, promit-il. Avant ça, je dois aller voir quelqu'un pour régler un truc.

Aidan le libéra de son étreinte, un sourire en coin naquit sur ses lèvres.

— Va la retrouver, l'encouragea-t-il. Défoule-toi au pieu avec elle, et reviens apaisé.

Isaac ne put s'empêcher de rire, tandis que le visage d'Aidan affichait le soulagement de voir retomber la colère inexplicable de son ami.

Isaac quitta l'appartement, et sa famille de cœur qui était complètement désabusée par son comportement de ce soir.

Pendant sa marche nocturne, Isaac espérait que Mel et Aly ne lui en voudraient pas trop. Elles avaient subi sa colère de plein fouet, et ce, de façon totalement injuste. Il avait été énervé qu'Emily coupe les ponts avec lui à cause de ses amis, mais ils ne méritaient sans doute pas qu'il le leur fasse ressentir de cette manière, surtout sans avoir la moindre idée de ce qu'il leur reprochait.

Lorsqu'il sonna à la porte de la mannequin, il se demanda s'il avait fait le bon choix. Il devait lui parler, mais venir chez elle, à minuit et demi, n'était peut-être pas non plus la meilleure chose à faire. Il espérait simplement qu'elle ne serait pas avec un autre homme, ce qui rendrait sa visite plus que gênante. Quand Emily ouvrit la porte, elle fut surprise de le découvrir.

— Qu'est-ce que tu fais là, Mehla ?

— Tu ne réponds pas à mes messages.

— Et du coup, tu te pointes chez moi au milieu de la nuit ?

— Ça va, il n'est même pas une heure du matin.

Des rires féminins résonnèrent dans le salon. Ce fut à cet instant qu'Isaac remarqua le verre de vin qu'Emily tenait entre ses doigts parfaitement manucurés.

— Hey, mais c'est mon cousin d'amour ! se réjouit Asma en les rejoignant.

— Je repasserai plus tard.

— C'est sans doute mieux, approuva la belle brune.

— Bien sûr que non ! rétorqua son amie. Entre ! Plus on est de fous, plus on rit !

Sans lui laisser le choix, Asma lui prit la main et le tira jusqu'au salon. Anna et Christina le saluèrent, des sourires ravis aux lèvres. Au vu des deux bouteilles de vin vides qui traînaient sur la table basse, Isaac devina que leur soirée avait commencé des heures plus tôt. Ou alors, elles avaient une bonne descente.

— Je ne veux pas m'imposer…, déclara-t-il à Emily.

— Pourtant, c'est exactement ce que tu fais.

Sans lui laisser de droit de réponse, elle s'installa sur un des fauteuils libres. La seule place restante était celle à côté d'Anna.

— Isaac ! l'apostropha Christina. Assieds-toi, bébé !

— Bébé ? répéta-t-il avec un sourire gêné.

— Tu préfères chaton ?

— Isaac, ça ira très bien.

— OK, mon chat. Assieds-toi.

Il ne voulait pas partir sans avoir eu une discussion avec Emily, mais il savait aussi qu'elle n'était pas disposée à le faire pour le moment, donc il attendrait la fin de soirée. Il retira sa veste, et aussitôt, un sifflement se fit entendre.

— Tu peux tout retirer si tu préfères, lui proposa Christina.

Visiblement, l'alcool échaudait la cadette Tarsikova.

— Je vais garder mes vêtements, répondit-il, mal à l'aise. Bon, vous buvez quoi, les filles ? Pourquoi je n'ai pas de verre, moi ?

— Je vais t'en chercher un tout de suite, déclara Anna en se levant brusquement.

Au loin, Emily lança un regard noir à Isaac, il lui fit un clin d'œil qui fit lever les yeux au ciel à la jeune femme.

— Et voilà ! lui lança Anna en lui tendant un verre.

Il n'eut pas le temps de la remercier que, déjà, Christina le remplissait de vin blanc. Il aurait préféré du whisky, mais étant donné qu'il leur imposait sa présence, il n'allait pas non plus faire le difficile.

— De quoi on parlait déjà ? demanda Asma en fronçant les sourcils.

— On jouait à se donner des gages et on discutait d'Anna qui est encore vierge ! cria presque la petite blonde. Tu te rends compte, mon chat ? Elle n'a jamais embrassé de garçon alors qu'elle a vingt ans !

Isaac coula un regard embarrassé vers la jeune femme dont les joues semblaient être en feu.

— Ce n'est pas grave, la rassura-t-il maladroitement. Ça viendra, ne t'inquiète pas. Bon, c'est à qui de donner un gage ?

Isaac voulait à tout prix changer de sujet tant il trouvait cette confession gênante.

— C’est à moi, répondit Emily sur un ton glacial. Et si tu embrassais Anna ?

— Quoi ? Non !

Isaac ne savait quoi penser de cette demande incongrue. Comment Emily pouvait-elle lui demander d’offrir son premier baiser à son assistante ? Il essaya de deviner ce qu’elle avait derrière la tête, mais rien à faire, elle affichait un visage froid et impassible, comme d’habitude.

— Je ne suis pas contre…, intervint Anna d’une voix timide.

La mâchoire d’Isaac faillit se décrocher.

— Je ne vais pas être le premier homme qui t’embrasse, la contredit-il. Il faut que ça signifie quelque chose. Je ne sais pas, d’habitude, c’est les femmes qui pensent comme ça, non ?

— Allez, mon chat ! insista Christina.

— C’est hors de question.

— Tu as voulu jouer, et tu dois réaliser ton gage, le défia Emily.

Isaac sentit l’agacement le tirailler. Il ne la comprenait décidément plus. Elle ne lui donnait aucune nouvelle, et désormais elle souhaitait le voir embrasser une autre femme.

— Si vous aviez été des hommes, et moi une femme, ça aurait fait un scandale.

— Franchement, ça va devenir vexant pour Anna, répliqua sa cousine. Ce n’est qu’un baiser, arrête de faire ton précieux, tu en as emballé des centaines.

— Oui, et même des milliers, ironisa-t-il.

— Tu as ton libre arbitre, renchérit Emily, mais je ne pensais pas que tu étais le genre d’hommes à reculer face à un simple jeu ou une jeune femme qui ne demande qu’à être embrassée par tes soins. Libre à toi de réaliser ton gage ou de partir, ici on joue.

Cette situation était vraiment pathétique, et cela s’accentua lorsque Isaac croisa le regard d’Anna. Le visage de la jeune femme criait son envie qu’il lui offre son premier baiser. Il pouvait le faire, mais savoir que rien ne découlerait de ce geste lui fit un pincement au cœur. Il était peut-être vieux jeu, mais pour lui, une femme devait recevoir son premier baiser de quelqu'un qu'elle aimait réellement, et qui partageait ses sentiments, ce qui n'était évidemment pas leur cas.

— C'est parce que je suis grosse, murmura Anna. Je ne te donne pas envie.

— Quoi ? s'étrangla Isaac. Bien sûr que non ! Ça n'a rien à voir.

— Alors, embrasse-la, Mehla ! le fustigea Emily. Ce n'est pas compliqué, ce que l'on te demande.

Il était à deux doigts de partir, mais le ton froid d'Emily, et ses ordres, l'énervèrent plus que de raison.

— Tu veux vraiment que j'embrasse ton assistante ? lui demanda-t-il, les dents serrées.

— C'est elle qui le veut.

Agacé par sa réponse, Isaac arracha presque son verre des mains d'Anna pour le poser sur la table basse. Sans qu'elle s'y prépare, il glissa une main derrière sa nuque, puis embrassa ses lèvres. Pour narguer Emily – car il savait que dans le fond cela l'énerverait –, il força le barrage des lèvres de la brunette, le goût du vin se répandit sur ses papilles. Ce baiser était atroce, la jeune femme ne savait pas s'y prendre, mais Isaac continua tout de même plusieurs secondes tandis que le silence inondait la pièce.

— C'est bon, on ne t'a pas demandé de la gober, dit Asma en riant.

Isaac se recula. Un sourire satisfait et conquis se dessina sur le visage écarlate d'Anna.

— Alors, c'était comment ? demanda Christina avec amusement.

— Je ne pouvais pas rêver mieux, répondit-elle timidement. J'ai adoré.

Isaac se retint de soupirer d'exaspération, mais si elle en était heureuse, alors tant mieux pour elle. Plutôt que d'écouter les filles glousser, il préféra poser les yeux sur

Emily, qui l'observait en buvant son verre de vin. Un petit sourire ornait ses lèvres rouge carmin, les seules qu'il avait vraiment envie de goûter ce soir. Tandis que les trois filles discutaient ensemble, elle se leva, passa derrière le canapé puis s'arrêta juste derrière lui. Elle caressa l'épaule d'Isaac jusqu'à descendre sur son torse. Elle approcha son visage du sien. Elle était si près qu'Isaac put sentir l'odeur de son shampooing, la douceur de sa joue frôlant la sienne.

— Félicitations, Mehla, murmura-t-elle à son oreille. Tu viens de me prouver que tu n'es qu'un pauvre type.

Isaac déglutit péniblement, puis elle tapota son torse avant de le laisser pour filer dans sa cuisine. Cette fois, c'en était trop. Il fallait qu'elle s'explique, car lui ne comprenait ni son comportement ni ses réactions.

— C'est toi qui m'as demandé de le faire, trancha-t-il en la rejoignant.

— Je pensais que tu allais refuser, rétorqua-t-elle en rangeant des assiettes dans son lave-vaisselle.

— Je te rappelle que j'ai dit non, mais que tu as insisté pour que je le fasse.

— C'est bon, Isaac. Pour une fois dans ta vie, assume ce que tu fais.

— Je peux savoir ce que tu insinues ?

— Rien du tout. Je te demande seulement de ne pas retourner la situation. Tu l'as embrassée, c'est tout.

Plus la discussion avançait, et moins il en comprenait le sens.

— En fait, tu es vraiment schizophrène, conclut-il. Quand on a commencé à se voir, je disais ça pour te chambrer, mais maintenant, je commence sérieusement à le croire. C'est toi qui m'as poussé à le faire !

— Et si je te demandais de la dépuceler, tu le ferais aussi ?

— Il ne faut pas exagérer, non plus…, soupira-t-il d'un ton las. Je n'arrive pas à croire que j'ai ce genre de conversation sur ton assistante. J'étais venu pour qu'on puisse discuter de nous.

— De nous ? répéta-t-elle avec un rire jaune. Depuis quand il y a un « nous » ?

— Je ne sais pas, peut-être depuis qu'on s'est embrassés ? s'agaça-t-il en levant les paumes vers le ciel, montrant à quel point il était désabusé.

— Et qu'en est-il de ton « nous », avec Anna ?

Soudain, une étincelle se forma dans l'esprit d'Isaac. Il sourit en se pinçant l'arête du nez.

— Je ne vois pas ce qu'il y a de drôle, répliqua Emily en continuant de ranger sa cuisine.

— Tu es jalouse, mocheté ?

— Je vois que tu n'as toujours pas retrouvé ta lucidité.

Il s'approcha lentement d'elle, et déposa les mains sur sa taille de guêpe pour la faire reculer jusqu'au plan de travail. Ses yeux marron clair avec des éclats presque beiges le regardaient avec une intensité qu'il adorait. Emily aurait pu le repousser, mais à cet instant, elle n'en avait aucune envie, elle aimait sentir son torse contre sa poitrine, cette proximité naissante.

— Je comprends que tu sois jalouse, murmura-t-il sans la lâcher une seconde des yeux.

— Oh ! oui, tu es tellement irrésistible.

Isaac caressa sa joue bronzée par le soleil de Malaisie. Il se perdit dans l'éclat particulier des iris d'Emily. Il adorait la vulnérabilité qu'il lisait sur son visage. Peu importe ce qu'elle pouvait dire, il la tenait au creux de sa main, et à cet instant, elle était bel et bien sous son emprise à lui.

— J'ai ressenti la même chose quand tu m'as dit que tu avais passé la nuit avec Anthony Adams.

— Tu n'avais pas à être jaloux, répondit-elle à voix basse. Ce n'était pas si bien que ça.

— Peut-être, mais il t'a embrassée, il a caressé tes seins, il t'a fait l'amour. Tout ça alors que tu l'as vu seulement deux fois. Moi, ça fait des mois que je te désire.

— C'est typiquement le genre de remarques qui me font tout remettre en question, Isaac.

Les yeux d'Emily se voilèrent, laissant transparaître ce qui ressemblait à de l'incertitude. Le ton de sa voix était inhabituellement peu assuré, presque tremblant.

— Pourquoi ? demanda-t-il sans comprendre. On est deux adultes consentants, non ? De quoi est-ce que tu as peur ?

— De m'attacher à toi.

— Moi, je suis déjà attaché à toi, Em.

— Je sais, avoua-t-elle d'une voix à peine audible, mais je ne veux pas que tu perdes tes amis à cause de moi. Ils ne m'accepteront jamais dans votre groupe. Ça va créer des tas d'histoires. Et finalement, tu devras faire un choix, et on sait tous les deux que je ne serai pas la gagnante. Tu me quitteras, comme tous les autres. C'est l'histoire de ma vie. Je suis une fille assez cool pour être baisée, mais pas assez pour être aimée.

Sa franchise fit imploser le cœur d'Isaac qui battait à une vitesse folle. Il ne s'était pas trompé, et avait visé juste sur les raisons du silence d'Emily. Elle était apeurée à l'idée d'entamer une relation sérieuse avec lui, et qui se compliquerait à cause de ses amis. Ainsi, il avait la preuve qu'Emily n'était pas faite de glace, comme la plupart des gens le supposaient. Lui l'avait compris depuis bien longtemps, désormais il en était sûr.

Son manque de confiance en elle désarçonna Isaac. Comment une femme comme elle pouvait-elle dire de telles choses ? Elle ne comprenait pas qu'entre eux, ça allait bien au-delà d'une attirance physique ? Il aimait sa personnalité, ses taquineries, ses rires, sa vision du monde. Il avait appris à connaître une femme qui s'était battue toute sa vie pour ne rien devoir à personne. Emily était une bosseuse qui n'avait jamais demandé l'aide de qui que ce soit, et qui pouvait se montrer véhémente lorsque l'on manquait de respect à ses proches. La vie ne l'avait pas épargnée, mais elle n'était pas de celles qui s'apitoyaient sur leur sort en attendant qu'on les plaigne. Et Isaac en était admiratif.

— Pourquoi tu te prends la tête avec ça, maintenant ? la questionna-t-il en passant une de ses mèches de cheveux derrière son oreille pour mieux se plonger dans ses yeux. Ils t'accepteront, je te le promets. Je ne te cache pas qu'au début, ça risque d'être un peu compliqué, mais ils le feront parce qu'ils tiennent à moi, et qu'ils veulent que je sois heureux, même si ça doit être avec une femme qui ne leur plaît pas.

Emily baissa les yeux, le silence s'installa entre eux. Jamais Isaac ne l'avait vue agir de la sorte.

— Tu veux que je parte ? s'enquit-il.

Elle releva vers lui des yeux étonnés.

— Non.

— Je vais devoir t'embrasser, dans ce cas.

— Certainement pas, ricana-t-elle en reprenant contenance.

— Pourquoi ?

— Parce que tu as le rouge à lèvres d'une autre femme sur la bouche, et que sa salive se trouve certainement encore sur ta langue.

— Très bien, alors repousse-moi.

Isaac n'attendit pas une seconde de plus pour lui offrir un baiser d'une sensualité sans pareille. Bien qu'elle ait de l'expérience, Emily ne se rappela pas la dernière fois qu'on l'avait embrassée de cette façon. C'était à la fois tendre et excitant, lent et impatient, euphorisant et rassurant. Lorsqu'elle lui rendit son baiser avec fougue, il sourit intérieurement en constatant qu'elle ne l'avait pas repoussé. Il était certain qu'elle en aurait été capable, mais pour une fois, elle se laissait aller sans réfléchir. Elle lâchait du lest et se permettait d'être elle-même sans penser à autre chose qu'aux émotions qu'elle ressentait.

— Mais c'est qu'il va embrasser toutes les filles de la soirée, notre chaton ! s'exclama Christina derrière eux. Quand arrive mon tour ?

Emily tenta de tourner le visage pour se défaire d'Isaac, mais il l'en empêcha en posant la main contre la joue brûlante de la mannequin pour continuer de l'embrasser. À travers ce geste, il lui montrait qu'il voulait que leur relation soit officielle, et qu'elle aussi l'assume devant son entourage.

Christina ne parvenait pas à se défaire de son sourire. Elle se délectait de les avoir surpris dans cet instant d'intimité. Avec l'alcool qu'elle avait bu, sa joie fut renforcée. Si Emily laissait Isaac l'embrasser, c'était certainement parce qu'elle avait mis les choses au clair avec lui, et qu'il l'avait convaincue de leur laisser une chance.

— Allez, c'est mon tour ! dit-elle pour continuer de les taquiner.

— Je ne vais pas toutes vous embrasser, lança Isaac en se détachant d'Emily, qui se tourna pour faire face à sa sœur.

— C'est super vexant, râla faussement Christina. Que tu n'embrasses pas Asma parce que c'est ta cousine, je peux le comprendre, mais tu l'as fait avec Anna et Em. Je ne vois pas pourquoi moi je n'y aurais pas droit.

Isaac était le cadet d'une fratrie de trois enfants, il comprenait désormais à quel point les plus petits pouvaient être pénibles.

— Je ne peux pas faire ça, déclara-t-il.

— Et pourquoi ? insista malicieusement Christina.

— Parce que ta sœur m'a déjà fait une scène par rapport à Anna.

— Et ? le poussa-t-elle dans ses retranchements.

Isaac attira Emily pour que son dos se colle à son torse. Elle se laissa faire, heureuse de retrouver une proximité physique avec lui.

— Et c'est la seule que j'ai réellement envie d'embrasser, souffla-t-il.

— C'est si… choupinou, se moqua Christina.

En retournant au salon, Isaac retrouva sa place près d'Anna sur le canapé, et Emily se rassit dans le fauteuil.

— Tu verras que les Mehla ne sont pas toujours simples, la prévint Asma, mais on fait du mieux qu'on peut. Bienvenue dans la famille, Em.

— De quoi tu parles ? répondit l'intéressée avec un sourire gêné.

— Je vous connais par cœur tous les deux. Vous vous êtes sans doute embrassés dans la cuisine.

— Ça ne signifie pas qu'on va manger un poulet-patates le dimanche en famille.

— Pour l'instant, rétorqua-t-elle en lui faisant un clin d'œil.

Emily but quelques gorgées de vin en réfléchissant à ses propos.

— Emily, l'apostropha Anna, votre téléphone sonne. C'est Mme Millet…

— Qu'est-ce que mon père a encore fait ? s'inquiéta-t-elle.

Elle décrocha et, en entendant le ton de la vieille dame, elle sut qu'il s'était passé quelque chose de grave.

20. J'ai rencontré quelqu'un

— Bonsoir, Emily, nous avons trouvé votre père inconscient dans l'escalier de l'immeuble, l'avertit Mme Millet. Le Samu est intervenu. Il l'emmène à l'hôpital Georges-Pompidou. Je préférais vous prévenir moi-même.

— Merci, balbutia Emily. Je vais le rejoindre.

Elle raccrocha sans attendre la réponse de l'octogénaire et prit plusieurs secondes pour digérer l'information. C'était évident, cela devait arriver un jour. Son père était peut-être entre la vie et la mort, mais elle resta figée. Sa première pensée fut qu'elle devait lui trouver un appartement au rez-de-chaussée, ne réalisant pas que le fait de penser à cela à cet instant était secondaire.

— Em ? l'appela Christina. Qu'est-ce qui se passe ?

La voix de sa sœur fit éclater sa bulle, et Emily reprit ses esprits.

— Ils ont retrouvé papa inconscient dans l'escalier de son immeuble. Il faut que j'aille à l'hôpital.

— Tu veux que je vienne avec toi ? proposa sa cadette à contrecœur.

Christina et leur père ne se parlaient plus depuis plus d'un an. Elle ne supportait plus de le voir se tuer à petit feu, son humeur exécrable, son addiction qui l'avait transformé en un être infâme.

— Non, je vais y aller seule. Vous pouvez rester ici, si vous voulez.

Emily partit dans sa chambre, puis revint avec une paire de bottes qu'elle se dépêcha d'enfiler. En mettant son manteau, elle ne remarqua pas que ses invités l'observaient d'un drôle d'air ni qu'Isaac prenait sa veste lui aussi. Elle ouvrit la porte d'entrée, mais au moment où elle allait la refermer, il la retint pour sortir avec elle.

— Laisse tomber, Isaac.

— Tu peux te débarrasser de ta sœur facilement, mais pas de moi. Je t'accompagne.

— Je t'ai dit de laisser tomber.

— Et moi, je te dis que je m'en fiche. Je viens avec toi.

Emily ne prit même pas la peine de lui répondre, elle était bien trop inquiète pour se disputer avec lui. L'hôpital n'étant qu'à une quinzaine de minutes à pied, ils avancèrent dans le froid.

— Ça va aller, ne t'inquiète pas, tenta de la rassurer Isaac.

Elle ne répondit rien, l'esprit tourmenté par le fait de ne pas en savoir plus sur l'état de santé de son père. Durant tout le chemin, le silence régna en maître. Emily remercia intérieurement Isaac de ne pas se montrer bavard, la laissant dans ses pensées.

Serge était allongé dans un lit, un médecin au regard inquiet discutait avec lui.

— Vous devez être sa fille, la salua celui-ci.

— Oui. Qu'est-ce qui s'est passé ?

— Rien de grave, affirma son père. J'ai raté une marche, et je suis tombé. J'ai juste perdu connaissance.

Le docteur fronça les sourcils en observant durement son patient. À ce geste, Emily comprit que son père mentait.

— Papa, dis-moi la vérité.

Serge baissa les yeux, peut-être de honte, puis il demanda au médecin de révéler à sa fille ses problèmes de santé.

— Votre père a chuté, mais par chance, il ne s'est rien cassé. Il a seulement quelques hématomes. En revanche, son dossier médical indique une cirrhose qui a été diagnostiquée il y a déjà plusieurs semaines. Il a refusé tous les traitements proposés par le médecin et continue de boire de l'alcool, ce qui, évidemment, empire son état de santé.

Comme si une chape de plomb venait de lui tomber dessus, Emily s'assit sur une chaise, et enfouit son visage entre ses mains. En plus de lui mener la vie dure, son père lui avait caché sa maladie. Emily n'était pas stupide, Serge n'avait pas fait cela pour ne pas l'inquiéter, mais parce qu'il savait qu'elle ferait tout pour le sortir de son alcoolisme, de gré ou de force. C'était purement égoïste de la part de son père, mais cela ne l'étonna même pas. Elle savait que la cirrhose était une maladie grave, et son cœur saigna en appréhendant la suite du diagnostic.

— Il lui reste combien de temps à vivre ? demanda-t-elle en relevant ses yeux vers ceux du médecin.

— S'il continue à boire de l'alcool, je ne pense pas qu'il passe l'année. En revanche, s'il arrête totalement à partir de ce soir, il a des chances de survie. Avec les médicaments, c'est possible.

— Tu sais ce qu'il te reste à faire, conclut-elle en se tournant vers son père.

— Je vais essayer, répondit ce dernier d'une voix peu assurée.

— Tu ne vas pas *essayer*, papa : tu vas le faire. Je vais t'envoyer dans une clinique de désintoxication.

Emily sortit son téléphone de son sac à main, et commença ses recherches pour lui trouver un établissement spécialisé qui pourrait l'accueillir rapidement. S'il y avait une chance qu'il s'en sorte, elle ne la laisserait filer pour rien au monde. Elle avait déjà perdu sa mère, il était hors de question que son père disparaisse également. Elle se maudit intérieurement de ne pas avoir remarqué plus tôt son teint jaunâtre, signe apparent de cette maladie. Mais en même temps, elle avait du mal à le regarder tant il se comportait mal avec elle.

— Em…, soupira Serge.

— Ça fait longtemps que j'aurais dû le faire, se flagella-t-elle en s'en voulant d'avoir laissé traîner ce projet.

— Je vous laisse, les avertit le médecin. On m'attend ailleurs.

Il quitta la pièce avec un sourire d'encouragement ; Isaac se contenta de s'asseoir dans un fauteuil au fond de la petite pièce, gardant le silence pour ne pas interférer dans leurs histoires de famille.

— Il y en a une à Paris justement. Ça me permettra de passer te voir facilement.

— Em…, l'appela à nouveau son père.

— Je ne peux pas les appeler à cette heure-ci, râla-t-elle. Je vais leur envoyer un mail.

— Em !

— Tais-toi ! s'exclama-t-elle soudainement. Je sais ce que tu vas me dire : que tu ne veux pas y aller ; mais je ne te laisse pas le choix, papa. Tu ne mourras pas par ma faute.

— Par ta faute ? répéta l'ivrogne, le regard incrédule.

Isaac se tendit, mais il ne prononça pas un mot, se contentant de regarder Emily attentivement.

— Laisse tomber, je n'ai pas envie de parler de ça maintenant, répondit-elle en tentant de reprendre son calme.

Elle était déjà en train de rédiger un mail pour connaître les disponibilités et les tarifs de l'établissement. Cela devait coûter une fortune, mais qu'importe, elle avait les moyens financiers nécessaires pour en couvrir les frais.

Serge se redressa pour se mettre assis dans son lit, et lui prit le mobile des mains. Ses petits yeux bleu clair observaient sa fille attentivement, et ce fut la première fois depuis longtemps qu'Emily n'eut pas l'impression qu'il était ivre. Sans doute les effets des médicaments et du choc de sa chute.

— Tu n'es pas responsable de mon état, lui assura-t-il.

— Tu as commencé à boire quand maman s'est suicidée. On a tous bien compris qu'elle l'avait fait parce que je l'avais poussée à bout.

— Tu ne savais pas ce que tu disais. Tu étais soûle et défoncée. Crois-moi, je sais toutes les horreurs qu'on peut dire quand on n'est pas dans son assiette, et qu'en plus on n'est pas lucide.

— Comme quand tu me traites de pute ? ironisa-t-elle.

Il ne parvint pas à soutenir le regard glacial de sa fille. Il semblait avoir lu son amertume sur ses traits, et elle se demanda s'il parvenait également à y déceler la culpabilité qu'elle éprouvait depuis si longtemps. Il déglutit, visiblement avec difficulté, et cligna des paupières. Réprimait-il une envie de pleurer ?

— Je suis navré, Em. Je m'excuse pour tout ce que je t'ai dit, tout ce que je te fais subir. Malgré tout ça, tu restes à mes côtés, tu veilles sur moi, alors que ça devrait être à moi de le faire. Je ne suis pas le père que je rêvais d'être, et je n'ai aucune excuse pour justifier mon comportement. Je suis faible, alors que toi, tu es forte.

— Tu n'es pas faible, papa, murmura-t-elle la gorge nouée. Chacun réagit au deuil comme il le peut.

— Tu te trompes, répondit-il d'une voix brisée. Je suis un homme pathétique, je ne peux même pas me regarder dans un miroir. Chaque fois que j'essaye, je ne vois que le père qui a accepté de l'argent sous la pression de sa femme plutôt que de porter plainte pour le viol de sa fille de quatorze ans. Tu ne peux pas t'imaginer à quel point je m'en veux. Je me déteste pour ça, je me hais d'avoir agi de cette manière.

Serge éclata en sanglots. Il ne parvenait plus à intérioriser ses émotions. Le barrage de ses sentiments venait d'éclater en morceaux, et des torrents de tristesse inondaient son visage.

— Il t'a brisée, reprit-il avec difficulté. Il t'a pris ta virginité, ton innocence, ta jeunesse, et moi je l'ai laissé faire.

— Papa…

C'était la première fois qu'Emily le voyait dans un tel état, et elle ne savait pas comment réagir. Cette vision lui serra douloureusement le cœur. Son père aurait dû être son modèle, mais il avait représenté tout ce qu'elle ne voulait jamais devenir.

— Je n'ai jamais souhaité que tu fasses du mannequinat, poursuivit-il douloureusement, c'était le rêve de ta mère. J'aurais dû l'en empêcher, m'affirmer quand elle a voulu te mettre devant les objectifs alors que tu n'avais que douze ans, ou quand elle m'a tendu le chèque de deux cent mille euros pour qu'on n'aille pas au commissariat. Ce jour-là, j'aurais dû le déchirer.

— Je t'en supplie, répondit-elle au bord des larmes, cesse de culpabiliser. Moi je ne t'en veux pas. Parfois, il nous arrive des choses horribles, mais il faut aller de l'avant. C'est comme ça, c'est la vie. Tu ne peux pas rester bloqué sur ça, tu vas en mourir si tu continues. Laisse-moi t'aider à aller mieux. Je te promets que tu y arriveras. Ne m'abandonne pas, papa. J'ai besoin de toi dans ma vie.

Emily le prit dans ses bras, en un geste d'affection qu'ils n'avaient pas partagé depuis des années. Il pleura contre son épaule. Isaac regardait la scène de loin, ému et aussi surpris. Avant de connaître intimement Emily, il n'aurait jamais imaginé les épreuves qu'elle avait dû traverser ni la face cachée de sa vie de star.

— Il faut que tu te reposes, dit-elle avec douceur en se détachant de lui. Je reviendrai te voir demain.

Il acquiesça simplement de la tête, puis se rallongea sur son lit.

— Je peux te demander un service, Em ?

— Bien sûr, papa.

— Ne dis pas à ta sœur que je suis dans cet état. Elle me déteste déjà assez comme ça. Elle m'en voudrait à mort si elle savait que je suis devenu malade à cause de l'alcool.

— Chris ne te déteste pas. Laisse-lui encore du temps, elle reviendra vers toi.

— Ta sœur et toi êtes la seule chose qui me raccroche à la vie.

— Alors, cesse de boire, et vis pour nous.

Un fin sourire naquit sur ses lèvres gercées.

— Puisque c'est le soir des excuses, poursuivit Serge, je voulais vous dire que je suis désolé, Isaac. Pour la dernière fois, je veux dire. Vous devez me prendre pour un père raciste, alcoolique et raté.

— Il y a un peu de ça, ricana doucement le rappeur en se redressant sur son fauteuil. J'accepte vos excuses, Serge. Je suis sûr que, sans l'alcool, vous ne serez plus ce père que j'ai aperçu.

Les deux hommes se sourirent simplement, puis Isaac et Emily s'acquittèrent des démarches administratives pour l'admission de Serge avant de quitter l'hôpital.

Chez Emily, ses amies et sa sœur étaient parties. Tout avait été rangé, le lave-vaisselle ronronnait. Les deux sœurs avaient échangé quelques messages sur l'état de santé de leur père. Malgré tout, la cadette ne voulait toujours pas lui rendre visite. Emily n'avait jamais essayé de les réconcilier. Elle comprenait tout à fait que Christina ne supporte plus leur père, et refuse de le voir se bousiller de cette manière.

— On se fait un thé ? proposa Isaac.

Emily acquiesça simplement de la tête, encore heurtée par l'annonce de la maladie de Serge qui la préoccupait. Pendant qu'Isaac préparait leur boisson fétiche, elle fila dans la salle de bains et passa un legging et un débardeur. Elle ôta ses lentilles de contact pour remettre ses lunettes. Ainsi, elle se sentait mieux, et, désormais, elle se fichait bien qu'Isaac la voie aussi décontractée, ou juste qu'il la voie telle qu'elle était vraiment.

Après avoir rejoint Isaac sur le canapé du salon, elle prit la tasse de thé qu'il lui tendait. Elle avait l'habitude d'être servie, mais pas que l'on prenne soin de son état mental, et quand Isaac essaya de la rassurer, elle profita de sa présence plus qu'elle ne l'écouta vraiment. Il lui apportait une présence réconfortante qui faisait gronder la solitude qui la tenaillait depuis des années.

— Nous serons là pour l'aider à vaincre son addiction, lui assura Isaac.

— Nous ?

— Toi, Christina et moi.

Emily lui lança un regard interdit.

— Ne me regarde pas comme ça, tu sais bien que j'attache une importance particulière à la famille. C'est au-dessus de tout pour moi. Si ton père va mal, ça me concerne donc aussi.

Emily avait oublié à quel point Isaac et ses amis prônaient ces valeurs. Même si elle ne le montra pas, elle fut touchée par ses mots. C'était bien la première fois que quelqu'un avait ce genre d'attention pour elle. Elle allait répondre, mais fut coupée par la sonnerie du téléphone d'Isaac indiquant un message entrant. Comme il le lisait, un voile de surprise se déposa sur son visage. Il lui tendit son téléphone pour qu'elle puisse connaître le contenu du message.

De Anna Thivernal : J'ai adoré notre baiser. Si ça te dit, peut-être qu'on pourrait aller prendre un verre ensemble un de ces quatre ? Bonne nuit.

Emily serra sa tasse à s'en faire pâlir les phalanges. Son assistante et amie proposait un rencard à Isaac via son compte Instagram.

— Tu ne lui as pas dit qu'on s'était déjà embrassés ? lui demanda Isaac.

— Je ne pensais pas que c'était nécessaire. Elle en pince pour toi, visiblement.

— Qu'est-ce que je dois lui répondre ?

Elle était à deux doigts de lui hurler qu'un « non » était évident, mais elle prit sur elle.

— Tu veux y aller ?

— Bien sûr que non. Je l'ai embrassée parce que tu m'as pris la tête, pas parce qu'elle me plaît.

— D'accord, mais ne lui dis pas ça comme ça, surtout.

— Je pense que je ne vais pas répondre, conclut-il, ce sera plus simple.

— Mais quel goujat ! Tu vas lui répondre avec classe et diplomatie.

— Pour lui dire quoi ? « Désolé, Anna, je ne veux pas de toi parce que je me tape ta boss » ? Ou plutôt j'aimerais me la taper.

— Tu frôles l'insolence, Mehla.

— Tu sais combien j'aime jouer avec les limites.

Emily ne put s'empêcher de sourire légèrement.

— Je pourrais lui présenter un de mes amis, proposa-t-il.

— Tes copains sont tous des tocards.

— Cette fois, c'est toi qui deviens insolente.

— On s'accorde si bien, railla-t-elle.

Il but quelques gorgées de thé, composa son message puis l'envoya.

À Anna Thivernal : Je suis content que tu aies apprécié ton premier baiser. Sinon, pour ta proposition, je ne suis pas célibataire, et je doute que ma copine apprécie le fait que j'aille boire un verre avec une autre femme. Bonne nuit.

Emily relut le message plusieurs fois pour être certaine de ne pas rêver. Apparemment, il était sûr de leur relation, tandis qu'elle n'avait même pas réfléchi à la suite à donner à leur baiser.

— Je peux savoir qui est ta copine ? demanda-t-elle malicieusement.

Isaac passa doucement la main contre la nuque d'Emily, puis l'embrassa dans une tendresse qui la fit vaciller dans un monde lointain. Elle n'entendait plus rien si ce n'étaient les battements de son cœur euphorique.

— Ça répond à ta question ? lui demanda-t-il contre ses lèvres.

Isaac continua de jouer avec sa langue, ses doigts se perdirent dans les cheveux de la mannequin.

— Je commence à comprendre.

— Parfait. Et toi, mocheté, es-tu célibataire ? susurra-t-il à son oreille.

— Je suis libre comme l'air, trésor.

Isaac rit contre sa bouche, puis il passa la main sous les cuisses d'Emily pour la faire asseoir à califourchon sur les siennes. Leurs corps se pressèrent l'un contre l'autre, leurs bouches ne se quittaient que difficilement. Elle aimait les ondes qui étaient en train de passer entre eux, elle sentait leur lien se solidifier, et l'envie d'en avoir encore plus la tiraillait. Isaac fit glisser sa langue contre le cou d'Emily, et celle-ci ferma les yeux en savourant cette sensation qui la fit frissonner.

— Tu es sûre que tu veux aller plus loin ? lui demanda-t-il. Ce n'est peut-être pas le bon soir. Je peux attendre.

Les yeux noisette d'Isaac la fixaient avec une intensité sans pareille. Jamais un homme n'avait eu ce genre de prévenance à son égard, trop occupés qu'ils étaient à succomber à leurs envies. À travers ces mots, il lui faisait comprendre qu'elle représentait plus qu'une partie de jambes en l'air pour lui, et cela fit s'envoler tous les doutes qu'elle avait pu avoir.

— J'en ai vraiment envie. Et toi ?

Pour seule réponse, il lui offrit un baiser fiévreux et passionné. Bien sûr qu'il en avait envie, et ce, depuis des semaines. Emily n'était plus seulement une jolie fille pour lui, elle était devenue l'objet de ses désirs, la raison de ses insomnies, et il espérait d'ailleurs passer des nuits blanches à découvrir chaque parcelle de son corps parfait. Car oui, selon lui, elle était parfaite : ses courbes, sa bouche pulpeuse, ses cheveux ébouriffés, tout était un appel à la tentation, alors il y céda sans attendre.

Habilement, il lui ôta son débardeur, puis la soulagea de son soutien-gorge. Il dévora ses seins avec autant de sensualité que de douceur. Isaac voulait prendre son temps, savourer chaque instant, et Emily se laissait faire, happée par l'excitation qui s'immisçait en elle. En ôtant le T-shirt d'Isaac, elle put redécouvrir ses muscles finement dessinés, et cette fois, elle ne se gêna pas pour les toucher.

Il prit un de ses seins pour le lécher avec gourmandise. Elle se laissa totalement envahir par tout ce qui émanait de lui. Isaac passa les bras le long de son dos, puis la fit s'allonger sur le canapé. Il lui retira son legging avec une facilité déconcertante. Ses yeux se perdirent quelques secondes en observant Emily alors qu'elle n'était plus qu'en string. Il l'embrassa langoureusement, elle soupira de plaisir en sentant ses doigts s'enfoncer en elle, jouant avec la partie la plus sensible de son corps. Ils se caressèrent avec sensualité, chacun donnant un plaisir certain à l'autre. Isaac quitta la bouche d'Emily pour embrasser ses tétons qu'il mordilla, puis sa langue glissa lentement sur son ventre. Son dernier sous-vêtement se retrouva lui aussi rapidement au sol, puis il lécha son intimité lentement.

Emily se délectait de ses gestes, de toutes les sensations qu'il créait en elle. Isaac n'avait finalement pas été prétentieux : il s'y prenait très bien, et savait sans aucun doute comment faire naître et accroître le plaisir chez une femme. Les doigts d'Emily se perdirent dans ses cheveux bouclés, son corps se cambra sous les assauts de sa langue taquine. Plus les secondes s'écoulaient, et plus elle se sentait devenir fébrile. Elle était totalement à sa merci, avide qu'il continue encore et encore.

Un sentiment de frustration envahit Emily lorsqu'il se détacha d'elle, mais, au regard d'Isaac, elle sut que cela ne durerait pas. Il la porta, prenant soin que les cuisses d'Emily lui encadrent la taille, puis la déposa sur la table de la salle à manger. Isaac se jeta sauvagement sur ses lèvres, et il la posséda avec une telle vigueur que cela surprit Emily. Elle ne pouvait nier l'évidence : elle adorait ce qu'il lui faisait, et ses cordes vocales ne purent se taire quand son corps se contracta au moment où le plaisir s'immisça dans chaque pore de sa peau. À peine quelques secondes plus tard, lui aussi fut pris par la même fièvre.

Emily posa le front contre la poitrine d'Isaac. Elle sentit son cœur battre frénétiquement, au même rythme que le sien. Lorsqu'elle releva les yeux vers son visage, un échange inaudible se fit entre eux. Ils s'observaient sans prononcer un mot, la respiration de plus en plus calme. Ils venaient de passer un cap dans leur relation, et aucun des deux n'aurait voulu revenir en arrière. Isaac avait adoré sentir Emily vibrer sous ses assauts, et elle, elle ne s'était pas attendue à être aussi déstabilisée par leurs ébats. Sans y réfléchir, elle se blottit contre son torse, il referma les bras autour d'elle, puis lui caressa les cheveux avec douceur.

— Tu es toujours célibataire, mocheté ?

— Non, je viens tout juste de rencontrer quelqu'un.

Emily devina son sourire conquis, elle sentit qu'il la serrait encore un peu plus fort. Au chaud dans ses bras, elle en oublia pour l'instant qu'il avait embrassé son assistante, et la maladie de son père. Elle était si bien qu'elle aurait pu en oublier jusqu'à son propre nom.

21. C'est du délire !

Le lendemain, Emily se réveilla seule dans son lit. Ses premières pensées furent pour son père malade, puis pour Isaac. Elle était partagée entre tristesse et joie.

Dans le salon, il n'y avait personne non plus. Ce fut quand elle entendit l'eau de la douche couler qu'elle trouva Isaac. Il ne l'avait pas vue entrer dans la salle de bains, elle en profita pour admirer son corps nu dos à elle, l'eau ruisselant sur ses muscles. Il n'en fallut pas plus pour qu'elle le rejoigne en déposant des baisers le long de son épaule. Sans un mot, Isaac se retourna pour l'embrasser langoureusement. Il avait craint qu'elle revienne en arrière sur leur relation, mais ce qu'il lisait dans ses yeux contredisait cette thèse. Il lui fit l'amour contre le mur de la douche à l'italienne. Il aimait être en elle, toucher son corps qui le faisait succomber d'envie. Physiquement, Emily lui donnait le tournis. Psychologiquement, elle le faisait chavirer. Isaac tombait face à cette femme dont il était certain de ne jamais se lasser.

Sans plus aucune pudeur, ils se lavèrent et s'habillèrent ensemble. Leurs corps n'avaient plus de secrets l'un pour l'autre. Lorsqu'ils déjeunèrent, Isaac observa d'un mauvais œil la salade qu'Emily s'était préparée. Lui s'était cuisiné des pâtes.

— Tu as prévu autre chose que ton entrée ? lui lança-t-il.

— C'est un plat, corrigea-t-elle, et tu le sais très bien. Il faut que je fasse attention à ma ligne. Je pars demain matin pour Los Angeles.

Isaac avala sa bouchée en l'ayant à peine mastiquée.

— Merci de me prévenir seulement maintenant, fit-il. Tu pars combien de temps ?

— Une dizaine de jours. Tu veux venir ?

— Pour te voir poser à moitié nue devant des gens ? Merci, mais non merci.

Emily se retint de lui renvoyer une réponse cinglante. Comme si son métier ne se cantonnait qu'à ça. Au lieu de cela, elle changea de sujet.

— Au fait, elle t'a répondu, Anna ?

Il fila dans la chambre, puis revint avec son téléphone entre les mains.

— Non, mais elle a vu le message. J'espère que je ne l'ai pas vexée.

— J'espère aussi, soupira Emily. Elle a si peu confiance en elle. Tout ça à cause d'hommes qui se moquent d'elle à cause de son poids.

— Ouais…, répondit-il sur un ton qui montrait ouvertement que le sujet ne l'intéressait pas le moins du monde. Prends un peu de pâtes, tu vas avoir faim dans une heure si tu manges seulement de la salade.

— Non, je dois perdre un demi-kilo d'ici deux jours.

Isaac lui lança un regard interdit.

— Tu es sérieuse ?

— La loi de la mode, trésor.

— La loi des cons, rectifia-t-il. Il ne se voit même pas, ton demi-kilo en trop. Tu es bien comme ça. Un jour, il va vraiment falloir que tu arrêtes de te regarder dans un miroir.

Emily ne répondit rien, légèrement agacée par ses remarques. Il ne comprenait pas que les apparences étaient primordiales pour elle. Cela faisait partie de son métier, de sa vie.

— Tu veux faire quoi avant de partir ? lui demanda-t-il pour faire dévier à son tour la conversation.

— Je vais sûrement retourner voir mon père. Et il faut que je passe à mon agence. J'ai rendez-vous avec le nouveau P-DG et le DRH.

— Ils vont te virer ? devina-t-il.

— Ils ne peuvent pas rompre mon contrat, mais ils vont certainement m'annoncer qu'ils ne le renouvelleront pas.

— Je suis désolé. Tu as encore insulté un photographe ?

— Oui, mais cette fois, j'avais une bonne raison. Je posais depuis sept heures en plein soleil. Du coup, j'ai commencé à me sentir mal, et je me suis assise. Il m'a ordonné de continuer à poser, je l'ai envoyé se faire voir.

— Tu as eu raison. Comme si tu n'étais qu'une belle poupée… Tu vas faire quoi quand ton contrat sera terminé ?

— Prendre des vacances, je pense. Aider mon père, souffler un peu. Après ça, j'étudierai les propositions que les agences concurrentes m'enverront.

Finalement, Emily accepta de prendre quelques pâtes dans l'assiette d'Isaac. Elle irait faire un footing plus tard pour les éliminer.

— Il faut que j'aille au studio, déclara Isaac en regardant son téléphone qui affichait de nombreux appels manqués. Je devais y être depuis 10 heures ce matin. Les autres ne vont pas me rater.

— Tu leur as parlé de nous ?

— Ils savent que je vois une femme, mais je ne leur ai pas dit que c'était toi. Il n'y a que Hak qui le sait.

— Qu'est-ce qu'il en pense ?

— On s'en fiche, non ?

— Allez, dis-le-moi.

Le regard d'Isaac fuyait le sien, la gêne le gagna.

— Il n'approuve pas, lâcha-t-il.

— Heureusement que tu n'as plus quatorze ans.

— Tu sais bien que c'est plus compliqué que ça… Ce sont mes amis, mon frère. Je ne vais pas pouvoir continuer à leur mentir. Surtout vis-à-vis de toi, ça ne se fait pas.

— Je comprends…, murmura Emily en posant les yeux sur l'écran noir de sa télévision.

Isaac lui caressa le dos de la main dans un geste tendre et rassurant. Il n'aimait pas la voir embêtée à cause de lui.

— Tu aimerais que je leur dise pour nous deux ?

— Ça ne dépend que de toi. Si tu estimes que notre relation en vaut la peine ou pas. Ça ne sert à rien de te disputer avec eux si tu me largues dans un mois.

Il retira sa main, et jaugea Emily sans comprendre où elle voulait en venir.

— Pourquoi je ferais ça ? s'enquit-il. OK, on a couché ensemble hier soir seulement, mais ça fait déjà plus de deux mois qu'on se voit régulièrement. Pour moi, on sort ensemble depuis plus longtemps que douze heures.

— Fais comme tu veux, trésor, mais je doute qu'ils acceptent qu'on soit ensemble. Ils sont tellement stupides…

— De toute manière qu'est-ce qu'ils vont faire ? ricana-t-il. Ce ne sont pas mes parents, ils ne vont pas m'interdire de te fréquenter.

— Non, mais ils pourraient te mettre à l'écart.

— Ils ne feraient jamais ça. On se connaît depuis trop longtemps pour qu'ils agissent de cette manière.

— Alors, dis-leur, concéda Emily, mais je te préviens que, personnellement, je n'ai pas envie de passer de temps avec eux.

Isaac attira sa nouvelle copine dans ses bras, et l'embrassa tendrement.

— Tu reviens ce soir ?

— Je ne pense pas, répondit-il à contrecœur. Il est déjà 14 heures, si je pars tôt, ils vont me prendre la tête.

Emily fut déçue par sa réponse, et cela dut se lire sur son visage, car Isaac lui lança un sourire rassurant.

— Je passerai peut-être dans la nuit, proposa-t-il. On finit généralement vers une heure du matin.

— Mon vol est à 10 heures, je dois me lever tôt.

— Tu dormiras dans l'avion. Allez, on ne va pas se voir pendant dix jours…

— Tu insinues que je vais te manquer ?

— N'exagère pas non plus, la taquina-t-il avec malice.

Il se leva en mettant fin à leur discussion, Emily sur ses talons. Avant qu'il ne parte, elle lui tendit un double des clés de son appartement.

— Ça va beaucoup trop vite entre nous, s'amusa-t-il.

— Ne rêve pas, c'est juste pour éviter que tu me réveilles si tu me rejoins dans la nuit.

— Si je ne te réveille pas, quel est le but de ma venue ?

— Ce n'est pas faux, répondit-elle en posant la clé sur le meuble de l'entrée.

— Hey non ! s'exclama-t-il en la prenant. Tu ne peux pas me proposer la clé de ton appart, puis la reprendre comme ça.

— Je pensais que tu n'en voulais pas.

— Ce n'est pas ce que j'ai dit, la contredit-il en souriant. Je la garde avec moi.

Il l'embrassa une dernière fois, puis la laissa seule dans son grand appartement vide.

Emily ne savait pas si c'était une bonne idée de lui avoir donné cette clé, mais elle avait envie de lui faire confiance. Cela faisait des semaines qu'ils se tournaient autour, qu'ils se cherchaient, et ils s'étaient enfin trouvés. Aucun des deux ne savait quelle tournure allait prendre leur idylle, mais ils ne souhaitaient revenir en arrière pour rien au monde.

Isaac passa les portes du studio avec une certaine appréhension. Hakim l'avait déjà engueulé par message, et les autres avaient tous essayé de le joindre sans succès. Il aurait dû les rejoindre à 10 heures, mais il était déjà 14 heures passées. Cependant, Isaac ne regrettait rien. Son retard était dû à son rapprochement avec Emily, et si c'était à refaire, il ne changerait rien.

Antoine était dans la cabine, Madou, Aidan et Hakim étaient installés sur le canapé en cuir.

— Salut, déclara Isaac d'une petite voix.

— Tu nous as encore lâchés, râla Aidan. Tu as un téléphone, tu aurais pu au moins nous prévenir.

— Je n'ai pas vu l'heure, prétexta-t-il en prenant une chaise de bureau pour s'asseoir.

Personne ne lui répondit, alors il écouta les différentes productions, puis se lança dans une session écriture.

Il était 21 heures quand ils cessèrent de travailler. Ils rejoignirent Aly et Mélissa chez Aidan, puis se commandèrent à manger au traiteur du coin. Durant toute la soirée, Isaac voyait les heures défiler en se disant que c'était du temps qu'il aurait pu passer avec Emily avant qu'elle ne parte à Los Angeles. Il ne savait pas pourquoi il réfléchissait de cette manière. Il adorait ses amis, mais il n'allait pas voir Emily pendant dix jours, et il aurait aimé être avec elle plutôt qu'avec eux. Il s'en voulut de penser de la sorte. Fut un temps où il se serait moqué d'un homme comme lui.

En réalité, il savait qu'il se faisait des nœuds au cerveau pour rien. Les garçons auraient compris s'il leur avait expliqué qu'il voulait profiter de cette soirée pour être avec sa copine avant qu'elle ne parte à l'étranger, mais Isaac craignait qu'ils ne lui posent trop de questions, qu'ils découvrent le pot aux roses. Plutôt que jouer franc jeu avec eux, il choisit de ne rien dire, s'enfonçant dans ses mensonges et ses cachotteries. Pourquoi ? Parce qu'il était effrayé à l'idée de se disputer avec eux. Il savait d'ores et déjà que sa relation avec Emily n'allait pas être acceptée à cause des querelles que la jeune femme avait créées entre eux des années plus tôt.

Isaac patienta jusqu'à une heure du matin avant de se décider à déserter.

— Attends, lui lança Aidan, tu ne nous as pas dit ce que ça avait donné avec ton Emma.

Le regard avide d'Aidan qui voulait connaître la suite de l'histoire d'Isaac lui fit un pincement au cœur.

— On est ensemble maintenant, répondit-il avec gêne.

Le visage de Hakim se ferma, et Isaac le remarqua du coin de l'œil. D'ailleurs, il ne parvint pas à soutenir le regard de son aîné.

— Tu nous la présentes quand ? se réjouit Madou. On a hâte de la voir. Il y a trop de mystères qui gravitent autour de cette fille.

— Plus tard.

— Invite-la ce week-end, lui proposa Aly. Ne t'inquiète pas, on ne la mettra pas mal à l'aise.

— Elle est partie faire un shooting à Los Angeles pour dix jours.

— Quand elle revient, alors, insista-t-elle avec douceur.

— On verra ça.

— Tu as vraiment l'air bizarre, observa Antoine. On dirait que ça te soûle de nous la présenter. Tu as honte de nous ? Ne t'inquiète pas, on sait se tenir, tu nous connais.

Isaac se laissa tomber au fond du canapé, et balaya son visage de ses mains, ne sachant plus comment répondre à leurs questions. Il ne souhaitait pas que ses amis s'imaginent qu'il avait honte d'eux. Ils étaient comme ses frères, et il était fier de marcher à leurs côtés. Il était tiraillé entre la tentation de leur dire la vérité et la lâcheté de ne pas vouloir les affronter en repoussant ce moment qui arriverait tôt ou tard.

— Iz, qu'est-ce qui se passe ? s'inquiéta Aidan. Si Emma n'existe pas, et que tu es gay en vérité, ce n'est pas grave, tu sais. Ça ne changera rien entre nous. Tu peux ramener ton mec aussi.

Aly lui donna une tape à l'arrière du crâne avant de lever les yeux au ciel. Évidemment, elle avait compris que le problème n'était pas de ce genre.

— Tu devrais y aller, Isaac, lui conseilla Hakim.

— Attends, il n'a pas l'air dans son assiette, déclara Mélissa, la mine inquiète.

— S'il te plaît, Mel, n'en rajoute pas, la réprimanda Hakim. Crois-moi, il vaut mieux qu'il parte avant de dire une énorme connerie.

Isaac lui lança un regard noir avant de se lever.

— Tu crois vraiment que c'est un caprice d'ado que je fais ? s'emporta-t-il. Tu ne comprends vraiment rien.

— Viens, allons discuter dehors.

Hakim se leva à son tour, mais Aidan se mit entre eux.

— Ça suffit maintenant, trancha-t-il. Vous nous cachez quelque chose tous les deux au sujet de ta copine, Iz. On veut savoir ce que c'est. On va tous s'asseoir et en discuter calmement.

— Laisse tomber, Aidan, soupira l'aîné. Je te jure que ça va causer plus de problèmes qu'autre chose.

— On ne comprend rien à ce qui se passe, se plaignit Antoine. Expliquez-nous. Pourquoi vous nous mettez à l'écart ? Je croyais qu'il n'y avait pas de secrets entre nous.

Hakim se pinça l'arête du nez en soupirant, puis lança à son cadet un sourire plein de tendresse.

— Après tout, fais comme tu veux, concéda-t-il. C'est ta vie, Iz, c'est à toi de voir.

Les deux frères se rassirent ; l'un appréhendait ce moment de vérité, et l'autre se préparait déjà à prendre sa défense en cas d'invectives. Les yeux du groupe étaient fixés sur Isaac, dont le cœur battait vivement.

— C'est quand tu veux, Iz, l'encouragea Madou.

Isaac prit une grande bouffée d'oxygène avant de se lancer.

— Je voudrais déjà m'excuser auprès de Mel et Aly pour l'autre jour. Les mots ont dépassé ma pensée, j'espère que je ne vous ai pas blessées, j'ai vraiment dit n'importe quoi.

— Excuses acceptées, répondit rapidement Aidan à la place des filles. Maintenant, dis-nous ce qui t'arrive.

Aly lui donna une petite tape sur l'épaule en signe de remontrance, tandis que Mélissa gratifiait Isaac d'un sourire bienveillant.

— En fait…, balbutia-t-il, ma copine ne s'appelle pas Emma, mais Emily. Et… oui, c'est bien d'Emily Tarsikova que je parle.

Un silence de plusieurs secondes qui sembla durer des heures chargea l'atmosphère en électricité. Tous le fixaient, le visage incrédule. Personne n'osa prononcer le premier mot. Mélissa voulut prendre la parole, mais Hakim mit sa main sur la sienne pour lui faire comprendre qu'elle ne devait pas se mêler de cette histoire. Elle n'avait pas connu Emily – ni son comportement – à l'époque où elle faisait partie de leur groupe, elle était mal placée pour donner son avis.

— C'est… une bonne nouvelle, déclara Madou d'une voix peu assurée. On est contents pour toi. Pas vrai, les gars ?

Un ange passa tandis que le sourire forcé de Madou s'affaissait en voyant le regard fermé d'Aidan.

— Je crois que je vais y aller, fit Isaac, mal à l'aise.

— Je ne comprends pas ! lui lança Aidan sur un ton sévère. Tu parles bien d'Emily, mon ancien plan cul ?

— Oui, je te parle d'elle.

— Pourquoi ? s'offusqua-t-il. Je veux dire, comment tu as pu ? Je ne te vois pas du tout avec ce genre de femme. C'est du délire !

— C'est une histoire de fou, approuva Antoine. C'est une fille facile, elle a couché avec je ne sais combien de mecs avant toi. Ça ne te dérange pas ?

Isaac prit sur lui pour garder son calme. L'agacement crépitait en lui.

— Premièrement, parle correctement de ma copine, répondit-il d'une voix blanche. Deuxièmement, je ne pense pas être le plus à même de la juger vu toutes les filles que j'ai allongées dans un lit.

— Attends, tu la considères vraiment comme ta copine ? s'étrangla Aidan. Crois-moi, Iz, elle te quittera dès que tu l'auras baisée dans tous les sens.

— Bon, c'est bon ! intervint Hakim. Pas la peine de lui rappeler ce que sa copine a été à une époque.

— À une époque ? répéta Antoine. Mais regarde ses photos Instagram ! On ne voit que son cul partout !

— Antoine, je te jure que, si tu continues, on va sortir toi et moi pour que je t'apprenne à te taire, l'avertit Isaac.

En entendant cette menace, Antoine se leva d'un bond, Isaac l'imita, prêt à lui donner une correction. Hakim et Madou se précipitèrent pour s'interposer entre eux.

C'était bien la première fois qu'ils envisageaient d'en venir aux mains. Entre eux, aucune querelle n'avait jamais dégénéré à ce point.

— Tu veux me frapper ? le défia Antoine. Je vais te remettre les idées en place. Elle t'a retourné le cerveau ou quoi ?

— Ça suffit ! ordonna Hakim. Personne ne s'en prendra à mon frère parce qu'il sort avec une fille qu'on n'aime pas.

— Ce n'est pas ça, Hak ! cria presque Aidan. Elle a tenté de nous faire rompre, Aly et moi. Elle est vénale, facile et stupide. Sans parler du fait que c'est mon ancien plan cul. On ne doit pas passer après les potes. C'est une règle de base !

— Qu'est-ce que ça peut te faire maintenant ? s'agaça Hakim. Tu vis avec la femme que tu aimes, vous avez un enfant, et vous allez vous marier. Pour le fait que tu la trouves conne, ça ne nous regarde pas. C'est le choix d'Isaac, je ne laisserai personne s'en prendre à lui sous prétexte qu'il sort avec Emily.

Les poings d'Isaac étaient encore serrés, prêts à frapper. Hakim posa la main sur son épaule en signe d'apaisement, et son cadet se détendit légèrement.

— Très bien, soupira Aidan. Tu as raison, ça ne nous regarde pas. Si tu es heureux avec elle, Isaac, c'est le principal. J'espère juste qu'elle ne se fout pas de toi.

— C'est sérieux entre vous ? lui demanda Antoine. Je veux dire, ce n'est pas juste un plan cul ?

— Ça va bien au-delà de ça, répondit doucement Isaac. Je tiens à elle.

La mâchoire des garçons faillit se décrocher. Ils ne s'étaient pas le moins du monde attendus à ce qu'Isaac côtoie Emily, et encore moins qu'il éprouve des sentiments pour cette femme qu'ils n'appréciaient pas.

Sans qu'Isaac s'y attende, Madou le prit dans ses bras.

— Mon petit Iz est amoureux, se réjouit-il. Je suis content pour toi. Peu importe qui elle était avant, moi je veux bien lui donner une nouvelle chance. Si tu as jugé qu'elle en valait la peine, c'est que ça doit être le cas !

— Moi aussi, je lui redonne une chance, ajouta Hakim. Mais si elle te brise, je brûle son appart.

Un léger ricanement s'échappa de la gorge d'Isaac. Son frère lui montrait qu'il tenait à lui à sa manière, et cela lui réchauffa le cœur.

— Je ne suis pas convaincu, avoua Aidan. Mais après tout, tout le monde peut changer, même si je doute que ce soit son cas.

— On verra ce que ça donne, soupira Antoine. C'est vrai que tu es assez grand pour savoir ce que tu fais.

— Oui, je suis en âge de faire mes propres choix, même si j'ai deux ans de moins que vous.

Isaac n'avait pas besoin de leur approbation, mais le fait qu'ils acceptent sa relation avec Emily le rassura et l'emplit de joie. Ses amis et son frère prenaient sur eux pour ne pas lui faire de mal, ils mettraient du temps à redécouvrir cette femme qu'ils n'appréciaient pas. Et pour Aidan et Antoine, le chemin risquait d'être long.

Isaac se tourna vers Aly, qui lui sourit simplement. De tous, c'était elle qui avait le plus subi les remarques ou gestes blessants qu'Emily avait eus des années plus tôt.

— Je maintiens mon invitation, déclara-t-elle en s'approchant de lui. Quand elle reviendra, tu pourras lui proposer de passer une soirée chez nous.

— Je savais que tu ne la détestais pas.

— Je ne l'ai jamais détestée. En fait, elle me faisait plus de peine qu'autre chose en s'accrochant à Aidan alors qu'il lui avait dit qu'il ne voulait plus d'elle. Si votre relation est vraiment sérieuse, elle va devoir trouver sa place parmi nous. On est une famille, et aucun membre ne vaut mieux qu'un autre.

— C'est beau, ça, mon Aly, s'amusa Aidan en passant un bras autour de ses épaules.

— Je ne suis pas sûr qu'elle accepte de venir, répondit Isaac avec gêne. Elle sait que vous ne la portez pas dans votre cœur ; mais je le lui proposerai.

— Si elle vient, on se tiendra correctement, promit Madou. On l'accueillera comme s'il s'agissait d'une fille qu'on ne connaissait pas.

— Faut juste qu'elle ne nous cherche pas trop, intervint Antoine. Elle aime trop l'ouvrir pour rien.

— Un peu comme toi, railla Hakim.

Tous rirent en se moquant d'Antoine.

Isaac observa ses amis avec tendresse. Il avait longuement appréhendé ce moment où il devrait leur dire la vérité. À cet instant, il fut soulagé. Alors que ses épaules s'étaient voûtées sous le poids des mensonges qu'il racontait à ses amis, il se sentait à présent plus léger. Dès lors, il se dit qu'il pouvait désormais vivre pleinement son histoire avec « sa mocheté » qu'il trouvait d'une beauté absolue. Cependant, il ignorait que le chemin serait encore long pour qu'Emily soit réellement acceptée dans leur famille.

22. C'est ce qui m'aide à oublier

Emily fut réveillée par une paire de mains qui voyageaient sur ses cuisses en remontant jusqu'à ses fesses. Prise de panique, elle se jeta hors de son lit. Dans la précipitation, elle se prit les pieds dans la couette, et chuta en tombant sur son poignet. Un cri de douleur résonna dans la pièce.

La lampe de chevet s'alluma, et elle découvrit Isaac, le visage hilare.

— Tu m'as fait une peur bleue !

— J'ai vu ça, se moqua-t-il.

Elle le rejoignit et s'assit en tailleur à ses côtés.

— Je me suis fait super mal…, se plaignit-elle en se massant le poignet.

— Pauvre petite chose.

— Je te jure que si j'ai encore mal pour mon shooting, je te tue, Mehla.

— Fais-moi voir.

Elle tendit la main et, comme s'il savait ce qu'il faisait, il la fit bouger dans tous les sens.

— C'est douloureux !

— Ce n'est pas cassé. C'est peut-être juste une foulure.

— C'est ton « peut-être » qui m'inquiète.

— Excuse-moi, mocheté, tu as dû rater le moment où je te précisais que je n'avais pas fait d'études de médecine. Mets de la glace dessus, ça passera.

Emily suivit ses conseils et déposa un sac de petits pois sur son poignet.

— Qu'est-ce que t'a dit ton agence ? la questionna Isaac.

— Ce que Louis m'avait déjà annoncé : ils ne renouvelleront pas mon contrat, qui se termine dans trois mois.

— Tu n'as pas besoin d'eux, de toute manière. Et comment va ton père ?

— Bien. Il entre en cure demain. J'ai fait des pieds et des mains pour qu'ils l'acceptent rapidement. J'espère vraiment qu'il va s'y tenir. Et toi, c'était bien avec les autres ?

— On a bossé, soupira-t-il en s'allongeant sur le dos. Après on est allés chez Aidan et Aly. Je leur ai dit pour nous deux.

Le cœur d'Emily rata un battement. Elle ne pensait pas qu'Isaac parlerait d'eux aussi rapidement à son clan. S'il l'avait fait, c'était qu'il tenait véritablement à elle.

— Et ?

— Et… ça va… Au départ, ils n'ont pas trop su comment réagir, mais je pense que c'était surtout parce qu'ils ne s'y attendaient pas. Finalement, ils consentent à oublier ce que tu étais avant, et à t'accepter telle que tu es maintenant.

— Qu'est-ce que tu veux dire par « ce que j'étais avant » ? se vexa Emily.

— Le plan cul d'Aidan.

Emily était à deux doigts de lui jeter son sachet de petits pois au visage. Alors voilà ce qu'elle représentait pour eux. Quelle étroitesse d'esprit de leur part !

— Je n'ai rien à leur prouver, trancha-t-elle. Je me fiche de ce qu'ils pensent de moi. Je ne ferai pas la fayotte pour leur plaire.

— Personne ne te le demande. Aly a proposé que tu passes chez eux à l'occasion. Ils veulent vraiment te laisser une nouvelle chance.

— Une nouvelle chance de quoi au juste ?

— De te racheter pour toutes les histoires dont tu es responsable.

L'agacement venait de céder la place à l'énervement dans l'esprit d'Emily, et elle sentait l'exaspération dans les starting-blocks, prête à se montrer à son tour. Cette conversation ne lui plaisait pas du tout. Pourquoi serait-ce à elle de faire des efforts pour leur plaire ? Elle ne s'était jamais abaissée à ça, et ce n'était pas maintenant qu'elle allait commencer.

— Il n'y aura ni excuse ni mea culpa, le prévint-elle. Si je ne leur conviens pas, c'est la même chose. Comme si eux étaient des exemples de bonté et de gentillesse.

— Pourquoi tu t'énerves ? souffla-t-il avec lassitude. Tu devrais être contente qu'ils prennent bien le fait qu'on sorte ensemble.

— Et s'ils l'avaient mal pris, qu'est-ce que tu aurais fait ?

— Ça sent la question à la con.

— Réponds, lui ordonna-t-elle d'un ton tranchant.

— Calme-toi, je ne suis pas ton domestique ! s'emporta-t-il. Arrête de croire que les gens sont à tes pieds, et qu'ils doivent t'obéir au doigt et à l'œil.

Le sourire d'Isaac avait disparu, ou plutôt, Emily l'avait fait disparaître. C'était plus fort qu'elle, elle ne supportait pas l'idée qu'on pense qu'elle n'était pas assez bien pour Isaac, qu'on veuille la faire changer pour être une femme qu'elle n'était pas.

— Désolée..., murmura-t-elle en prenant sur elle. J'ai besoin de savoir.

— Je suis grand, Tarsikova, je n'ai pas besoin de l'avis de mes amis pour sortir avec une femme. C'est vrai que ça compte, mais pas assez pour me dicter ce que je dois faire. Si ta question est : est-ce que je t'aurais quittée ? La réponse est : évidemment non.

Emily retint un soupir de soulagement. Elle glissa sa main dans la sienne, puis l'embrassa avant de se blottir contre lui. Isaac l'accueillit comme s'il n'attendait que ça depuis des heures.

— C'est fou que tu manques autant de confiance en toi, observa-t-il.

— Ce n'est pas un manque de confiance, c'est seulement des leçons que j'ai apprises de la vie.

— C'est-à-dire ?

— J'ai vécu peu d'histoires sérieuses, et c'est toujours la personne avec qui j'étais qui m'a quittée ou m'a fait comprendre qu'il ne voulait rien d'autre que du sexe.

— Donc tu me compares à tes ex ou à des plans cul ? s'amusa-t-il soudainement. C'est super blessant, mocheté. Je pensais être l'homme de ta vie, moi !

Emily ne put se retenir de rire devant sa légèreté. Isaac avait le don pour désamorcer les situations quand d'autres se seraient énervés. Avec lui, elle se sentait libre de dire le fond de sa pensée. S'il s'agaçait, c'était toujours parce qu'elle dépassait les bornes.

— L'homme de ma vie…, dit-elle en riant de plus belle.

— Arrête, je vais vraiment finir par me vexer.

— Le seul homme de ma vie, c'est mon père.

— Bon, je prends la place de l'homme de tes nuits, alors.

— Tu t'en contenteras ? lui demanda-t-elle avec malice.

— Pour l'instant. Mais tu verras qu'un jour, tu me diras que je suis l'homme de ta vie.

— Un jour, peut-être…

— Un jour, c'est sûr.

Ils restèrent allongés l'un contre l'autre, leurs jambes entrelacées, et Emily écouta studieusement les battements du cœur d'Isaac. Cette mélodie qu'elle découvrait et qu'elle adorait déjà.

— Tu devrais dormir, bébé. Tu vas être fatiguée demain.

— Je t'ai déjà dit de ne pas m'appeler bébé. J'ai passé l'âge. Et c'est vrai que je me lève dans trois heures…

— D'accord, ma mocheté. Dors maintenant.

— Tu aimes vraiment les surnoms, se moqua-t-elle.

— En fait, ça me fait plus marrer qu'autre chose. Mais je vois que tu t'es bien habituée à « mocheté ». Je sens que c'est ton préféré.

— C'est toujours mieux que « Tarsikova ». Au moins, je sais si tu es agacé ou amusé en fonction du surnom que tu utilises pour m'appeler.

— Moi, j'aimais bien quand tu m'as appelé « mon amour » la première fois qu'on est allés manger chez Karl machin.

— Karl Clément, rectifia-t-elle. Et avant que je t'appelle de nouveau « mon amour », de l'eau aura coulé sous les ponts.

— Pourquoi tu dis ça ?

— Je ne sais pas… Quand tu appelles quelqu'un comme ça, c'est que tu es amoureux de cette personne.

— Tu viens de me briser le cœur ! s'exclama-t-il en posant la main sur son torse d'un air faussement blessé. Tu insinues que tu n'es pas encore amoureuse ? Mais moi, je t'aime, mocheté. Ton appart, il vaut combien ? On va le revendre pour s'acheter un pavillon en banlieue, et faire un gosse. J'ai déjà réservé un labrador.

Emily rit de bon cœur, et Isaac succomba un peu plus en la voyant se comporter de façon si naturelle avec lui.

Très vite, ils laissèrent les taquineries de côté, puis ils firent l'amour avec une passion qui les enivra de bien-être. Emily s'endormit contre le torse d'Isaac, sous ses caresses, laissant ses sentiments s'accroître sous l'assaut de ses gestes et de ses paroles.

En passant la porte des arrivées de l'aéroport de Los Angeles, Emily vit une pancarte affichant « Little Fawn ». Elle se précipita vers celui qui la tenait, et son meilleur ami la prit dans ses bras.

— Je suis contente de te voir, mon Tommy, se réjouit-elle en embrassant ses joues bronzées.

— Et moi donc, Fawn. Tu as fait bon voyage ?

Tel un gentleman, il prit son sac de voyage, puis ils se dirigèrent vers la sortie.

— En classe business, le temps passe plus vite.

— Tu m'étonnes ! approuva-t-il. Personnellement, je ne pourrais plus voyager en classe économique. C'est tellement affreux de faire douze heures de vol dans des conditions si précaires. Il n'y a même pas de champagne !

— Je ne sais pas comment font les gens pour supporter ça, approuva Emily.

— Ils n'ont jamais connu la classe business. Je ne vois pas d'autre raison.

Une fois dans le SUV, ils quittèrent l'aéroport pour rejoindre la villa de Thomas sur les hauteurs de Los Angeles. Les deux amis se connaissaient depuis leurs dix-huit ans. Ils s'étaient rencontrés lors d'un shooting pour Georgio Armani. Depuis, ils avaient noué une amitié solide malgré les dizaines de milliers de kilomètres qui les séparaient.

La demeure était immense, ne comptant pas moins de six chambres, dont chacune possédait sa salle de bains attenante. Une piscine à débordement avec vue sur l'océan trônait non loin de la gigantesque terrasse qui desservait également un jacuzzi pouvant accueillir une dizaine de personnes.

— La femme de ménage a préparé ta chambre, l'avertit-il. Tu peux aller t'installer. Tu veux manger quoi, ce soir ?

— Je ne sais pas, qu'est-ce que tu proposes ?

Il appela son cuisinier qui leur conseilla des gambas flambées au whisky accompagnées de riz exotique. D'un signe de tête, Emily accepta avant de gagner ses appartements. Elle déposa son sac sur son lit, en soufflant de bien-être. Cette pièce lui était spécialement dédiée, personne d'autre qu'elle n'y dormait. Thomas l'avait fait décorer avec goût, elle s'y sentait chez elle pour y avoir vécu durant plus d'un an. Elle ouvrit la porte-fenêtre qui donnait sur la terrasse, sur laquelle se trouvaient une table et quelques chaises. Son regard se perdit sur la mer, le soleil se couchait en laissant un ciel rosé d'une beauté sans pareille. Voilà la vue qu'elle avait tant aimé admirer.

— Tu pourrais revenir vivre ici, tu sais ? lui proposa Thomas en s'appuyant sur la rambarde de la terrasse.

— Ne me tente pas. J'aime tellement cet endroit.

— Paris est aussi une belle ville, mais ce n'est pas L. A.

Elle s'appuya à son tour sur la rambarde en observant l'horizon. Le vent chaud balaya ses longs cheveux bruns. Elle ferma les yeux pour mieux le sentir caresser sa peau.

— Quand mon père sera mort, je reviendrai, déclara-t-elle en rouvrant les paupières.

— Je ne le souhaite pas, dit-il avec bienveillance, mais ce serait vraiment cool que tu reviennes ici. Tu me manques, Fawn.

— Toi aussi, tu me manques, Tommy, mais mon père a besoin de moi en ce moment. Il est entré en cure hier. Faut d'ailleurs que j'appelle les infirmiers pour savoir si tout s'est bien passé.

— J'espère qu'il s'en sortira. Sinon, ici, il y a les meilleurs centres de désintoxication du pays. Si ça ne fonctionne pas en France, tu pourrais l'y inscrire.

— Je mise tous mes espoirs sur celui dans lequel il est. Ils ont de bons résultats.

Pendant qu'elle défaisait son sac, Thomas s'allongea sur son lit. Ils discutèrent en riant de choses plus joyeuses. Ils prirent un verre de Martini blanc sur la terrasse, et se racontèrent leurs vies, qui ne se croisaient que trop rarement à leur goût.

— Little Fawn a trouvé un mec ! s'amusa Thomas. Un rappeur, en plus ! Je m'attendais à tout sauf à ça.

— Crois-moi, moi aussi ça m'a surprise.

— Et comment a-t-il bien pu te faire craquer ?

— Il m'a fait rire avant tout, il a essayé de connaître ma véritable personnalité sans s'attarder sur ce que les gens pensaient de moi. Il a fait tomber tous les barrages sans que je m'en rende réellement compte.

— Tu aurais dû lui proposer de venir. Ça m'aurait fait plaisir de le rencontrer.

— Je te le présenterai quand tu viendras me voir à Paris. Et toi, avec Adrian ? C'est toujours l'amour fou ?

— Non…, répondit-il tout bas. On est séparés.

— Mince, je ne savais pas ! Pourquoi tu ne me l'as pas dit ? Qu'est-ce qui s'est passé ?

— Comme je savais que tu venais, j'ai préféré attendre pour te le dire en face. Il m'a trompé pour un petit con plus jeune que moi. C'est vraiment dégueulasse, je l'aimais sincèrement.

— Je suis vraiment désolée, mon Tommy…

Le jeune homme regarda au loin, à deux doigts de fondre en larmes. Les désastres de l'amour venaient d'écorcher son cœur chamallow.

— Tout le monde a le droit au bonheur, le rassura-t-elle en lui prenant la main. Je suis certaine que quelqu'un t'attend quelque part.

Il lui sourit avec tendresse.

— Tu as toujours fait preuve d'une certaine classe à mon égard.

— Parce que tu es quelqu'un de bien, et que je suis convaincue que tu trouveras un homme qui sera digne de toi.

Il se leva pour la prendre dans ses bras, et déposa un baiser sur sa joue. Le repas leur fut servi peu de temps après.

— Tu veux sortir ce soir ? proposa Thomas en se laissant tomber au fond de sa chaise.

— Je suis fatiguée, bâilla-t-elle. Demain soir ?

— Va pour demain soir. Un ami a ouvert une nouvelle boîte de nuit, il faut absolument qu'on y aille.

— Est-ce que ça va encore être un endroit où des hommes sont nus dans des vitrines tout autour de la piste de danse ?

— Non, dit-il en riant. C'est un établissement tout ce qu'il y a de plus banal.

— À la bonne heure, souffla-t-elle de soulagement.

— Oh arrête, ce n'était pas si mal… La bonne époque où tu m'accompagnais dans des boîtes gays… Je m'en souviens, tu étais la seule femme à être acceptée.

— Parce que j'étais avec toi.

— Parce que tu es la grande Emily Tarsikova, la contredit-il. Ton nom ouvre toutes les portes du monde de la nuit.

— Si tu le dis…, répondit-elle tout bas. Au fait, tu as des nouvelles de tes parents ?

Il souffla, puis mit un gramme de *weed* dans son *grinder* pour pouvoir rouler un joint.

— Ça fait treize ans que, pour eux, leur fils aîné est mort, dit-il d'une voix à peine audible. Pourquoi est-ce que ça changerait maintenant ?

— Tu ne perds rien. Ce sont des êtres infâmes.

— Tu sais, le pire, ce n'est pas qu'ils m'aient jeté de chez eux alors que j'avais seulement seize ans parce qu'ils m'avaient surpris au lit avec un copain de classe. Ce qui me fait le plus mal, c'est que j'ai l'impression de n'avoir jamais existé pour eux. Ils ont aimé un fils qu'ils ne connaissaient pas vraiment, et quand ils m'ont réellement découvert, ils ont préféré m'abandonner plutôt que d'essayer de m'aimer tel que je suis.

— Moi, je t'aime.

— Je sais, dit-il en souriant.

Il alluma son joint, puis le tendit à Emily, mais elle refusa d'un signe de la main.

— Ce n'est pas ça qui va te faire replonger, la rassura-t-il.

— Peu importe que ce soit de la drogue douce ou dure, je ne veux plus jamais en prendre. Ça m'a apporté beaucoup trop de malheur.

— Moi, c'est le contraire, dit-il en soufflant un nuage de fumée. C'est ce qui m'aide à oublier.

Thomas et Emily avaient beaucoup souffert durant leur adolescence. Ils avaient tous les deux commencé à travailler très jeunes, plongeant dans les rouages d'un système qui les dépassait totalement. Leurs douleurs étaient différentes sur bien des points, mais elles étaient toujours ancrées en eux, marquées au fer rouge sur leurs âmes abîmées.

Avec Thomas, Emily sortit presque toutes les nuits, arpentant les plus grandes discothèques de Los Angeles. Thomas avait son réseau et, grâce à la notoriété internationale d'Emily dans le milieu de la mode, ils furent à chaque fois accueillis comme des rois.

À ses côtés, Emily était elle-même. Elle savait qu'elle pouvait rire, se confier ou encore pleurer devant lui sans qu'il la juge ou se moque un seul instant. Thomas était son pilier dans ce monde qu'elle ne comprenait pas toujours. Ils ne se voyaient qu'une ou deux fois par an, mais ils mettaient ce temps à contribution pour profiter au maximum l'un de l'autre. Il était une Emily au masculin, son alter ego, pouvant créer un scandale pour son simple plaisir, ou bien donner un pourboire de deux cents dollars à une jeune serveuse qui devait être étudiante.

Ce qu'elle appréciait chez lui, c'était qu'ils pouvaient dépenser leur argent ensemble. Les autres amis d'Emily ne gagnaient pas aussi bien leur vie qu'elle, et elle était parfois gênée de s'acheter des choses hors de prix devant eux. Quand elle était avec Thomas, l'argent leur brûlait les doigts. Ils s'offraient tout ce qui leur faisait plaisir : vêtements, sacs, bouteilles de champagne, restaurants étoilés, suite royale, spa, tout était prétexte à dépenser sans compter. Avec lui, elle pouvait réellement mener la belle vie. Ils étaient conscients que tout cela n'était que de la poudre aux yeux, mais ils adoraient ça. Rien n'était jamais trop cher pour eux. Les contrats d'Emily se négociaient à prix d'or, tout comme ceux de Thomas.

Les agences de mannequinat avaient d'ailleurs eu vent de la fin du contrat d'Emily, et les propositions affluaient dans sa boîte mail. Les salaires proposés étaient tous aussi indécents les uns que les autres. Elle ne put s'empêcher d'éprouver une certaine satisfaction, en se disant que la TSA Model Agency se mordrait les doigts quand ils la verraient défiler pour les plus grandes maisons de haute couture. Louis s'était trompé, elle avait vingt-six ans, mais elle était encore loin de la retraite.

Depuis L. A., elle envoya à son avocat et à son comptable spécialisés dans le domaine du mannequinat quelques propositions qu'elle avait retenues afin qu'ils lui indiquent laquelle était le plus à son avantage. Évidemment, elle les enverrait négocier pour grossir son salaire, car rien dans ce monde ne se faisait sans contre-proposition. Il lui faudrait aussi engager un nouvel agent, mais elle n'avait pas la tête à se lancer dans une session de recrutement pour l'instant.

— Tu es prête ? lui demanda Thomas en la rejoignant dans la salle de bains. Wahou ! Tu as sorti le grand jeu !

Emily avait attaché ses cheveux en une haute queue-de-cheval. Sa robe bustier noire s'arrêtant à mi-cuisse lui donnait une allure de femme fatale.

— *My Fawn*, ricana-t-il en observant le trait d'eye-liner qu'elle avait dessiné sur ses paupières.

— Je sais que tu aimes quand j'ai des yeux de biche.

— Aucun homme ne pourra prétendre le contraire.

Ils posèrent ensemble sur un selfie qu'elle publia sur sa page Instagram. À peine une minute plus tard, les likes et commentaires pleuvaient dessus. Comme d'habitude, Emily n'en lut pas une ligne. Elle se fichait éperdument de ce que les gens qui la suivaient sur les réseaux pensaient d'elle.

Ils firent la fête, buvant démesurément, dansant l'un avec l'autre dans une complicité qui ne les avait jamais quittés malgré les années qui s'écoulaient. Quelques heures plus tard, ils rentrèrent complètement soûls chez Thomas. Comme elle ne tenait presque plus sur ses jambes, il l'aida à se déshabiller, et la borda dans son lit comme une enfant. Il la laissa en lui souhaitant bonne nuit.

Emily saisit son téléphone sur la table de nuit, puis tenta d'appeler Isaac. Cela faisait quatre jours qu'ils ne s'étaient pas parlé. Il lui avait envoyé un message le matin même pour prendre de ses nouvelles, mais elle avait complètement oublié d'y répondre. Les tonalités défilèrent, mais il ne décrocha pas. Sa seconde tentative fut également vaine. Il n'était que 16 heures à Paris, il devait sans doute être occupé. Elle reposa son mobile sur sa table de nuit avant de plonger dans un profond sommeil.

— Mademoiselle Tarsikova, on vous attend, l'avertit une assistante.

Emily soupira en regardant son téléphone : elle n'avait toujours pas de nouvelles d'Isaac alors qu'elle tentait de le joindre depuis trois jours.

— Anna ? appela-t-elle son assistante, qui l'avait rejointe. Essaye de savoir ce que fait Isaac.

— Comment je pourrais le découvrir ?

— Je n'en sais rien ! s'énerva-t-elle. Trouve un moyen, appelle sa mère, s'il le faut. Je veux savoir pourquoi il ne répond pas à mes appels et à mes messages.

— Je vais essayer.

— N'essaye pas, Anna. Fais-le !

La jeune femme baissa les yeux tandis que ceux d'Emily se levaient au ciel. Elle n'était pas d'humeur à supporter la susceptibilité de son assistante aujourd'hui.

Elle rejoignit le studio où un mannequin suédois, Neil Browsi, l'attendait. Ils s'étaient vaguement parlé avant la séance photo, et Emily avait compris qu'il était professionnel quand ses yeux ne s'étaient pas attardés sur son corps presque nu. C'était le genre d'homme qui avait l'habitude de poser avec des femmes sublimes. Le fait qu'il parvienne à la regarder sans baver devant elle l'avait mise en confiance. Ils posèrent ensemble pour la marque de sous-vêtements Calvin Klein, allongés l'un contre l'autre dans un lit. Ils répondirent docilement aux souhaits du photographe qui voulait que les clichés soient sensuels sans tomber dans la vulgarité.

— J'adore ! se réjouit celui-ci.

À la fin de la séance, il les remercia chaleureusement pour leur travail, et leur promit de leur envoyer les photos qu'il publierait prochainement.

— Alors ? demanda Emily à Anna en la rejoignant dans sa loge. Tu sais pourquoi Isaac ne répond pas ?

— J'ai essayé de le joindre, mais sans succès.

— Pourquoi est-ce que je te paye si tu n'es pas capable de réussir à faire ça ? Ce n'est pas compliqué, pourtant !

— Il a peut-être perdu son téléphone…

— Je n'y crois pas une seconde. Trouve le moyen de lui dire de m'appeler dès qu'il le peut.

— Oui, Emily, murmura Anna d'une voix peu assurée.

Ses joues rondelettes s'empourprèrent, et si Emily n'avait pas été aussi énervée contre Isaac, elle aurait pu s'en vouloir de la mettre dans un état pareil.

Pour sa dernière soirée à Los Angeles en compagnie de Thomas, ils choisirent de rester chez lui à regarder des films qu'ils adoraient dans sa salle de cinéma. De temps en temps, Emily se risquait à jeter un coup d'œil à son téléphone, mais celui-ci n'affichait toujours aucun message d'Isaac. Anna avait réussi à le contacter, il lui avait simplement dit que cela ne la regardait pas. Emily avait fulminé en répondant que ça la regardait, elle, et qu'il lui devait des explications sur son silence. Peut-être avait-il cédé aux recommandations de ses amis de ne pas rester à ses côtés ?

Le moral à zéro, elle publia les photos de son shooting prises deux jours plus tôt sur son compte Instagram.

Elle avait la fâcheuse impression que son couple avait avorté, sans en comprendre réellement les raisons. C'était bien la première fois qu'un homme la quittait de cette manière. Pas d'explications, donc aucun droit de se défendre sur ce qu'elle avait pu faire de mal. Comme à son habitude, elle se blinda au maximum pour qu'il ne sache pas qu'elle était blessée par son attitude. Elle décida de l'imiter en cessant d'essayer de l'appeler ou de lui envoyer des messages.

Emily se convainquit qu'Isaac n'avait finalement été qu'un bonheur éphémère dans sa vie.

23. Arrête de faire ta star

Cela faisait une semaine qu'Emily était de retour à Paris. Elle réalisait au fusain le coucher de soleil qu'elle avait tant aimé observer à Los Angeles. Dessiner était pour elle une manière de vider son esprit, qui se lançait ainsi dans une introspection.

Elle n'avait toujours pas de nouvelles d'Isaac, et, bien qu'elle tentât de se le sortir de la tête, de nombreuses questions restaient encore sans réponse. La mannequin n'était plus de celles qui insistaient pour qu'un homme reste dans sa vie. Elle avait bien trop souffert par le passé de ce genre de comportement pour retomber dans ce genre de spirale infernale.

Ce jour-là, son état d'esprit n'était pas à la fête. Pour se mettre un peu de baume au cœur, et parce que, finalement, ça ne faisait pas de mal, elle entra dans un petit restaurant turc près de chez elle pour s'offrir un kebab. Le cuisinier la salua gentiment, puis Emily comprit qu'elle devait lui indiquer ce qu'elle souhaitait manger. Elle lui désigna la viande qui grillait derrière le comptoir, puis se laissa guider par le chef pour les accompagnements et les sauces. Le jeune homme lui proposa de patienter à une table derrière elle le temps qu'il prépare sa commande. La télévision accrochée au mur diffusait des clips dont elle ne connaissait pas les chansons ; elle se laissa aller contre sa chaise en fixant l'écran.

Lorsqu'elle entendit des rires gras sur sa gauche, et que ses yeux rencontrèrent ceux de Madou, Emily se maudit de ne pas s'être cuisiné une énième salade. Tout le groupe Gravity était entré dans le restaurant, et il ne fallut que quelques secondes pour que chaque membre remarque sa présence. Elle se retint de déglutir et refusa d'écouter les battements vigoureux de son cœur. Emily savait déjà que cette rencontre allait tourner à l'affrontement, car aucun n'allait se gêner pour la charrier de se trouver dans un endroit si loin de son monde, mais ce n'était rien en comparaison du regard glacial qu'Isaac lui lança. Habituellement, le givre et le froid émanaient d'elle, mais cette fois, ce fut bien elle qui frissonna.

— Salut Emily Jolie, lui lança Madou avec un sourire crispé. Ça fait longtemps qu'on ne s'était pas vus.

Elle s'apprêtait à répondre quand Hakim la coupa :

— Depuis quand tu manges des kebabs ? Tu es plutôt du genre à aller dans des restaurants étoilés avec des gens comme toi.

Emily fut surprise qu'aucun ne rebondisse pour l'insulter davantage. Sans qu'elle sache pourquoi, leurs visages affichaient un air plus colérique que méprisant, contrairement à d'habitude.

De son côté, Emily garda une expression neutre, comme si elle s'ennuyait à mourir face à une situation qui ne la touchait pas le moins du monde. Au fond d'elle, elle n'avait qu'une envie, observer Isaac, mais elle se refusa à le faire pour ne pas lui accorder ouvertement la moindre importance.

— Qu'est-ce que tu fais là, Emily ? la questionna Aidan.

— Je viens juste chercher à manger. J'ai le droit, non ? Si vous n'êtes pas contents, changez de resto, et foutez-moi la paix.

— Tu n'as jamais mangé de kebab, et là, on te croise, s'amusa-t-il faussement. Comme par hasard.

— Tu crois que je lis dans vos pensées et que j'ai anticipé votre venue ici ? Apparemment, devenir père t'a fait perdre des neurones.

Évidemment, Emily savait où taper et comment faire mal. D'ailleurs, Aidan lança un regard lourd de sens à Isaac, qui fit immédiatement barrage entre son groupe et elle. Finalement, il n'était pas si indifférent à la situation. Elle faillit tomber de sa chaise quand Hakim ordonna aux garçons de s'éloigner pour leur laisser un peu d'intimité. Depuis quand il se montrait un brin sympathique ?

— Ça va ? s'enquit Isaac en s'asseyant face à elle.

— Tu joues au mort depuis trois semaines, et la seule chose que tu trouves à me demander, c'est : ça va ?

— C'est un moyen de commencer une conversation, lui expliqua-t-il comme si elle était une enfant.

— Ah, parce que maintenant, tu veux discuter avec moi ? Ne te donne pas cette peine, et va retrouver les connards qui te servent d'amis.

— Et toi, Tarsikova, tu as bien profité de tes amis à L. A. ?

La question la surprit au point qu'elle haussa ses sourcils fraîchement épilés. Elle mit plusieurs secondes à comprendre où il voulait en venir.

— Ne me dis pas que tu ne me donnes aucune nouvelle à cause de la photo de Thomas et moi sur mon compte Instagram ? dit-elle en riant jaune.

— Pour quelqu'un qui a un master en droit de je ne sais pas quoi, tu as mis du temps à le comprendre. Je n'ai pas spécialement apprécié que ma copine pose avec un mannequin hollywoodien. Surtout quand il met une main sur sa taille, et que ses seins sont à vingt centimètres de son visage.

— Et toi, ça se voit que tu n'as aucun diplôme. Si tu avais appris à réfléchir, tu m'en aurais parlé, et je t'aurais expliqué que Thomas est un ami d'enfance et qu'on est sortis en boîte pour lui changer les idées parce que son petit ami l'a plaqué. Son petit ami, je répète. Parce qu'il est gay. Eh oui.

Isaac plissa le front. Il n'avait jamais envisagé cette possibilité et se retrouva comme le dernier des cons face à une lionne prête à le déchiqueter.

Leur échange de regards à la fois désolé pour l'un et furieux pour l'autre se brisa lorsque le cuisinier appela Emily pour l'avertir que sa commande était prête. Lorsqu'elle se leva et passa devant Isaac, il lui attrapa la main pour la stopper. Emily fixa ses yeux sur ses doigts.

— Tu veux manger avec nous ? proposa-t-il en passant son pouce sur sa paume.

— Pour me faire insulter ? Merci, mais non merci. À l'avenir, calme tes amis, sinon je vais devoir le faire moi-même, et ils risquent de ne pas apprécier.

— Vu la démonstration de tout à l'heure, je crois qu'ils ont compris le message.

— S'ils sont aussi stupides que toi, je vais devoir réitérer.

Elle retira sa main d'un geste rageur, puis fila vers la caisse. Craignant que le restaurateur pirate sa carte bancaire, elle lui tendit un billet de cinquante euros, et vérifia discrètement le compte de la monnaie. Elle saisit le sac contenant sa commande, et passa entre les garçons qui attendaient leur tour. Elle garda la tête haute, le regard au loin, comme si elle marchait sur un podium en méprisant les regards qui la dévisageaient durement.

Aux alentours de minuit, Emily reçut un message d'Isaac qui ne la surprit pas. Elle savait que ce n'était qu'une question de temps avant qu'il ne revienne vers elle. Il avait agi sans réfléchir et s'était senti stupide lorsqu'elle lui avait annoncé l'homosexualité de son meilleur ami. Sa jalousie n'avait pas de raison d'être.

De Trésor : Je peux passer ? Je suis désolé pour mon silence. Laisse-moi venir pour qu'on puisse s'expliquer.

À Trésor : Tu t'expliqueras quand je serai disposée à t'écouter, et là, je n'en ai aucune envie.

De Trésor : Tu es relou…

À Trésor : Moi, au moins, je te réponds quand tu essayes de revenir vers moi. Rappelle-toi que tu n'as pas eu cette indulgence alors que je n'avais pourtant rien fait de mal.

De Trésor : Je suis en bas de chez toi.

À Trésor : Tu es illettré ou quoi ? Je t'ai dit que je ne voulais pas te voir.

De Trésor : Ça me fait plaisir que tu le prennes comme ça. Je monte, du coup.

À Trésor : Non, Isaac !

De Trésor : Oui, c'est bon, j'arrive, bébé ! Laisse-moi le temps de monter les trois étages. Tu es si pressée que ça ?

À Trésor : Rentre chez toi, Mehla.

De Trésor : Toi aussi, tu m'as manqué, mon amour. Allez, ouvre la porte, n'oublie pas que j'ai un double des clés de chez toi. Que tu le veuilles ou non, on aura cette discussion.

Emily se précipita vers la porte d'entrée pour mettre sa clé dans la serrure afin d'empêcher Isaac d'insérer la sienne, mais trop tard, celle-ci était déjà à l'intérieur. Elle jura en observant la porte s'ouvrir sur Isaac. Elle comprit que, quand il avait envoyé le premier message, il n'était pas en bas de chez elle, mais déjà sur son paillasson. Il avait pensé à avoir un coup d'avance sur elle, devinant qu'elle refuserait de le laisser monter.

— Sors d'ici, lui ordonna-t-elle.

Il lui sourit d'amusement, puis retira sa veste pour l'accrocher au portemanteau de l'entrée. Ensuite, ce furent ses chaussures qui volèrent. Sans lui répondre, il passa devant elle pour se rendre dans la cuisine et s'attela à leur préparer du thé.

Emily prenait sur elle pour ne pas lui éclater une tasse en porcelaine sur le coin du crâne. Cependant, elle condamnait la violence envers les femmes de la même manière que celle envers les hommes.

— Tu n'as plus de thé à la pomme ! Tu préfères agrumes ou vanille ?

— Aucun, je veux que tu partes !

Il rejoignit le salon, Emily sur ses talons. Il déposa une tasse fumante sur la table basse, puis s'installa sur le canapé en soufflant sur sa boisson.

Exaspérée par son comportement puéril, Emily fila s'enfermer dans sa chambre. Elle fulminait qu'il ne fasse pas ce qu'elle lui demandait, qu'il se moque de son envie de le voir sortir de son appartement. Il faisait ce que bon lui semblait, et elle assistait à ça, totalement impuissante.

Une vingtaine de minutes passèrent pendant qu'elle essayait de retrouver son calme en regardant une série sur son ordinateur portable. Elle ne pouvait pas chasser Isaac de chez elle, mais elle ne comptait pas non plus appeler la police. Elle espérait qu'il se lasserait, mais de petits coups frappés à la porte de sa chambre la contredirent.

— Laisse-moi, Mehla !

— Ouvre.

— Pars !

La poignée s'abaissa, puis, comme précédemment, Isaac entra sans autorisation. Il s'allongea à ses côtés, elle lui tourna le dos en posant son ordinateur portable devant elle. D'un geste calme, il ferma l'ordinateur tandis qu'Emily soufflait d'agacement.

— Dis-moi ce que tu as à me dire, qu'on en finisse, concéda-t-elle sans se retourner.

Il déposa une main chaude sur la taille de la mannequin, et son pouce caressa sa hanche avec douceur.

— Je m'excuse d'avoir mal réagi, lâcha-t-il d'une voix basse. Tu as raison, j'aurais dû t'en parler, mais je me suis laissé influencer par mes amis et leurs « Tu vois, on t'avait prévenu, elle a déjà trouvé un autre mec ».

Il ne vit ni les yeux d'Emily qui se fermèrent ni la peine sur son visage, reflétant la blessure que ses propos lui infligeaient. Il avait préféré écouter ses potes plutôt que parler ouvertement avec elle.

— Tu sais, si je l'ai mal pris, c'est parce que je te considère réellement comme ma copine.

— Considérais, corrigea-t-elle en rouvrant les paupières.

— Em, regarde-moi.

— Je veux que tu partes.

Sa main sur sa taille la força avec douceur à se retourner vers lui pour pouvoir apercevoir ses yeux noisette.

— Je vais sortir de chez toi, mais avant, il faut que tu saches que je tiens à nous. C'est pour ça que j'étais comme un fou quand j'ai vu la photo. C'est vrai que j'aurais dû t'appeler, mais tu ne me donnais pas de nouvelles depuis trois jours, et tu n'avais pas répondu au message que je t'avais envoyé le matin même. Je me suis dit que tu avais trouvé mieux : un homme plein aux as, beau comme un dieu, avec une bonne situation.

— Alors tu penses vraiment que je suis une femme intéressée ?

— Non, ricana-t-il tristement. Je pense que tu es une femme connue et reconnue dans le monde, et que tu n'as pas envie de t'afficher avec un rappeur qui ne sait même pas quelle fourchette utiliser dans un restaurant étoilé.

Isaac détourna le regard en mordillant nerveusement l'intérieur de sa joue. Cette confession lui coûtait, mais Emily l'apprécia tant qu'elle en fut décontenancée. Elle déposa sa main fine sur le côté du visage d'Isaac, lui demandant silencieusement de revenir vers elle.

— Je n'ai jamais pensé une telle chose, répondit-elle dans un murmure. J'étais bien, avec toi. Tu m'as fait rire quand plus personne n'y arrivait, tu as été présent pour moi quand mon père allait mal, tu m'as fait manger dans un foutu foyer malien.

Isaac ne put retenir un franc sourire à l'évocation de ce souvenir.

— Je pensais que tu avais oublié ça.

— Tu l'as dit toi-même : je n'oublierai jamais cette soirée.

Isaac embrassa la commissure de ses lèvres. Le cœur de la jeune femme fondit à ce geste, tout comme la rancune qui l'animait un peu plus tôt.

— On s'est expliqués, je ne vais pas t'embêter plus longtemps. Bonne nuit, mocheté. Donne-moi de tes nouvelles à l'occasion.

Ces mots résonnèrent comme un adieu, tordant les tripes d'Emily. Isaac se leva, mais elle ne put se résoudre à ce qu'il la quitte. Quand elle prit sa main dans la sienne pour lui intimer de rester, une réalité s'immisça en elle. Emily avait de réels sentiments pour cet homme. Elle ne voulait pas qu'il parte, mais qu'il l'étreigne de ses bras chauds, que sa bouche la caresse. Le besoin de le retrouver avait surpassé sa fierté, et il n'était pas dans ses habitudes d'abdiquer aussi facilement.

Leurs yeux se contemplèrent durant de longues secondes, aucun mot ne fut prononcé. Sans se concerter, comme un seul corps, ils s'embrassèrent avec fougue et passion. Leurs êtres et leurs esprits se retrouvèrent et se lièrent pour enterrer cette sombre dispute.

Le couple passa la journée suivante ensemble, tantôt à discuter, tantôt à succomber aux plaisirs charnels. Isaac avait réussi à convaincre Emily de l'accompagner pour une surprise. La jeune femme détestait ça. Dès qu'elle ne tenait pas les rênes de son emploi du temps, un sentiment de malaise la saisissait. Pourtant, avec Isaac, elle se laissait porter par sa légèreté et sa bonne humeur.

Habillée d'une robe Prada et de bottines Jimmy Choo, Emily ne doutait pas de son charme, et le regard conquis d'Isaac le lui confirma. Il l'emmena dans le 18e arrondissement de Paris, jusqu'à une salle de spectacle. La mannequin apprécia le fait de passer devant la queue qui patientait sagement grâce à son petit ami qui connaissait les agents de sécurité. Ils montèrent à l'étage, puis traversèrent un long couloir sombre. Lorsqu'ils pénétrèrent sur le balcon du théâtre, Emily se figea en voyant les autres spectateurs avec qui ils devraient le partager. Elle recula d'instinct, jusqu'à sortir complètement de la salle.

— Ne panique pas, lui dit Isaac. On va juste voir un show de hip-hop. Ce sont des amis qui dansent.

Elle lui lança un regard acéré. De l'autre côté de la porte se tenait le groupe d'Isaac, qui n'avait rien raté de la scène.

— Ça ne me dérange pas que tu passes du temps avec eux, c'est même normal, mais ne me demande pas d'en faire autant. Eux et moi, ça n'a jamais collé, et ça ne collera jamais.

— Si tu ne leur laisses pas une chance, comment veux-tu que cela fonctionne ?

Emily se questionna sur la raison de son insistance. Puis, elle se rappela que ses amis étaient comme une seconde famille pour lui, et qu'il était normal qu'il souhaite rapprocher les personnes qu'il aimait.

La porte s'ouvrit brutalement sur Madou et Aidan. Une atmosphère lourde s'imposa dans le couloir sombre.

— Vous ne venez pas vous asseoir ? demanda le premier.

— Je crois plutôt qu'Emily est à deux doigts de se pendre, railla Aidan.

— Je ne peux pas te contredire, soupira-t-elle. Je ferais mieux de rentrer chez moi.

Isaac sentit la déception le gagner. Peut-être était-ce trop tôt pour Emily ? Il avait visiblement sous-estimé son animosité face à sa famille de cœur.

— Allez, viens, Emily Jolie, l'encouragea Madou. Je te promets qu'on ne t'embêtera pas. On sera sages. Regarde notre petit Iz, il est tout malheureux à l'idée que tu partes.

— Arrête de faire ta star, lui dit Aidan d'un air las. On ne va pas non plus te supplier.

— Je ne fais pas ma star, asséna-t-elle.

— Alors, prouve-le et pose ton cul sur un des fauteuils. Le spectacle va commencer dans deux minutes.

Emily sentit l'agacement la titiller. Aidan la provoquait, mais elle ignorait si c'était pour qu'elle reste et ne pas décevoir Isaac, ou parce qu'il la trouvait réellement insupportable. Elle revêtit son masque venu de l'Arctique, et passa devant lui pour aller s'installer. Ce n'était pas céder, mais plutôt répondre à cette attaque de manière intelligente. Sur le balcon, tous les regards se tournèrent vers elle. Elle articula un petit « salut » peu amène, qu'ils lui rendirent sur le même ton, avant de s'asseoir sur un siège. Isaac la rejoignit, et déposa une main chaude sur sa cuisse d'un geste rassurant. Ils s'observèrent et, sans se parler, ils se comprirent. Lui était reconnaissant du pas qu'elle venait de faire, et elle le mettait en garde, lui indiquant qu'elle prenait sur elle pour le moment.

Emily fut impressionnée par la performance des danseurs qui se mouvaient sur une musique urbaine dans des chorégraphies synchronisées. Tout était parfaitement ficelé et d'une beauté absolue. Elle s'imaginait déjà les centaines d'heures de répétition qui avaient dû être organisées pour que tout soit aussi bien réussi. Finalement, le hip-hop n'avait rien à envier au classique.

Lorsque les lumières se rallumèrent et que les applaudissements se turent, marquant la fin du show, Emily suivit Isaac et ses comparses jusque dans les coulisses pour rejoindre leurs amis danseurs. Dans l'immense loge, tous se saluèrent chaleureusement, les garçons prirent leur temps pour féliciter chacun des artistes. Ne connaissant personne et n'ayant pas envie de s'imposer, Emily se mit de côté dans un angle de la pièce en attendant l'heure du départ.

— Qu'est-ce qu'Emily Tarsikova fait à un spectacle de hip-hop ? lui demanda un jeune homme métissé en s'approchant d'elle.

À son sourire, Emily comprit que cela n'était pas une moquerie, mais simplement une façon de commencer la conversation.

— J'ai beaucoup aimé votre performance, répondit-elle en éludant sa question. Ça ne vaut pas la Eight-Team de New York, mais c'était très sympa.

— Si tu nous compares aux Américains qui ont appris à danser dans le Bronx parce qu'ils n'allaient plus à l'école, on est effectivement un niveau en dessous. Au fait, je m'appelle Timothée.

— Emily, enchantée.

— Je sais qui tu es. Tu veux boire un verre ? Tu me fais de la peine, toute seule dans ton coin.

Son sourire n'avait pas quitté ses lèvres brunes depuis le début de leur échange, et son regard pétillant encouragea Emily à le suivre près d'une table sur laquelle se trouvaient du champagne et des mignardises. Il lui tendit une coupe, et en prit également une pour lui.

— Du coup, tu ne m'as pas dit comment tu t'es retrouvée à notre spectacle, et surtout dans cette loge.

— Je suis venue avec Isaac, expliqua-t-elle.

— Tu es sa copine ?

— Oui, on est ensemble.

— Eh ben, souffla-t-il. Il y en a qui ne s'embêtent pas.

Emily fronça les sourcils à ces mots, ne comprenant pas où il voulait en venir.

— Je l'ai vu il y a deux semaines avec une autre femme en boîte de nuit, poursuivit-il, mais ça devait être seulement une amie à lui.

Il y a deux semaines, Emily était encore à Los Angeles. Elle ignorait qu'Isaac était sorti en boîte avec des filles. Elle n'eut pas le temps d'y réfléchir avant que Timothée enfonce le clou.

— Enfin, une amie très proche…

— Qu'est-ce que tu insinues ? s'agaça-t-elle.

— Que, pour embrasser une fille, faut être forcément proche d'elle.

— Isaac a embrassé une fille en boîte il y a deux semaines ?

Le ton qu'elle avait employé ne laissait aucun doute sur la colère qui imprégnait chaque pore de sa peau.

— Je ne veux pas semer le trouble entre vous…, hésita-t-il.

— Réponds à ma question.

— C'est ce que j'ai vu, mais je me suis peut-être trompé, c'était sans doute quelqu'un d'autre.

— C'était lui ou pas ? insista-t-elle d'une voix blanche.

— Je pense que oui.

Une rage froide gronda en elle. Cependant, comme à son habitude, elle ne laissa rien paraître, gardant son masque de femme inébranlable sur son visage. Emily ne connaissait pas cet homme, peut-être qu'il lui mentait, ou peut-être pas. Timothée changea de sujet au moment même où Emily sentit une main ferme sur sa taille.

— On y va ? lui demanda Isaac en toisant le danseur du regard.

Elle opina simplement avant de se diriger vers la sortie, sans même un au revoir à Timothée.

— Je te laisse cinq minutes toute seule et tu te fais draguer par le plus gros connard que je connaisse.

— Il m'a dit que tu avais embrassé une fille en boîte de nuit, il y a deux semaines.

Isaac s'arrêta de marcher pour lui faire face ; son regard était dur comme la pierre. La seule fois où Emily l'avait vu ainsi, c'était lorsqu'ils étaient sur le quai du métro et qu'un homme l'avait embrassée sans son consentement.

— On va régler cette histoire tout de suite, trancha-t-il.

24. L'addition sera salée

Isaac fit demi-tour, passa entre son frère et ses amis qui le regardèrent sans comprendre.

— Laisse tomber, Isaac ! s'exclama Emily en le suivant.

— Le mec ment à ma copine, me manque de respect, et je ne dois rien faire ?

— De quoi tu parles ? s'enquit Hakim, qui était lui aussi sur leurs talons.

Le cadet garda le silence ; quand il entra dans la loge, il se précipita vers Timothée, qui sembla s'amuser de la situation.

— Ça t'amuse de raconter des conneries à ma copine ? siffla Isaac en réduisant la distance entre eux.

— Si tu n'assumes pas ce que tu fais, mec, ce n'est pas mon problème.

— Je n'ai rien à assumer, parce que je n'ai rien fait. Je ne suis pas assez con pour tromper une femme comme elle. Maintenant, soit tu avoues que tu lui as menti, soit toi et moi on sort, et on règle ça entre hommes.

— Isaac, je t'assure que je m'en fiche, tenta Emily en lui prenant le bras. Viens, on s'en va.

Il se défit rapidement d'elle, puis Emily sentit une main sur son épaule. Elle se retourna pour voir Madou qui la fit reculer de quelques pas.

— Il ne vaut mieux pas que tu te prennes une gifle si ça dérape. Ce qui risque certainement d'arriver.

Depuis quand il se souciait de sa sécurité ? Aidan, Madou et Antoine rejoignirent les deux hommes qui se regardaient en chiens de faïence, tandis que Hakim restait auprès de Mélissa, Aly et Emily. Des amis de Timothée se positionnèrent à ses côtés. Les deux groupes se toisèrent avec une certaine défiance alors que, quelques minutes plus tôt, ils festoyaient ensemble.

— OK, on sort, concéda Timothée.

— Calmez-vous, les gars ! intervint un de ses collègues. Vous n'allez pas vous foutre sur la gueule pour ça, quand même ?

— Avoue que tu lui as menti parce que tu voulais la ramener chez toi, ordonna Isaac entre ses dents.

— Qui n'en aurait pas envie ? dit Timothée en riant. Quand tu sors avec une bombe, faut pouvoir assumer, derrière. Ta copine, c'est une putain de bonnasse. Tous les mecs de cette pièce se couperaient un bras pour pouvoir la baiser.

Personne n'eut le temps de réagir : Isaac envoya un direct dans le nez du danseur, qui recula sous l'effet du choc. Sa violence déclencha une bagarre générale entre les deux clans. Aidan réalisa un chassé dans le ventre de l'un d'eux, tandis qu'Antoine se prit une gifle avant d'en renvoyer une. Isaac se précipita sur Timothée pour le frapper à nouveau au visage. Hakim avait les poings serrés, il fit reculer les filles rapidement jusqu'au fond de la pièce avant d'aider Madou et d'autres garçons à arrêter la bagarre. Il poussa brusquement l'un d'eux qui s'apprêtait à frapper son frère. À son visage, Emily devina qu'il prenait sur lui pour ne pas céder à la violence, mais elle n'en comprit pas la raison. De tous, c'était lui qui était le plus bagarreur. Il attrapa son cadet par la taille pour le forcer à reculer. Il lui parla fermement en lui ordonnant de se calmer, tandis que les yeux hargneux d'Isaac continuaient de fixer son rival.

— Ta copine, je la baise ! hurla Timothée qui lui aussi semblait avoir du mal à se contrôler.

Isaac poussa Hakim, mais ce dernier l'attrapa de justesse pour le faire battre en retraite. Sans que personne s'y attende, ce fut l'aîné qui frappa le danseur avec une telle force que ce dernier tomba au sol. Tous les regards s'arrêtèrent sur ce geste. Le combat était à présent terminé. Un silence de plomb enveloppa l'atmosphère chargée d'électricité. Sans dire un mot, Isaac prit Emily par le bras pour l'entraîner vers la sortie. Le reste du groupe suivit rapidement.

Ce n'était pas la première fois qu'Emily assistait à une bagarre entre garçons, mais le fait qu'elle ait lieu pour – ou à cause – d'elle était nouveau. Elle culpabilisa en se disant qu'elle aurait dû garder pour elle ce que Timothée lui avait révélé, et s'en voulut d'avoir gâché la soirée de tout le monde. Elle n'avait pas imaginé qu'Isaac s'emporterait de cette manière. Elle savait qu'il était loin d'être un enfant de chœur, mais de là à se battre pour quelque chose d'aussi futile…

Une fois à l'extérieur, Emily respira l'air frais en passant la main dans ses cheveux qui tournoyaient au vent. Aly examinait les doigts d'Aidan, qui grimaçait de douleur, tandis que Mélissa s'asseyait à même le trottoir. Hakim s'agenouilla près d'elle, et lui murmura des paroles sans doute rassurantes. Le visage de la belle rouquine était livide, ses yeux regardaient le vide, elle semblait choquée de cette bagarre.

— Elle ne supporte pas la violence, expliqua Isaac à Emily en fumant nerveusement une cigarette. Encore moins la vue du sang.

— Je peux le comprendre.

— Crois-moi, tu ne pourras jamais comprendre ça, lui dit Madou dont le visage triste observait Mélissa.

— Pourquoi tu me dis ça ? lui demanda Emily sans saisir où il voulait en venir.

— Mel a vécu des choses affreuses, lui expliqua-t-il. Tu ne peux même pas t'imaginer, ça te traumatiserait. D'ailleurs, elle en est traumatisée… Si elle ne supporte pas la vue du sang, c'est parce qu'elle en a justement trop vu dans sa vie.

Hakim aida sa copine à se remettre sur ses jambes, puis lui embrassa le front en lui caressant la nuque. C'était la première fois qu'Emily le voyait faire preuve d'une marque d'affection aussi tendre envers quelqu'un. Une onde protectrice semblait émaner de lui pour envelopper Mélissa, qui se lova contre son torse. Avec ses ex, Emily n'avait jamais vu Hakim se comporter avec autant de douceur. Elle avait l'impression de découvrir un autre homme. Elle lui avait souvent reproché de la juger sans la connaître réellement, mais à cet instant, elle se rendit compte qu'elle avait agi de la même manière à son égard. Hakim ne semblait pas être l'homme froid et sans pitié qu'elle imaginait.

— On va chez moi ? proposa Antoine.

Tous acquiescèrent, même Mélissa que Hakim venait de faire sourire par on ne sait quel miracle. Il entrelaça ses doigts aux siens, Aidan passa son bras sur l'épaule d'Aly, puis ils commencèrent à marcher dans les rues de la capitale qui s'endormait. Les deux couples affichaient ouvertement leur amour, tandis qu'Isaac marchait à côté d'Emily en continuant de fumer sa cigarette. Cependant, cela convenait parfaitement à cette dernière, car, depuis plusieurs années déjà, lorsqu'elle était en couple, elle n'affichait plus clairement aux yeux de tous sa relation. Avec le temps, elle avait retrouvé une certaine pudeur en public.

À son grand dam, personne ne proposa de prendre un taxi. Elle ne voulait pas faire la princesse, alors elle se retint de râler alors qu'ils marchèrent pendant presque une heure pour arriver devant l'immeuble d'Antoine.

Alors que tout le groupe passait la porte, Emily retint Isaac par le bras. Il fit signe à ses amis de ne pas les attendre.

— Je n'ai pas embrassé d'autre fille que toi, souffla-t-il en pensant qu'elle souhaitait lui parler de ça.

— Je te crois.

— Alors pourquoi on ne monte pas avec les autres ?

— Je vais rentrer chez moi…, répondit-elle d'une petite voix. Je n'ai pas envie de m'imposer, surtout après ce qui s'est passé tout à l'heure.

— Tu ne t'imposes pas, tu es invitée, comme tout le reste du groupe.

— Je me sens mal à l'aise.

Il posa les mains sur ses hanches, puis il l'embrassa tendrement.

— Et maintenant, tu te sens mieux ? lui demanda-t-il avant de l'embrasser à nouveau.

Ses mains frôlèrent le haut des fesses de la jeune femme, il l'attira davantage à lui.

— C'est déloyal, répondit-elle entre deux baisers. Tu ne pourras pas m'embrasser toute la soirée.

— Si, je pourrais le faire, mais ça risque d'être gênant pour tout le monde.

Emily ne put s'empêcher de rire, il l'imita en prenant son visage dans ses paumes.

— Tu n'es pas obligée de monter si tu n'en as pas envie, la rassura-t-il. Mais si tu veux, on peut les rejoindre et rester seulement trente minutes, une heure ou quatre, peu importe. Quand tu voudras rentrer, tu auras juste à me faire signe.

— Et s'ils se moquent encore de moi ?

— Ça n'arrivera pas. Tu as bien vu leur réaction tout à l'heure. Ce n'est pas pour moi qu'ils se sont battus, mais parce que ce mec t'avait manqué de respect.

— Tu mens, dit-elle en riant et en le poussant avec taquinerie.

— Il y a sans doute un peu des deux, concéda-t-il en souriant. On va dire à cinquante pour cent pour toi, et à cinquante pour cent pour moi.

— Je pensais plutôt à quatre-vingt-dix-neuf pour cent pour toi, et un pour cent pour moi.

— Au moins, tu as un point de pourcentage. Alors ? Tu rentres ou tu viens ? Tu n'es obligée de rien.

— Je veux bien monter, mais à la moindre remarque, je les démolis et je rentre chez moi.

— Je remettrai moi-même à sa place celui qui te fera la moindre remarque. Cependant, tu sais qu'ils sont charrieurs, donc ne joue pas non plus à la fille susceptible.

— Je ferai de mon mieux, trésor.

— OK, mocheté. J'aime quand tu me fais plaisir comme ça.

— De toute manière, je cède à tous tes caprices.

— Je vais te demander un tas de choses, alors, dit-il avec un regard coquin.

Il lui offrit un nouveau baiser plein de promesses, puis ils montèrent chez Antoine.

— Notre petit Iz, et notre Emily toute jolie ! Entrez, je vous en prie, les accueillit Madou comme s'il était chez lui.

Ils le suivirent au salon dans lequel tout le monde était déjà installé. Déjà, de nombreux verres étaient servis. Il ne restait que deux places disponibles. Isaac laissa le canapé à Emily pour s'installer à l'autre bout de la pièce, sur une chaise pliante.

— Tu bois quoi, Tarsik ? lui demanda Madou. Il y a un peu de tout.

— Tarsik ? répéta-t-elle.

— Bah ouais, faut bien qu'on te donne un surnom.

Isaac rit dans sa barbe en la fixant de son sourire malicieux.

— D'accord…, concéda-t-elle. Je veux bien un verre de vin, s'il te plaît.

Aidan la servit rapidement.

— Merci.

— De rien. Viens, on va parler, seul à seule.

Il ne lui laissa aucun droit de réponse, et partit en direction du balcon de l'appartement. Emily ne savait pas à quoi s'attendre, mais elle se força à le suivre sans faire d'histoires, n'osant pas regarder Aly qui devait se demander pourquoi son copain voulait parler avec son ancien plan cul en catimini.

— Bon, écoute-moi bien, commença-t-il en crachant un nuage de fumée de cigarette. Je ne vais pas y aller par quatre chemins : ça me fait vraiment chier que tu sortes avec Isaac.

— Je sais, Aidan.

— Non, tu ne sais pas ! Tu n'as pas intérêt à jouer avec ses sentiments.

— Comment tu peux me dire ça ? s'agaça Emily. Je n'ai jamais joué avec un homme.

— Arrête tes histoires. Tu contrôles les mecs comme un maître-chien domine son rottweiler.

— Alors, c'est vraiment ce que tu penses de moi ? Tu crois que je sors avec Isaac seulement pour m'amuser, pour passer le temps ? Tu te trompes, Aidan. J'ai vraiment des sentiments pour lui.

— Tes sentiments, ils ne valent rien pour moi. Tu tombes toujours amoureuse du premier mec qui te fait jouir correctement. Je te connais par cœur.

Emily le fusilla du regard, et il ne se gêna pas pour en faire de même. Elle aurait aimé lui faire ravaler ses paroles pleines de venin et elle prenait sur elle pour atténuer la tension qui les animait tous les deux, car elle tenait à sa relation avec Isaac. Elle voulut quitter le balcon, mais Aidan l'attrapa par le bras.

— Je n'ai pas fini de te parler, reprit-il. Ça, c'était mon avertissement pour Iz. Je dois aussi te prévenir que, si tu portes le moindre regard sur Aly, si tu lui fais ne serait-ce qu'une réflexion déplacée ou si tu oses évoquer ce que nous avons fait ensemble alors qu'elle est dans la même pièce, je te jure que je te le ferai payer, et l'addition sera salée.

— Tu me prends vraiment pour une salope.

— À toi de me prouver que je me trompe. Isaac fait ce qu'il veut, il est grand, mais si tu blesses ma femme, ce sera une tout autre histoire. Elle est déjà bien assez sympa pour supporter ta présence après tout ce que tu lui as fait subir.

Il lui lâcha le bras avec un regard empli de dégoût, puis lui tourna le dos pour s'accouder à la rambarde du balcon. Emily prit une grande inspiration avant de le rejoindre. Aidan lui lança un regard surpris.

— J'étais amoureuse de toi, Aidan, déclara-t-elle.

— Ne commence pas.

— Laisse-moi finir. Je t'ai laissé me menacer, maintenant c'est à moi de parler.

— OK, je t'écoute.

— J'étais vraiment amoureuse de toi, et j'aurais fait n'importe quoi pour que tu m'accordes un peu d'attention. Quand Aly a débarqué dans ta vie, j'ai tout de suite remarqué que tu la regardais différemment des autres femmes. Tu es tombé fou amoureux d'elle alors que vous ne sortiez même pas ensemble, et moi j'assistais à tout ça en me demandant ce qu'elle avait de plus que moi. Je mourais de jalousie face à cette fille contre laquelle je n'avais pas une chance de faire le poids. C'est vrai que j'ai merdé. Je l'ai insultée publiquement, je passais chez toi à l'improviste juste pour que tu te disputes avec elle, je t'ai embrassé devant elle sans ta permission pour qu'elle pense que tu la trompais. Je ne vais pas faire la sainte alors que je suis loin d'en être une. Mais aujourd'hui, c'est différent. Je ne suis plus cette femme que tu as connue. Les années ont passé, j'ai rencontré d'autres hommes, et mes sentiments pour toi se sont complètement éteints.

— J'espère que tu ne me mens pas.

— Tu sais, ça ne m'amuse pas d'être dans cette situation. Tu crois vraiment que, si j'avais eu le choix, je n'aurais pas choisi un autre homme qu'Isaac ? C'est comme ça, ça nous est tombé dessus sans qu'on s'y attende, tous les deux. Ça ne me fait pas rire quand je le sens mal par rapport à vous parce que vous vous moquez de moi. Je me fiche de ce que vous pensez de moi, mais lui, ça le blesse parce que je sais que ses sentiments sont aussi sincères que les miens. Imagine que les gars se moquent d'Aly, qu'ils l'insultent, qu'est-ce que ça te ferait ?

— Je leur mettrais mon poing dans la gueule.

— Alors, pourquoi vous le faites avec moi ? s'indigna-t-elle. Parce que j'ai mis le bazar il y a cinq ans, au début de votre relation ? Je pense qu'il est temps que vous passiez à autre chose. En tout cas, moi, je passe outre à nos disputes seulement pour Isaac. La preuve, je suis avec vous ce soir. Je prends sur moi malgré tout ce que vous me balancez à la figure constamment. Avec vous, j'encaisse les coups et les insultes en permanence.

Aidan prit son temps pour répondre, il semblait à la fois surpris et dubitatif des intentions d'Emily.

— Et tu nous le rends bien, dit-il finalement en souriant. On ne peut pas dire que tu te laisses faire.

— Évidemment, si on m'attaque, je me défends. Mais tu remarqueras que, chaque fois, c'est vous qui commencez à me chercher en premier. Je ne tends jamais le bâton pour me faire battre, je n'ai pas besoin de ça pour que vous vous acharniez sur moi.

— C'est vrai, concéda-t-il en écrasant sa cigarette dans le cendrier. J'avoue qu'on n'a pas non plus été tendres avec toi.

— Je ne vous demande pas qu'on soit amis. Je veux juste vivre mon histoire avec Isaac sans que ça lui prenne la tête. Si on continue à toujours s'embrouiller, un jour, il va en avoir marre. Il vous choisira, vous, c'est certain, et je ne veux pas être confrontée à ça.

Aidan fixa le ciel noir et opaque. Il semblait réfléchir à la proposition d'Emily. Elle savait que c'était la voix de la raison, et il était assez intelligent pour s'en rendre compte. Mais l'accepterait-il ? Voudrait-il oublier ses frasques passées pour le bien de son ami Isaac ? Certes, Emily savait que ses interférences, cinq ans plus tôt, avaient failli briser la relation qu'il était en train de nouer avec Aly. Mais après un an à s'acharner sur lui

– et sur elle –, la mannequin avait disparu de leur vie et, à présent, leur couple semblait stable.

— Je te promets qu'on fera des efforts, finit-il par énoncer, mais fais-en aussi de ton côté.

— Ne pas jouer avec Isaac, et ne pas oser regarder Aly, j'ai compris.

— J'ai peut-être un peu exagéré avec Aly, admit-il, mais elle a tellement peu confiance en elle que j'ai peur qu'elle se sente mal à cause de toi et de ce qui s'est passé entre nous. Je veux seulement la protéger, elle ne mérite pas de souffrir à cause de nous.

— Je te promets de ne rien faire qui pourrait la mettre mal à l'aise.

Ses sourcils s'arquèrent tandis qu'un fin sourire se dessinait sur ses lèvres. Ils retournèrent au salon où les discussions allaient bon train. Au grand dam d'Emily, elle retrouva sa place aux côtés de Hakim.

— Il t'a embrouillée ? lui demanda ce dernier.

Elle coula vers lui un regard étonné. C'était sans doute la première fois depuis des années qu'il lui adressait la parole sans que la colère ou la moquerie anime sa voix.

— On s'est expliqués, rectifia-t-elle.

Malgré sa bonne volonté, Emily ne parvint pas vraiment à s'intégrer aux conversations. Elle se trouvait en décalage ou n'osait pas donner son point de vue. Alors, elle se mura dans le silence, préférant écouter et observer plutôt que tenter de nouer des liens.

— C'est vrai que tu as un master en droit des affaires internationales ? la questionna Mélissa.

Toutes les discussions se turent, tandis que des yeux incrédules se posaient sur elle. Isaac se contenta de l'observer avec son sourire mutin. Il n'y avait que lui qui avait pu raconter ça à son amie.

— Euh, oui…, balbutia Emily avec gêne.

— Super ! s'exclama-t-elle. J'ai eu mon bac l'année dernière, et du coup, je me suis inscrite en première année de licence de droit après avoir longuement hésité avec des études de lettres. Il y a quelques trucs que j'ai du mal à saisir. Tu accepterais qu'on se retrouve un soir pour m'aider ?

— Catwoman, elle fait du droit pour ensuite pouvoir contourner la loi, dit Antoine avec un rire. C'est bien joué de ta part.

Tous rirent à cette plaisanterie qu'Emily ne comprit pas ; même l'intéressée sourit en levant les yeux au ciel.

— Si ça te gêne, ce n'est pas grave…, hésita la rouquine en la relançant.

— Non, bien sûr, je t'aiderai avec plaisir, mais ça remonte à quatre ans, les cours, pour moi. Je ne sais pas si je pourrai t'être d'un grand secours.

— Ce sera toujours plus constructif qu'avec mon petit frère de vingt ans, dit-elle en riant de son sourire angélique.

— Lui aussi est à la fac ?

— Non, il travaille, mais il a réussi à pirater l'ordi d'un de mes profs pour me procurer les examens des partiels de janvier. Hakim en a fait toute une histoire… Donc, je suis obligée de vraiment bosser, maintenant.

— Comme si ce n'était pas normal, bougonna l'intéressé.

Emily en resta médusée. Mélissa lui avouait sans aucune gêne qu'elle trichait pour réussir son diplôme. La mannequin adora le fait que Mel assume pleinement ce côté sombre de sa personnalité. Elle ne savait pas vraiment à quoi s'attendre de la part de Mélissa, mais cette fille semblait être bien différente du reste du groupe, et cela lui plut immédiatement[1].

1. Retrouvez l'histoire de Mélissa et Hakim dans le roman *Bad addiction* d'Elena Ld sorti en février 2022 chez &H Digital.

25. Je n'ai jamais vu une femme aussi horrible que toi

— Je n'y crois pas ! Emily Tarsikova est devant moi !

Hakim donna une claque à l'arrière du crâne d'Alex, le cadet de Mélissa, dont les yeux pétillaient.

— Calme-toi, Oliver Twist, le réprimanda son beau-frère. Elle n'est pas célibataire, et toi non plus, d'ailleurs.

Emily ne s'était pas attendue à se retrouver face à un jeune homme qui salivait, mais elle avait l'habitude de provoquer ce genre de réactions.

— Tu as fini, Alex ? s'agaça Mélissa. Ce que tu peux être gênant…

— Désolé, s'excusa-t-il d'un timide sourire. C'est vrai que je peux être lourd parfois.

— Parfois ? répéta Hakim.

— Oh ! ça va, toi, ne commence pas.

— Je commence si je veux, le provoqua-t-il.

— Arrêtez tous les deux ! rugit la rouquine. Je vous jure que vous êtes aussi insupportables l'un que l'autre. Emily est gentiment venue m'aider à faire un devoir. Occupez-vous de vos parties de *Fifa*, et laissez-nous bosser.

— Tu as intérêt à avoir travaillé ta défense, le boulet, déclara Hakim comme s'il parlait de quelque chose de sérieux.

— Tu vas voir quand je vais mettre trois buts dans ta face, répondit Alex.

Les deux garçons s'assirent sur le canapé, tandis que Mélissa faisait signe à Emily de prendre une chaise pour s'installer autour de la table.

— Désolée pour ça, dit-elle d'une petite voix. Ils ont un peu de mal à s'entendre par moments. Sauf quand il s'agit de se liguer contre moi, évidemment.

— Ne t'inquiète pas, ce n'est rien.

— Je voulais te remercier de passer chez moi, c'est super sympa de ta part.

— Je ne suis pas sûre de pouvoir énormément t'aider, mais on va voir. Sur quoi tu bloques ?

— Les formules mathématiques en cours d'économie. Tous ces points de pourcentages, ces formules, ces graphiques… Ça m'angoisse.

— On va tout reprendre ensemble, la rassura Emily.

Réussir à se replonger dans les cours d'économie de première année de licence de droit lui prit quelques minutes, elle avait oublié depuis bien longtemps ce domaine. Heureusement, elle était pourvue de facilités, et se remit dans le bain plus vite qu'elle ne l'aurait pensé.

En temps normal, elle n'aurait jamais accepté de perdre son temps à aider quelqu'un qu'elle connaissait à peine. Cependant, Mélissa avait quelque chose qui la touchait. Elle devait avoir dans la trentaine, et avoir passé son bac après avoir arrêté l'école depuis tant d'années était quelque chose qu'Emily trouvait courageux. Tandis que Mélissa réfléchissait à une formule, la mannequin prit le temps d'observer cette femme qui aurait pu sans problème poser à ses côtés sur la couverture d'un magazine de mode. Ses longs cheveux roux ondulaient naturellement devant son visage parsemé de minuscules taches de rousseur. Ses yeux d'un vert émeraude lui donnaient envie de les observer plus attentivement. Emily comprit pourquoi Hakim était tombé sous son charme, c'était une femme magnifique. Si elles avaient été célibataires toutes les deux, Emily aurait pu sans problème passer une nuit avec elle.

Après presque trois heures à travailler, Mélissa fatiguait, et s'emmêlait les pinceaux avec les formules.

— Je crois que ça suffit pour aujourd'hui, déclara Emily. Tu commences à tout confondre alors qu'il y a trente minutes, tu t'en sortais très bien. Repose-toi, on continuera plus tard.

La rouquine souffla de soulagement en passant les mains sur son visage. Les garçons hurlèrent soudainement, et se serrèrent la main en se congratulant.

— Ils viennent sans doute de battre Aidan et Madou, lui expliqua la jeune femme en levant les yeux au ciel.

— Tu as du courage pour supporter ça.

— Oh que oui… Il est tard, tu veux manger avec nous ?

— Non, c'est gentil, je ne veux pas m'imposer. Je vais rentrer chez moi.

— Si je te le propose, c'est que ça ne me gêne pas.

— Toi, peut-être pas, mais ton copain, c'est une tout autre histoire…

Emily coula un regard vers Hakim qui semblait être pris dans sa partie. Comment un homme aussi dur que lui pouvait être en couple avec une femme aussi douce ? s'interrogea-t-elle.

— Tu te demandes comment je peux vivre avec un mec aussi… abrupt, hein ? la taquina Mélissa.

— C'est vrai, ricana-t-elle, gênée.

— Ça n'a pas été le coup de foudre entre nous. On s'est détestés, on s'est fait énormément de mal mutuellement, tu ne peux même pas imaginer…

— Et aujourd'hui, tout semble aller bien, pourtant.

— Oui, on a cessé d'être stupides… Enfin, surtout lui, dit-elle en riant.

Son rire se figea, tandis que ses yeux hypnotisants se perdaient dans le vide quelques secondes. Elle semblait repenser à leur histoire, qui avait vraisemblablement connu des tourments.

— Tu sais, reprit-elle en relevant son regard vers celui d'Emily. Il est parfois sec, autoritaire et impatient, mais je n'ai jamais rencontré d'homme aussi bienveillant que lui. Il est entré dans ma vie et a foutu un bordel pas possible, mais je ne regrette rien. Il m'a sauvée… plusieurs fois. Sans lui, je ne sais pas ce que je serais devenue aujourd'hui. C'est même lui qui m'a poussée à reprendre mes études.

— J'ai tellement de mal à voir la personne que tu décris, avoua Emily. Il m'a toujours détestée sans même me connaître réellement. Je crois que je n'ai jamais réussi à avoir une conversation sérieuse avec lui. En fait, je pense que, lui et moi, on ne doit pas être si différents : on mord avant qu'on nous aboie dessus. Ça nous épargne de perdre notre temps avec des gens qui ne veulent pas réellement notre bien.

— Je suis certaine que, si vous appreniez à vous connaître, vous vous apprécieriez.

— Je n'irais pas jusque-là. On a tellement été infâmes l'un envers l'autre que je ne sais pas si un retour en arrière est possible.

— Je peux te parler en toute franchise, Emily ? lui demanda Mélissa en la fixant de son regard intense.

— Bien sûr.

— Tu sors avec Isaac, on fait donc partie de la même famille, maintenant. Et crois-moi, Hakim accorde énormément d'importance à ça. Son petit frère, c'est une des personnes qu'il aime le plus au monde. Il fera tous les efforts nécessaires pour qu'Isaac soit heureux. Si ça doit passer par le fait de prendre sur lui, t'accepter et te connaître réellement, il le fera sans problème. Il ferait tout pour lui. À présent, c'est à toi de savoir si tu es disposée à aller vers lui également.

— Je pense que je vais avoir du mal… Mais si on peut éviter de s'insulter aux repas de famille, ce sera déjà bien.

Mélissa rit d'une voix gracieuse, Emily l'imita sans peine.

— Vous nous déconcentrez, les filles ! s'exclama Hakim.

Un sourire ornait ses lèvres, ses yeux oscillèrent plusieurs fois entre elles et l'écran de télévision.

Emily accepta finalement de rester manger avec eux, et aida Mélissa à préparer le repas.

— Tarsik, tu fais quoi, là ? lui demanda Hakim en les rejoignant dans la cuisine.

— Je coupe des tomates… ? hésita-t-elle en se demandant ce qu'elle avait fait de mal.

— Mel, tu ne peux pas inviter des gens chez nous et les laisser faire le repas, râla-t-il. Tu aurais dû me demander. Il reste quoi à faire ?

La mâchoire d'Emily faillit se décrocher. Elle s'était attendue à se faire engueuler parce qu'elle avait accepté de manger avec eux.

— Dis à Alex de mettre la table, s'il te plaît, répondit Mélissa. Et toi, tu peux vider le lave-vaisselle.

— Oliver Twist ! Bouge ton cul, viens mettre la table ! cria Hakim.

— Pourquoi est-ce que tu l'appelles comme ça ? lui demanda timidement Emily.

Le regard surpris de Hakim se posa sur elle, il sembla hésiter quelques secondes en n'entendant aucune animosité dans sa voix.

— Mel c'est Catwoman, et Alex c'est Oliver Twist. Ce sont des voleurs. Tu n'as pas les références ?

— Si, bien sûr, je sais qui sont ces personnages, mais pourquoi tu leur donnes ces surnoms ?

Ses yeux se posèrent sur Mélissa, qui semblait gênée.

— Parce qu'on est une famille de bandits ! s'amusa Alex en prenant des assiettes dans le placard.

— Comment ça ? insista Emily.

— Mel ne t'a pas raconté comment on s'est rencontrés, elle et moi ? ricana Hakim.

— Non…

— La première fois qu'elle m'a vu, elle m'a fauché mon portefeuille, expliqua-t-il.

Un hoquet de surprise sortit malgré elle de la gorge d'Emily.

— Tu es sérieux ?

— Mel, je suis sérieux ou pas ? la taquina le rappeur.

— Oui, bon, ça va..., râla Mélissa. On a tous un passé, on n'est pas obligés de revenir là-dessus.

Hakim, sans cesser de vider le lave-vaisselle, la regarda avec une tendresse qui surprit une nouvelle fois Emily. Elle ne posa plus de questions, de peur de se voir apporter des réponses qui la dérangeraient. Elle choisit de ne pas juger Mélissa sur ce que celle-ci avait fait, même si, en temps normal, elle se serait précipitée vers son sac à main Chanel pour vérifier que rien n'avait disparu à l'intérieur.

Ils mangèrent tous les quatre ensemble, et Emily fit des efforts pour essayer de dialoguer avec Hakim sans qu'ils s'insultent. Visiblement, lui aussi semblait enclin à prendre sur lui pour qu'une ambiance cordiale naisse entre eux. À plusieurs reprises, le rappeur et Alex se disputèrent pour des choses futiles ; elle en rit tandis que Mélissa semblait s'y être parfaitement accommodée, ne relevant même plus leurs punchlines assassines.

Après le repas, Mélissa remercia Emily plusieurs fois pour son aide. Cette dernière lui promit qu'elle l'aiderait à nouveau si elle en avait besoin. Elle partit de chez eux, complètement surprise par cette soirée.

La relation d'Emily et Isaac était au beau fixe. Il vivait pleinement son histoire d'amour avec la jeune femme. À chacun des regards d'Emily sur lui, c'était comme s'il avait subitement le tournis. Il débordait d'amour et d'attirance pour cette femme. Qui avait apprivoisé l'autre ? Sans doute les deux s'étaient-ils assagis ensemble.

Grâce à Mélissa et à Hakim, avec qui les relations étaient désormais apaisées, Emily avait accepté de se rendre chez Aidan et Aly pour y passer la soirée. Tout leur groupe serait présent. Elle ne se faisait pas un plaisir d'y aller, mais elle accepta pour Isaac, qui aimait tant ses comparses. Elle savait que, lorsqu'elle essayait de s'intégrer à sa famille de cœur, il était aux anges. Il rêvait qu'elle y soit accueillie avec gentillesse et bienveillance, mais il sentait que la bonne ambiance était parfois fragile, et que la rancune et les jugements pouvaient réapparaître à tout instant.

Alors qu'Isaac attendait Emily au pied de son immeuble afin qu'ils rejoignent son groupe d'amis, elle lui envoya un texto lui enjoignant de monter. Il se demanda ce qu'elle avait en tête. Emily n'était pas du genre à requérir l'avis de son copain sur un choix de tenue. Elle savait parfaitement comment s'habiller, et avait un goût sûr en matière de mode.

Il se servit de son double des clés pour ouvrir l'appartement, qui semblait vide. En entrant dans la chambre, il marqua un temps d'arrêt. Son rythme cardiaque monta subitement en flèche, il commençait déjà à avoir chaud. Emily était allongée sur son lit, habillée seulement d'un porte-jarretelles et d'un ensemble de sous-vêtements. Le tout, en dentelle noire, lui faisait un corps à faire succomber n'importe quel homme. Les courbures de ses hanches, de ses fesses, de ses seins le firent déglutir péniblement. Elle avait maquillé ses paupières d'une couleur sombre tandis que sa bouche rouge carmin lui donnait des envies de plus en plus torrides. Cette vision conforta Isaac dans l'idée que jamais il ne pourrait se lasser d'elle. À cet instant, il se sentit privilégié d'être le seul à profiter de ce spectacle privé.

— Tu es vraiment…, chercha-t-il, hideuse. Je n'ai jamais vu une femme aussi horrible que toi.

Les lèvres maquillées d'Emily s'étirèrent sur un sourire ravi. Elle savait que, s'il prononçait ces mots, c'était parce qu'elle lui avait demandé de ne jamais lui dire qu'il la trouvait belle, mais les yeux d'Isaac sous-titraient ses pensées.

— Tu n'as donc pas envie de moi ? le provoqua-t-elle.

« Crever d'envie » aurait été le terme exact dans cette situation.

Isaac ne chercha même pas à jouer à ce petit jeu. Dès qu'il l'avait aperçue, il avait su qu'il avait déjà perdu la partie. Sans plus attendre, il se jeta sur les lèvres d'Emily pour lui offrir un baiser bestial à la hauteur de la tentation qu'elle savait faire naître en lui. Il en oublia ses amis qui l'attendaient, et le reste de l'univers disparut également. Emily était comme une tornade qui emportait tout sur son passage. Elle l'embrassa avec une telle sensualité que cela ressemblait déjà à des préliminaires, c'était d'une volupté sans égale. Il s'abandonna à tout l'érotisme émanant de cette femme qui le rendait fou au fur et à mesure que les secondes s'écoulaient. Il aurait aimé arrêter le temps et pouvoir continuer d'éprouver cette sensation euphorisante jusqu'à la fin de sa vie.

Emily le fit se retourner sur le dos, lui ôta son T-shirt, puis déboutonna son jean pour le dévêtir entièrement. Isaac perdit pied lorsqu'elle commença à caresser son membre, et rien ne s'arrangea lorsque ses lèvres l'enlacèrent et que sa langue se fit taquine. À chaque mouvement, Isaac succombait doucement, mais sûrement. Il était à sa merci, et il n'aurait rien fait pour échapper à son sort, au contraire, il en voulait toujours plus, encore et encore. Il passa les mains sur son visage pour calmer son excitation ; le plaisir le transcendait au point qu'il aurait pu jouir dans l'instant, mais il ne comptait pas tomber dans les abysses du plaisir sans sa partenaire.

Emily se releva puis, devant les yeux emplis de désir d'Isaac, elle fit descendre son string jusqu'à ses chevilles. Elle adorait ce qu'elle lisait dans son regard, et aimait voir son torse monter et descendre sous sa respiration rapide. Elle se positionna à califourchon sur lui, le laissant entrer en elle en lui arrachant un souffle de plaisir. Isaac se releva et lui empoigna fermement les cheveux en dévorant ses lèvres. Tous ses sens hormis le toucher furent annihilés par la sensation du corps d'Emily qui se mouvait contre le sien. Être en elle était délectable. Il se fit la réflexion qu'aucune autre fille n'était parvenue à créer en lui autant de sensations. Chacun des va-et-vient du mannequin le mettait au supplice. La façon dont elle se cambrait en bougeant lui donnait des sueurs froides, il était convaincu qu'il aurait pu jouir rien qu'en l'observant.

Bien qu'il appréciât réellement cette position, il décida d'en changer. Il fit allonger Emily sur le ventre, puis la saisit par les hanches pour les remonter jusqu'à son bassin à lui. Il la pénétra d'un coup brutal qui vola un cri de plaisir à la jeune femme. La vision de son propre corps percutant les fesses rebondies de la top model était voluptueuse. Le bruit des claquements se faisait de plus en plus fort, tout comme les gémissements d'Emily, qui ne savait plus où elle se trouvait tellement le plaisir la transcendait. Isaac y allait si fort qu'elle peinait à respirer convenablement, mais son esprit était totalement ailleurs, perdu dans une soif de luxure qu'elle ne maîtrisait plus, et elle adorait ça. Un orgasme déferla en elle comme un raz-de-marée qui la fit voyager dans un autre monde. Quand il l'entendit jouir avec autant de force, Isaac ne put résister, et la rejoignit dans ce moment d'extase.

Le couple s'allongea sur le dos, la respiration haletante, comme s'il avait couru un sprint interminable. Aucun n'avait plus la force de parler ni de bouger. Il leur fallut plusieurs minutes pour récupérer de l'effort qu'ils avaient fourni. Isaac attira Emily contre son torse, elle sentit son cœur battre vigoureusement.

— Je suis fou de toi, Em, dit-il en l'embrassant tendrement.

Elle ricana, avant de relever son visage vers le sien.

— Ce sont les porte-jarretelles qui t'excitent tant que ça ? Tu aurais dû me le dire plus tôt.

— Non, c'est seulement toi, répondit-il avec franchise. Tout ce que tu fais, ce que tu me dis. La façon dont tu vois le monde, ta personnalité. Plus on est ensemble, et plus je me rends compte que tu es une femme incroyable.

Et je ne te dis pas ça parce qu'on vient de faire l'amour, mais parce que je le pense sincèrement.

La surprise se dessina sur le visage d'Emily ; elle ne s'était pas attendue à une telle déclaration, qui transforma son cœur en guimauve chauffée au feu de bois. Elle se lova un peu plus contre lui et embrassa délicatement Isaac.

— Moi aussi, je suis folle de toi, mon amour, murmura-t-elle contre ses lèvres.

À ces mots, Isaac sut que de l'eau avait enfin coulé sous les ponts.

26. Aly, cette femme !

Le jeune couple arriva chez Aidan et Aly avec presque une heure de retard, mais aucun des convives n'était à cheval sur les horaires quand il s'agissait de soirée.

— Tonton Isaac ! cria Yiannis, le fils de leurs hôtes.

— Hey, comment tu vas, mon grand ?

Le petit garçon d'un an et demi regardait Emily avec de grands yeux. C'était la première qu'ils se voyaient. Il avait hérité des traits fins de sa mère et du regard perçant de son père. Emily n'eut même pas le loisir de pouvoir se présenter que, déjà, il tirait sur le bras d'Isaac pour l'emmener dans le salon afin de jouer avec sa dînette.

Emily salua tout le groupe poliment, puis elle prit place sur le canapé, non sans ressentir une certaine gêne. Avec un sourire franc, elle observa Isaac faire semblant de boire un café préparé par le petit garçon, puis lui lire une histoire. Au bout de peu de temps, Aidan partit coucher son fils qui s'endormait dans les bras d'Isaac. Tout le groupe lui souhaita une bonne nuit, tandis qu'il se frottait les yeux avec son doudou. Le père et le fils montèrent à l'étage du duplex, où se trouvaient les chambres. En observant la décoration du salon, notamment les photos de famille accrochées aux murs, Emily se fit la réflexion qu'elle était heureuse qu'Aidan ait trouvé le bonheur dans les bras d'Aly. Personne ne pouvait nier qu'ils formaient un magnifique couple, et que leur fils était aussi beau qu'adorable.

Hormis Mélissa, Hakim et Isaac, aucun autre membre ne tenta d'intégrer Emily dans les conversations, mais cela ne la dérangea pas. Elle avait l'habitude de passer des soirées ennuyeuses à son agence, finalement, ça n'en était qu'une de plus. Elle était là pour faire plaisir à Isaac, pas pour nouer des liens avec ce groupe si soudé.

— Au fait, Emily, l'apostropha Antoine. Comment ça se fait que tu aies un master en droit, et qu'on n'en ait jamais rien su ?

La jeune femme ne laissa pas paraître la moindre émotion sur son visage. Elle comprit qu'il supposait qu'elle mentait, mais elle n'avait rien à prouver à ce rappeur qu'elle jugeait de bas étage. Personne n'aurait pu se vanter d'avoir aperçu une pointe de vexation sur ses traits tant elle l'observait avec dédain.

— Vous ne m'avez jamais demandé ce que j'avais fait comme études, répondit-elle simplement.

— Mais comment as-tu pu avoir un diplôme si important avec la carrière que tu as menée ? insista-t-il. Sans parler des stages que tu dois faire.

— Je ne suis jamais allée en cours à la fac, expliqua-t-elle, je suivais une formation par correspondance. J'apprenais entre deux shootings, dans les avions, ou les chambres d'hôtel. Pour les stages, je les ai réalisés avec mon avocat – qui se chargeait de négocier mes contrats auprès de mon agence chaque année. C'était un cursus spécial, comme pour les sportifs de haut niveau. On pouvait étaler le stage en ayant des périodes de transition pour que je puisse continuer à travailler en parallèle.

— Donc ça n'a rien à voir avec quelqu'un qui a obtenu un master normalement, conclut-il. Tu as eu pas mal de privilèges, quand même. Tu as passé des partiels, au moins ?

— Oui, j'ai passé des partiels, s'agaça-t-elle finalement. Les mêmes que ceux qui suivent un cursus lambda. Je n'ai pas triché ou usé de favoritisme, si c'est la question que tu te poses.

— C'est bon, ne t'excite pas, râla Aidan qui était revenu au salon. Il te pose juste des questions.

— Et elle ne fait qu'y répondre, trancha Isaac. C'est un entretien d'embauche ou quoi ?

Une atmosphère électrique chargea la pièce de tension. Emily avait la mâchoire serrée. On pouvait lui reprocher beaucoup de choses, mais certainement pas de ne pas avoir mérité ses diplômes.

— On veut seulement la connaître, plaida Antoine. C'est bien ce que tu voulais, non ?

— Tu n'essayes pas de la connaître, tu la mets mal à l'aise, intervint Hakim.

Emily lui lança un regard étonné. C'était la première fois qu'elle l'entendait prendre sa défense. Habituellement, il aurait aidé Antoine à la descendre.

— Si elle est mal à l'aise, elle peut toujours partir, renchérit Antoine.

— Je te dérange tant que ça ? lui demanda Emily.

— Ne te fais pas passer pour une victime, siffla-t-il. Je t'ai seulement posé des questions, je ne t'ai pas insultée.

— Et elle a répondu à tes questions, siffla Isaac. Passe à autre chose.

— Stop, fit Madou d'une voix lasse. Est-ce qu'on peut parler d'autre chose que d'Emily ce soir ? Oui, Isaac sort avec elle. Non, ça ne plaît à personne dans cette pièce. Est-ce qu'on va tous fermer notre bouche et faire des efforts ? J'espère bien. C'est de notre petit Iz qu'on parle !

Chacun rumina ses pensées dans son coin, excepté Emily qui les observait un par un.

— Vous êtes tous contre le fait qu'Isaac et moi sortions ensemble ? demanda-t-elle doucement.

Seul le silence lui répondit, tous les yeux se détournèrent des siens. Isaac lui lança un regard désolé. La jeune femme avait beau tenter de donner le change, mais il savait qu'elle était blessée. Elle ne comprenait pas pourquoi le groupe ne parvenait pas à lui donner une nouvelle chance.

Elle n'avait pas commis de crime, bon sang ! Pourquoi restaient-ils ancrés dans d'anciens souvenirs vieux de plusieurs années ? S'ils l'avaient invitée ce soir, c'était seulement pour faire plaisir à Isaac, et non pour essayer de tisser des liens avec elle.

— Eh bien… ça a le mérite d'être clair, articula-t-elle difficilement en se levant. Je ne vous embêterai plus, c'est la dernière fois que vous me voyez.

— Arrête de faire ta star à deux balles, lui lança Aidan.

Aly lui donna un coup de coude dans les côtes en lui lançant un regard noir tandis qu'Emily quittait l'appartement.

— Je vais la chercher, fit Aidan en soupirant d'un air las.

— Non, le coupa Isaac.

Il se leva à son tour, son visage affichait la colère qui l'animait.

— C'était trop vous demander d'être sympas avec elle, hein ? continua-t-il.

— Tu sais bien qu'on ne l'aime pas, dit Antoine.

— Et alors ? riposta Isaac. Vous croyez vraiment que j'ai apprécié chacune des filles que vous avez ramenées à nos soirées ? Encore faudrait-il que t'en ramènes, Antoine. Tu critiques, mais t'es toujours célibataire. Et toi, Hak. Est-ce que j'ai essayé de virer toutes les nanas que tu te tapais quand tu cherchais à oublier Mel ? Aidan, jette-moi la pierre si je me suis montré aussi minable, avec toutes les femmes que t'as sautées avant Aly, que toi ce soir avec Emily. Madou, on n'en parle même pas, toujours en train de regretter d'avoir perdu la seule femme qu'il ait jamais aimée, pas foutu de passer à autre chose depuis des années.

— Tu vas trop loin, Iz, l'avertit Hakim.

— Tu crois ça ? J'ai enfin trouvé une femme qui me plaît, et vous la faites fuir ! Sous quel prétexte ? Parce qu'elle a couché avec beaucoup d'hommes et qu'elle est mannequin lingerie. Et alors ? Ce qu'elle fait de son cul, ça ne vous regarde pas, putain ! Vous avez de la rancune contre elle pour ce qu'elle a fait à Aly ? C'était il y a cinq ans. Aly elle-même ne lui a fait aucune remarque, au contraire c'est elle qui m'a proposé de l'inviter. Au lieu d'essayer d'accepter l'idée qu'Emily ait changé et d'apprendre à réellement la connaître, vous l'avez jugée comme des connards. Je ne pensais pas que vous pourriez vous comporter de cette manière. Et toutes vos copines débiles, je les ai toujours accueillies dans notre groupe, j'ai fait en sorte qu'elles s'intègrent même si je savais que vous les larguerie à la première occasion. Vous, vous avez fait tout le contraire ce soir.

Un silence de plomb s'abattit sur le groupe, personne n'osa contredire Isaac qui les foudroyait du regard.

— Je vous jure que, si Emily me plaque à cause de vous, je vous en voudrai à mort, lâcha-t-il.

— Iz…, souffla Aidan.

Isaac prit sa veste d'un geste rageur, puis l'enfila.

— Iz ! l'appela de nouveau Aidan, ne pars pas comme ça. On a été cons, on est désolés.

— Allez tous vous faire foutre ! cria-t-il.

Il claqua la porte de l'appartement pour se lancer à la poursuite d'Emily. Il ne savait pas dans quel état d'esprit elle était, mais il était certain qu'elle n'était pas sortie indemne de cette humiliation.

Alors qu'Emily s'apprêtait à fermer la porte de son appartement, Isaac l'en empêcha. Il avait fallu qu'il se dépêche pour la rattraper : même avec des talons, Emily avait le pas rapide. Elle l'observa durement tandis qu'il cherchait des mots qui pourraient l'apaiser.

— Je suis vraiment désolé pour ce soir, dit-il.

— C'est la dernière fois que je les voyais. Je ne veux plus entendre parler d'eux.

— Je te promets que je ne t'imposerai pas leur présence. Tu as fait l'effort d'aller vers eux et ils t'ont rejetée, tu n'as rien à te reprocher.

— Évidemment que je n'ai rien à me reprocher, siffla-t-elle. Je ne comprends même pas comment tu peux avoir des amis aussi débiles.

Isaac ne répondit pas à sa remarque cinglante et se contenta de la suivre dans son appartement. Il lui prit la main, pour la serrer contre lui, comme s'il avait peur qu'elle disparaisse.

— J'espère que tu ne vas pas remettre en question ce qui se passe entre nous à cause de cette soirée, murmura-t-il à son oreille.

Elle se détacha de lui, et lui lança un regard interdit.

— Tu as peur que je te quitte ?

Il lui offrit un sourire peu assuré.

— On va dire que ça m'a traversé l'esprit…

— Isaac… tu n'es pas comme tes amis et je me fiche qu'ils ne m'aiment pas. Ce qui m'importe, c'est que tu ne sois pas entre deux feux. C'est pour ça que j'ai fait des efforts en t'accompagnant pour aller les voir.

Le jeune homme comprit que cela lui avait coûté de se rendre chez ses amis ce soir. Elle n'en avait jamais eu envie, mais elle l'avait fait pour lui, seulement pour qu'il se sente à l'aise dans leur relation. Comme pour la remercier d'être elle-même, il l'embrassa tendrement, soulagé qu'Emily ne lui fasse pas de scène ou qu'elle ne lui demande pas de choisir entre ses amis d'enfance et elle. Désormais, il fallait qu'il se fasse à l'idée que sa copine et ses comparses ne s'entendraient pas.

Après avoir discuté pendant une petite heure autour d'un thé à la pomme, ils s'apprêtaient à aller se coucher quand la sonnette de l'appartement retentit brusquement. Emily espéra que ce ne serait pas Christina qui débarquait une nouvelle fois soûle chez elle. Ça ne la dérangeait pas que sa sœur passe à l'improviste, mais elle n'aimait pas qu'elle soit ivre et seule dans les rues de Paris en pleine nuit. Isaac regarda par le judas, et poussa un soupir sonore qu'elle ne comprit pas ; elle se rapprocha, intriguée. Il ouvrit la porte, et une expression de surprise, mêlée à de la colère, se peignit sur son visage.

— Salut, dit Aidan d'une petite voix. Est-ce qu'on peut entrer ?

Malgré les années, il n'avait oublié ni l'adresse d'Emily ni le code d'entrée de son immeuble. Derrière lui se trouvaient Madou, Hakim et Antoine.

— Non, trancha Emily. Qu'est-ce que vous voulez ? Que je vous montre mon diplôme de droit des affaires internationales pour le faire expertiser afin de savoir s'il est authentique ?

Aidan leva les yeux au ciel, Madou et Hakim ricanèrent, tandis qu'Antoine baissait honteusement le regard.

Elle s'apprêta à leur fermer la porte au nez, mais Isaac l'en empêcha.

— Vous n'avez pas été assez cons ce soir, les gars ? Il faut que vous la poursuiviez jusque chez elle ? Ça n'a pas suffi tout à l'heure ?

— On voulait s'excuser, Emily Jolie, intervint Madou. Pour ce qu'on t'a dit tout à l'heure.

— Tout à l'heure ? répéta-t-elle. Je pense que votre mépris envers moi ne se cantonne pas à cette soirée. Elle a juste confirmé que vous êtes de pauvres mecs.

— Ce n'est pas évident pour nous d'être là ce soir, continua Aidan.

— Tu crois que ça a été évident pour moi de venir chez toi ? J'ai respecté ce que tu m'avais demandé la dernière fois : ne pas jouer avec Isaac et ne pas parler à Aly, mais toi, tu n'as pas tenu parole. Comme d'habitude, tu m'as attaquée sans raison.

Une porte sur le palier s'ouvrit, un voisin leur demanda de façon peu amène d'arrêter de jacasser dans le couloir. Emily consentit alors à les faire entrer chez elle. Encore une fois, elle le faisait pour Isaac, dont les lèvres ne cessaient de sourire. Il apercevait une porte de sortie à toutes ces histoires qui n'avaient pas lieu d'être. Tout le monde s'installa dans le salon, sauf Emily qui resta debout à les toiser du regard et à espérer qu'ils en finissent rapidement avec leurs excuses qu'elle jugeait bidon.

— Alors, tu nous pardonnes ? lui demanda doucement Madou. C'est vrai qu'on s'est mal comportés.

— Pour que je vous pardonne, encore faudrait-il que vous m'ayez blessée.

Emily ne pouvait pas s'empêcher de paraître insensible, c'était plus fort qu'elle. Personne ne devait voir ses fêlures, surtout pas des gens comme eux.

Un silence s'ensuivit, lourd d'animosité. Au bout d'un moment, le groupe de rappeurs se prépara à partir.

— Vous tenez à moi, non ? intervint Isaac.

Tous ses amis lui lancèrent un regard interdit. Bien sûr qu'ils tenaient à lui ! Même si Isaac sortait avec Emily, il restait un membre de leur groupe.

— Vous allez me le prouver dès ce soir. Chacun fera ses excuses à Emily, et je veux que ce soit sincère. Antoine, tu as été le pire, à toi l'honneur. Assieds-toi, Emily, s'il te plaît.

Le regard que lui lança Isaac la dissuada de refuser. Elle voulait en finir au plus vite. Alors, elle s'installa dans l'un de ses fauteuils.

Tous les regards se tournèrent vers Antoine, qui cherchait ses mots. Il soupira un grand coup avant de se lancer :

— Je suis désolé d'avoir sous-entendu que tu ne méritais pas ton master. C'était con de ma part. C'est vrai que j'ai fait ça pour te mettre mal à l'aise. Je ne comprenais pas comment tu avais pu mener ta carrière et avoir un diplôme aussi ardu. Ce vieux préjugé comme quoi quand on est belle, on ne peut pas aussi être intelligente… En fait, c'est moi qui ai été stupide.

Sans qu'elle s'y attende, Emily fut touchée par ses mots. Madou toussota avant de se lancer à son tour :

— Pour ma part, je ne pense pas avoir été désagréable avec toi, mais je n'ai rien fait non plus pour te mettre à l'aise. Je dois reconnaître que, si Iz nous avait ramené une autre fille, j'aurais été plus avenant avec elle. Il a toujours veillé à bien accueillir chaque nouvel arrivant dans notre groupe, et je n'ai pas été à la hauteur de sa gentillesse. Je suis désolé, Iz... et pour toi aussi, Tarsik.

— Merci, Madou, lui dit Isaac en souriant. À toi, Hak.

L'aîné des Mehla réfléchissait à ses excuses tout en scrutant Emily de son regard impassible. Elle ne savait pas à quoi s'attendre de sa part.

— Je t'ai souvent insultée en te traitant de fille égocentrique, commença-t-il, qui ne voulait que profiter de ce que les autres pouvaient lui apporter. Quand tu es venue aider Mel pour ses cours, je t'ai vue passer trois heures à lui expliquer des trucs hyper compliqués avec patience et pédagogie, et tu l'as ensuite aidée à préparer le repas ; j'ai alors compris que je m'étais complètement trompé. Je t'ai jugée trop vite sans réellement aller plus loin que tes photos Instagram, tes réponses cinglantes et méritées quand on se moque de toi. Je m'excuse, Tarsik, et je suis désolé aussi, Iz, de ne pas t'avoir mieux soutenu. J'aurais dû m'imposer plus auprès des gars pour qu'ils la lâchent. Je sais que ça t'a blessé, toi aussi, ce qu'on a fait.

Les deux frères se lancèrent un sourire fraternel qui faisait transparaître tout l'amour qu'ils se portaient.

— Bon, c'est mon tour, dit Aidan avec un sourire en frottant ses mains sur son jean. Avec tout ce que je t'ai balancé à la gueule, je ne sais pas trop par où commencer. Il y aurait tellement à dire... Je vais aller à l'essentiel. Je suis désolé d'avoir mal réagi en apprenant que tu sortais avec Iz. Je t'ai menacée comme si t'étais la pire des garces alors que je sais qu'en vérité, tu n'es pas comme ça. Je me suis rappelé que, si t'avais été cette femme ignoble que je cherchais à voir en toi, je ne t'aurais jamais côtoyée – même juste pour le sexe. Je ne suis pas comme ça, et toi non plus. Je n'aurais jamais dû dire que tu tombes amoureuse du premier mec qui te fait jouir correctement. Tu es juste avide d'amour et d'attention, deux choses que tu n'as eues que très rarement dans ta vie. On sait tous les deux que, si tu as été aussi garce avec nous, c'est parce qu'en réalité, tu es quelqu'un d'hypersensible, qui se blinde au maximum pour ne pas souffrir. Je ne vais pas m'éterniser : je m'excuse pour toutes les saloperies que je t'ai dites.

— Merci, balbutia Emily.

Elle était touchée par leurs excuses, qui paraissaient sincères. Alors, elle fit ce qu'elle n'avait pas l'habitude de faire. Elle laissa tomber le masque.

— Je suis désolée d'avoir créé une scission dans votre groupe, ce n'était pas voulu. J'aurais peut-être dû me montrer moins susceptible, prendre plus sur moi lorsque vous m'attaquiez, essayer de vous rassurer sur mes intentions, mais ma fierté me l'a interdit. C'est vrai que je peux me montrer véhémente par moments. J'ai toujours mis un point d'honneur à vous renvoyer chaque balle que vous me lanciez en prenant soin de vous blesser au passage. J'ai chaque fois tapé là où je savais que ça vous ferait mal en utilisant vos faiblesses. J'ai répondu à vos réflexions avec deux fois plus d'agressivité que vous, et ce n'était pas toujours mérité. Je m'excuse si j'ai eu des mots ou une attitude blessante envers vous.

Les garçons furent happés par la sincérité d'Emily. C'était la première fois qu'ils se parlaient sans s'insulter ou se lancer des piques. Le cœur d'Isaac débordait d'amour. Enfin, ses proches se montraient francs entre eux et laissaient leur fierté de côté.

Emily ne mit pas les garçons à la porte, et ils ne s'enfuirent pas à la première occasion trouvée. De nouvelles discussions naquirent entre eux et, cette fois, elles ne contenaient aucun sous-entendu.

— Aly ne t'en veut pas d'être ici ? demanda Emily à Aidan.

— Tu rigoles ? Quand Iz est parti, elle nous a incendiés. On a tous regardé nos baskets comme des gosses.

— On s'en est pris plein la gueule ! s'esclaffa Madou. Cette fois, il n'y a pas qu'Aidan qu'elle a traité de connard. On y a tous eu droit.

— Vraiment ? s'étonna Emily.

— Elle ne t'a jamais détestée, lui assura Aidan. La rancune ou la méchanceté ne font pas partie de sa personnalité.

— Aly, cette femme ! soupira Madou d'un air admiratif. Sous ses airs de petite blonde aux yeux bleus, elle peut rabattre son caquet à n'importe qui en quelques mots. Peu importe qui elle a en face d'elle, si elle a quelque chose à dire, elle ne va pas passer par quatre chemins.

— Un modèle pour notre fils…, renchérit Aidan, les yeux rêveurs.

Aidan avait le regard dans le vide, un sourire franc étirait ses lèvres. Il était évident qu'il pensait à cette femme, sa copine, dont il était fou amoureux depuis plusieurs années déjà. Emily apprécia de le voir heureux. Un sentiment d'apaisement naquit en elle, marquant la fin de leurs vieilles querelles.

27. Calme-toi, Emily

Emily revenait d'un shooting en Bolivie. Elle avait posé dans la forêt amazonienne au milieu de la faune et de la flore sauvage. La mannequin n'avait que vingt-six ans, mais elle avait déjà tant voyagé qu'elle avait dû changer de passeport à plusieurs reprises. Elle adorait visiter des lieux qu'elle ne connaissait pas encore. Grâce à ses nombreux projets à l'étranger, elle était devenue polyglotte et parlait couramment anglais, espagnol et italien. Si son père n'avait pas été malade, elle se serait installée à l'autre bout du monde, sans doute chez Thomas, à Los Angeles. D'ailleurs, elle prenait toutes les semaines des nouvelles de Serge. Pour l'instant, il n'avait le droit à aucun contact avec le monde extérieur. L'infirmière lui racontait qu'il y avait des jours avec et des jours sans, que parfois le manque le rendait exécrable, mais que ces périodes devenaient de plus en plus courtes. Entendre que son père guérissait doucement, mais sûrement, apaisa le cœur d'Emily. Ce qui lui importait, ce n'était pas les douze mille euros par mois qu'elle dépensait pour lui, mais que son addiction perde du terrain. Elle espérait qu'en sortant de sa cure, il poursuivrait ses efforts et ne replongerait plus dans l'enfer de l'alcoolisme.

Quand elle ouvrit la porte de son appartement, elle fut surprise de découvrir Isaac en train de passer la serpillière dans sa cuisine, qui était sens dessus dessous. Lorsqu'il la vit, il lui adressa son plus beau sourire avant de l'embrasser.

— Tu as fait à manger ? devina-t-elle. J'adore que tu joues au petit ami parfait.

— Ne te réjouis pas trop vite, ce ne sont que des pâtes avec une sauce tomate maison.

— Et pourquoi la serpillière ?

— Parce que j'ai fait tomber la casserole contenant la fameuse sauce. On devra se contenter de simples pâtes au beurre.

Emily leva les yeux au ciel en souriant. Elle se fichait bien du plat qu'il avait préparé, elle appréciait le geste.

Lorsqu'elle traversa le salon pour se rendre dans sa chambre, elle crut défaillir en observant le mur de son salon.

— Mehla, viens ici tout de suite ! hurla-t-elle.

Isaac la rejoignit, un sourire malicieux aux lèvres.

— Tu peux m'expliquer ?

Sur le blanc immaculé du salon avait été graffé un immense tag « Gravity », le nom du groupe de musique d'Isaac.

— Je me suis permis de refaire un peu la déco, c'était trop aseptisé. Ça apporte un peu de chaleur comme ça.

— Mon appartement n'a pas besoin de chaleur, je l'aimais comme il était. T'as intérêt à enlever ce truc immonde de mon mur. Et je te préviens, je veux que ce soit fait par un vrai peintre et que le rendu soit impeccable.

— Ce n'est qu'un tag, minimisa-t-il. Pas de quoi en faire toute une histoire. Si tu avais dessiné sur un mur chez moi, j'aurais apprécié.

Emily fulminait, mais prenait sur elle pour ne pas exploser et éclater le crâne d'Isaac sur son « œuvre ».

— T'as une semaine pour le faire effacer, conclut-elle.

Isaac savait que cela allait la faire enrager, mais il adorait la voir sortir de ses gonds. Il reconnut que, sur ce coup-là, il y était peut-être allé un peu fort, mais il ne pouvait pas s'empêcher de la taquiner. Emily ne le savait pas, mais la peinture qu'il avait utilisée était censée partir après un lessivage, et il avait déjà prévu le coup du peintre si le blanc gardait des traces. Il avait juste fait ça pour le simple plaisir de l'embêter, et cela avait parfaitement fonctionné.

En ouvrant son courrier, elle découvrit sa convocation au tribunal pour le procès aux assises de Mark Jary – l'homme qui l'avait violée lorsqu'elle avait quatorze ans. Un profond sentiment de malaise s'insinua en elle.

— Ça ne va pas ? s'inquiéta Isaac en l'observant.

— Le procès de mon agresseur aura lieu dans deux mois. Il faut que je commence à me préparer. Je dois prévenir mon avocate.

Il l'enveloppa de ses bras, comme s'il souhaitait la protéger de tout ça, mais cela était inefficace. Emily avait un nouveau combat à mener, il fallait qu'elle soit armée jusqu'aux dents lorsqu'elle entrerait dans l'arène, et qu'elle fasse payer à cet être ignoble ce qu'il lui avait volé.

Isaac était parti le lendemain réaliser une tournée de concerts dans le sud de la France pour trois semaines. Telle était leur vie d'artistes : se voir par intermittence. Deux jours plus tard, Asma et Emily avaient prévu de sortir en boîte de nuit. Cela faisait longtemps qu'elles n'avaient pas fait de soirée entre elles. Pour l'occasion, Emily avait revêtu une belle robe vert émeraude Chloé qui lui faisait un corps à tomber.

Asma rejoignit Emily à son appartement, et en profita pour lui rendre la robe qu'elle lui avait empruntée des mois plus tôt. Finalement, son copain ne l'avait pas demandée en mariage, mais au contraire l'avait quittée quelques jours plus tard. Elle était dans une phase séductrice afin de mettre un terme définitif à son chagrin d'amour. En bonne copine, Emily se devait de l'encourager, et de l'accompagner dans cette étape de reconstruction de soi-même après un échec sentimental douloureux. Elles partirent bras dessus bras dessous en direction d'un club huppé de la capitale. Elles s'installèrent à une table dans le coin VIP pour pouvoir discuter sans que trop de monde s'intéresse à Emily et commandèrent des cocktails à une serveuse.

— Isaac sait que tu sors ce soir ? s'inquiéta Asma subitement.

— Bien sûr, je ne peux pas lui cacher ça. Il m'en voudrait à mort.

Asma lui sourit tendrement.

— Je suis heureuse pour vous, lui lança-t-elle. Vous êtes beaux ensemble. Ce qui se passe entre vous est sincère, ça se voit.

Emily fut touchée par la déclaration de son amie. Effectivement, elle était heureuse aux côtés d'Isaac, même s'il avait tagué le mur de son salon…

Alors que les deux jeunes femmes continuaient de discuter sagement ensemble, deux hommes s'assirent en face d'elles. Même le carré VIP ne les empêchait donc pas d'être importunées, puisque des fêtards dépensaient sans compter pour y entrer. Cependant, il aurait suffi d'un regard d'Emily en direction du vigile pour qu'ils déguerpissent. Malgré tout, elle n'en fit rien, car elle supposa que ça ferait du bien à Asma de se faire draguer suite à sa rupture, histoire qu'elle reprenne confiance en elle. Le premier homme était la copie conforme d'un surfeur californien, et le second ressemblait à un geek sexy. Les yeux d'Asma pétillèrent en les découvrant : elle n'aurait même pas besoin d'aller danser avec ses talons de dix centimètres pour trouver un homme avec qui passer la nuit.

— Je m'appelle James, se présenta le surfeur, et voici Flavien. On peut se joindre à vous ? Vous êtes sublimes !

— Bien sûr, accepta Asma sans même se concerter avec son amie. Je m'appelle Asma, et voici Emily.

— Je savais que ta tête me disait quelque chose, lui dit Flavien en souriant. Tu es Emily Tarsikova, c'est ça ?

— Oui, répondit-elle avec le froid qui la caractérisait si bien.

— Si on m'avait dit que je te croiserais ce soir, je ne l'aurais jamais cru.

Déjà, Asma et James discutaient en aparté, commençant même à flirter. Emily comprit qu'elle allait tenir la chandelle toute la soirée, mais si cela permettait à son amie de passer à autre chose, elle pouvait le faire.

— Je dois dire que tu es aussi belle en vrai que sur Insta, la complimenta Flavien.

— Je ne suis pas célibataire. Je suis en couple et heureuse.

— OK, dit-il en souriant. C'est cool. Au moins, tu m'épargnes de me fatiguer à te séduire pour rien.

— Comme ça, tu sais tout de suite qu'il ne se passera rien entre nous.

Il rit, puis but quelques gorgées de son verre.

— La soirée est loin d'être finie, Emily. Elle te réserve peut-être des surprises.

Elle leva les yeux au ciel sans aucune gêne, lui montrant ouvertement qu'il ne l'intéressait pas le moins du monde.

Voyant bien qu'Asma appréciait la compagnie de son nouvel ami, Emily tua le temps en discutant de choses et d'autres avec Flavien. Ce n'était pas son genre de s'intéresser à un inconnu, mais ce garçon avait quelque chose de sympathique, et elle se surprit plusieurs fois à rire à ses blagues. Un mètre plus loin, Asma et James s'embrassaient langoureusement.

— Et si on allait chez nous ? proposa James. On pourra être plus tranquilles là-bas.

— Je crois que je vais rentrer, répondit Emily.

— Ne dis pas que tu vas me laisser seul avec ces deux-là ? la taquina Flavien. On vit en coloc, je vais les entendre toute la nuit.

— C'est pourtant très exactement ce que je viens de dire.

Asma se leva et la prit par le bras pour lui parler en catimini.

— Ne me laisse pas toute seule, Em, la supplia-t-elle.

— Pourquoi ? Tu peux y aller sans moi, non ?

— Imagine que c'est un tueur en série !

— Alors on mourra toutes les deux, au lieu de toi seule !

— S'il te plaît ! Viens avec moi, juste le temps qu'on s'assure qu'ils ne sont pas timbrés, et puis après tu rentres en taxi chez toi.

— Asma…, soupira Emily. Je n'en ai pas envie.

— Mais James est tellement sexy ! J'aimerais vraiment passer à autre chose ce soir, et je n'ose pas y aller seule ! Allez, dis oui…

Emily aurait cent fois préféré aller se coucher, mais les yeux suppliants de son amie la firent abdiquer.

— Très bien, souffla Emily de lassitude. Je reste dix minutes, et après je m'en vais.

— Merci !

Asma la prit dans ses bras, heureuse à l'idée de passer la soirée avec James.

Dans l'appartement des colocataires, les discussions allaient bon train entre les trois nouveaux amis. Seule Emily restait dans son coin à boire le verre que Flavien lui avait servi. Elle ne cessait de regarder l'heure sur sa montre : deux heures du matin. Elle se promit qu'elle partirait dans quinze minutes au plus tard. Elle n'avait qu'une envie : retrouver son lit douillet, s'endormir et oublier cette soirée.

Quand Asma et James s'excusèrent pour rejoindre une chambre, ce fut le moment pour elle de se décider à rentrer. Lorsqu'elle se leva, sa tête lui tourna subitement, elle faillit perdre l'équilibre et dut se retenir à une commode pour ne pas chuter au sol. Elle ne pensait pas avoir bu autant d'alcool – trois verres tout au plus.

— Ça va ? lui demanda Flavien.

— Il fait chaud ici, non ?

Son corps se couvrit de sueur, sa bouche devint pâteuse. Lever les bras lui demanda un effort considérable. En observant son verre sur la table basse, elle comprit.

— Tu m'as droguée.

— C'est toi qui m'as dit que je n'avais aucune chance de te séduire. Je vais te prouver le contraire.

Il s'approcha d'elle comme un félin, et plongea ses yeux sombres dans les siens. Quand ses doigts voyagèrent sur ses cuisses, Emily rassembla le peu de forces qu'il lui restait pour lui asséner une violente gifle. Flavien tourna à nouveau son visage face au sien, et elle sut que la situation allait empirer. La colère, mais aussi l'humiliation, transpiraient de la peau laiteuse de l'homme. Son regard se transforma en granit. Il lui infligea un coup de poing en plein visage, qu'elle n'eut pas le réflexe d'esquiver, et elle chuta sur le canapé. Elle était si défoncée qu'elle ne ressentit pas la douleur, mais mit un temps considérable à se relever. Flavien s'était déplacé pour aller fouiller dans un meuble du salon. Il se rassit face à elle, et Emily crut mourir quand elle aperçut ce qu'il avait entre ses mains.

— Tu ne te laisses pas faire, alors je n'ai pas le choix, car le temps presse. James et ta copine peuvent être plus rapides que prévu.

La mannequin n'eut pas le temps de réagir que, déjà, son bras était enlacé par un lacet de chaussure.

— Je t'en supplie, l'implora-t-elle la respiration haletante. Pas ça !

Il fit chauffer de la poudre dans une petite cuillère, puis aspira le liquide dans une seringue.

— Asma ! hurla Emily.

Flavien fila chercher un torchon dans la cuisine pour lui bâillonner la bouche. Elle avait beau tenter de se débattre, elle était totalement incapable de réagir. Son corps ne lui obéissait plus. La panique s'accentua en le voyant tapoter la seringue pour en enlever une bulle d'air. Des larmes roulaient sur ses joues, elle le supplia du regard pour qu'il arrête tout en ayant l'impression que cela ne faisait que renforcer son excitation. Les mains fermes de Flavien la forcèrent à s'allonger sur le canapé. À cause de la drogue, mais aussi de ses larmes, la vision d'Emily était devenue complètement floue. Son cœur battait si fort dans sa poitrine qu'elle avait l'impression de l'entendre. Sa cage thoracique montait et descendait sous l'effet de sa respiration rapide, elle suffoquait.

Lorsque l'aiguille pénétra sa peau, et que l'héroïne se diffusa dans son sang, un sanglot déchirant sortit de sa gorge.

— Calme-toi, Emily…, lui dit doucement Flavien en caressant sa joue. Tout va bien se passer.

À peine quelques secondes plus tard, ses muscles se détendirent, un profond sentiment de bien-être s'empara de son esprit. Elle n'essaya plus de se débattre, elle savoura les effets de la drogue. Cette drogue qu'elle avait tant aimée pendant son adolescence, celle qui lui faisait oublier ce qui lui était arrivé, celle qui allait lui faire revivre ce drame. Son esprit ne lui appartenait plus, elle se délectait de la quiétude qui venait de s'emparer d'elle. Comme si elle avait passé des années à souffrir, à chaque seconde, elle eut l'impression que les maux qui l'animaient disparaissaient. Loin, très loin dans sa conscience, une petite voix lui murmurait que, même si elle oubliait ses souffrances pour quelques instants ce soir, celles-ci reviendraient au galop le lendemain pour la déchirer de l'intérieur.

Emily soupira de bien-être, un sourire aux lèvres, puis ses paupières se fermèrent doucement.

28. Je suis prêt à encaisser

Emily entendit des voix se disputer. Une douleur lancinante s'immisça dans son crâne. Lorsqu'elle ouvrit les yeux, elle grimaça en passant la main sur sa joue gauche, qui semblait être enflée. Elle se sentait vaseuse, ailleurs. Devant elle, Asma et Isaac se criaient dessus ; il lui fallut plusieurs secondes avant de comprendre qu'elle se trouvait dans une chambre d'hôpital.

— Qu'est-ce qui s'est passé ? demanda-t-elle d'une voix enrouée.

— Tu es réveillée ! s'exclama Asma en se jetant sur elle.

Isaac s'assit sur le lit, et glissa sa main dans la sienne.

— Comment tu te sens ?

— J'ai mal à la tête… Qu'est-ce qui m'est arrivé ?

Isaac fusilla sa cousine de son regard noir, et Asma baissa les yeux, honteuse.

— De quoi est-ce que tu te rappelles ? la questionna celle-ci tout bas, sans oser relever la tête.

— On est allées en boîte de nuit, et… c'est tout. Je n'ai aucun autre souvenir.

Les yeux d'Asma s'embrumèrent subitement. Elle essuya une larme sur sa joue en soufflant un grand coup.

— On a rencontré deux garçons, expliqua-t-elle, puis on est allées chez eux. Tu ne voulais pas, mais tu m'as accompagnée parce que je t'ai suppliée. Je suis partie dans la chambre de James pour coucher avec lui, et toi, tu es restée avec Flavien. À un moment, je t'ai entendue crier mon prénom. Je me suis dit que tu voulais juste me dire au revoir, mais plus les minutes défilaient, et plus je me disais que c'était peut-être autre chose. Du coup, j'ai arrêté ce que je faisais, et je suis allée voir si tout allait bien au salon. Je t'ai trouvée inconsciente, allongée sur le canapé. Flavien commençait à remonter ta robe, alors je me suis jetée sur lui. Il m'a giflée, mais James est arrivé, et il a aussitôt compris. Il s'est rué sur son colocataire, et l'a frappé jusqu'à ce qu'il tombe dans les pommes. On a immédiatement appelé le Samu et la police.

Emily mit plusieurs secondes à encaisser le choc. Elle ne gardait aucun souvenir de ce que venait de lui raconter Asma. Elle ne se rappelait même pas le visage de ce Flavien.

— Est-ce qu'il m'a… ?

— Non ! s'exclama Asma. Il ne t'a rien fait. Je suis arrivée juste à temps.

La jeune femme soupira de soulagement en passant une main nerveuse dans ses cheveux.

— Em, il faut que tu saches quelque chose…, fit Asma.

— Je t'écoute.

— Tes analyses de sang indiquent que tu as ingurgité du GHB, mais aussi… de l'héroïne.

Emily aurait préféré qu'on lui annonce qu'elle avait un cancer. Peut-être que son esprit ne gardait aucun souvenir de cette drogue, mais son corps, lui, n'allait certainement pas l'oublier. Cela faisait huit ans qu'elle n'avait plus touché à l'héroïne, et le simple fait de s'imaginer en manque lui donna la nausée.

— Je suis tellement désolée, Em…, sanglota Asma. Tu m'avais dit que tu ne voulais pas y aller, j'aurais dû t'écouter. Je te demande pardon, je m'en veux à un point que tu n'imagines même pas.

— Tu ne pouvais pas savoir, répondit Emily d'une petite voix.

— Laisse-nous, maintenant, ordonna Isaac à sa cousine d'une voix qui démontrait sa rancune.

Asma essuya ses larmes et quitta la pièce sans demander son reste.

— T'as vraiment une sale tête, mocheté.

— Au moins, maintenant, je mérite ce surnom.

— Même avec ton hématome sur la joue, tu seras toujours la plus belle des moches.

Isaac réussit l'exploit d'arracher un sourire à sa copine.

— Tu n'étais pas censé être dans le Sud avec tes amis ?

— Dès que ma crétine de cousine m'a appelé pour me dire ce qui s'était passé, j'ai pris le premier avion pour te rejoindre. Je vais rester avec toi, les gars assureront ma partie à ma place. D'ailleurs, ils attendent de tes nouvelles, ils me harcèlent pour savoir comment tu vas, ils sont inquiets. Tu me fais une place à côté de toi ?

Emily se décala, et Isaac put s'allonger à ses côtés. Il la prit dans ses bras en la serrant si fort qu'elle eut du mal à respirer, mais elle ne lui en fit pas la remarque. Cette étreinte était d'un réconfort sans pareil.

— Les médecins disent qu'il faudra que tu fasses vraiment attention à ne pas replonger dans l'héroïne, et que tu vas certainement ressentir un manque. J'ai vu sur Internet que, quand on a été un gros consommateur, et qu'on est sobre depuis des années, une rechute peut être catastrophique. Parfois, ça peut même amener à une overdose alors que c'est seulement une dose normale.

— Je n'ai pas envie de replonger dans cet enfer.

— Tu n'y retourneras pas. Jamais je ne te laisserai faire. Si t'en as envie, dis-le-moi, je t'aiderai à te changer les idées, même si je dois te ligoter.

— Je vais finir en centre de désintoxication avec mon père. La malédiction de la famille Tarsikova. Je vois déjà la une des magazines à scandale.

— Je te promets sur ce que j'ai de plus précieux que ça n'arrivera pas. Je ferai tout ce que je peux pour que tu franchises cette étape. Tu l'as déjà fait, je sais que tu en es capable.

Emily était dubitative, elle ne savait pas si elle serait assez forte pour résister une nouvelle fois à son addiction. En revanche, elle était bien consciente que rien ne serait simple.

Trois jours plus tard, ce qui devait arriver arriva. Il était quatre heures du matin, Emily était assise sur le carrelage de sa salle de bains depuis une heure. Les jambes repliées contre sa poitrine, elle s'arrachait presque les cheveux. Le manque d'héroïne s'était imprégné en elle comme un poison qui la consumait. Elle tentait de recouvrer ses esprits, mais elle était en plein brouillard. Sa respiration était haletante, elle transpirait à grosses gouttes. Son corps tout entier réclamait une dose, juste une petite aurait suffi. Elle supplia intérieurement qu'on la libère de cette souffrance, puis se demanda subitement si ce serait si grave d'en prendre une toute dernière fois. Elle repensait à tout le bien-être qu'elle ressentait quand elle était défoncée, à ce sentiment que rien ni personne ne pouvait l'atteindre.

— Je n'ai pas besoin de ça, tu n'as pas besoin de ça, il n'a pas besoin de ça, nous n'avons pas besoin de ça, vous n'avez pas besoin de ça, ils n'ont pas besoin de ça. Je n'aurai pas besoin de ça, tu n'auras pas besoin de ça…

Elle répétait inlassablement cette conjugaison comme une comptine qui aurait pu l'aider à garder à son calme. C'était le psychiatre qui la suivait lors de sa cure quand elle avait dix-huit ans qui lui avait conseillé de le faire dans les moments difficiles. En plus de lui occuper l'esprit, cela était censé la motiver.

La lumière de la salle de bains baigna brusquement la pièce de sa clarté, mais Emily resta prostrée, répétant inlassablement son étrange dicton. Le cœur d'Isaac saigna en la voyant ainsi. C'était la première fois qu'il était spectateur d'une telle vulnérabilité de la part de sa copine.

— Qu'est-ce que tu fais, mocheté ?

Elle parlait si doucement qu'il peinait à comprendre les mots qu'elle prononçait.

— Il n'avait pas besoin de ça, nous n'avions pas besoin de ça, vous n'aviez pas besoin de ça…

Il s'assit à ses côtés, se demandant comment il pourrait l'aider.

— Tu as pris tes médicaments ?

— Ça ne fonctionne pas. Le manque est plus fort. Je n'eus pas besoin de ça, tu n'eus pas besoin de ça, il n'eut pas besoin de ça…

— Habille-toi, on va sortir marcher un peu.

Emily se laissa guider par Isaac tout en continuant de réciter sa conjugaison.

— Il va falloir que je marche des kilomètres pour me faire passer le manque, le prévint-elle.

— On marchera jusqu'au lever du jour si nécessaire.

Une fois dehors, Emily entama sa marche nocturne d'un pas vif. Isaac la suivit, surpris par son allure. Puis les secondes défilaient, et plus elle accélérait la cadence, jusqu'à commencer à courir. Elle ne savait pas où elle allait, mais peu importait, elle courait comme si elle voulait laisser derrière elle ses maux et ses souvenirs douloureux. Des larmes coulaient sur ses joues, mais elle ne s'arrêtait pas pour autant. Elle avait arrêté de parler pour avoir une meilleure respiration, elle ne voulait plus s'arrêter, ne jamais revenir en arrière. Ses cheveux volaient au vent, ses yeux ne regardaient rien de précis, comme si elle était sur un tapis de course, perdue dans ses pensées. Isaac tenait la cadence, pour rien au monde il ne l'aurait laissée lui échapper.

Au bout de quinze minutes pendant lesquelles ils coururent comme deux fous, Emily ralentit enfin. Elle s'agenouilla à même le trottoir et pleura comme elle avait rarement pleuré dans sa vie. Des torrents de larmes inondaient ses joues. Sa gorge était si crispée que c'en était douloureux. Inconsolable, elle ne parvenait pas à calmer ses spasmes. Isaac posa une main réconfortante sur son épaule, elle le repoussa d'un geste agressif.

— Ne joue pas au chevalier servant avec moi ! cingla-t-elle d'une voix brisée. Je n'ai pas besoin de toi !

— Calme-toi, Em, dit-il avec douceur en tentant de l'aider à se relever.

Elle le repoussa avec encore plus de vigueur.

— Lâche-moi ! cria-t-elle. Je ne suis pas une charmante demoiselle en détresse. Je ne suis pas la gentille fille des histoires qu'on lit à ses gamins quand on les couche. Je suis une garce, la pire des garces ! Et toi, t'es qu'un pauvre mec attaché à une fille que t'idéalises.

— Ferme-la, Tarsikova, et viens avec moi.

— Toi, ferme-la ! Ça se voit que tu es complètement stupide. Si tu avais un tant soit peu d'intelligence et d'amour-propre, tu me quitterais sur-le-champ. Qu'est-ce que tu peux être con, Isaac !

— Tu as fini ?

— Non ! Je vais te briser, Mehla. Tes rêves de couple heureux avec des gosses et tout le bordel, je vais tout emporter avec moi. Tu verras que, dans quelque temps, tu chialeras en maudissant le ciel de m'avoir rencontrée. Je suis une belle salope, et si tu crois le contraire, c'est que t'as un manque de discernement évident.

Il la saisit fermement par le bras, et la força à se remettre sur ses jambes. Le manque faisait perdre les pédales à Emily. Isaac tentait de garder son calme, mais les paroles de sa copine le blessèrent malgré tout.

— Laisse-moi tranquille, abruti ! cracha-t-elle en se débattant.

— Ferme-la ! cria-t-il en perdant son sang-froid. Marche, et ferme-la !

— Ça y est, tu commences à piger que je ne tourne pas rond ? Tu en as mis du temps !

— Qu'est-ce que tu peux être chiante ! Déjà qu'en temps normal, tu es casse-couilles, mais quand tu es en manque, tu mutes. *High level !*

— Tu devrais me quitter.

— La ferme, souffla-t-il en la forçant à marcher.

— Je te jure que tu devrais le faire.

Il la saisit par la hanche et la poussa contre un mur. Il prit son visage entre ses mains pour l'obliger à le regarder droit dans les yeux. Il marqua un temps d'arrêt en voyant ses joues humides, ses yeux rougis par les pleurs ; il la sentait trembler de tout son corps.

— Tu as fini de te faire passer pour une femme que tu n'es pas ? Tu n'es pas dans ton état normal, c'est le sentiment de manque qui te rend acerbe. Mais tu sais quoi ? Je n'en ai rien à foutre. Continue de m'insulter si ça te soulage, balance-moi toutes tes reparties cinglantes à la gueule, je vois que ça te fait du bien. Je suis prêt à encaisser, alors vas-y, lâche-toi !

— Je te déteste ! hurla-t-elle en le poussant. Laisse-moi !

— Et moi je t'aime !

Les mots d'Isaac agirent comme un électrochoc sur la jeune femme. Elle avait la bouche entrouverte, mais aucun son n'en sortit. Il fallut plusieurs secondes pour que ses traits se détendent, que son visage se radoucisse.

— Je t'aime, Emily Tarsikova. Que tu sois sur le podium d'un défilé, devant un objectif, en jogging ou en pleine crise de manque, je t'aime, et rien de ce que tu pourras me dire ne me fera m'éloigner de toi, donc arrête de te fatiguer. C'est compris ?

Comme si elle sortait de l'eau après une apnée de trois minutes, elle respira à nouveau convenablement. Elle remontait à la surface, vers la lumière, vers Isaac.

— Je suis désolée, gémit-elle. Bon sang, je suis vraiment désolée. Je ne sais pas ce qui m'a pris.

Elle s'accrocha au cou de son copain comme une naufragée sur une bouée en pleine mer. Isaac l'accueillit au chaud de ses bras, soulagé qu'elle soit revenue à elle.

— Je t'aime aussi, chuchota-t-elle.

Isaac lui offrit un baiser d'un réconfort inégalable. Ils venaient de s'avouer leurs sentiments les plus sincères dans un moment de souffrance extrême. Quand Isaac se demanda si d'autres crises auraient lieu, et surtout si elles seraient aussi virulentes, Emily se maudit d'avoir laissé parler le manque une minute plus tôt. Elle aurait pu perdre Isaac, mais il n'avait pas bougé.

Comme il le lui avait promis, Isaac était resté avec elle.

Pour le meilleur et pour le pire.

29. Stop !

Les semaines passèrent, rendant le manque de moins en moins fort pour Emily. Elle prenait scrupuleusement son traitement pour ne pas retomber dans son addiction. Quand le manque se faisait violemment sentir, Isaac l'emmenait marcher, ou courir, selon l'intensité de son malaise. Ils déambulaient dans les rues de Paris. Parfois ils discutaient, parfois ils se taisaient pendant des heures. Isaac la soutenait dans ce combat qu'elle peinait à gagner, l'aidant à oublier ses faiblesses. Cela était nouveau pour Emily, de se sentir épaulée par un homme qui ne faillissait pas une seule fois au rôle qu'il prenait à cœur.

Elle n'avait plus été odieuse avec lui. Quand la colère s'immisçait en elle, elle récitait sa comptine, marchant à plusieurs mètres devant lui. Elle ne voulait plus qu'il subisse ses sautes d'humeur, son fardeau. Son but était de le protéger de ses travers. Dès lors, il se contentait de les observer de loin, et cela était déjà difficile à supporter pour elle. Se montrer si vulnérable aux yeux de quelqu'un n'était pas dans ses habitudes, mais avec Isaac, elle se sentait aussi libre de se montrer telle qu'elle était vraiment : abîmée et tourmentée.

Une nuit, alors qu'ils dormaient chez Emily, la sonnette de son appartement retentit, les sortant d'un sommeil agité. Isaac grogna tandis qu'Emily se levait déjà pour aller ouvrir.

Christina se tenait devant elle, les joues ruisselantes de larmes. En voyant son aînée, son visage habituellement angélique se crispa, elle explosa en sanglots, puis se laissa tomber dans ses bras. Emily caressa ses longs cheveux blonds avant de la guider jusqu'au canapé du salon pour qu'elle puisse s'asseoir.

— Qu'est-ce qui se passe ? s'inquiéta Emily.

Isaac les rejoignit rapidement. En voyant la scène qui se déroulait devant ses yeux, en entendant les pleurs incessants de Christina, un voile de tristesse se déposa sur son visage.

— Je vais nous faire du thé, proposa-t-il avec douceur.

Emily lui lança un regard de remerciement.

— Chris, explique-moi ce que tu as. Pourquoi est-ce que tu pleures ?

— C'est Hugo, bredouilla-t-elle.

— Vous vous êtes disputés ?

— Oui… et il m'a étranglée.

Emily se tendit comme un élastique prêt à céder, elle se retint de toutes ses forces pour ne pas exploser.

— C'est quel genre de fils de pute, ça, encore ? s'énerva Isaac qui ne ratait aucune miette de la discussion depuis la cuisine.

Il revint quelques secondes plus tard avec trois tasses fumantes.

— Tu veux que j'aille le défoncer ? lui demanda-t-il sur un ton très sérieux.

Christina fit un simple « non » de la tête avant de souffler sur son breuvage.

— Je lui ai dit que je le quittais parce qu'il était tellement nul au lit que j'en pouvais plus, expliqua-t-elle. Il ne l'a pas très bien pris… Et ça a été pire quand je lui ai avoué que je l'avais trompé. On s'est hurlé dessus, puis il m'a étranglée. Ça n'a pas été long, mais j'ai eu vraiment peur.

— Ce n'est pas ta faute si ton mec est nul au pieu, la rassura Isaac. Tu as bien fait de le quitter.

— Merci, mon chat, renifla-t-elle.

Isaac leva les yeux au ciel avec un sourire en entendant son surnom. Quant à Emily, elle n'osa tout d'abord pas parler, de peur de laisser la fureur en elle imploser.

— Tu peux rester ici le temps qu'il te faudra, lui proposa-t-elle finalement.

— Merci, Em. J'ai encore des affaires chez lui. Tu pourrais aller les chercher demain matin ? Je ne veux plus jamais le voir.

— Bien sûr. J'irai tout récupérer, tu n'auras plus à y retourner. Est-ce que tu veux porter plainte ? Je peux demander à mon avocate de rédiger ta plainte, tu n'auras même pas à aller au commissariat.

— Non, je veux seulement oublier cette histoire, et ne plus jamais entendre parler de lui.

Emily se leva pour prendre son carnet de croquis, et en déchira une page vierge.

— Fais-moi une liste complète de ce que je dois prendre chez lui et écris-moi son adresse.

Christina s'exécuta, soulagée que sa sœur prenne les choses en main. Ils discutèrent tous les trois durant une longue heure, puis Christina partit se coucher dans la chambre d'ami.

Allongée dans son lit, Emily observait son plafond, le regard noir, l'esprit rageur.

— Fais pas ça, mocheté.

— Faire quoi ?

— Imaginer comment tuer l'ex de ta sœur, puis te débarrasser de son corps.

— Il le mériterait tellement, soupira-t-elle en passant sa main dans ses cheveux.

— Je réitère : je peux aller le frapper. Ça ne me dérangerait pas le moins du monde.

— Si quelqu'un le frappe, ce sera moi.

— OK, je resterai près de toi pour couvrir tes arrières. Ce n'est pas avec tes cinquante kilos que tu vas lui faire mal.

Isaac l'attira contre lui, elle se lova contre son torse.

— Dis-moi le fond de ta pensée, murmura-t-il.

— Ça me rend complètement folle de savoir que quelqu'un ait fait du mal à Chris.

— Tu ne peux pas toujours la protéger. Je ne défendrai jamais ce que ce connard a fait, mais elle n'y est pas allée de main morte… Elle aurait dû juste le quitter et se barrer.

— Elle s'est montrée honnête ; s'il ne peut pas l'accepter, c'est son problème. Il n'avait pas à s'en prendre à elle.

— Je suis d'accord avec toi.

Cette nuit-là, l'insomnie garda Emily éveillée. Aux alentours de sept heures du matin, elle fila prendre une longue douche chaude, puis s'habilla d'un simple jogging, d'un T-shirt et d'une veste en jean. Elle était en train d'enfiler une paire de baskets quand Isaac la rejoignit dans le salon en bâillant. Il mit son hoodie, puis ses chaussures. Un fin sourire étira ses lèvres en voyant le regard étonné de sa copine.

— Tu croyais vraiment que j'allais te laisser aller chez ce mec sans moi ?

— Je n'ai pas peur de lui, rétorqua-t-elle en glissant la liste de Christina dans son sac à main.

— Ça tombe bien, moi non plus. Il ne sait pas ce qui l'attend. Un seul mot de travers, et je le démonte.

Tandis que Christina dormait encore, ils sortirent de l'appartement à pas de loup, prêts à en découdre.

Le couple Mehla-Tarsikova allait frapper, et cela promettait d'être virulent.

Lorsqu'ils arrivèrent devant l'appartement d'Hugo, la colère d'Emily était à son paroxysme. Il n'était que huit heures du matin, la journée serait longue. Elle s'apprêtait à sonner quand Isaac la fit reculer de quelques pas.

— Qu'est-ce que tu fabriques ? s'agaça-t-elle.

— Je veux qu'on se mette d'accord. Tu récupères les affaires de Christina, et moi, je me charge de lui. Reste calme, et si tu sens que ça va dégénérer, je m'en occupe.

— Ça va, je peux me défendre.

— Ne joue pas la dure, Tarsikova. Tu auras beau mettre toute la violence que tu souhaites dans un coup, il ne sera même pas sonné, ça ne fera que l'énerver et lui donner une raison de te frapper.

Emily se rembrunit en écoutant cette criante vérité.

— Fais pas la tête, la taquina-t-il. Tu sais bien que j'ai raison. Donc on se répartit les rôles, et les moutons seront bien guidés.

— Gardés, rectifia-t-elle.

— En Algérie, on dit guidés.

— Les chiens guident les troupeaux, les bergers les gardent. Donc, tu te situes avec les chiens ?

— Non, râla-t-il. Je te dis juste que le proverbe, chez nous, c'est « guidés ». Mais on s'en fiche, non ? On n'est pas là pour découvrir nos différences culturelles.

— Oui, tu as raison.

Emily frappa plusieurs coups forts contre la porte.

— Tes histoires de moutons…, soupira-t-elle en levant les yeux au ciel.

— C'est toi le mouton.

— Dit le mec qui est aussi frisé qu'un agneau.

— Je préfère être un agneau qu'un mouton.

— Je ne suis pas un mouton ! siffla-t-elle en frappant une nouvelle fois à la porte avec plus de conviction.

— C'est vrai que tu es une femme, du coup… tu serais plutôt une brebis.

Emily ne put s'empêcher de ricaner devant son regard malicieux.

— Je vais faire du fromage avec le lait de tes seins.

— Et moi, je vais te transformer en méchoui.

Ils se sourirent quelques secondes, oubliant presque la raison de leur venue ici.

— Bon, il ouvre ou pas ? s'agaça soudainement Isaac.

Il tambourina violemment la porte d'entrée, avant d'y donner un coup de pied.

— Heureusement que c'est moi qui dois garder mon calme, le sermonna-t-elle.

La porte s'ouvrit brusquement devant eux ; Hugo apparut, habillé seulement d'un boxer. Il se frotta le visage, semblant encore être endormi.

— Emily ? s'étonna-t-il. Qu'est-ce que tu fais là ?

— Je viens récupérer les affaires de Christina, pauvre connard.

Oubliant toutes les recommandations d'Isaac, elle le poussa violemment pour pouvoir entrer dans l'habitation.

— Je sais que j'ai merdé…, se lamenta le jeune homme en suivant le couple jusqu'au salon.

— Tais-toi, lui ordonna fermement la mannequin. Je te jure que je suis vraiment à deux doigts de te foutre ma main dans la gueule.

— J'éviterais de la contrarier si j'étais toi, conseilla Isaac à Hugo en lui tapotant l'épaule. Assieds-toi.

Il le prit par le bras, et le poussa sur le canapé du salon. Emily sortit de son sac l'immense liste de sa sœur, puis s'affaira à trouver toutes les choses qui la composaient. Hugo l'aida à plusieurs reprises. Au moins, il ne se montrait pas désobligeant. Une demi-heure plus tard, tout était rassemblé dans deux sacs cabas.

— Est-ce que tu peux dire à Chris que je suis désolé ? quémanda Hugo alors qu'ils s'apprêtaient à partir. Je ne sais vraiment pas ce qui m'a pris.

Emily le fusilla du regard en s'approchant de lui.

— Je ne dirai rien à ma sœur, et toi non plus, d'ailleurs. Tu vas sortir de sa vie de façon définitive. Tu le feras soit parce que t'es assez intelligent pour comprendre que tu l'as perdue, soit parce que je t'aurai tué, démembré et brûlé.

— Tarsikova…, la réprimanda Isaac.

— Je n'ai pas fini ! poursuivit-elle en s'approchant encore d'Hugo. Touche encore à un seul cheveu de Christina, lance-lui juste un regard, et t'es un homme mort. Je n'ai peut-être pas assez de force pour te tuer moi-même, mais j'ai assez d'argent pour engager quelqu'un qui le fera sans laisser aucune trace. On ne retrouvera jamais ton corps, et ta mère chialera à chacun de tes anniversaires en se demandant où tu es. C'est ça que tu veux, Hugo ?

Ses yeux exprimèrent à la fois l'étonnement et la peur devant cette menace. Aucune once de mensonge ne transpirait du visage d'Emily, car elle était d'une sincérité absolue.

— Non…, balbutia-t-il d'une voix à peine audible.

— Bien. On peut partir.

Emily prit les deux sacs et s'avança vers la sortie. En ouvrant la porte, elle se rendit compte qu'Isaac ne la suivait pas. Il venait d'empoigner Hugo par les cheveux pour le plaquer contre un mur.

— Finalement, je trouve que tu t'en sors trop facilement.

Emily se demanda ce qu'il comptait faire de lui, mais ne fit rien pour l'empêcher d'agir. Isaac força Hugo à s'asseoir au sol, partit dans la cuisine, et en revint les bras chargés de verres. Le premier s'écrasa contre le mur trente centimètres au-dessus de la tête du jeune homme, qui sursauta. Les suivants explosèrent de plus en plus près de son visage.

— Arrête ! hurla Hugo.

À bout de munitions, Isaac prit la carafe sur la table.

— Tu ne lèveras plus jamais la main sur une femme, lui ordonna Isaac d'une voix blanche.

Il lança la carafe, qui éclata en mille morceaux.

— Je te jure que je ne recommencerai jamais ! Partez, s'il vous plaît…

En le voyant aussi terrifié, prostré en boule contre la cloison en se protégeant le visage, Emily eut soudainement de la peine pour lui. Il lui faisait pitié. Isaac s'apprêtait à lui jeter un vase.

— Stop ! lui dit-elle.

— Pourquoi ? Il y a encore plein de trucs à casser.

— J'ai dit stop, Mehla. Regarde-le, il a compris la leçon.

— Oui, j'ai parfaitement compris, assura Hugo d'une voix tremblante sans les regarder. Allez-vous-en, s'il vous plaît.

Isaac reposa sagement le vase, légèrement déçu de ne pas avoir fracassé plus d'objets.

— Tu feras gaffe aux morceaux de verre. T'es pieds nus, tu risques de te couper.

C'était un euphémisme, le sol était parsemé de tessons qui craquaient sous les chaussures du couple en train de s'éloigner. Ils laissèrent un Hugo en pleurs et terrifié, qui ne pouvait plus bouger d'un centimètre au risque de se tailler la plante des pieds.

Quand Christina retrouva ses affaires, la joie qu'elle manifesta leur fit comprendre qu'elle ne se doutait pas de l'état dans lequel sa sœur et son beau-frère avaient laissé son ex. Elle devait juste supposer qu'une discussion houleuse avait eu lieu – car elle connaissait bien Emily –, mais sans imaginer qu'Isaac ait été aussi virulent.

Ils mangèrent ensemble, puis Christina retourna chez elle pour travailler sur un devoir qu'elle devait rendre le lendemain. Emily lui envia son insouciance et sa légèreté.

Après avoir passé son coup de fil hebdomadaire à la clinique pour prendre des nouvelles de son père, Emily se rendit chez son avocate pour préparer le procès aux assises, qui aurait lieu dans un mois. Emily avait la boule au ventre rien que d'en parler. Les journalistes n'avaient pas encore eu vent de ce potin, mais ce qui était certain, c'était qu'ils ne la lâcheraient pas pendant l'audience. Ils se délecteraient de son mal-être, et le vendraient via leurs magazines, qu'elle jugeait immondes. Isaac avait proposé de l'accompagner chez l'avocate, mais elle avait préféré y aller seule. Et puis, il devait voir ses amis pour enregistrer des morceaux pour leur nouvel album.

— Je préfère vous prévenir, Emily, lui dit son avocate, les chances de faire condamner Mark Jary sont infimes.

C'est déjà incroyable que le juge d'instruction l'ait renvoyé devant une cour d'assises et que votre plainte n'ait pas abouti à un non-lieu. Le dossier à charge est totalement vide, il n'y a pas de preuves, pas d'analyses, et personne n'a souhaité témoigner contre lui.

— J'ai bien compris, soupira Emily.

— Je suis obligée de vous poser la question, et n'y voyez aucun moyen de fuite de ma part, mais souhaitez-vous vraiment aller au procès ? Avez-vous envie de raconter votre histoire devant un jury populaire et une horde de journalistes en sachant qu'il n'y a presque aucune chance qu'il soit condamné ?

Emily prit son temps pour répondre. Son avocate tentait de la ménager pour ne pas lui imposer plus de souffrance qu'elle n'en subissait déjà. Cependant, elle tenait à être reconnue comme victime, et s'il y avait une chance d'empêcher ce prédateur de poursuivre ses viols sur d'autres mineurs, alors elle devait la saisir.

— J'irai jusqu'au bout, maître.

— Alors je vous accompagnerai du mieux que je le pourrai. On va commencer par réviser votre témoignage. Plus vous le répéterez, plus il sera facile pour vous de vous exprimer à la barre. Les quatre prochaines semaines vont être éprouvantes, mais il faut en passer par là.

Alors, Emily se replongea dans les instants les plus sombres de sa vie.

30. Pour toujours

Le lendemain, Emily fut brutalement sortie de son sommeil par la sonnerie du téléphone d'Isaac. Il décrocha en bâillant, baragouina quelques mots, puis raccrocha. Il glissa la main le long du ventre de sa copine, puis son torse se cala contre son dos.

— Je vais rejoindre les gars au studio, déclara-t-il d'un air endormi.

Il déposa un baiser sur l'épaule nue d'Emily, son souffle mourut le long de son cou, ses doigts s'entrelacèrent aux siens. Ils avaient passé la soirée à arpenter les rues de Paris pour faire taire une nouvelle crise de manque et s'étaient couchés tard dans la nuit. Emily se rendormit, bercée par les caresses d'Isaac sur ses cheveux.

Lorsqu'elle se réveilla plusieurs heures plus tard, elle découvrit à la place d'Isaac un mot disant qu'il finirait certainement tard sa session d'enregistrement, et qu'elle pouvait rester chez lui si elle le souhaitait. Sous le papier se trouvait une clé, sans aucun doute celle de son appartement.

Ils venaient de franchir une nouvelle étape dans leur relation. Ils avaient désormais un accès à l'appartement de l'autre. Emily se demanda jusqu'où leur idylle les mènerait. Elle ne s'était jamais projetée très loin. Avec les années, elle avait appris que cela ne servait à rien, à part espérer et être déçue.

Elle faisait tourner la clé entre ses doigts quand un sourire victorieux fit tressaillir ses lèvres. Isaac n'allait pas être déçu de son retour chez lui ce soir.

Il était presque minuit quand Isaac rentra d'une journée de travail interminable. Il avait passé son temps à alterner entre écriture et enregistrement. Il n'avait qu'une envie, retrouver Emily, et dormir une douzaine d'heures.

— Désolé, je rentre tard, déclara-t-il depuis l'entrée. Les gars m'ont…

Il venait d'avancer dans son salon, Emily fut plus que satisfaite en observant son regard interdit se poser derrière elle.

— Putain…, soupira-t-il en ébouriffant ses cheveux.

— Tu sais ce qu'on dit, trésor : la vengeance est un plat qui se mange froid.

Il l'attrapa par la taille pour la porter afin de la faire descendre de l'escabeau sur lequel elle était perchée.

— Dommage pour toi, mocheté, j'aime beaucoup.

— Évidemment, c'est mieux que ton affreux tag. D'ailleurs, j'attends toujours que tu l'enlèves.

— Il n'est pas affreux, et je pense que tu t'y es très bien habituée.

Il tourna à nouveau son visage vers le mur pour observer l'œuvre d'Emily. Elle avait peint un immense cerisier sur lequel poussaient des fleurs.

— Ma copine est une artiste, la taquina-t-il en attirant Emily contre son torse.

Il voulut toucher la peinture, mais elle lui donna une petite tape sur la main.

— Ce n'est pas encore sec. Éteins la lumière.

— Pourquoi ?

— Tu verras bien.

Il s'exécuta, et une peinture phosphorescente apparut devant les yeux émerveillés d'Isaac. On aurait dit que l'arbre prenait vie, s'illuminant de plus en plus dans une teinte blanche et rose pâle.

— C'est…, chercha-t-il, magnifique.

— Je pensais que tu serais un peu colère, bougonna-t-elle, presque déçue.

— Tu rigoles ? J'adore ! Je ne pourrai jamais déménager de cet appart, sinon je vais devoir emporter ce mur avec moi.

Emily ne put retenir un sourire en le regardant tendrement. Il admirait son travail d'un regard rêveur. Les éclats phosphorescents illuminaient faiblement son visage conquis.

— C'est un petit cadeau vengeur, déclara doucement Emily.

— Quelle douce vengeance.

— Tu ne me dis pas que tu n'es pas ma pute, cette fois ?

— Non, dit-il en riant. Ce cadeau-là, c'est toi, et vraiment toi. Pas un costume hors de prix ou quelque chose de superficiel. Seulement toi, Em, et je l'aime sincèrement.

Isaac lui offrit un baiser tendre et passionné à la fois qui réchauffa le cœur d'Emily. Elle ne pensait pas qu'il apprécierait autant le fait qu'elle peigne un mur de son salon. Elle savait qu'il ne lui ferait pas de scène, mais de là à recevoir autant d'éloges…

— Tu as de la peinture partout, la charria-t-il en caressant sa joue pour l'enlever. Tu brilles de mille feux.

— C'est grâce à toi.

— Dans les faits, je pense que c'est la peinture qui fait ça.

Il rit alors que les yeux de la jeune femme se levaient au ciel.

— C'est ta lumière qui me fait briller, Isaac, reprit-elle en le regardant avec intensité. Si tu t'éloignes de moi, je serai condamnée aux ténèbres.

— Alors, ne t'éloigne pas. Reste près de moi.

— Pour toujours.

— Pour toujours.

Ils scellèrent cette promesse par un baiser passionné, à l'image de leur relation. Depuis qu'ils étaient en couple, hormis quelques disputes et des déplacements professionnels, ils ne s'étaient plus quittés. Ils avaient troqué une vie de faux-semblants, de rencontres nocturnes, pour un amour fort et sincère. Ce qui les liait était à présent indéfectible. En l'espace de quelques mois, ils étaient devenus un pilier l'un pour l'autre.

La semaine suivante, Emily avait rendez-vous au centre de désintoxication pour rendre visite à son père. Elle avait enfin reçu le feu vert du psychologue. Elle attendait dans le hall de l'établissement avec une certaine appréhension, ne sachant à quoi s'attendre. Cela faisait des années qu'elle ne l'avait pas vu sobre, elle redoutait de le découvrir déprimé ou en manque.

— Mademoiselle Tarsikova ? l'appela un aide-soignant. Je vais vous accompagner jusqu'à la salle de visite.

— Merci.

Elle se leva en sentant son regard insistant sur ses jambes dénudées et le décolleté de sa robe.

— Il y a un souci ?

— Non, pas du tout, se reprit-il en détournant le visage.

Elle le suivit à travers de longs couloirs blancs, éclairés par des néons donnant une atmosphère lugubre à ce lieu austère. Le jeune homme ouvrit une porte, puis lui intima d'entrer dans la grande pièce où se trouvaient de nombreuses tables et chaises. Au loin, elle vit son père lui faire un petit signe de la main.

Plus elle s'approchait de lui, et plus elle pouvait apercevoir les détails de son visage creusé par les cernes et les rides. Elle eut l'impression qu'il avait vieilli de plusieurs années en l'espace de quelques semaines. Quand le sourire de son père illumina son visage pour lui donner meilleure mine, le cœur d'Emily se serra.

À sa grande surprise, il se leva et la prit dans ses bras pendant de longues secondes.

— Ma petite fille, murmura-t-il à son oreille. Tu es tellement belle. Pendant un instant, j'ai cru voir ta mère.

— Merci, papa.

Le mot « étonnée » n'était pas assez fort pour qualifier le sentiment d'Emily. Elle pouvait compter sur les doigts de la main le nombre de compliments que son père lui avait faits depuis le suicide de sa mère. Ils s'installèrent autour d'une table pour pouvoir discuter tranquillement.

— Tu tiens le coup ?

— Ce n'est pas simple tous les jours, admit-il. Mais je t'ai promis que j'y arriverais, et je compte bien le faire. Je ne te cache pas que j'appréhende beaucoup ma sortie. J'espère que je serai assez fort.

— Je serai là pour t'aider si tu en as besoin. Je suis fière de toi.

Elle glissa sa main dans la sienne pour la serrer tendrement. Il lui sourit avec bienveillance.

— Et toi, comment tu vas ? s'enquit-il. Tu es toujours avec ton copain ?

— Je vais bien, et oui, on est toujours ensemble.

— Quand je sortirai, vous viendrez dîner à la maison. Il faut que je me rattrape pour la dernière fois. J'ai été odieux avec lui.

— Ne t'inquiète pas, Isaac n'a pas la rancune tenace. Il est profondément clément, il ne condamne pas les gens au premier regard.

Il lui sourit d'un amour paternel, en l'observant de ses beaux yeux bleus, les mêmes que ceux de Christina.

— Comment va Chris ?

— Elle a rompu avec son petit ami, mais sinon elle va bien. Elle poursuit ses études d'architecture. Je pense qu'elle s'en sort plutôt bien.

— Grâce à toi.

— Elle ne doit sa réussite qu'à son travail.

— Oui, mais elle peut le faire grâce aux bonnes conditions que tu lui offres, argumenta-t-il. Tu payes son loyer, son école, et je suis certain que tu lui donnes de l'argent chaque mois pour lui permettre de vivre.

— L'argent n'a pas d'importance, éluda-t-elle. Je veux qu'elle réussisse. Quand elle aura un boulot, elle ne dépendra plus de moi.

— Tu agis comme j'aurais dû le faire. Avec Chris, tu joues le rôle de sœur, de père et de mère. Tu es tout pour elle.

Emily fronça les sourcils en entendant cette phrase, ne comprenant pas où il voulait réellement en venir.

— Je te dis ça, continua-t-il, car dans notre groupe de médiation, on doit reconnaître nos erreurs. Tu as pallié nos failles et nos faiblesses.

Emily crut tomber de six étages. Il lui avait dit qu'elle était belle, et qu'elle s'occupait correctement de sa sœur. Elle ne le reconnaissait pas.

— J'ai dit quelque chose de mal ? s'inquiéta-t-il.

— Non… C'est juste que… J'avais pris l'habitude de me faire traiter de pute ou de salope quand on se parlait. Recevoir des compliments de ta part est nouveau pour moi.

— Je suis désolé, murmura-t-il en baissant les yeux. J'espère que tu me pardonneras un jour.

— C'est déjà fait.

Le regard surpris et ému de Serge se leva vers celui de sa fille. Sa bouche s'ouvrit de quelques millimètres.

— Moi aussi, je sais ce que c'est de dire des atrocités quand on n'est pas soi-même, dit-elle d'une petite voix.

— Ouais…, soupira-t-il. Au fait, j'ai vu dans les journaux que le procès de ton bourreau aurait prochainement lieu.

On y était, la presse avait eu vent de l'affaire, et ne se gênait pas pour en faire ses gros titres. Emily ne comptait même plus le nombre de demandes d'interviews qu'elle avait reçues.

— Dans moins d'un mois, répondit-elle dans un murmure.

— Est-ce que tu es prête à l'affronter ?

— Pas vraiment… Je me prépare avec mon avocate, elle m'a bien fait comprendre que les chances qu'il soit condamné sont quasi nulles.

— Ne t'inquiète pas, je serai là pour toi.

Il serra la main de sa fille comme pour lui assurer qu'il ne comptait pas se dérober, cette fois. Cet élan d'affection et ses mots touchèrent Emily au point de rendre ses yeux humides.

— J'espère seulement être reconnue comme une victime.

— Et moi, j'espère qu'il va prendre un maximum de taule, déclara-t-il d'une voix blanche. S'il est reconnu non coupable, je le tuerai de mes propres mains.

— Ne dis pas des choses comme ça…

— Je le ferai, Em. Parce que je ne peux pas vivre en sachant que le pédophile qui a violé ma fille reste impuni. Je le tuerai aussi pour protéger toutes les autres adolescentes que ce monstre pourrait briser.

— Et si on parlait d'autre chose ?

Un triste sourire étira ses lèvres, puis ils changèrent de sujet. Ils discutèrent pendant plus d'une heure des soins qu'il recevait, de la thérapie qu'il suivait. À chacune de ses paroles sobres, le cœur de la jeune femme se réchauffait. Elle retrouvait ce père qui lui avait tant manqué. Lorsqu'il rit, elle ne put s'empêcher de l'imiter, et l'émotion la gagna soudainement. Elle était au bord des larmes.

— Ça ne va pas ? s'inquiéta-t-il en voyant perler une larme le long de sa joue.

— Si, ricana-t-elle en l'essuyant. Je suis juste… heureuse pour toi. Tu me sembles tellement apaisé.

— Je le suis. Dans deux semaines, je pourrai sortir, et c'est grâce à toi.

Son sourire tendre ne quittait pas ses lèvres.

— Le chemin est encore long pour moi, mais je suis bien décidé à mettre un terme à mon alcoolisme. À cause de ça, je suis passé à côté de tellement de choses. Ta sœur me manque énormément. Tu penses qu'elle acceptera de me revoir un jour ?

— Je lui en parlerai.

Le temps de visite accordé se termina, et ce fut l'heure de se dire au revoir. Serge prit sa fille dans ses bras en lui promettant de continuer à se battre ; elle l'encouragea vivement à poursuivre ses efforts, et lui promit de repasser le voir prochainement.

L'aide-soignant qui avait accompagné Emily à son arrivée la reconduisit jusqu'au hall d'accueil. Elle lui souhaita une bonne journée et il en fit de même, lui adressant un sourire charmeur.

Elle quitta le centre de désintoxication l'esprit apaisé et serein en se disant que c'était bien la première fois de sa vie qu'elle était fière de son père.

31. Tu te sens à la hauteur ?

Ce soir-là, dans son salon, Emily partageait un verre avec une amie, Svetlana. Celle-ci était en shooting à Paris, et avait profité de son séjour dans la capitale pour lui rendre visite. Elle parlait couramment français, avec un accent qui ne laissait aucun doute sur ses origines nordiques.

— Ça me fait tellement plaisir de te voir, mon Em, se réjouit-elle. Ça fait peut-être deux ans qu'on ne s'est pas vues.

— La dernière fois, c'était pour notre séance photo en Bulgarie.

— Oh oui ! Sofia, quelle ville magnifique. Au fait, j'ai entendu dire que ton agence t'avait foutue dehors. *Fake news* ?

— Non, c'est vrai. Mais je vais bientôt signer avec Live Agency.

— Tu es sérieuse ? s'étonna-t-elle. Je donnerais ma vie pour faire partie de leur groupe ! Tu as tellement la classe, ma chérie ! Évidemment, ils ne pouvaient pas passer à côté de la magnifique Emily Tarsikova. Niveau salaire, qu'est-ce qu'ils t'ont proposé ?

Emily sourit : elle était plus que satisfaite de son nouveau contrat, qui était en train d'être rédigé. Son avocat et son comptable avaient très bien négocié.

— Mes cachets seront d'un minimum de cent mille euros par shooting, je suis tenue d'en réaliser au moins un par mois. J'ai demandé à garder mon chauffeur et mon assistante. Ils ont accepté, comme si ça leur importait peu. Tous mes frais professionnels seront pris en charge.

— Ils t'ont déroulé le tapis rouge ! s'excita Svetlana. En même temps, vu tout le fric que tu vas leur rapporter… J'ai vu ton dernier shoot pour Calvin Klein. Ton cul a été placardé dans tout Stockholm. Et puis, ce mannequin, Neil Browsi, il est tellement sexy ! J'espère que tu as franchi la limite du professionnalisme avec lui.

— En temps normal, ça ne m'aurait pas dérangée, bien au contraire, mais j'ai quelqu'un dans ma vie maintenant.

— L'un n'empêche pas l'autre, la taquina-t-elle en buvant quelques gorgées de vin.

— Je n'ai pas envie de tromper mon copain. Je tiens vraiment à lui, et ce serait bête de le perdre pour un orgasme.

Le sourire de Svetlana s'élargit tandis qu'elle se mordillait la lèvre inférieure.

— Toi et ton cœur d'artichaut.

— Qu'est-ce que tu veux… on ne se refait pas, hein. D'ailleurs, il doit passer ce soir récupérer une clé USB pour son boulot. Ça ne te dérange pas ? Il ne restera pas longtemps.

— Non, je suis contente de le rencontrer !

Elles continuèrent de discuter autour de quelques verres et mignardises en se rappelant des souvenirs de shooting, ou de soirées qu'elles avaient passées ensemble. Svetlana était une des rares amies d'Emily. Elles ne se voyaient pas souvent, ne s'appelaient qu'une ou deux fois par an, mais toutes deux savaient qu'elles pouvaient compter l'une sur l'autre.

Isaac venait d'entrer chez Emily ; elle l'avait prévenu qu'elle serait avec une amie, donc il ne comptait pas s'imposer, seulement récupérer sa clé USB qu'il avait oubliée la veille. Il espérait que cette nuit – qu'ils ne passeraient pas ensemble – ne verrait pas de crise de manque chez sa copine. Même s'ils étaient moins réguliers, et moins difficiles, ces accès mettaient à terre Emily, qui peinait à s'en relever chaque fois. Cependant, elle ne craquait pas et était plus forte à chaque jour qui s'écoulait.

Des rires se faisaient entendre depuis le salon, qu'il rejoignit. Svetlana se présenta poliment à lui avec son accent suédois. Elle était le cliché du mannequin nordique : élancée, avec des cheveux blond polaire, de grands yeux bleus, et des seins qui semblaient bien rebondis. S'il n'avait pas été en couple, il aurait été difficile pour Isaac de ne pas succomber à son charme.

— Alors c'est toi qui fais battre le cœur de ma petite Em, s'amusa Svetlana en passant la main sur la hanche de la jeune femme.

— Je vois que vous vous êtes raconté votre vie, ricana-t-il avec gêne.

— Si tu savais…, répondit la belle blonde en lui faisant un clin d'œil.

Ses sourcils s'arquèrent devant cette réponse qui le laissa pantois.

— Tu as ma clé USB, mocheté ? demanda Isaac pour changer de sujet.

— Mocheté ? dit Svetlana en riant. Tu sors avec une des plus belles femmes du monde, qui va signer chez Live Agency. Un peu de respect.

— C'est elle qui ne veut pas que je lui dise qu'elle est belle, plaida-t-il.

— Dans ce cas, dis-lui qu'elle est magnifique.

Isaac leva les yeux au ciel, tandis qu'Emily ne se défaisait pas de son sourire espiègle.

— Prends un verre avec nous, lui proposa-t-elle.

— Je n'ai pas envie de m'imposer pour vos retrouvailles.

— Tu ne t'imposes pas, le rassura Svetlana.

Elle fila dans la cuisine, sans doute pour aller chercher un verre et une autre bouteille de vin.

— Ta pote est chelou, fit Isaac à sa copine.

— Tu n'imagines pas à quel point, ricana-t-elle en lui lançant un regard qu'il ne comprit pas.

Svetlana revint et servit un verre à Isaac, puis ils s'installèrent tous les trois sur le canapé, et ce fut à cet instant qu'Isaac remarqua la bouteille de vin déjà vide. Donc, elles étaient légèrement soûles. Il saisit la raison de leur comportement plein de légèreté. Isaac se retrouva entre les deux femmes. Pour masquer son malaise, il but une gorgée de son verre.

— Vous vous êtes connues à un shooting, j'imagine ? les questionna Isaac.

— C'est ça, répondit Emily. Et puis, on est sorties ensemble pendant quelques mois.

Isaac manqua de s'étouffer avec le vin qu'il venait de porter à sa bouche, toussant violemment. Elles rirent ensemble en le voyant si confus. Isaac savait qu'Emily aimait également les femmes, elle le lui avait dit lors de leur première soirée à la TSA Model Agency, mais bizarrement, il ne s'était jamais méfié de la gent féminine, jalousant seulement les hommes.

— Donc, tu invites ton ex chez toi, Tarsikova, déclara-t-il en reprenant contenance. Ça, ce n'est pas cool pour moi.

— Tu es si jaloux, souffla-t-elle en lui caressant les cheveux.

Son regard pétillait de malice, ses yeux le scrutaient avec intensité, parvenant à éteindre le peu de colère qu'il avait en lui. Il avait confiance en elle, et il savait que, si elle avait invité une ex, c'était que celle-ci ne représentait aucun danger pour leur relation.

— Pourquoi vous vous êtes séparées ? demanda-t-il par curiosité.

— On avait trop de boulot, éluda Svetlana. Et puis… nous avions l'une comme l'autre une petite préférence pour les hommes. Même si ça ne nous a pas empêchées de nous éclater ensemble.

Isaac déglutit péniblement en les imaginant faire l'amour. Ces deux femmes s'abandonnant à la luxure, ça aurait pu être le fantasme de n'importe quel homme. Un silence gênant pour lui, amusant pour elles, les enveloppa.

— Tu nous ressers du vin ? proposa Emily à son amie.

Isaac finit son verre d'une traite avant de le lui tendre ; il lui fallait au moins ça pour se décrisper un peu. Ils trinquèrent avant de reprendre quelques gorgées du précieux liquide doré.

Ils discutèrent sagement ensemble, mais Isaac ne parvenait pas à se défaire de leur image, toutes les deux enlacées dans un lit. Des pensées plus salaces les unes que les autres se formaient dans son esprit. Plus les minutes s'écoulaient, plus l'alcool les désinhibait. Ils riaient ensemble, se laissant emporter par leurs conversations légères. Il en avait même oublié la raison de sa présence dans cet appartement.

— Tu as l'air ailleurs, le taquina Emily.

— Je commence surtout à être ivre, admit-il en riant légèrement. J'ai des pensées inavouables dans la tête. Je ferais peut-être mieux d'y aller.

— Dis-nous à quoi tu penses.

— Je ne préfère pas.

Il s'apprêtait à se lever quand Emily posa la main sur son torse pour le forcer à rester au fond du canapé. À son regard empli d'envie et ses dents mordillant sa lèvre inférieure, il comprit que la soirée prenait une nouvelle tournure. Il connaissait bien sa copine, et savait qu'elle avait une idée derrière la tête.

— Tu nous imaginais sans doute en train de nous embrasser ? murmura-t-elle à son oreille.

Le rythme cardiaque d'Isaac accéléra tandis que certains muscles de son corps se contractaient subitement.

— Il y a un peu de ça, admit-il sans la quitter des yeux.

— Tu veux peut-être qu'on te montre ?

Emily tendit la main vers Svetlana, qui s'était rapprochée de lui sans qu'il s'en rende vraiment compte. Il inspira profondément en observant les deux femmes s'embrasser langoureusement à quelques centimètres de son visage.

C'était d'une sensualité qui l'obligea à se battre contre ses instincts les plus primaires. Lorsqu'elles se détachèrent l'une de l'autre, Emily lui lança un sourire malicieux.

— Tu vas finir par me rendre barge, Tarsikova, dit-il d'une voix rauque avant de balayer son visage de ses mains pour redescendre sur terre.

— Finalement, tu n'auras pas besoin d'un gouffre. Je dis oui à tous tes caprices, trésor, répondit-elle d'une voix suave.

Elle l'embrassa fougueusement, et Isaac n'attendit pas une seconde de plus pour lui rendre son baiser. Il sentit des mains caresser son torse, celles de Svetlana.

— Tu te sens à la hauteur ? murmura Emily en passant la main sur sa cuisse. Satisfaire deux femmes à la fois, ce n'est pas à la portée de n'importe quel homme.

— Ne me mets pas la pression, mocheté, répondit-il en l'embrassant à nouveau. Je suis tout à fait capable de vous prendre toutes les deux en même temps.

— Tu avais raison, Em, dit la belle blonde en riant, il est prétentieux.

— Ne t'inquiète pas, il est aussi présomptueux que doué.

Emily lui offrit un nouveau baiser plein de promesses et de passion. Isaac ne savait pas si c'était elle ou Svetlana qui lui caressait le corps, mais il n'en avait que faire. Pour plus de confort, ils se déplacèrent jusqu'à la chambre. À genoux sur le lit, Isaac était entre les filles qui le déshabillaient. D'un regard, il demanda silencieusement la permission à Emily d'embrasser Svetlana. Il ne connaissait pas les règles de ce nouveau jeu et ne souhaitait surtout pas commettre d'impair risquant de mettre fin à son fantasme qui était en train de se réaliser. Elle hocha la tête en souriant, puis Isaac dévora les lèvres de la belle blonde. Il n'avait jamais été aussi excité de toute sa vie, son cœur battait à tout rompre dans sa poitrine.

L'instant suivant, elles se mirent nues à leur tour, puis l'obligèrent à s'allonger entièrement sur le dos. Comme si elles étaient synchronisées, elles embrassèrent son torse, son ventre et glissèrent leur bouche jusqu'à son membre. Isaac ne savait pas ce qui était le plus jouissif : le fait que deux langues s'occupent de lui ou celui de regarder ce spectacle qui le rendait ivre de plaisir. Il souffla profondément à plusieurs reprises, déjà au bord de la jouissance. Il pensait que rien ne pourrait l'exciter plus que cette image, mais il se trompait. Quand ce fut au tour d'Emily de s'allonger sur le dos, et que Svetlana enfouit son visage entre ses cuisses, il crut que son cerveau allait exploser. Sa copine le regardait tout en prenant un plaisir certain, elle gémissait, jouait avec les cheveux de son ex, se cambrait en se caressant les seins. Jamais il n'avait imaginé vivre ça un jour, mais avec Emily comme petite amie, tout était possible. Pendant qu'elles s'amusaient ensemble, Isaac se mit derrière Svetlana, et enfonça les doigts en elle, puis joua avec son clitoris. La mannequin souffla de plaisir et fit onduler son bassin pour qu'ils soient coordonnés. Aucune des deux femmes ne le touchait. Emily adorait voir Isaac donner du plaisir à Svetlana, qui avait de plus en plus de mal à se concentrer sur elle. Elle observait son torse monter et descendre sous l'effet de sa respiration rapide. Ce n'était pas la première fois qu'elle faisait l'amour avec plusieurs personnes en même temps, mais c'était nouveau pour elle de prendre tellement de plaisir à voir quelqu'un aimer autant cette situation.

L'apothéose arriva quand Svetlana chevaucha Isaac et qu'Emily vint placer son sexe au-dessus de son visage pour qu'il puisse la dévorer. Les trois n'en finissaient plus de gémir de plaisir. Les voisins devaient sans doute rougir d'entendre leurs ébats. Plus rien n'existait pour eux hormis leurs corps en symbiose totale. Chacun se laissait aller aux plaisirs de la chair. Tour à tour, les orgasmes déferlèrent en eux dans des cris de jouissance reflétant les sensations extrêmes qui les asservissaient.

Après la fièvre, ils reprirent difficilement leur souffle. Les filles se lovèrent contre Isaac, qui arborait un sourire radieux sur les lèvres.

Le lendemain, Emily se réveilla aux côtés d'Isaac. Après avoir fait l'amour, Svetlana avait rejoint la chambre d'ami. Isaac les avait comblées, son ego allait certainement s'accroître après cette folle nuit. Emily se blottit le long de son dos chaud en embrassant son épaule. Il se retourna lentement, et déposa un léger baiser sur ses lèvres.

— Tu as fait de jolis rêves, mocheté ? lui demanda-t-il d'une voix fatiguée.

— Oui, et toi ?

— Oui, j'étais tellement épuisé que je me suis endormi sans attendre, ricana-t-il.

Il caressa sa joue en l'observant amoureusement. Il était heureux de faire partie de sa vie, tout simplement.

— Tu as aimé la soirée, trésor ?

— Je ne m'attendais pas à ça en venant chercher une clé USB chez toi, mais je mentirais si je disais que je n'ai pas apprécié.

— J'espère que tu te le rappelleras quand je te proposerai un plan à trois avec un homme.

— Alors là, jamais de la vie ! dit-il en riant.

— Pourquoi ? s'offusqua Emily. Moi, je te fais plaisir, et toi, tu ne me rends pas la pareille ? Tu es d'un égoïsme !

— Écoute-moi bien, Tarsikova, jamais, mais alors vraiment jamais, je ne laisserai un autre homme que moi te faire l'amour.

— Je ne comprends pas, c'est pareil qu'avec une femme.

— Non, ça n'a absolument rien à voir. Je suis un homme, et je n'ai pas envie que quelqu'un qui soit susceptible de me remplacer te fasse jouir, encore moins devant moi.

— Aucun homme ou femme ne pourra te remplacer.

Un sourire conquis orna les lèvres d'Isaac. Il l'embrassa, espérant qu'Emily passe à autre chose.

— Juste une fois, le supplia-t-elle.

— Jamais.

— Une toute petite fois de rien du tout…

— Jamais ! Je ne te suffis pas, c'est ça ?

Le regard espiègle d'Isaac lui fit comprendre que ce n'était pas un reproche, mais rien d'autre qu'une taquinerie.

— Bien sûr que si, mais j'ai déjà fait l'amour avec deux hommes à la fois, et c'était génial. J'aimerais revivre ça avec toi.

— Oh ! c'est trop mignon…, minauda-t-il faussement, tu veux me faire partager ton envie de te faire prendre par deux mecs en même temps. Tu es si craquante, mocheté. Je suis touché que tu veuilles m'inclure dans tes fantasmes, mais non merci.

— Ce n'est pas un fantasme, puisque je l'ai déjà fait.

— Alors, donne-moi un autre de tes fantasmes à réaliser. Je te jure que je le ferai.

Emily fit légèrement la moue, ce qui la rendit davantage attirante aux yeux de son copain.

— Hmm, là comme ça, je ne vois pas trop…, chercha-t-elle. J'ai déjà fait tellement de trucs.

— Ma copine est une dévergondée, souffla-t-il d'un air moqueur.

Il lui mordilla l'épaule, tandis qu'elle rit en le poussant gentiment.

— Il y a bien un truc qui te ferait plaisir, non ? la relança-t-il.

— Je sais ! s'exclama-t-elle soudainement.

— J'ai peur, mais vas-y, dis-moi tout.

— Que tu me fasses l'amour devant un autre homme. Il ne me toucherait pas, il se contenterait de nous regarder.

Il rit de bon cœur en se pinçant l'arête du nez devant les yeux interrogateurs d'Emily ; elle ne comprenait pas ce qu'il y avait de drôle.

— Faut vraiment que tu arrêtes avec les autres mecs.

— T'es pas drôle, Mehla.

— Et toi, tu es complètement folle à lier, Tarsikova. Tu m'as entièrement pour toi toute seule, je vaux bien deux hommes, non ?

— Non, s'esclaffa-t-elle.

Cette fois, c'est lui qui la poussa en bougonnant. Emily se blottit à nouveau dans ses bras, qui se refermèrent autour de son corps nu.

— Au fait, il faut que je te dise quelque chose, déclara Emily.

— À quoi je dois m'attendre ?

Elle s'assit en tailleur devant lui, et Isaac dut user de toute sa force mentale pour la regarder dans les yeux.

— Je vais signer mon contrat avec ma nouvelle agence cette semaine, et j'ai demandé à mon avocat d'y inclure une clause. J'ai exigé un droit de refus pour toute séance photo que je ne jugerais pas pertinente pour mon image.

— C'est-à-dire ? la questionna-t-il sans comprendre où elle voulait en venir.

— Tes neurones ne se connectent vraiment jamais, Mehla ?

— Ils vont se connecter dans deux secondes quand je vais te jeter par la fenêtre.

Elle rit avec douceur, puis focalisa à nouveau son attention sur ses yeux marron.

— Ça signifie que, si on me propose un shooting avec un homme, je serai en droit de le refuser sans aucune pénalité financière.

— Donc, c'est terminé les photos en sous-vêtements avec des mannequins californiens ?

— Seulement si je dis non, le nargua-t-elle. Je peux aussi les accepter.

— Je vais vraiment te jeter du troisième étage si tu continues de me chercher.

Il l'attrapa par la taille pour l'enlacer tendrement. Isaac fut touché par le geste d'Emily. Il n'était pas jaloux de ses collègues qui posaient avec elle, mais il devait bien avouer qu'il préférait qu'elle ne se retrouve plus en sous-vêtements dans les bras d'un autre, même en faisant semblant.

On toqua à la porte de leur chambre, et les deux amants s'habillèrent avant qu'Isaac aille ouvrir. Il se retrouva nez à nez avec Svetlana. Aucune gêne ne semblait l'animer. Visiblement, elle était très ouverte d'esprit et ne regrettait rien de leur nuit.

— Je vais y aller, les avertit-elle. Je dois être au Louvre dans trente minutes.

— Déjà ? soupira Emily avec une mine déçue.

— Eh oui… tu sais ce que c'est. Le boulot n'attend pas.

Emily la prit dans ses bras durant de longues secondes. Elle sentit son parfum sucré qui n'avait pas changé avec les années.

— Bon, c'est bon les embrassades, les coupa Isaac en prenant Emily par la taille.

— Tu joues au jaloux après la nuit qu'on a passée ? se moqua la belle Suédoise.

— Hier, c'était hier. Je n'oublie pas que vous êtes sorties ensemble. Je n'aime pas trop que ma copine enlace son ex de cette manière. À moins que vous vouliez qu'on se refasse une petite séance à trois. Si je suis dans la partie, là, ça ne me gêne pas.

— Il est si choupinou, dit Svetlana en riant et en lui faisant un clin d'œil.

Isaac attira le dos d'Emily contre son torse en gardant ses mains sur son ventre.

— Et si possessif, compléta celle-ci.

Svetlana leur sourit tendrement, puis elle prit sa valise pour les laisser. Son départ fit mal au cœur d'Emily, le temps était passé trop vite à son goût.

— Tu la reverras, la rassura Isaac en la faisant asseoir sur le canapé.

— Oui, dans un an ou deux.

— Tu es triste parce que tu l'aimes encore ? s'inquiéta-t-il.

— Bien sûr que non, ricana-t-elle avec douceur. C'est juste que… mes amis me manquent. Ils sont éparpillés aux quatre coins du monde, et chaque fois qu'on se quitte, on sait qu'on ne se reverra pas avant longtemps. J'aime profondément Svetlana, en toute amitié bien sûr. Tout comme pour Thomas, chacun de ses départs me fait souffrir.

— C'est vrai que c'est difficile, admit-il. Quelques heures passées ensemble contre des mois d'absence… Au moins, votre amitié résiste à la distance. Tu sais que tu peux compter sur elle, même si elle est loin.

— C'est vrai… D'ailleurs, Thomas va venir en France la semaine prochaine. Il va me remonter le moral.

— Hey, moi aussi je peux te remonter le moral, râla Isaac.

— Tu le fais déjà tous les jours, ça te laissera l'occasion de te reposer un peu.

— T'inquiète pas, je ne suis pas fatigué.

Isaac l'embrassa tendrement, et le moral d'Emily alla déjà mieux.

32. Je vous envie

— *My Fawn !* s'écria Thomas en prenant Emily dans ses bras.

Elle en eut le souffle presque coupé tellement son étreinte était forte.

— Moi aussi je suis contente de te voir, mon Tommy, répondit-elle avec difficulté.

Il se détacha d'elle, puis elle l'invita à entrer dans son appartement. Isaac attendait debout dans le salon en les observant. Emily était aux anges. Revoir son meilleur ami lui faisait un bien fou. Elle savourait déjà les moments de joie et de complicité qu'ils allaient vivre.

— Tu dois être le bel Isaac ?

— C'est ça, dit l'intéressé en souriant.

Les deux hommes se serrèrent la main, puis ils s'installèrent au salon. Ils avaient prévu de rejoindre Christina, Anna et Asma dans une boîte de nuit de la capitale. Thomas était passé en avance pour qu'ils puissent se retrouver tranquillement.

— Em, c'est quoi cette chose ? demanda-t-il le regard effaré.

— C'est Isaac qui a fait ça, soupira-t-elle en observant le tag qui s'étalait sur le mur blanc du salon.

— C'est… original, se rattrapa-t-il. Ça donne un petit côté urbain.

— Voilà une belle façon de dire que tu détestes, conclut-elle malicieusement.

— Je ne voudrais pas insulter ton petit ami que je viens de rencontrer.

Isaac ne tint pas rigueur au nouveau venu, il savait que le tag n'était pas au goût de tous, mais il était persuadé qu'au fond, Emily s'était très bien accommodée à son œuvre et qu'elle y était même attachée, d'une certaine manière.

— Ça s'est passé comment la signature chez Live Agency ? demanda Thomas. Bon sang, tu as touché le gros lot avec eux. C'est l'une des agences les plus prestigieuses au monde.

— C'était top. J'ai signé mon nouveau contrat, et ils ont ouvert une bouteille de champagne pour fêter ça.

— C'est la TSA Model Agency qui va faire la gueule ! se moqua-t-il.

— J'espère que Louis s'en mordra les doigts.

— Les doigts, le coude, le bras, peu importe. Il le regrette déjà, j'en suis persuadé. Ton prochain shoot est prévu quand ?

— Dans dix jours à Amsterdam.

— Amsterdam…, soupira Thomas les yeux rêveurs. Aussi belle que diabolique. Je me rappelle quand on a fêté mes dix-neuf ans tous les deux là-bas. On était partis sur un coup de tête.

— On avait pris des champignons hallucinogènes, dit-elle en riant et en se remémorant ce souvenir. Je crois que je n'ai jamais autant rigolé de toute ma vie.

— On était perdu dans toutes ces petites ruelles, continua-t-il. On a mis pas loin de cinq heures à retrouver notre hôtel.

— Que de beaux souvenirs…

Son meilleur ami la regardait avec tendresse.

— Les années sont passées tellement vite depuis…, se lamenta-t-il. J'ai l'impression que c'était hier, mais tout ça date de huit ans déjà.

— On a vieilli, râla-t-elle.

— Mûri, Fawn, on a mûri.

Emily ricana en se rappelant que Thomas avait une peur bleue du temps qui passait et des rides qui se formaient aux coins de ses beaux yeux verts.

Isaac et Thomas, qui étaient tous les deux de nature sociable, apprirent à se connaître rapidement. Une certaine complicité naquit entre les deux, notamment pour se moquer d'Emily avec espièglerie.

— Il est minuit passé, déclara Isaac. On devrait peut-être y aller.

— Oh ! il est minuit ? répéta Thomas en se levant brusquement.

Emily savait déjà ce qu'il avait en tête, tandis qu'Isaac le regardait sans comprendre. Son alter ego se précipita sur sa valise pour l'ouvrir. Il en sortit deux paquets enveloppés dans du papier cadeau.

— Joyeux anniversaire, *my Fawn* ! hurla-t-il en se précipitant vers elle.

Il la prit dans ses bras musclés en la serrant vigoureusement.

— Merci, dit Emily en déposant un baiser sur sa joue.

— Allez, ouvre tes cadeaux ! s'excita-t-il en se détachant d'elle.

Elle n'osait pas regarder Isaac, car elle ne lui avait pas donné sa date de naissance. Elle n'accordait plus beaucoup d'importance à cette fête depuis que sa mère s'était suicidée. Elle déchira l'emballage précautionneusement en prenant son temps.

— Bon sang, Em, râla Thomas, c'est du papier fait pour être déchiré, alors ouvre-le plus vite ! Tu ne vas pas le recycler, non plus !

Lorsqu'elle aperçut un petit écrin en velours bleu, elle sut qu'il avait fait une folie pour elle. À l'intérieur se trouvait une étincelante paire de boucles d'oreilles, serties de minuscules pierres blanches, des diamants, à n'en pas douter.

— Thomas, souffla-t-elle d'un air interdit.

— Je t'arrête tout de suite, ce n'est pas trop. Rien n'est trop pour toi !

Elle se leva pour se placer face au miroir de l'entrée, et très vite, ses oreilles furent habillées de ces magnifiques bijoux.

— Alors ? Elles me vont bien ? leur demanda-t-elle en revenant au salon.

— Sublime ! se réjouit Thomas.

— Jolie, lui dit Isaac en souriant légèrement.

— Allez, le second ! la pressa Thomas en lui fourrant son autre cadeau dans les mains.

Emily décrocha minutieusement le scotch du papier pour découvrir ce nouveau présent, qui fit naître une émotion certaine en elle. Il s'agissait d'une boîte à bijoux, qui, lorsqu'on l'ouvrait, faisait tourner sur elle-même une danseuse étoile. Une petite mélodie en sortit, faisant couler une larme sur les joues d'Emily.

— Je me suis dit qu'elle serait mieux près de toi qu'à Los Angeles, lui dit d'une petite voix Thomas. Je l'ai apportée chez un spécialiste d'objets anciens, il l'a réparée. Le mécanisme à l'intérieur est neuf, mais rien d'autre n'a été touché.

Cette fois, ce fut elle qui se jeta dans ses bras. Il l'accueillit chaleureusement, déposant ses mains le long de son dos.

— Encore un joyeux anniversaire, murmura-t-il à son oreille.

— Merci, répondit-elle la gorge serrée. Tu ne pouvais pas me faire plus plaisir.

Elle se rassit sur le canapé, et ouvrit à nouveau la boîte pour voir la danseuse tourner sur elle-même. Elle ne se lassait pas de ce spectacle qu'elle n'avait plus aperçu depuis ses seize ans, lorsque le mécanisme avait cessé de fonctionner.

— C'était à ma mère, expliqua-t-elle à Isaac. Elle ne fonctionnait plus depuis des années. Je l'avais emportée dans mes bagages quand je vivais chez Thomas. C'est d'ailleurs le seul objet personnel que j'avais là-bas.

— Elle est très belle.

Elle pensait qu'il serait agacé qu'elle lui ait caché le fait que c'était son anniversaire ce soir-là, mais il la regardait tendrement en souriant.

— Moi aussi j'ai un cadeau pour toi, lâcha-t-il.

— Pour moi ?

— C'est ton anniversaire, non ?

— Oui, mais…

— Ah là là, ma mocheté, tu pensais vraiment que j'allais passer à côté de ça ? Je suis un meilleur petit ami que tu le penses.

— Ça, c'est clair ! intervint Thomas.

Isaac se leva rapidement, et revint quelques secondes plus tard en lui tendant un paquet enveloppé dans du papier cadeau doré.

— Bon anniversaire, Em, dit-il tout bas.

— Merci, murmura-t-elle gênée. Où est-ce que tu l'avais caché ?

— Il est sous ton lit depuis presque une semaine. Voilà ce que c'est d'avoir une femme de ménage : tu n'as pas besoin de passer l'aspirateur, donc tu ne pouvais pas le trouver.

Cette fois-ci, elle déchira le papier rapidement, trop curieuse de savoir ce qu'il lui avait offert. Son cœur se serra en découvrant une panoplie de fusains de la marque Jalony, les meilleurs du marché. Il aurait pu lui offrir un bijou ou un vêtement, mais non, il avait compris que tout ça lui importait peu. Ce choix était la preuve qu'Isaac la connaissait réellement.

Emily avait toujours pensé que les cadeaux que les gens faisaient étaient révélateurs de leur personnalité et de l'affection qu'ils portaient à leurs proches. Isaac lui avait offert ce set, car il avait vu au-delà du côté superficiel d'Emily, il avait voulu que ce soit personnel, et il savait que son carnet de croquis était comme son journal intime. Elle se perdait à dessiner des centaines de visages ou de paysages pendant que son esprit vagabondait dans un monde qui n'appartenait qu'à elle. Dès lors, une petite partie d'Isaac serait avec elle lorsqu'elle assouvirait sa seconde passion, que peu de gens connaissaient.

Elle releva son visage surpris vers le sien, qui était dépourvu de son habituelle malice.

— Ce n'est pas grand-chose.

— C'est parfait, le coupa-t-elle. Je crois que c'est la première fois qu'un homme me fait un cadeau aussi personnel, en dehors de Thomas évidemment.

— Évidemment, répéta son ami, fier de lui.

Emily posa la boîte contenant son nouveau matériel de dessin, puis prit les mains d'Isaac pour qu'il se lève du fauteuil. Elle se blottit dans la chaleur de ses bras avant de l'embrasser amoureusement. Il lui rendit son baiser avec fougue en l'attirant fermement à lui.

— Vous êtes beaux tous les deux, soupira Thomas derrière eux.

Emily voulut tourner son visage pour rire, mais Isaac déposa la main contre sa joue pour l'en empêcher, et continua de l'embrasser passionnément.

— Bon, ça va devenir gênant dans quelques secondes, commenta Thomas.

Le couple mit fin à son baiser pour ne pas mettre leur ami dans l'embarras. À travers les yeux marron d'Isaac, Emily ressentit toute la tendresse et l'affection qu'il lui portait.

— On devrait y aller, déclara finalement Isaac, les filles vont nous attendre.

Ils se mirent en route, prêts à fêter les vingt-sept ans d'Emily comme il se devait.

Une fois dans la boîte de nuit, ils retrouvèrent rapidement Anna, Asma et Christina qui sautèrent dans les bras d'Emily pour lui souhaiter un bon anniversaire. Pour l'occasion, elle avait loué un carré VIP afin d'être certaine de ne pas être embêtée pendant les festivités. Thomas commanda trois bouteilles de champagne. Christina ne tenant plus en place, Emily dut ouvrir leur cadeau, qui était une paire de bottines Louboutin. Elle les remercia toutes les trois chaleureusement en les mettant immédiatement à ses pieds.

— Comment va Svet ? lui demanda Thomas tandis que les autres discutaient ensemble.

— Elle est passée chez moi la semaine dernière. Ça m'a vraiment fait plaisir de la revoir. Ça faisait deux ans qu'on ne s'était pas vues.

— Tu as dit à Isaac que vous étiez sorties ensemble ?

— Oui, j'évite de lui cacher ce genre de choses.

— Tu as changé, *my Fawn*.

Emily fronça les sourcils, ne comprenant pas vraiment le sens de sa phrase.

— En bien, la rassura-t-il. Tu as l'air d'avoir pris plus d'assurance, tu souris davantage. Et tout ça, c'est grâce à ton chevalier servant.

— Oui, admit-elle à demi-mot. Ma relation avec Isaac a apporté un peu de quiétude dans ma vie. Je me sens apaisée à ses côtés, en sécurité. J'ai l'impression que rien ne peut m'atteindre quand il me prend dans ses bras.

— Je suis vraiment heureux pour toi. J'espère que j'arriverai un jour à être heureux comme toi.

— J'en suis persuadée.

Il lui sourit avec bienveillance, puis ils discutèrent brièvement de l'agression qu'avait subie Emily la dernière fois qu'elle était allée en boîte, avec Asma. Elle lui avait déjà raconté par téléphone les détails de ce qui s'était passé après son dépôt de plainte.

— Et niveau manque, tu te sens comment ? s'inquiéta-t-il.

— Je gère. Il y a des hauts et… des bas.

— Si ça ne va pas, tu devrais retourner en thérapie. Ça te ferait du bien de parler de tout ça avec quelqu'un d'extérieur.

— Non, c'est fini pour moi, tout ça. Et puis, l'addiction est de moins en moins forte.

— Fais gaffe, Em. Il suffit d'une fois pour retomber dans cette merde. Un jour, plus qu'un autre, pour une raison qu'on ne connaît pas encore, tu seras tentée. Et ce jour-là, surtout, ne reste pas seule. Il faudra que tu sois près d'Isaac ou Chris, ils sauront trouver les mots pour t'empêcher de reprendre de la came. Je t'aurais bien proposé de m'appeler, mais on sait tous les deux que tu as besoin de quelqu'un à tes côtés si le manque se fait trop sentir. C'est dans ces moments-là que je regrette de vivre à l'autre bout du monde.

— Ne t'inquiète pas, je suis bien entourée, je ne replongerai pas dans cet enfer.

— N'oublie jamais ce que je viens de te dire, lui ordonna-t-il d'un air sérieux. Tu sais aussi bien que moi que ce jour arrivera. Il survient toujours au moment où on s'y attend le moins. Promets-moi de rester près de ton copain ou de ta sœur.

— Je te le promets, répondit-elle dans un souffle.

Emily savait qu'il disait vrai. Le chemin du sevrage n'était jamais totalement linéaire face à une drogue aussi addictive que l'héroïne. Son esprit se perdit en se demandant quand arriverait cet instant où elle perdrait totalement le contrôle.

La soirée continua, et les pensées d'Emily concernant son addiction s'envolèrent. Elle avait trouvé autre chose pour ruminer. L'agacement la tiraillait de plus en plus quand elle observait Isaac et Anna qui se parlaient depuis déjà plus d'une demi-heure en riant ensemble. Isaac savait qu'Anna avait des vues sur lui, et le fait qu'ils discutent en tête à tête fit rager intérieurement la mannequin.

— Ton assistante va te piquer ton mec, la taquina Thomas en buvant quelques gorgées de champagne.

— Je suis à deux doigts de la virer, répondit-elle entre ses dents serrées.

— Tu n'as pas de souci à te faire, il ne se laissera pas berner par cette petite peste. Par contre, elle, elle est à fond. Tu as vu les regards qu'elle lui lance ? C'est si gênant…

— Elle ne perd rien pour attendre. Et lui non plus, d'ailleurs.

— Calme-toi, Em. Ils ne sont pas non plus en train de se rouler des pelles. Regarde-la, un mec canon s'intéresse à elle, ce qui ne doit pas arriver tous les jours. Elle en profite, la coquine.

Anna riait aux blagues d'Isaac comme une groupie. Il émanait d'eux une complicité qui rendit Emily folle de jalousie. Son pied, habillé de sa nouvelle chaussure, claquait sur le sol, traduisant tout l'agacement qu'elle ressentait à cet instant.

— Je vais me remaquiller, déclara-t-elle en se levant.

— Em…, soupira tristement Thomas.

Elle entendit Christina derrière elle lui demander ce qu'elle avait. Thomas lui répondit de la laisser seule quelques minutes, et Emily l'en remercia intérieurement. Elle partit s'enfermer dans une cabine des toilettes, puis s'adossa au mur en se passant la main dans les cheveux.

Voir Anna et Isaac lui avait mis les nerfs en pelote, et ce sentiment s'accentua quand elle surprit une conversation entre deux filles qui venaient d'entrer dans les toilettes.

— Tu as vu, il y a Isaac, de Gravity, à une table du carré VIP.

— Oui ! À ce qu'il paraît, il sort avec Emily Tarsikova !

— Ça ne m'étonne pas, elle est tellement canon. Le couple parfait !

— Tu parles ! dit la seconde voix en riant. Il doit se taper tout ce qui bouge. Tu n'as pas vu qu'il était en train de flirter avec la petite grosse ?

— Oui, il doit certainement la tromper, comme tous les artistes, mais dans ce cas, j'espère qu'elle fait pareil de son côté avec tous les mannequins sexy avec qui elle bosse ! C'est comme ça quand tu sors avec quelqu'un de connu, d'autant plus quand c'est un rappeur.

— Tu vois, ça me fait perdre foi en l'amour… Si même Emily Tarsikova est cocue, comment nos mecs pourraient-ils nous être fidèles ? C'est vraiment tous des connards, de toute façon.

— On est ensemble sur ce coup-là, bichette.

Emily décida de sortir à cet instant de sa cabine, et se plaça juste à côté d'elles, face au miroir devant lequel elles se recoiffaient. Elle sentit leur regard sur elle, tandis qu'un silence pesant s'installait dans la petite pièce. Sans les regarder, elle se lava les mains, puis remit une touche de rouge à lèvres et de blush sur son visage en prenant son temps pour que la gêne les saisisse le plus possible. Un zeste de mascara, une vérification de la bonne tenue de ses cheveux, toujours impeccablement lisses, puis elle se tourna vers les deux filles qui la regardaient avec de grands yeux.

— Vous avez raison, lança-t-elle, les mecs sont tous des connards.

Elles gardèrent le silence, l'observant comme si elle était un spectre.

— Très sympa ton mascara, déclara l'une d'elles d'une petite voix.

Elle voulait sûrement changer de sujet, et Emily la comprit. Ce que la fille avait dit quelques secondes plus tôt à son sujet n'était pas honorable, c'était même dégradant pour Emily, mais cela reflétait une image assez banale que les gens se faisaient des personnalités publiques.

— C'est un Chanel, répondit Emily en ouvrant sa trousse à maquillage. Tu le veux ?

— Non, je ne peux pas te le prendre.

— Je te le donne. Il est waterproof, c'est pas mal quand tu finis tes soirées en pleurs.

— On est vraiment désolées que tu aies entendu ce qu'on a dit, s'excusa son amie. On se trompe certainement. Isaac est sûrement l'exception qui confirme la règle.

— Isaac reste un homme, répliqua Emily. Maintenant, excusez-moi, j'ai un petit ami à aller embrouiller.

Elle tendit le mascara à la jeune femme à côté d'elle, qui finalement l'accepta timidement. Juste avant de passer la porte, Emily se tourna une dernière fois vers elles.

— Vous avez tort sur un point, les filles, dit-elle dans un murmure. Ce n'est pas parce que les célébrités traversent des moments difficiles que vous en vivrez aussi. Réjouissez-vous d'être anonymes : personne n'étalera à la une des magazines ou dans des toilettes de boîte de nuit votre vie privée. Vous ne pouvez pas savoir à quel point je vous envie.

Emily les laissa réfléchir à ses propos et quitta les sanitaires. Elles étaient encore jeunes, et déjà si découragées par l'amour et les hommes de manière générale…

Quand Emily retrouva son groupe, Isaac et Anna discutaient encore tous les deux, laissant Asma, Christina et Thomas de côté. Ils n'avaient sans doute même pas remarqué son absence. Si ce n'était pas le cas, ils allaient au moins se rendre compte de son retour, car elle n'était pas de celles qui acceptent que son petit ami et son assistante bavardent pendant presque une heure en tête à tête. Et ça, ils allaient très vite le comprendre.

33. Un briseur de cœur

Plus Emily avançait vers Isaac et Anna, et plus elle sentait une colère noire se former en elle. Elle savait qu'elle exagérait, mais elle s'en fichait éperdument. Elle ne parvenait pas à rester neutre face à leur comportement. Il fallait qu'elle mette un terme à leur conversation, même si pour ça elle devait se disputer avec eux. C'était plus fort qu'elle.

Leur échange s'interrompit à l'instant où elle se planta devant eux en leur lançant un regard glacial.

— Je peux savoir ce que vous faites tous les deux ?

— On discute, répondit d'une petite voix Anna en baissant les yeux.

— Tu *discutes* avec mon mec, Anna ? Tu te fous de moi ? Tu crois que je ne vous vois pas vous lancer des regards depuis presque une heure !

— Qu'est-ce qui t'arrive ? lui demanda Isaac sans comprendre. On ne faisait que parler.

— Moi aussi je vais aller parler à d'autres hommes en aparté, on verra ce que tu en penses.

Isaac fronça les sourcils à l'évocation de cette pseudo-menace.

— Arrête de faire ta pétasse, Tarsikova, siffla-t-il. Prends un verre, et lâche-nous.

— Que je vous lâche ? Mais tu plaisantes ou quoi ? Si les rôles avaient été inversés, tu serais intervenu depuis bien longtemps. Estimez-vous heureux que je sois patiente.

Anna se décala pour s'écarter d'Isaac, dont les yeux fusillaient sa copine.

— Em, l'appela Christina. Calme-toi. Ils n'ont rien fait de mal.

— Tu ne vas pas t'y mettre, toi aussi ! Il n'y a que moi qui vois ce qui se passe ici ? Thomas, je suis folle ou pas ?

Son ami semblait gêné tandis que tout le groupe le regardait attentivement.

— Eh bien…, toussota-t-il. C'est vrai qu'ils discutent ensemble depuis qu'on est arrivés. Et… oui, ils sont un peu à l'écart…

— Merci ! s'exclama rageusement Emily.

Isaac se leva d'un bond, son visage était dur comme du granit.

— Viens, lui ordonna-t-il, je dois te parler en privé.

— Ah, parce que maintenant tu comptes m'accorder un peu de temps ?

— Cesse de jouer à la garce ! s'énerva-t-il. Je te jure que, quand tu fais ça, j'ai envie de me barrer.

— Tu emmèneras ta nouvelle copine avec toi. Comme ça, tu auras été le premier mec à l'embrasser et à coucher avec elle. Un combo gagnant, bravo Anna !

Isaac saisit fermement le bras d'Emily et l'obligea à le suivre à l'écart. Il la traîna presque sur plusieurs mètres, les éloignant de leur table. Il la poussa doucement contre un mur près d'une issue de secours.

— Je…

— Stop ! la coupa-t-il d'une voix ferme. Tu vas me laisser parler, Tarsikova.

Elle voulut contre-attaquer, mais son regard noir l'en dissuada. Il était rare qu'Isaac s'énerve à ce point contre elle. Lorsque cela arrivait, c'était quand elle dépassait les bornes. Elle savait qu'elle avait franchi une limite ce soir, mais tant pis, elle ne pouvait pas garder pour elle son mal-être face à ce qu'ils avaient fait.

— Tu vas respirer un bon coup, lui ordonna-t-il. Prends une minute pour te calmer. Après ça, je veux que tu communiques avec moi. Et quand je dis communiquer, ça signifie que tu ne me cries pas dessus comme une hystérique. Je ne suis pas ton domestique, tu me parles correctement ou je te jure que je me casse.

Emily continua à se taire tout en lui lançant un regard noir.

— Tu as compris ? insista-t-il.

— Oui.

Emily s'adossa au mur, et Isaac, à côté d'elle, en fit de même en glissant les mains dans les poches de son pantalon. Elle mordilla avec douleur l'intérieur de sa joue pendant qu'elle essayait de faire retomber sa colère pour qu'ils puissent s'expliquer. Elle était furieuse contre eux, mais au vu de leur réaction et de celle de ses amis, elle avait certainement surréagi. Encore une fois...

Une minute s'écoula, puis deux, puis cinq. Isaac attendait patiemment, préférant sans doute qu'Emily se calme réellement avant de l'affronter à nouveau. La colère d'Emily s'était appauvrie, mais elle ne l'avait pas pour autant abandonnée.

— J'ai été jalouse, reconnut-elle dans un murmure.

Il tourna son visage vers le sien, leurs yeux se rencontrèrent. L'agacement ne semblait plus l'animer. Il paraissait simplement déçu ou lassé de son attitude, sans doute un mélange des deux.

— Comment tu peux être jalouse d'Anna ? demanda-t-il sans comprendre. Ou même des autres femmes, en général.

Ils étaient toujours l'un à côté de l'autre, adossés à la sortie de secours, regardant les fêtards danser devant leurs yeux perplexes.

— J'ai envie d'être la seule que tu fasses rire, poursuivit-elle en fixant un point au loin. J'aimerais être la seule femme que tu vois, que toutes les autres disparaissent. Je ne veux pas partager tout ce que tu es avec quelqu'un d'autre. Je souhaiterais te garder seulement pour moi. Un peu comme un trésor que j'aurais longtemps cherché.

— Em…, souffla-t-il.

Les yeux de la jeune femme s'embrumèrent lorsque sa colère retomba enfin comme un soufflé trop cuit.

— Je sais que c'est stupide, admit-elle, la gorge serrée. Tu es un mec bien et je gâche tout, mais je ne peux pas m'empêcher de me dire que tu pourrais trouver tellement mieux que moi.

Lentement, il se détacha du mur pour se positionner devant elle en abandonnant les mains sur les hanches d'Emily. Elle baissa les yeux, honteuse de son comportement de ce soir. Elle avait réussi l'exploit de gâcher son propre anniversaire.

— Regarde-moi.

Elle releva son visage crispé vers le sien en balayant ses longs cheveux bruns.

— Toi et moi, on est en couple, dit-il tout bas. Ça signifie qu'on est fidèles. Cependant, je suis humain, donc je regarde et je parle avec d'autres femmes. Mais quand je le fais, et que je me tourne vers toi, que je vois ton visage si parfait, que je t'entends rire, je ne peux pas m'empêcher de me dire que les autres femmes sont fades. Tu me dis que tu veux être la seule, mais c'est déjà le cas. Je pense que j'ai arrêté de m'imaginer avec quelqu'un d'autre depuis qu'on a commencé à devenir amis. Cesse de te prendre la tête pour des histoires qui n'ont aucun sens. Pour moi, tu es unique, ne te compare plus jamais aux autres.

Isaac l'embrassa tendrement, éteignant en elle le peu de colère qui subsistait. À travers ce baiser, elle sentit toute l'affection qu'il lui portait.

— Je suis désolée, murmura-t-elle contre ses lèvres.

— Oublie ça, répondit-il en l'embrassant à nouveau.

Pendant de longues secondes, leurs bouches ne se quittèrent que difficilement, enterrant définitivement cette dispute passagère.

— N'empêche, tu es sexy quand tu es jalouse, ricana-t-il en la prenant dans ses bras.

— Ce n'est pas ce que j'ai senti quand tu me regardais.

— Normal, tu m'as rendu barge, à péter un plomb pour rien. Surtout être jalouse d'Anna, franchement… N'importe quoi. Elle a dix ans de moins que moi, physiquement c'est pas du tout mon style, et en plus elle est vierge. Il n'y a rien qui va.

— Tu frôles l'insolence, Mehla. Laisse mon assistante tranquille.

— Je n'ai rien contre elle, c'est juste qu'elle n'est pas du tout mon genre. J'ai trente et un ans, j'ai passé l'âge des gamines.

Il mordilla l'épaule d'Emily, tandis qu'elle le poussait en riant. Il glissa la main le long de sa taille, puis ils retournèrent rejoindre le reste du groupe.

— Je suis désolée, s'excusa Emily auprès d'Anna. Je n'aurais pas dû m'en prendre à toi de cette manière.

Emily fut étonnée du regard noir que lui lança son assistante, qui ne l'avait jamais observée ainsi.

— Je démissionne, Emily.

— Pardon ?

— Vous avez très bien compris, siffla-t-elle en se levant.

— Je me suis excusée, qu'est-ce que tu veux que je fasse de plus ?

— Que vous arrêtiez de vous comporter comme un tyran avec moi ! Quand c'est professionnel, ça ne me gêne pas, je suis à votre service, mais dans la vie personnelle, je n'ai pas à subir vos sautes d'humeur. Isaac et moi, on a le droit de se parler si on le souhaite.

— Tu as raison, concéda Emily en étant stupéfaite par la soudaine assurance d'Anna. Mais Isaac est mon petit ami, et…

— Vous me l'avez piqué !

— Hein ? demanda-t-elle, abasourdie.

— Isaac m'a embrassée la première, et vous avez tout fait pour le séduire ensuite.

— Ça ne s'est pas vraiment passé comme ça, intervint l'intéressé. En vérité, avec Emily, on s'était déjà embrassés bien avant.

Un air peiné passa sur le visage de la jeune femme dont les joues étaient écarlates.

— Tu peux au moins admettre que, si elle n'avait pas été là, on aurait eu une chance tous les deux.

— Je suis désolé, Anna, répondit-il avec gêne, mais non. Pour commencer, si Emily n'avait pas été là, je ne t'aurais jamais embrassée… Je t'aime bien en tant qu'amie, mais ça ne va pas plus loin que ça.

Emily aurait dû se sentir triomphante en entendant les propos d'Isaac, mais son cœur se serra en voyant les yeux de son assistante s'humidifier d'un coup.

— C'est parce que je suis grosse ? s'enquit-elle.

— Bien sûr que non. C'est parce que je suis tombé amoureux d'Emily. Mais je suis certain qu'un autre homme t'attend quelque part, et que tu seras heureuse avec lui.

— Moi, je te voulais, toi, Isaac.

Emily baissa les yeux, et ressentit sa tristesse. Elle savait ce que ça faisait d'aimer quelqu'un sans que cela soit réciproque. Elle connaissait les ravages que pouvait faire ce genre de relation. Anna devait se sentir humiliée et blessée dans son amour-propre.

À cet instant, Emily comprit pourquoi Aly n'était pas en colère contre elle. Tout comme Anna pour Isaac, elle savait qu'Emily ne représentait absolument aucun danger pour sa relation avec Aidan, parce que c'était elle qu'il aimait passionnément. Quand Aly observait Emily, elle devait sans doute ressentir la même chose qu'elle en ce moment pour son assistante : de la pitié et de la désolation.

— Je suis désolé, Anna, répondit Isaac d'une petite voix. Je ne voulais pas te donner de faux espoirs. Je t'ai dit que j'avais une copine quand tu m'as proposé d'aller boire un verre.

— Oui, mais je m'étais imaginé que tu la quitterais pour moi.

— Cette fille, c'est Steven Spielberg, chuchota Thomas derrière eux. Elle s'est fait tout un film.

Emily se tourna pour le foudroyer du regard, tandis que Christina et Asma se retenaient de rire en gardant la main devant leur bouche. Heureusement, Anna n'avait rien entendu, ses yeux regardaient le vide.

— Je pense que la soirée est terminée pour moi, déclara-t-elle.

— Attends, ne pars pas comme ça, fit Emily. Je suis vraiment désolée pour toi.

Sans leur adresser un seul regard, Anna les laissa.

— Un briseur de cœur, notre bel Isaac, le félicita Thomas.

— Ce n'est pas drôle, le disputa Emily.

— Ça va, tu te trouveras une autre assistante.

— Oui, mais Anna était parfaite, se lamenta Emily. Je vais demander qu'elle soit augmentée, peut-être que ça la fera réfléchir.

— Em, l'apostropha avec douceur ma sœur. Si tu veux son bien, laisse-la partir. Ne l'oblige pas à être spectatrice de ton bonheur avec l'homme qu'elle aime.

— Tu as raison, concéda Emily en laissant son regard se perdre dans le vide. Rester à nos côtés ne lui apporterait que de la souffrance, et elle mérite d'être heureuse.

Anna suivait le même parcours amoureux qu'Emily quelques années plus tôt, et cette dernière savait que ce qui s'était passé ce soir la marquerait longtemps.

34. Je suis le désir

Emily avait proposé à Isaac de l'accompagner pour son nouveau shooting. À son sourire radieux, elle avait compris que cela lui faisait plaisir de partager ça avec elle. Pour l'occasion, Live Agency avait réservé une suite dans un palace de la capitale hollandaise.

Dans l'avion les emmenant à Amsterdam, Isaac écrivait de petits bouts de texte tandis qu'Emily dessinait sur son carnet avec ses nouveaux fusains. Ils avaient pris l'habitude d'assouvir leurs passe-temps respectifs devant l'autre. Au bout d'un moment, Emily avait laissé sa tête chuter le long de l'épaule d'Isaac, qui cherchait une rime depuis presque vingt minutes.

— Tu me fais lire tes textes ? demanda Emily.

— À condition que j'aie le droit de feuilleter ton carnet.

Comme deux enfants qui s'échangent leurs jouets, ils entrèrent dans le monde de l'autre. Emily se plongea dans les paroles d'Isaac. Elle aimait lire ses pensées de cette manière. Elle fut touchée que certains passages racontent leur histoire.

— Tu l'as souvent dessiné, lui…, lança Isaac.

Emily tourna la tête pour observer le portrait qu'il lui présentait.

— C'est un ex.

— Pourquoi ça s'est terminé entre vous ?

Elle lui lança un regard sceptique.

— Tu veux vraiment qu'on parle de lui ?

— C'est une partie de ta vie, et je veux en connaître chaque aspect. Alors, pourquoi est-ce que vous vous êtes quittés ?

Emily balaya ses cheveux en soupirant. Repenser à cette ancienne histoire, c'était retourner dans des souvenirs douloureux.

— Il était marié.

Un voile de surprise se déposa sur le visage d'Isaac. Décidément, Emily avait eu des tas de relations différentes.

— Ne me juge pas, râla-t-elle. Tu sais que je tombe toujours dans des histoires compliquées.

— Je ne l'ai jamais fait, et je ne compte pas le faire. Allez, raconte-moi.

Emily ne savait pas par où commencer, alors elle prit son temps pour réfléchir.

— On s'est rencontrés à un gala, expliqua-t-elle. Ça a été le coup de foudre entre nous même s'il avait dix ans de plus que moi. On est devenus amants, ça a duré deux années. Je voulais qu'il quitte sa femme, il ne l'a pas fait, et voilà… Fin de l'histoire.

— Pourquoi il ne l'a pas fait ?

— C'était compliqué. Je suis entrée dans sa vie à une période où ça n'allait plus du tout dans son couple. Ils essayaient d'avoir un enfant depuis longtemps. Il m'a quittée quand il a appris que la dernière FIV avait marché.

— Un connard de plus dans le monde, ricana Isaac en reportant son regard sur le croquis.

— Ne l'insulte pas, c'est un homme génial, je lui dois énormément.

— Mocheté, désolé de te dire ça, mais tu étais sa maîtresse, et il t'a jetée.

— Les gens ne sont pas foncièrement bons ou mauvais. Peut-être que pour toi ce n'était qu'un homme infidèle, mais c'est grâce à lui que je suis devenue la femme que je suis aujourd'hui. Je l'ai rencontré quelques mois après qu'Aidan m'a fait comprendre qu'il ne voulait plus du tout de moi. J'étais dévastée, triste et inconsolable, puis cet homme est apparu.

Emily laissa son regard se poser sur le hublot avant de poursuivre son récit.

— À cette époque, je manquais de maturité, surtout niveau sexe. Je faisais n'importe quoi. Je pensais que le fait de coucher avec un homme le pousserait à m'aimer, mais je me trompais. Aidan en est la preuve vivante, d'ailleurs. Mike m'a aidée à reconstruire ma vie, qui était totalement décousue. Il m'a fait comprendre que je pouvais être autre chose que juste une belle femme. Il me poussait constamment à réfléchir aux conséquences de mes actes, notamment lorsque je faisais des scandales pour des futilités, même s'il est vrai que lui ne réfléchissait pas vraiment à son comportement vis-à-vis de sa femme.

— Tu fais toujours des scandales pour pas grand-chose, releva Isaac avec taquinerie.

— Crois-moi, trésor, dit-elle en le fixant à nouveau. Aujourd'hui, je t'assure que je suis un ange par rapport à cette époque. Enfin bref. Il m'a réellement fait mûrir, surtout concernant mon image et mon corps. Il m'a appris à ne pas baiser, mais à faire l'amour. Avant, tous mes rapports étaient brutaux, rapides et irréfléchis. Il m'a démontré que le sexe pouvait être fait de douceur, et surtout de sentiments. J'ai eu l'impression de redécouvrir un univers que je pensais connaître sur le bout des doigts. Quand je couchais avec un homme, c'était comme si j'étais en plein sprint, voulant donner un maximum de plaisir à mon partenaire le plus rapidement possible, me transformant pour être celle qu'il voulait que je sois. Mike m'a montré l'importance de prendre son temps, de savourer ce que l'un créait chez l'autre. Il a fait exploser tous les barrages, m'a ouvert les yeux sur ce qu'est réellement faire l'amour. J'aime toujours autant le sexe, mais maintenant, ce n'est plus une nécessité pour moi. Je ne vais plus m'inquiéter si un soir je te dis que je suis fatiguée et qu'on s'endorme sans rien faire. Avant, ça aurait été impossible pour moi, j'aurais eu l'impression de ne pas réaliser mon devoir matrimonial.

Isaac observait sa petite amie avec tendresse. Il aimait qu'elle se confie à lui, il appréciait de connaître son passé et ce qui l'avait fait évoluer. Ils continuèrent de discuter tout en feuilletant le carnet de l'autre pour partager leurs souvenirs.

Quand ils se présentèrent à l'accueil de l'hôtel, un groom vint prendre leurs sacs de voyage. Isaac semblait être plutôt impressionné d'être dans ce genre d'établissement, et cela ne s'arrangea pas quand il découvrit leur suite royale.

— C'est plus grand que nos deux appartements réunis, s'amusa-t-il en observant la décoration classe et épurée. Oh ! Il y a du champagne !

Il sortit la bouteille du seau de glace pour lire l'étiquette.

— Cette marque doit être au moins à quatre cents euros, le prévint Emily.

— Ton agence a vraiment sorti le grand jeu.

La chambre possédait une vue panoramique sur le centre-ville, qui était de toute beauté. Emily défit ses quelques affaires pour les ranger dans l'armoire de la chambre, puis revint dans le salon. Isaac fumait une cigarette sur le balcon, surplombant une place bourrée de touristes ignorant qu'ils étaient observés.

— J'ai du mal à croire que c'est ça, ta vie, admit-il en soufflant un nuage de fumée.

— Ça peut être cool au début, mais en fin de compte, tu t'y habitues rapidement. Et puis, j'étais souvent seule dans toutes ces suites plus grandes et plus luxueuses les unes que les autres.

— Si j'avais cinq minutes de ma vie à perdre, je prendrais du temps pour te plaindre.

Ses lèvres se retroussèrent pour afficher son habituel sourire malicieux.

— Tu sais, trésor, tu peux voir les choses les plus magnifiques du monde, si tu n'as personne avec qui les partager, ça n'en vaut pas le coup.

— Heureusement que je suis venu, alors.

Il déposa un baiser sur sa tempe avant de la prendre dans ses bras pour la protéger du vent froid qui s'engouffrait dans ses longs cheveux bruns. Ils restèrent de longues minutes ainsi, le silence les enveloppa, mais cela ne fut pas gênant. Ils contemplaient la vue donnant sur les canaux, les touristes, les toits des immeubles. Le ciel devenait de plus en plus rosé et orangé tandis que le soleil déclinait lentement à l'ouest.

— Je suis contente de partager ça avec toi, murmura-t-elle à son oreille.

Isaac resserra sa prise autour de la taille d'Emily. Elle se lova un peu plus contre lui, savourant sa présence.

Live Agency avait privatisé une villa qui disposait d'un ponton donnant sur un canal de la capitale. De peur qu'il s'ennuie, Emily avait proposé à Isaac de faire un tour en ville le temps du shooting, mais il avait refusé, souhaitant découvrir pleinement son milieu professionnel. Face à un miroir sur pied, dans une des nombreuses chambres, la maquilleuse déposait sur le corps d'Emily de la poudre matifiante. Isaac était allongé sur le lit, appuyé sur son coude, observant ce spectacle nouveau pour lui.

— Je ne pensais pas que tu devais te maquiller tout le corps, déclara-t-il.

— La tricherie n'a pas de limites, trésor.

— Mmh. Je n'aime pas trop.

— Le maquillage ou le fait que je sois en guêpière ?

— Les deux, soupira-t-il. Tu n'as pas besoin de ça, pourquoi tu continues à le faire ?

— Parce que c'est mon métier.

— Tu pourrais changer.

— Toi aussi, tu pourrais changer, rétorqua-t-elle en tentant de masquer son agacement.

La professionnelle termina son travail rapidement pendant que l'atmosphère se chargeait d'électricité. Elle les quitta sans demander son reste, puis referma la porte derrière elle en indiquant à Emily qu'elle pouvait rejoindre le reste du staff dès qu'elle serait prête.

Isaac se leva, il attrapa sa copine par la taille pour attirer son dos contre son torse. Face au miroir, ils se regardaient attentivement. Elle était en guêpière, lui en jean avec un hoodie. Le contraste entre eux était saisissant, leur rappelant qu'ils étaient de deux mondes différents.

— Tu veux que je te dise ce que je vois ? murmura-t-il à son oreille.

— Je ne préfère pas.

Ses yeux fixaient le reflet de ceux d'Emily. Elle laissa l'arrière de sa tête choir contre son torse, puis entrelaça ses doigts aux siens.

— Je vais te le dire quand même.

— Ça m'aurait étonnée…

La main d'Isaac quitta le ventre de la mannequin pour emprisonner ses joues entre ses doigts et son pouce.

— Ça, ce n'est pas toi, déclara-t-il sans quitter le reflet des yeux. En réalité, tu n'as presque pas de maquillage, un peu de mascara, de blush ou de rouge à lèvres tout au plus. Le noir qu'on t'a mis sur les paupières, ça ne fait que renforcer ton image glaciale.

Ses doigts quittèrent le visage d'Emily pour balayer ses cheveux, et un frisson parcourut l'échine de cette dernière.

— Ça non plus, ce n'est pas ton genre. Tes cheveux sont raides et fins.

— Je suis le désir, Mehla. Quand les femmes lisent un magazine, qu'elles me voient, et qu'elles achètent ce que je porte, c'est parce qu'elles espèrent faire autant d'effet à leur mari que moi. Quand eux achètent ce genre de lingerie pour leur femme, c'est parce qu'ils veulent qu'elle me ressemble. Alors évidemment – et heureusement – ça ne reflète pas ma véritable personnalité. Cette fille que tu as devant toi, elle n'existe pas, mais moi oui.

— Je comprends bien, mais pour moi, tu ne seras jamais aussi belle qu'au naturel.

— J'apprécie ce compliment.

Isaac assista à la séance photo de sa copine, qui collectionna les compliments du photographe. Isaac reconnut qu'Emily dégageait vraiment quelque chose lorsqu'elle prenait la pose. Comme si elle était née pour exercer ce métier. Il s'obligea à penser à autre chose qu'à tous les hommes qui se feraient plaisir en pensant à sa petite amie. C'était aussi ça, sortir avec un mannequin lingerie : accepter qu'elle soit convoitée par tant d'autres.

Après la séance, ils dînèrent dans un restaurant étoilé à quelques rues de leur hôtel. À la fin du repas, Emily souhaita régler l'addition, mais le regard d'Isaac sur sa carte bleue l'en dissuada.

— On est déjà logés gratuitement grâce à toi, tu ne vas pas en plus payer les frais de bouche.

— J'ai bien assez d'argent pour nous deux. Et je pourrai faire passer l'addition en note de frais auprès de mon agence.

— Je me fiche de ton argent, mocheté, j'ai envie de t'inviter à dîner, alors laisse-moi ce plaisir.

Ça, elle le savait déjà, mais le fait de l'entendre réchauffa son cœur, qui succombait un peu plus à chaque instant. Depuis des mois, elle tombait de plus en plus profondément amoureuse. À chaque sourire d'Isaac, ses taquineries, ses mots doux ou ses gestes tendres, la chute était de plus en plus lourde. Elle avait l'impression que son esprit avait été emprisonné dans une cage dorée, l'empêchant de s'imaginer avec un autre homme que lui. Ses barreaux en titane étaient bien trop épais, leur solidité ne s'effriterait sous aucune attaque. Personne ne saurait la sortir de cette emprise qu'elle adorait.

Thomas avait raison. Aux côtés d'Isaac, Emily avait changé, et cela lui plaisait. Elle aimait son regard ardent sur elle, son espièglerie, sa façon de voir la vie. Il s'acharnait constamment à désamorcer toutes les situations qui auraient pu causer des dégâts irrémédiables pour leur couple. Dans leur binôme il était celui qui apaisait l'autre, et elle celle qui l'enflammait. Parfois, les rôles s'inversaient, ils se complétaient mutuellement. Une harmonie se devinait quand leurs sourires se contemplaient.

De retour à l'hôtel, Isaac les conduisit jusqu'à la piscine. La déception le gagna lorsqu'il constata qu'elle était fermée.

— Je voulais me baigner, râla-t-il. Vu le prix des chambres, ça devrait être toujours ouvert.

— Il est presque minuit, les clients dorment la nuit, en temps normal.

— Tant pis, soupira-t-il d'un air déçu.

— Tu veux vraiment y aller ? s'enquit-elle.

— J'aurais bien aimé. On ira demain, ce n'est pas grave.

— Non, on va y aller ce soir.

Isaac la regarda sans comprendre. Elle n'allait quand même pas forcer la porte ?

Emily fila à l'accueil du palace, Isaac sur ses talons.

— Bonsoir, salua-t-elle poliment le maître d'hôtel. Nous aimerions pouvoir profiter de la piscine cette nuit. Pourriez-vous nous l'ouvrir, s'il vous plaît ?

Il allait répondre quand un de ses collègues lui chuchota rapidement quelque chose à l'oreille. Il se recula en la fixant de son regard azur, et son supérieur sourit fièrement à Emily.

— Bien sûr, mademoiselle Tarsikova, déclara le maître d'hôtel. Le temps que vous alliez vous changer, des serviettes seront à votre disposition sur les chaises longues.

— Nous n'avons pas de maillots de bain, le prévint-elle. Nous nous baignerons en sous-vêtements. Pensez-vous que cela pose un problème ?

— Aucun, assura-t-il. Souhaitez-vous une collation ?

Elle tourna son visage vers celui d'Isaac qui souriait en levant les yeux au ciel.

— Du champagne, quémanda-t-il en s'approchant d'eux. Et des fraises aussi, un fondant au chocolat, une douzaine de crevettes roses décortiquées, de la mayonnaise maison, et deux yaourts nature bio avec du sucre. Seulement du sucre roux.

Derrière le maître d'hôtel, une jeune femme notait discrètement la liste qu'il avait énumérée. Emily réprima un rire pendant que son petit ami se mordillait la lèvre inférieure, sans doute pour ne pas sourire de malice.

— Nous vous apporterons tout ça d'ici quelques minutes directement à la piscine. Désirez-vous autre chose ?

— Ce sera tout, répondit Emily.

L'homme fit un signe de tête à un de ses subordonnés tandis que la jeune femme au chignon laqué appelait déjà la cuisine pour lancer leur commande.

— Si vous voulez bien me suivre, leur demanda le jeune homme en faisant le tour de la réception.

Isaac passa son bras sur l'épaule d'Emily.

— J'adore être une princesse, murmura-t-il à son oreille.

Elle pouffa discrètement.

— Pourquoi est-ce que tu as commandé de la nourriture aussi incongrue ?

— Je voulais voir jusqu'où on pouvait aller.

— Tu aurais demandé de la coke qu'il t'en aurait fournie.

— Ce n'est pas mon délire, les drogues dures.

L'employé de l'hôtel leur ouvrit la porte vitrée donnant sur la piscine. Une odeur de chlore, mais aussi de lavande, fit son chemin jusqu'à leur nez.

— N'allumez pas les lumières, lui ordonna Emily alors que l'homme s'apprêtait à le faire. Celles du bassin suffiront amplement.

Une atmosphère particulière émanait de cette immense salle sombre, éclairée seulement des LED violettes donnant cette couleur à l'eau calme. Deux autres employés les rejoignirent et déposèrent des peignoirs, ainsi que toute la nourriture qu'Isaac avait commandée.

— C'est du rapide ! s'étonna celui-ci, les yeux grands ouverts.

Dans son portefeuille, Emily prit trois billets de cinquante euros qu'elle offrit à chacun d'eux pour les remercier de leur efficacité. Ce soir, elle était d'humeur généreuse.

— Vous pouvez nous laisser, déclara-t-elle. Et comprenez bien que cet endroit est privatisé pour la nuit.

Ils acquiescèrent poliment avant de disparaître. Isaac attira le dos d'Emily contre son torse, puis embrassa son cou, faisant traîner sa langue le long de sa jugulaire. Ses mains glissèrent sous son T-shirt pour caresser son ventre.

— Ne te fais pas de film, trésor, on ne fera rien ici.

— Pourquoi ? s'offusqua-t-il en défaisant le bouton du jean d'Emily. Je ne te pensais pas si trouillarde.

— Il n'y a pas moins de quatre caméras qui nous observent, je n'ai aucune envie que notre sextape soit diffusée sur Pornhub. Je leur demanderais bien de les éteindre, mais je ne veux pas qu'ils se plaignent auprès de ma nouvelle agence.

— Tu viens de tuer tout le plan que j'avais échafaudé dans ma tête, soupira-t-il en rabattant le T-shirt d'Emily sur son ventre.

— Console-toi avec les fraises, mon amour.

Sans qu'elle s'y attende, Isaac l'attrapa par la taille, et la jeta dans la piscine.

— Tu vas me le payer, Mehla ! siffla-t-elle après avoir regagné la surface.

Isaac était déjà en train de se déshabiller en souriant fièrement, lui offrant une vue imprenable sur ses muscles saillants. Il plongea avec grâce dans l'eau pour la rejoindre. Ses mains fermes attrapèrent les cuisses d'Emily pour les positionner autour de ses hanches. Des gouttes d'eau mouraient le long de ses joues, ses cils étaient plus noirs qu'à l'accoutumée, rendant son regard intense.

— J'ai hâte de savourer le goût de ta vengeance, dit-il d'une voix suave.

Il l'embrassa fougueusement, créant un appel à la luxure dans tout le corps de la jeune femme. Elle essaya de se défaire de ses vêtements mouillés, mais c'était peine perdue, ils collaient à son épiderme comme une seconde peau.

— T'as pas besoin de te mettre nue, murmura-t-il. On continuera ça dans la chambre. Je me fiche que les employés de cet hôtel me voient en pleine action, mais je ne veux pas qu'ils te voient, toi.

La conscience d'Emily le remercia, tandis que son corps voulait le supplier de lui faire l'amour immédiatement. Elle se fit violence pour sortir de l'eau. Elle se débarrassa de ses vêtements trempés pour finir en lingerie. Alors qu'elle s'apprêtait à retirer son soutien-gorge dégoulinant d'eau, Isaac déposa sur ses épaules un peignoir, lui imposant un peu de pudeur.

— Je ne veux pas non plus qu'ils matent tes seins.

— Je suis dos aux caméras.

— Comme ça, tu leur offres une vue superbe sur ton string. Allez, viens manger des crevettes.

Elle le remercia d'un sourire avant de le rejoindre sur un des transats. Ils avaient déjà dîné, mais la vue des mets titilla leur gourmandise.

— Celui de mon pote est meilleur, s'amusa Isaac en mâchant un bout de fondant au chocolat.

— C'est vrai qu'il était bon.

— Tu rigoles ? Il était merveilleux ! Tu as même mangé ma part !

— Je te rappelle que c'est toi qui me l'as offerte.

— T'en mourais d'envie. Je ne pouvais pas te laisser comme ça. Surtout après le coup du foyer malien…

— Que de beaux souvenirs, ironisa-t-elle avec espièglerie.

À chaque minute, ils se formaient de nouveaux souvenirs à deux.

Après avoir dégusté tous les mets, et bu une bouteille entière de champagne à deux, ils décidèrent de remonter dans leur suite. Devant les ascenseurs, un sourire étira les lèvres d'Emily en pensant à ce qu'elle s'apprêtait à faire. Lorsqu'ils entrèrent dans la cabine et que les portes se refermèrent, elle défit, comme si de rien n'était, la boucle de son peignoir qui s'ouvrit sur son corps presque nu. Bien sûr, Isaac le remarqua immédiatement, et ne put s'empêcher de rire en balayant son visage avec ses mains. Il se plaça face à elle et referma le vêtement en le nouant fermement.

— Il y a aussi des caméras dans les ascenseurs, chérie. Sois patiente.

— Tu es si sage, mon ange.

— Tu ne diras pas la même chose dans cinq minutes, mon cœur.

— J'ai hâte de voir ça, mon poussin.

— Tu vas surtout le sentir, ma petite caille.

— Je ne demande que ça, mon lapin.

Il lui mordilla le cou, puis recula le plus loin possible d'elle dans cet espace confiné. Ils s'observaient avec amusement, mais l'envie était omniprésente. Plus les étages défilaient, et plus Emily remontait son peignoir sur le haut de ses cuisses. La tension sexuelle entre eux grimpait aussi vite que l'ascenseur.

— Ma copine est une dévergondée, la taquina Isaac en fixant la naissance de ses fesses qui se dévoilaient.

— C'est parce que son mec est un excellent coup.

Il sourit en se mordillant la lèvre inférieure. Le tintement de l'ascenseur mit fin à ce petit jeu. Isaac déposa sa main aux creux des reins d'Emily pour la presser de sortir.

À peine la porte de leur suite fut-elle fermée qu'Isaac se débarrassa de leurs vêtements pour plaquer Emily contre le mur du vestibule. Sa bouche fondit sur la sienne, ses mains lui arrachèrent son peignoir. Toute sa frustration ne demandait qu'à s'assouvir. Il la souleva de terre,

Emily enroula ses jambes autour de sa taille, puis il se dirigea vers le canapé.

Isaac lui embrassa les seins, lui mordilla les tétons. Ce n'était que le début, les préliminaires n'avaient quasiment pas commencé, mais déjà le corps d'Emily réagissait au contact du sien. Sans réfléchir, elle prit la bouteille de champagne sur la table basse, l'ouvrit, et la déversa sur sa poitrine. Les pupilles d'Isaac se dilatèrent davantage, ses iris ne formaient plus qu'un fin cercle. Sa langue lécha la peau d'Emily, au goût fruité et alcoolisé, il la dégusta avec gourmandise.

Les mains de la jeune femme descendirent sur son boxer pour le caresser avec une lenteur qui le mettait au supplice. Ils s'embrassèrent dans une fougue dévastatrice, animés par un désir qu'ils ressentaient au plus profond d'eux. Emily rompit ce contact pour qu'il la voie lécher son pouce recouvert de quelques gouttes, symbolisant le plaisir qui les transcendait.

— Tu me rends dingue, murmura-t-il dans un souffle de luxure.

Elle sentait qu'il se retenait de la posséder immédiatement. Elle était bien décidée à le pousser à bout, ne voulant pas que ce moment intime se termine si rapidement. Son bas-ventre était en feu, leurs souffles se faisaient de plus en plus rapides.

Quand elle s'accroupit devant lui, et que sa bouche enlaça son membre en réalisant de sensuels mouvements, elle l'entendit soupirer de bien-être. La main d'Isaac se perdit dans les cheveux encore humides d'Emily. Les minutes défilèrent, le rendant de plus en plus tendu, fébrile et impatient. Si elle continuait, à n'en pas louper, il allait jouir en elle. D'ailleurs, il déposa les mains sur ses épaules, lui demandant de s'arrêter. Il la fit se relever, puis la porta de nouveau, les jambes d'Emily lui encadrant la taille. Il l'embrassa avec fougue et passion, et l'allongea sur la table basse du salon.

Le bois était dur sous le dos d'Emily, mais ses sens étaient annihilés par les doigts d'Isaac qui caressaient la partie la plus sensible de son corps. Elle ne sentait que ce contact qui la fit frissonner du sommet du crâne jusqu'aux orteils. La bouche d'Isaac descendit très lentement le long de son cou, puis ses dents mordillèrent ses seins devenus durs, avant de glisser sur la ligne droite de son ventre jusqu'à son intimité qu'il dénuda définitivement en lui ôtant son string. Le contact chaud et humide de sa langue la fit se cambrer. Le plaisir s'imprégna en elle jusqu'à la moelle de ses os. Si Emily avait torturé Isaac de bien-être une minute plus tôt, il lui rendit la pareille de la meilleure manière qui soit.

Chacun savait comment rendre l'autre fou. Leurs êtres s'accordaient dans une harmonie parfaite. Emily aurait voulu le supplier de lui faire l'amour sur cette table, mais ce qu'il lui faisait à cet instant était si bon qu'elle ne parvenait pas à articuler le moindre mot. Lui aussi semblait se délecter de sa chair, la savourant pleinement, et elle en redemandait, encore et encore. À cet instant, elle était convaincue que jamais elle ne pourrait se lasser de cet homme qui l'avait comprise avec tant d'aisance.

La frustration s'immisça dans chaque pore de la peau d'Emily lorsqu'il releva son visage d'entre ses cuisses.

— Ne jouis pas tout de suite, lui ordonna-t-il en lui massant les seins.

Il pinça son téton avant de le mordiller, arrachant à Emily un gémissement non contenu.

— Si tu continues comme ça, je ne vais pas pouvoir me retenir très longtemps.

— Tu te rappelles quand tu m'as avoué que tu voulais qu'un mec nous regarde faire l'amour ?

D'instinct, elle se retourna vivement pour voir s'il n'y avait pas quelqu'un d'autre dans la pièce. Constatant qu'ils étaient seuls, elle ne comprit pas où il voulait en venir.

— Ne me dis pas que tu as soudoyé un employé de l'hôtel pour qu'il monte ici ?

— Toujours aussi extrême, mocheté.

— Alors pourquoi tu me dis ça ? s'impatienta-t-elle.

Il la fit se relever, lui prit la main et la guida jusque dans la chambre. D'un geste vif, il la retourna pour la placer face à la baie vitrée. Devant eux, cinq étages plus bas, les rues grouillaient encore de monde. Malgré l'heure tardive, les bars et restaurants ne désemplissaient pas.

— Je t'offre des dizaines et des dizaines d'hommes, murmura-t-il en lui mordillant le lobe de l'oreille.

— Tu triches, ils ne nous voient pas.

Isaac la quitta quelques secondes pour allumer l'éclairage de la pièce, les exposant à tous ceux qui lèveraient les yeux vers eux. Son bassin plaqua le sien contre l'immense fenêtre. Emily se cambra d'une façon si indécente qu'Isaac en eut des sueurs froides. Il la posséda devant tous ces passants qui festoyaient joyeusement. Ses coups de reins fermes claquaient ses fesses avec férocité. Soudain, Emily aperçut deux personnes s'arrêter sur le trottoir face à l'hôtel. Le couple les regardait. Elle pensa qu'ils allaient partir, mais non, ils les observaient faire l'amour comme s'ils étaient en vitrine. Cette vision décupla l'excitation d'Emily. Elle adorait sentir leurs yeux, les imaginer excités par ce qu'ils voyaient, et à peine quelques secondes plus tard, un orgasme inouï la saisit brutalement. Ses cordes vocales exprimèrent le plaisir qui s'emparait d'elle. Chaque muscle de son corps se contracta avec force avant de se relâcher en douceur. Isaac se laissa à son tour emporter.

De la buée s'était répandue sur la vitre, leurs cages thoraciques montaient et descendaient rapidement pendant qu'ils reprenaient leur souffle.

Isaac venait de réaliser un fantasme d'Emily, et cela n'était pas donné à tout le monde.

35. Tu n'as pas d'honneur

Le grand jour était enfin arrivé dans d'horribles souffrances pour Emily. Les nuits précédentes avaient été ponctuées d'insomnies, de cauchemars et d'angoisses. Elle avait répété des dizaines de fois son témoignage avec son avocate, mais elle ne pensait qu'au fait qu'elle allait devoir affronter son bourreau. Cela faisait treize ans qu'elle ne l'avait pas vu, mais elle se rappelait chaque point de son visage, qui avait été ancré dans son esprit.

Devant le miroir des toilettes du palais de justice, Emily lissait son chemisier blanc en soufflant bruyamment. Lorsqu'elle rejoignit Isaac, son père, Christina et Asma dans le hall, son stress s'accrut en découvrant leurs visages crispés.

— Tout va bien se passer, ma chérie, tenta de la rassurer son père.

— J'espère que tu as raison.

— Quoi qu'il se passe, on sera là pour toi, lui dit avec douceur Christina.

Serge était sorti de sa clinique deux jours plus tôt. Emily était venue le chercher et l'avait amené dans un nouvel appartement qu'elle avait loué pour éviter que l'ancien rappelle de mauvais souvenirs à Serge. Elle lui avait offert une nouvelle vie, à lui de ne pas tout gâcher. Les retrouvailles entre Christina et Serge s'étaient faites quelques heures plus tôt. Aucun des deux ne s'était encore adressé la parole, mais leur émotion était palpable. Serge était sobre, et même si elle ne disait rien, Christina était fière de lui.

Des journalistes prenaient plus ou moins discrètement en photo Emily, guettant la moindre émotion qui pourrait apparaître sur son visage si parfait.

La mannequin et ses proches entrèrent dans la salle d'audience, où régnait une ambiance pesante. Plus Emily s'approchait du banc des parties civiles, et plus son rythme cardiaque ne cessait d'accélérer. Elle sentit une main prendre la sienne, des doigts s'entrelacer aux siens. Son regard se porta sur Isaac qui la dévisageait tendrement. Assis au premier rang, ils attendirent que le juge et ses assesseurs entrent à leur tour. Soudain, un brouhaha provenant de l'extérieur de la pièce se fit entendre. Emily ferma les yeux en comprenant que l'accusé arrivait. Les journalistes hurlaient son nom et des questions étaient posées à la volée. L'agression s'étant produite lorsqu'elle était mineure, son avocate avait réussi à obtenir le huis clos. Et c'était tant mieux, car cela serait plus facile pour elle de raconter ses mauvais souvenirs sans reporters ou spectateurs inconnus.

Isaac se tendit en observant le photographe s'avancer vers le box des accusés. Emily regardait droit devant elle, s'obligeant à ne pas tourner le visage.

— Il ne peut plus vous faire de mal, Emily, lui assura gentiment son avocate. N'oubliez pas que vous êtes la victime. N'ayez pas honte de ce qui vous est arrivé. C'est à lui de se sentir humilié aujourd'hui.

Ils étaient trois à assurer la défense d'Emily, et cela n'était pas de trop face aux avocats de Mark Jary, qui s'installèrent à quelques mètres d'eux. Les magistrats entrèrent dans la salle et prirent place. À leur droite se trouvait le jury populaire.

— Ça va bien se passer, murmura Isaac à son oreille. Si tu as un doute, ou si tu perds confiance en toi, regarde-moi, je t'encouragerai.

Elle lui lança un triste sourire de remerciement qu'il lui rendit. Elle était dans un état de stress absolu, et ce sentiment s'accentua lorsqu'elle osa couler un regard vers Mark Jary. Il avait réussi à rester libre jusqu'à son procès avec une simple interdiction de quitter la France. Ses avocats avaient déjà démontré leur efficacité redoutable. En temps normal, il aurait dû attendre son audience en prison. Il avait vieilli, mais Emily aurait pu le reconnaître dans une foule de mille personnes. Des flashs de souvenirs crépitèrent dans sa tête, lui donnant la nausée. Elle fut prise de tremblements, sa gorge était si nouée qu'elle ne savait pas si elle réussirait à parler.

Un homme d'une cinquantaine d'années, le juge, ordonna l'ouverture du dossier.

— Monsieur Mark Jary, vous êtes accusé de viol sur mineure de moins de quinze ans. Ces faits se sont déroulés à Paris au sein même de votre domicile. Votre profession et celle de la victime, Emily Tarsikova, alors âgée de quatorze ans au moment des faits, nous obligent à y ajouter la mention de viol par autorité, ce qui constitue une circonstance aggravante. Reconnaissez-vous les faits ?

Mark Jary ne semblait pas comprendre la gravité des faits qui lui étaient reprochés. Il avait un visage impassible, comme s'il s'apprêtait à entamer une conversation avec des amis.

— Je réfute toutes les accusations que vous venez d'énumérer, monsieur le juge. Et je tiens à ajouter que, dès que je serai innocenté, j'attaquerai à mon tour Emily Tarsikova pour diffamation.

La main d'Isaac se resserra sur celle d'Emily. Elle devinait son regard dur, celui qu'il affichait quand il s'apprêtait à frapper quelqu'un.

— Concentrons-nous sur ce procès si vous le voulez bien, répondit simplement le juge. J'appelle à la barre la plaignante, mademoiselle Tarsikova.

Elle lâcha la main d'Isaac à contrecœur, se sentant encore plus vulnérable. D'un pas peu assuré, pantelante, elle se plaça face au juge en déposant ses mains moites sur la barre devant elle.

— Mademoiselle, l'apostropha-t-il. Pourriez-vous s'il vous plaît nous raconter les faits tels qu'ils se sont déroulés, en n'omettant aucun détail ?

Emily prit une profonde inspiration et, comme il lui avait été demandé, elle conta la proposition de poser nue de Mark Jary, son refus, ses longs et douloureux viols, sa tentative d'acheter son silence. Tous les mots sortirent les uns à la suite des autres de sa bouche maquillée. Heureusement, elle avait travaillé cet exercice durant de longues heures avec son avocate. C'était comme réciter une leçon qu'elle connaissait sur le bout de doigts. Elle la remercia intérieurement d'avoir autant insisté pour la préparer, car autrement, elle ignorait si elle aurait pu le faire sans fondre en larmes.

À la fin de son récit, un silence de plomb résonna dans la salle d'audience. Elle sentait dans son dos tous les regards des personnes présentes. Le juge la regardait fixement, mais pas durement. Elle ne saurait dire quel sentiment habitait cet homme.

— Nous vous remercions pour votre témoignage, mademoiselle. Madame la procureure, avez-vous des questions pour la victime ?

La petite femme blonde se leva en mettant ses lunettes sur son nez.

— Pouvez-vous nous affirmer que vous reconnaissez formellement M. Jary comme l'auteur des faits ?

— Oui, madame.

— Très bien. Pouvez-vous nous expliquer pourquoi avoir attendu autant d'années pour déposer une plainte contre l'accusé ?

— Au début, parce qu'il m'avait donné deux cent mille euros. Ensuite, parce que j'étais terrifiée à l'idée de l'affronter à nouveau, répondit-elle dans un souffle en fixant sa paire de bottes.

— Mademoiselle Tarsikova, l'apostropha la procureure. Vous êtes marraine d'une association qui défend la parole des victimes d'agressions sexuelles et de viols. Est-ce exact ?

— Oui, madame.

— Pensez-vous que, sans ce qui vous est arrivé durant votre adolescence, vous auriez fait de cette cause votre combat ?

Sa question la désarçonna, elle ne comprenait pas vraiment où elle voulait en venir.

— Je ne peux pas vous le dire. Peut-être pas…

— Sachez, monsieur le juge, continua-t-elle, que la plupart des personnes se lançant dans des associations ou des fondations telles que I Believe You sont elles-mêmes des victimes. Ce n'est donc pas étonnant qu'elle se soit engagée sur ce sujet.

— Ce n'est pas une question, intervint calmement l'avocat de Mark Jary.

— C'est vrai, admit-elle. Pour ma part, je n'ai plus d'autres questions.

Elle partit s'asseoir, et le conseil de l'accusé se leva pour prendre sa place face à Emily.

— Mademoiselle Tarsikova, est-il exact que vous avez consommé de la drogue pendant des années ?

— Je n'en prends plus depuis plus de neuf ans.

— Vraiment ? s'étonna-t-il. Nous avons eu vent que vous aviez été agressée récemment, et que vous aviez ingurgité de l'héroïne.

— Je n'ai pas consommé cette drogue de mon plein gré, se défendit-elle. Je suis clean. Vous pouvez me faire des analyses de sang s'il le faut.

— L'enquête est déjà bouclée, et nous devons nous porter sur les faits du dossier, rétorqua l'avocat.

Elle le foudroya du regard en priant pour que le juge la croie. Cet homme sous-entendait qu'Emily n'était qu'une camée. Sa crédibilité venait d'en prendre un sacré coup.

— Passons sur cette triste histoire de drogue, reprit le défenseur. Vous avez semble-t-il une réputation de femme sulfureuse, passant d'un amant à l'autre. D'ailleurs, vous posez très régulièrement quasiment nue. Vous aimez être désirée, mademoiselle ?

— Monsieur le juge ! s'agaça l'avocate d'Emily. Je ne comprends pas pourquoi ma cliente est interrogée de la sorte ! Nous ne devons pas faire le procès de Mlle Tarsikova, mais celui de Mark Jary, qui n'a, à cet instant, répondu à aucune question. Je me permets de vous rappeler que la victime n'est jamais coupable, et je vous demande de recentrer les débats sur l'accusé, et non sur ma cliente.

— Je ne répondrai à aucune question parce que je suis innocent, déclara le photographe. Sachez qu'en trois ans, cette histoire a bousillé ma vie et ma carrière.

Une rage froide gronda en Emily tandis qu'elle serrait fermement la barre devant elle.

— Vous n'avez pas la parole, monsieur, lui rappela l'avocate d'Emily.

— Je ne me laisserai pas insulter alors que je n'ai rien à me reprocher. Vous voulez que je vous dise ce qui s'est passé ? Cette petite aguicheuse n'était qu'une adolescente délurée lorsqu'elle s'est jetée sur moi pour m'embrasser. Je l'ai évidemment repoussée immédiatement. Après ça, elle m'a dit que, si je ne lui donnais pas de l'argent, elle dirait à tout le monde que je l'avais violée. Voilà comment ça s'est passé. À cause d'elle, je me suis retrouvé humilié dans les journaux, j'ai perdu énormément de collaborations et de contrats. C'est elle qui devrait être dans le box des accusés, pas moi !

Alors voilà quelle était sa ligne de sa défense. La faire passer pour une gamine perverse et droguée. La haine d'Emily à son égard prit d'assaut son esprit, incapable de contenir la rage qui bouillonnait dans son sang.

— Tu mens ! hurla-t-elle à son encontre. Tu mens ! Dis-leur ce qui s'est passé ! C'est toi qui as détruit ma vie ! Assume ce que tu as fait !

Les sourcils grisonnants du photographe s'arquèrent tandis que le silence s'installait à nouveau dans la salle. Ses yeux assassins fixèrent ceux de la mannequin, d'où des larmes de colère s'échappèrent.

— Je te le dis droit dans les yeux, déclara-t-il d'une voix blanche, je n'ai absolument rien à me reprocher. Tu n'es qu'une sale petite menteuse.

Si Emily n'avait pas tenu la barre à s'en faire pâlir les phalanges, elle se serait sans doute écroulée sous ses immondes paroles.

— Je pense que nous en avons assez entendu, déclara le juge. Nous allons pouvoir passer aux délibérations.

— Nous n'avons pas encore posé de questions à l'accusé, monsieur le juge ! s'insurgea l'avocate d'Emily.

— Je vous l'ai dit, intervint le photographe, je ne répondrai à aucune question. Ma seule réponse sera : je suis innocent.

L'avocate d'Emily se laissa tomber au fond de son siège, et le juge ordonna à la jeune femme de retourner à sa place.

— Quel fils de pute, lui dit discrètement Isaac entre ses dents dès qu'elle se retrouva à côté de lui. J'ai envie de lui éclater le crâne contre la vitre et de regarder son sang couler dessus.

Elle ne répondit rien, tourmentée par ce qui venait de se passer.

— Nous allons passer aux délibérations, conclut le juge. Mesdames et messieurs les jurés, je vous laisse vous retirer pour délibérer.

Le dossier ne pouvant présenter aucun témoignage, ni aucune preuve, et pas le moindre examen médical, l'issue de ce procès allait se jouer sur l'intime conviction des jurés, et, au fond d'elle, Emily connaissait déjà la suite des événements.

Dans la salle des pas perdus, un profond malaise s'empara d'Emily. Elle redoutait de ne pas avoir été crue, que ses souffrances soient tombées dans l'oreille d'un sourd, que Mark Jary ait été plus convaincant qu'elle.

Isaac la prit à part en l'attrapant par le bras, et la fit asseoir sur un banc à l'écart.

— Ça va, mocheté ?

— Je l'ai enfin affronté, c'est tout ce qui compte.

— Dans quelques heures, il sera reconnu coupable, et il sera incarcéré. Tu pourras enfin être libérée.

— C'est sa parole contre la mienne.

— Sois plus optimiste. Et s'il gagne, ce sera difficile à entendre, mais on fera appel. Il ne restera pas impuni, je te le promets.

— Puisses-tu avoir raison.

Il l'attira à lui, elle laissa choir sa tête contre son épaule. Isaac tentait de la réconforter comme il le pouvait, mais il se retrouva démuni devant son anxiété et ses angoisses. Au loin, Christina et Serge échangèrent quelques mots. Il y aurait au moins une victoire ce jour…

Les heures défilèrent lentement, très lentement… Au fur et à mesure que les minutes s'écoulaient, le stress d'Emily s'accentuait. Elle n'espérait qu'une chose : que cet être infâme soit reconnu coupable et qu'il purge une longue peine. Elle savait ce que les détenus réservaient aux violeurs en prison, et cela la consolait partiellement.

Son avocate arriva soudainement près d'elle pour l'avertir que le jury avait terminé ses délibérations. Emily se leva, mais Isaac lui attrapa le poignet pour la prendre à nouveau dans ses bras.

— Quoi qu'il se passe dans cette salle, quoi qu'il se dise, murmura-t-il à son oreille, je serai là pour toi. Je ne te laisserai pas tomber.

— Je suis terrifiée…

— Je sais, Em. N'oublie pas que tu es bien plus forte que tu le penses. Ne le laisse pas encore t'atteindre après toutes ces années. Sache que moi, je te crois, et ce, depuis la première seconde où tu m'as raconté ton histoire.

Elle resserra son emprise autour de sa nuque en enfouissant la tête dans le creux de son cou.

— Allez, viens, lui ordonna-t-il avec douceur en se détachant douloureusement d'elle. Allons écouter le verdict.

Plus Emily avançait vers le banc de la partie civile, et plus elle avait l'impression que sa vie basculait. Dans quelques secondes, elle allait enfin savoir si elle serait libérée ou enfermée à jamais dans les ténèbres. Tant qu'elle ne serait pas reconnue comme victime, ses cicatrices ne pourraient pas se refermer, les plaies ne parviendraient pas à se cautériser. Elle saignait depuis des années, treize pour être exact, la fatigue mentale commençait à s'accumuler, laissant un poids de plusieurs tonnes sur son esprit qui n'arrivait toujours pas à s'en défaire. Le dicton qui disait que le temps n'altère pas les blessures psychologiques prenait pleinement son sens pour elle ce jour-là.

Toute la salle était debout, suspendue aux lèvres du juge dont les sourcils étaient froncés. Il lança un regard étonné aux membres du jury populaire, faisant durer le supplice de la mannequin.

— Monsieur Mark Jary…

Le cœur d'Emily battait à tout rompre, son souffle était court. Ses mains tremblaient, le temps s'arrêta.

— Le jury vous a accordé l'acquittement au bénéfice du doute qui, comme la loi le prévoit, doit toujours bénéficier à l'accusé. Toutes les charges sur votre personne sont donc abandonnées. Le parquet a dix jours pour faire appel de cette décision.

Le regard vide, les jambes d'Emily lâchèrent, elle s'assit maladroitement sur le banc. Elle aurait pensé exploser en larmes, mais non, même les pleurs n'auraient pas suffi à exprimer le sentiment d'injustice qu'elle ressentait jusque dans la moelle de ses os. Les bruits autour d'elle étaient devenus des murmures, sa vision n'était plus qu'un brouillard. Seul le mot « acquittement » résonnait dans sa tête.

— Je suis vraiment désolé, murmura Isaac dont le regard était interdit.

Mark Jary sortit du box des accusés. Il embrassa celle qui semblait être sa femme et qui devait avoir tout juste la vingtaine – quand lui avait cinquante-cinq ans.

Soudain, Serge se rua vers lui, et son poing s'écrasa violemment sur la mâchoire du photographe, lui faisant cracher une giclée d'hémoglobine. Isaac se précipita vers lui, et le prit par les épaules en tentant de le maîtriser. Les policiers séparèrent immédiatement les deux hommes.

— Tu paieras ! hurla-t-il en fixant Mark Jary. Tu paieras pour ce que tu as fait à ma fille ! Tu mériterais la peine capitale ! Tu as détruit notre famille, nos vies ! Aie au moins le courage d'avouer ce que tu lui as fait, espèce de lâche !

Le prétendu innocent essuya son visage ensanglanté, des gouttes rouges tachaient son costume hors de prix.

— Je n'ai rien fait, se contenta-t-il de répondre.

Serge tenta de le frapper à nouveau, mais les policiers le retinrent fermement.

— Tu ne l'emporteras pas au paradis ! s'époumona-t-il. Que ce soit dans cette vie ou une autre, un jour, tu devras répondre de tes actes. Tu n'es pas même un homme, tu n'as pas d'honneur. Tu n'es qu'une ordure.

Il lui cracha au visage avec un regard empli de dégoût. Emily, quant à elle, ne bougea pas d'un centimètre, spectatrice d'une scène qui lui brisait le cœur. Elle n'était pas la seule victime abandonnée par la justice. Son père et sa sœur avaient eux aussi été lésés.

Comme un automate, elle se leva, et tous les regards convergèrent vers elle. Dans un silence de plomb, sans se retourner, elle sortit dans le hall où les journalistes la mitraillèrent, et partit directement dans les toilettes. Elle vomit ses tripes dans la cuvette, comme si son corps cherchait à évacuer l'injustice et l'humiliation qu'elle ressentait à cet instant. Le jury ne l'avait pas crue. Ils avaient choisi de placer leur confiance dans les mains du coupable, se fourvoyant honteusement.

Elle sentit des doigts tenir ses longs cheveux. Ensuite, elle s'assit à même le sol, s'appuyant contre le mur des toilettes, et s'essuya la bouche d'un revers de manche. Isaac, agenouillé devant elle, la regardait sans rien dire, il savait qu'aucun mot n'aurait pu alléger sa peine. Cette fois, même ses blagues seraient inefficaces face à sa détresse.

Tout à coup, les yeux d'Emily s'embrumèrent, ses lèvres tremblèrent, sa gorge la brûla. Isaac la prit immédiatement dans ses bras, et des sanglots déchirants la terrassèrent. Elle pleurait, encore et encore, contre son épaule, exprimant sans aucune gêne le malaise qu'elle ressentait à cet instant. Entre les nerfs qui lâchaient et le verdict, elle ne parvenait pas à se calmer.

Emily sombrait toujours plus profondément dans la tristesse, toujours plus loin dans son désespoir à l'idée de ne jamais être reconnue comme une victime.

À ce moment précis de sa vie, elle comprit qu'elle ne serait plus jamais la même, que ses souffrances la réveilleraient toujours la nuit. Alors, épuisée par cette douleur éreintante, elle supplia intérieurement pour qu'on l'en libère.

36. Oui

Deux semaines étaient passées depuis qu'Emily avait perdu son procès. Isaac, dégoûté du verdict, n'avait plus foi en rien. Le violeur et pédophile avait été relâché, comme s'il n'avait rien fait. Son cœur saignait pour sa copine, mais aussi pour les futures victimes de cet être infâme. Le jury avait laissé en liberté un fou qui ne guérirait jamais.

Depuis sa cuisine, il observait douloureusement Emily, qui regardait la télévision sans vraiment la voir. Il savait que son esprit était très loin d'ici. Depuis leur retour du palais de justice, elle n'était plus que l'ombre d'elle-même. Elle avait perdu son sourire, sa malice. Des cernes creusaient le dessous de ses yeux éteints. Elle ne prenait même plus la peine de se maquiller, alors qu'elle avait toujours adoré ça. Elle se contentait de rester en jogging toute la journée, à regarder des émissions débiles. La vie semblait l'avoir abandonnée.

— C'est prêt, déclara-t-il d'une petite voix en lui tendant une assiette de pâtes.

Elle le remercia d'un sourire forcé, sans un mot. Elle qui avait toujours quelque chose à dire d'habitude ne parlait presque plus, ou seulement en cas d'extrême nécessité.

Avec Christina et Serge, ils lui avaient proposé de l'installer dans une clinique spécialisée avec du personnel soignant qui l'accompagnerait sur le chemin de la guérison, mais Emily avait formellement rejeté cette idée. Cette proposition refusée reflétait leur échec à essayer de lui venir en aide.

Plus Isaac l'observait, et plus il la voyait sombrer dans une profonde dépression. Il ne s'était jamais senti aussi impuissant de sa vie. Il aurait aimé qu'elle lui parle, qu'elle exprime ses sentiments, mais elle se murait dans le silence. De nature patiente, il prenait sur lui pour ne pas la bousculer plus qu'elle ne l'était déjà. Désormais, seul le temps pouvait guérir ses blessures ; ses proches, eux, ils étaient désarmés face à son mal-être.

Le soir venu, ils se couchèrent, toujours dans le silence. Alors qu'Emily lui tournait le dos, il attrapa ses hanches avec douceur, et la força à se retourner vers lui. Couchés sur le flanc, ils s'observaient attentivement. Il eut l'impression qu'elle essayait de mémoriser son visage comme si elle avait peur de ne plus jamais le voir.

— Il faut que tu me parles, mocheté.

Elle fit un « non » silencieux de la tête.

— Pourquoi ? Je suis ton petit ami, tu peux tout me dire. Dis-moi ce que tu ressens. J'en peux plus de te voir dans cet état.

Elle mordilla sa lèvre inférieure, ses yeux rougirent avant qu'une larme ne s'en échappe. Il l'essuya délicatement avec son pouce tandis que son cœur se contorsionna en la voyant ainsi.

— Je t'en supplie, Em. Parle-moi.

— Est-ce que j'arriverai un jour à rire de nouveau ?

Les yeux d'Isaac devinrent humides à leur tour en entendant sa question ; il se retint de toutes ses forces pour ne pas laisser la tristesse le gagner.

— Ça va prendre du temps, mais oui, je te promets que tu riras à nouveau.

— Comment tu peux en être aussi sûr ?

— Parce que tu es une battante. Tu as survécu à des tas d'épreuves, et celle-ci, tu vas l'affronter et en sortir gagnante. J'en suis persuadé.

— Au moins, il y en a un de nous deux qui y croit.

Sans qu'il s'y attende, elle l'embrassa avec douceur. Cet élan d'affection lui serra le cœur. Depuis le procès, ils n'avaient pas fait l'amour, ce qui symbolisait le mal-être d'Emily, qui avant adorait ça.

Il tenta de se montrer patient, se forçant à ne pas la brusquer alors que chaque cellule de son corps la désirait irrémédiablement. Il glissa la main sous son débardeur, mais se fit violence pour caresser seulement ses côtes, à la limite de ses seins.

Emily accentua son baiser, faisant remonter en lui de terribles envies, presque douloureuses.

— Je peux te demander quelque chose, Isaac ?

— Tout ce que tu veux, mocheté.

— Fais-moi l'amour comme si c'était la dernière fois que tu pouvais le faire.

Sur le moment, il ne comprit pas le sens de sa phrase. Elle lui refusa tout droit de réponse en se jetant sur ses lèvres, comme si elle savait qu'il allait lui demander des explications. Isaac battit en retraite, ne voulant pas lui imposer des questions qui la dérangeraient.

Comme elle le lui avait demandé, il prit possession de son corps en prenant son temps, effleurant chaque parcelle de sa peau, savourant ce qu'elle créait en lui, contemplant son visage bouleversé par le plaisir qui la consumait.

Après l'orgasme, elle le serra férocement dans ses bras, comme si elle avait peur qu'il l'abandonne. Cependant, Isaac ne voulait rien d'autre au monde que sa présence. Elle était devenue sa lumière, et rien ne pourrait l'écarter d'elle.

— Je t'aime, murmura-t-elle à son oreille. Je t'aimerai toujours.

— Je t'aime aussi, Em.

Cette nuit-là, elle s'endormit dans ses bras. Les lampadaires de la rue éclairaient faiblement la chambre, et pendant de longues minutes, il la contempla en train de dormir. Son visage semblait enfin apaisé, serein. Il la trouva d'une beauté absolue.

Pour lui, sa mocheté était la plus belle personne qu'il ait rencontrée, tant sur le plan physique que psychique. À cet instant, il était convaincu de l'aimer jusqu'à la fin de sa vie, et que le pire était derrière eux.

Le lendemain, Emily était rentrée chez elle pour se reposer. Isaac en profita pour faire un brin de ménage, et se rendit en début de soirée chez Antoine. Avec toute cette histoire, ça faisait un moment qu'il n'avait pas vu ses amis, et il avait besoin de décompresser lui aussi.

— Alors, elle va comment, Tarsik ? lui demanda Madou.

— Vraiment pas fort.

— Elle est en pleine dépression, assura Mélissa.

— Je sais, soupira-t-il. Je me sens totalement impuissant.

— Laisse-lui du temps, lui conseilla Aidan. Elle a vécu une injustice qui l'a détruite, ça va être compliqué pour elle de remonter la pente face à ça.

— Fais gaffe à ce que ça ne fasse pas remonter des trucs chez elle, l'avertit Hakim.

— Comment ça ?

— Au procès, elle a dû revivre ce qui s'était passé. Ses blessures se sont sans doute rouvertes violemment. Elle doit souffrir comme lorsqu'elle était ado.

Sa réflexion laissa Isaac pantois, créant en lui un sentiment de malaise. Il s'inquiétait des effets du verdict sur l'esprit d'Emily, mais n'avait pas pensé à ses souvenirs qui pourraient la hanter eux aussi. Il décida de lui envoyer un message, juste pour savoir si elle allait bien.

La soirée continua sur des sujets plus légers, il remercia intérieurement ses amis de lui changer les idées. Comme quand l'un d'entre eux en avait eu besoin, ils étaient présents pour lui dans cette épreuve. Deux heures plus tard, Emily n'avait toujours pas répondu à son SMS. Il décida de l'appeler en s'isolant dans la cuisine, mais les tonalités défilèrent jusqu'au répondeur.

Un mauvais pressentiment s'insinua en lui, lui donnant des frissons, la chair de poule.

— Je vais chez Emily, déclara-t-il aux autres en enfilant rapidement sa veste.

— Quelque chose ne va pas ? s'inquiéta Antoine.

— Je ne sais pas, elle ne répond pas à mes messages ni à mes appels.

— Peut-être qu'elle dort ? proposa Mélissa.

Tous le regardaient tristement tandis que son cœur battait férocement dans sa poitrine. Alors qu'il était assis sur le canapé pour mettre ses chaussures, la sonnerie de son téléphone fit éclater le silence pesant qui les enveloppait. En voyant le nom de Christina affiché sur l'écran, il sut qu'il s'était passé quelque chose de grave.

— Allô ?

— Il faut que tu viennes chez Em.

Sa voix était tremblante, enrouée.

— Qu'est-ce qui se passe ? répondit-il en serrant férocement ses lacets.

— Je ne peux pas te le dire par téléphone. Il faut que tu viennes. Maintenant.

— Je suis là dans cinq minutes.

Il se leva d'un bond, et sans prendre la peine de dire au revoir à ses amis, il sortit en trombe de l'appartement.

— Iz ! l'appela son frère qui lui courait après. Dis-moi ce qui se passe !

— Je n'en sais rien. Christina m'a demandé de venir chez Emily au plus vite, elle ne m'a rien dit de plus.

Isaac dévala les marches le plus rapidement possible. Pris par le stress, son esprit ne pensait qu'à Emily dont il n'avait plus de nouvelles depuis le matin.

— Je viens avec toi, le prévint mon frère, qui l'avait suivi.

Isaac ne prit pas la peine de lui répondre, et se mit à courir à toutes jambes en direction de l'appartement de sa copine. Hakim lui emboîta le pas, sans doute parce qu'il avait compris ce qu'Isaac refusait d'envisager.

Ils avaient l'air de deux voleurs, courant à perdre haleine, zigzaguant entre les passants, ne prenant même pas la peine de regarder s'il y avait des voitures lorsqu'ils traversaient les rues. Au loin, des lumières bleues tournoyaient. Plus il s'approchait, et plus l'inquiétude d'Isaac grandissait. Lorsqu'il lut les lettres du Samu sur un des camions, il poussa son corps jusqu'à ses limites pour accélérer sa course. Ils étaient devant l'immeuble d'Emily.

De ses doigts tremblants, il tapa sur le digicode, puis il grimpa quatre à quatre les étages. Hakim était toujours sur ses talons – tout comme lui à bout de souffle, la respiration haletante. Ils entrèrent dans l'appartement dont la porte était ouverte. Des hommes en blouse blanche, mais aussi des policiers étaient debout dans le salon.

Christina, assise sur le canapé, regardait le sol, le visage livide. Elle était immobile, semblant ne même plus respirer. Serge était tourné vers la fenêtre. Isaac s'avança vers eux, mais un policier se plaça devant lui, l'air abattu.

— Vous êtes un ami ? lui demanda-t-il.

Christina se tourna subitement vers Isaac, son regard d'une tristesse absolue lui déchira le cœur. Elle se leva pour le rejoindre.

— Où est-elle ? lui demanda-t-il, la voix tremblante.

— Isaac… Je suis désolée…

À ces mots, son cœur se mit à cogner si fort dans sa poitrine qu'il eut l'impression que sa respiration se coupait à chaque battement. Des sueurs froides cascadèrent le long de son dos.

— Où est-elle ? répéta-t-il d'un ton encore plus haché.

Serge se tourna enfin vers lui. Il semblait avoir subitement vieilli de dix ans, ses doigts tremblèrent quand il frotta ses yeux rougis.

— Dans la salle de bains, répondit-il dans un souffle. Isaac, Emily n'est plus de ce monde…

La nausée le gagna, mais il ravala ce qu'il avait au fond de lui. Il resta figé un moment avant de prendre son courage à deux mains pour s'avancer vers la salle de bains. Un homme en blouse blanche lui barra la route avec douceur.

— C'est une mauvaise idée. Attendez qu'on l'emmène, vous pourrez la voir un peu plus tard, quand son corps sera présentable.

— Il faut que je la voie.

— Je ne vous en empêcherai pas, mais demandez-vous seulement si c'est bien une image que vous souhaitez garder en mémoire.

— Il faut que je la voie, répéta Isaac d'une voix tremblante.

— Allez-y, nous serons juste à côté si vous avez besoin d'aide.

La main de Hakim sur son épaule l'encouragea à se montrer fort. À travers ce geste, son frère lui fit comprendre qu'il était là pour l'aider à affronter ce drame. D'un pas peu assuré, Isaac entra dans la salle de bains, et sa vie bascula dans l'horreur.

La femme qu'il aimait était inanimée dans sa baignoire, dont l'eau était rougeâtre. Son teint blanc contrastait avec son habituel bronzage. Comme si elle avait fait preuve d'une certaine pudeur pour les personnes qui la trouveraient, elle n'était pas nue, mais encore vêtue d'un simple débardeur et d'un short. Ses paupières étaient désormais closes pour l'éternité.

Même devant ce triste spectacle, Isaac ne réalisa pas ce qui se passait. Il s'agenouilla, puis caressa du bout des doigts la joue froide de la femme qu'il aimait.

— Réveille-toi, mocheté.

Seul un silence de plomb lui répondit. Il pouvait presque distinguer ses propres pulsations cardiaques, mais ce n'était pas son cœur à lui qu'il aurait aimé entendre.

— Em, s'il te plaît, ouvre les yeux…

Il soupira un grand coup, les premières larmes roulèrent sur ses joues.

— Je t'en supplie, ne me laisse pas seul…

Il plongea sa main tremblante dans l'eau pour saisir la sienne et, quand il la sortit, il découvrit de longues plaies sur ses avant-bras.

Ce fut à cet instant qu'il réalisa.

Il laissa retomber doucement le bras d'Emily dans l'eau, puis posa son front contre le sien.

— Pourquoi t'as fait ça, Em ? J'aurais pu t'aider…

Isaac sentit une nouvelle fois la paume de son aîné sur son épaule ; Hakim s'était rapproché et agenouillé près de lui. Les lèvres tremblantes, Isaac embrassa la tempe d'Emily, puis s'appuya contre le mur derrière lui. Son univers entier venait de s'écrouler.

Les souvenirs de leur histoire affluèrent dans son esprit torturé. Il se rappelait le sourire d'Emily, pas celui qu'elle offrait aux photographes, mais celui qu'elle réservait seulement à ses proches. Des flashs de leurs moments de complicité et de rire le firent succomber. Puis, la première fois qu'il lui avait dit qu'il l'aimait, pendant sa période de manque ; le regard d'Emily à la fois étonnée et prise par l'émotion avant qu'elle ne lui réponde qu'elle l'aimait aussi. Il se remémora leurs immersions dans le monde de l'autre, les restaurants étoilés, le foyer malien, la soirée caritative, le show de hip-hop… mais surtout la découverte d'une femme unique. Belle comme aucune autre, intelligente, humaine et touchante.

Isaac se demanda pourquoi Emily avait choisi la mort seule, plutôt que la vie à ses côtés… Son échec à la rendre heureuse venait de s'imposer à lui de la plus dure des manières. Il s'en voulait cruellement de l'avoir laissée seule ce jour-là, mais il savait aussi, au fond de lui, qu'Emily avait dû prendre sa décision depuis un moment déjà. Ce n'était pas le genre de femme à foncer tête baissée.

Et maintenant, qu'allait-il devenir sans elle ? Depuis que leur relation s'était nouée, Isaac n'avait jamais été aussi heureux de toute sa vie. Pendant un instant, il pensa à la rejoindre pour l'éternité, mais la vie n'était pas un conte. Jamais il ne pourrait préférer la mort à sa famille, à ses amis.

— Je suis désolé, Isaac, murmura Hakim avec douceur.

— Elle est morte.

— Oui. Emily… est partie.

Isaac couvrit sa bouche de sa main tremblante pour essayer de ne pas hurler son désespoir. Son estomac se contorsionna, mais ce n'était rien en comparaison de ce que son cœur subissait. Il fut pris de sanglots muets, ceux dont la douleur est tellement intense que même les cordes vocales n'ont pas assez de force pour les exprimer.

Hakim le prit dans ses bras et le barrage des émotions d'Isaac céda brutalement. Il se cramponnait à la veste de son frère en hurlant la douleur qu'il ressentait au plus profond de son âme. Il pleurait sans honte, sans peur, exprimant la détresse qui le terrassait. Rien au monde n'aurait pu être plus douloureux que ce qu'il ressentait. Ses larmes inondèrent ses joues, il peinait à retrouver une respiration convenable, totalement asphyxié par sa tristesse qui lui lacéra les tripes.

Isaac ne sut jamais pendant combien de temps il déversa sa tristesse dans les bras de son aîné, mais ce dont il était certain, c'était que ce sentiment l'accompagnerait désormais jusqu'à la fin de sa vie.

Épilogue

Une cérémonie avait eu lieu à l'église, puis le corps d'Emily avait été descendu en terre. Isaac n'avait pas eu le cœur de faire un éloge funèbre, il ne souhaitait pas parler d'elle à d'autres personnes. Elle était la seule à qui il voulait se confier, mais cela était désormais impossible. Serge et Christina étaient restés dignes, mais Isaac avait eu l'impression qu'ils étaient comme éteints. C'était le second suicide dans leur famille, la pente allait être dure à remonter pour eux. Tout comme pour Thomas, qui était inconsolable, pleurant à chaudes larmes dans les bras de Svetlana, anéantie par la tristesse. Même Anna était venue aux obsèques, malgré sa brouille avec cette ancienne patronne qu'elle avait tant admirée et qui l'avait protégée envers et contre tous.

Les amis d'Isaac étaient présents pour le soutenir, mais aussi pour dire au revoir à un membre de leur groupe qui avait réussi à gagner sa place parmi eux. Même si Emily n'était pas la personne la plus aimée de leur clan, ils avaient l'impression de perdre un membre de leur famille de cœur.

En plus de la tristesse s'était ajouté l'emballement médiatique. Les journaux avaient fait leur une du drame. Une grande majorité d'entre eux s'était montrée respectueuse, mais certains pseudo-reporters avaient décrit le suicide d'Emily comme un énième caprice de star. À vomir… Les associations de défense des femmes s'en étaient mêlées, et le débat sur la parole des victimes avait provoqué des remous jusqu'aux plus hautes sphères du pays. Même si la justice était indépendante du pouvoir exécutif, l'acte d'Emily avait été une remise en question du système en place.

Le monde de la mode avait tremblé. Des centaines de mannequins, et de nombreuses maisons de haute couture aux quatre coins du globe avaient rendu hommage à Emily avec le slogan : « Je te crois », qui commençait à devenir aussi populaire que #metoo. Même Louis, l'ancien agent d'Emily, avait fait un post Instagram expliquant que lui aussi l'avait toujours crue et que le caractère d'Emily ou son comportement ne lui enlevaient en rien son statut de victime.

Du côté d'Isaac, chaque journée était rythmée par son chagrin. Toutes les nuits, il s'endormait sur son canapé en regardant l'arbre qu'elle avait peint pour lui dans son salon. La lumière blanche le faisait penser à sa lumière à elle, à la fois douce, chaleureuse et surprenante.

Ses amis et son frère passaient le voir tous les jours pour s'assurer qu'il mangeait un peu, mais la nourriture n'avait toujours aucun goût dans sa bouche. Isaac n'avait pas ri depuis des semaines, succombant progressivement à ses souffrances.

La seule consolation qu'il avait trouvée était qu'Emily était devenue ce qu'elle souhaitait : l'image du combat des femmes abusées sexuellement. Les médias ayant rapidement dévoilé son suicide, elle était devenue l'icône de cette lutte. L'association dont elle était marraine avait reçu des centaines de milliers d'euros de dons provenant d'anonymes, mais également des plus grandes maisons de mode à travers le monde. Elle avait d'ailleurs été rebaptisée I Believe You, Emily. Quelle maigre consolation…

Un mois après la mort d'Emily, Isaac fut convoqué chez le notaire. En arrivant dans son bureau, il retrouva Christina et Serge, qui étaient déjà installés sur des sièges.

L'ironie du sort voulait que, grâce à la mort de leur fille et sœur aînée, ils se reparlaient, et étaient désormais présents l'un pour l'autre. D'ailleurs, Serge n'avait pas cédé à ses vieux démons. Il avait déjà perdu sa femme et sa fille aînée, la seule personne qu'il lui restait était sa cadette, et pour rien au monde il n'aurait pris le risque qu'elle s'enfuie à nouveau loin de lui.

— Bonjour, monsieur Mehla, le salua poliment le notaire. Vous pouvez vous installer, nous allons commencer la lecture du testament de Mlle Tarsikova.

En entendant le nom d'Emily, le cœur d'Isaac saigna, mais il n'en laissa rien paraître. Il s'exécuta en se demandant ce qu'Emily avait bien pu lui léguer.

— Tout d'abord, le matin de son décès, elle est venue me déposer un carton dont je parlerai plus tard, et trois lettres. Il y en a une pour chacun de vous.

Le notaire leur tendit les enveloppes qu'ils saisirent tous les trois du bout de leurs doigts tremblants. Il prit ensuite dans ses mains le testament pour le leur lire.

— À mon père et à ma sœur, je lègue mon appartement, l'ensemble de mes biens ainsi qu'un million d'euros chacun. Je souhaite que le reste de mon argent soit entièrement reversé à l'association I Believe You pour qu'elle puisse continuer de se battre contre les horreurs de ce monde.

Christina étouffa un sanglot, son père caressa son dos d'un geste paternel.

— À Isaac, continua le notaire, je lègue tous mes fusains ainsi que l'ensemble de mes carnets de croquis pour qu'il se rappelle que la passion est ce qui nous fait tenir debout dans les moments les plus sombres de notre vie.

À travers ces quelques lignes, Isaac comprit qu'Emily lui demandait de continuer d'écrire en lui promettant que cela l'aiderait à surmonter son deuil. Il se fit violence pour ne pas fondre en larmes.

Après ces quelques mots, le notaire se leva et partit prendre un carton au fond de son bureau, qu'il déposa aux pieds d'Isaac.

— Voici l'héritage qu'elle vous laisse.

— J'en prendrai soin, affirma Isaac d'une voix enrouée.

L'homme se rassit à son bureau, regarda son testament et releva subitement le visage vers celui d'Isaac.

— J'ai oublié une ligne, s'excusa-t-il. Elle vous lègue également son canapé, le tapis de son salon, et une dizaine de boîtes de thé à la pomme qui apparemment se trouvent dans sa cuisine.

Isaac ne put retenir un léger ricanement, et ce fut la première fois depuis un mois qu'il sourit sans se forcer.

Après avoir signé les différents papiers, il laissa la sœur et le père d'Emily pour retourner rapidement chez lui, pressé de lire ce que contenait sa lettre. Il ne savait pas s'il reverrait Christina et Serge, car leur simple présence reflétait l'absence douloureuse d'Emily. Peut-être un jour serait-il assez fort pour déjeuner avec eux ? Pour l'instant, il ne s'en sentait pas capable, et eux non plus sans doute.

Il se fit un thé à la pomme, et s'effondra dans son canapé, qu'il offrirait prochainement au foyer malien pour y mettre celui d'Emily à la place. Son nom, calligraphié avec soin, était inscrit sur l'enveloppe qu'il tournait et retournait entre ses mains tremblantes. Lorsqu'il l'ouvrit, son cœur se serra douloureusement.

À mon trésor,
Je voudrais commencer cette lettre en m'excusant de t'abandonner de cette façon. Je me dois d'être le plus sincère avec toi, comme je l'ai été depuis le début de notre relation. Si je choisis la mort plutôt que la vie, c'est parce que je n'arrive pas à surmonter mes souffrances. Elles m'ont balafrée, ouvert le cœur, brûlé l'âme. La douleur est trop grande, je ne parviens pas à l'anesthésier, elle

s'accroît à chaque respiration, à chaque seconde passée dans ce monde que je n'ai jamais compris.
Lorsque tu liras ces lignes, je serai enfin libérée de toutes ces douleurs que je ressens jusqu'au plus profond de mon être depuis mes quatorze ans. Je sais que tu es enclin au pardon, alors s'il te plaît, ne m'en veux pas d'avoir voulu mettre un terme à mes démons. Je suis certaine que, là où je me trouve, je vais bien, que j'ai enfin trouvé la paix que je cherchais tant.
Sache que mon geste n'est pas de ta responsabilité. Au contraire, j'ai essayé de rester pour toi, mais c'était bien trop dur. Alors, s'il te plaît, ne culpabilise pas. Tu m'as aidée bien plus que n'importe qui. D'ailleurs, je tenais à te remercier d'avoir adouci ma vie. Grâce à toi, j'ai découvert un univers jusqu'alors inconnu. Les foyers maliens, les shows de hip-hop, les kebabs… Tu m'as ouvert les yeux sur ce qu'est la véritable richesse, et je t'en serai éternellement reconnaissante. Tu es tout simplement la plus belle chose qui me soit arrivée.
Même si nous ne sommes plus du même monde, je me rappellerai à jamais l'amour que je te porte. Ne délaisse jamais tes sourires en coin, ton humour, ta joie de vivre ou encore ta bienveillance. Sentir ta peau contre la mienne, ton corps sur le mien, me manquera.
Je sais que tu ne dois pas avoir la tête à ça, mais sache que, si tu refais ta vie, je ne t'en voudrai pas. Tu mérites

une femme douce et aimante. Sois heureux, mon amour.
À jamais à toi, ta mocheté qui t'aime même dans l'au-delà.
P.-S. : Si tu abîmes mon tapis et mon canapé, je reviendrai te hanter, Mehla !

Des larmes de tristesse, mêlées à un sourire mutin, apparurent sur le visage d'Isaac. Il relut la lettre une dizaine de fois, en regrettant qu'elle soit si courte ; il aurait aimé la lire jusqu'à la fin de sa vie.

Lorsqu'il ouvrit le carnet à croquis le plus récent d'Emily, il se rendit à la dernière page pour voir quel dessin elle avait réalisé avant de quitter ce monde.

Son cœur implosa en découvrant son dernier croquis. Une première date, remontant à février, était inscrite, puis une seconde, celle du jour de sa mort. Isaac comprit que la dernière chose qu'Emily avait faite avant de se tuer était de finir cette œuvre qui réchauffa son cœur endolori.

Elle les avait représentés, elle et lui. Ils s'observaient d'un regard amoureux, un sourire malicieux sur les lèvres. Leurs visages étaient empreints d'amour et de complicité, comme ils l'avaient été tout au long de leur relation.

Au bas de la feuille, de son écriture fine et arrondie, elle avait écrit une légende :

Quand une mocheté trouve son trésor.

Isaac sourit avec douceur, et ce fut la troisième fois de la journée qu'il fut surpris par ce geste réalisé spontanément. Seule Emily était capable de le faire sourire même en étant morte.

Cette femme l'avait entraîné dans un périple amoureux dont il était revenu seul. Elle était entrée dans sa vie pour la bouleverser de la plus belle manière qui soit. Il savait d'ores et déjà qu'il ne cesserait jamais de l'aimer, et qu'une partie d'elle vivrait en lui pour toujours. Jusqu'à la fin de ses jours, une place incessible lui serait réservée dans son cœur, et personne au monde ne saurait l'en chasser.

Sa mocheté qui était d'une bonté et d'une beauté absolues.

Remerciements

À toutes les Emily de ce monde, à toutes les femmes qui se cachent pour pleurer, celles qui crient mais que l'on n'entend pas, celles qui respirent mais ne vivent pas, celles que l'on ne reconnaîtra jamais comme victimes, celles qui sombrent dans un désespoir sans fin, et celles qui essayent de se reconstruire malgré la monstruosité qu'elles ont vécue : je vous crois, vous n'êtes pas seules, vous n'êtes pas responsables.

Merci à &H de m'avoir renouvelé sa confiance pour la publication de ce roman qui me tenait à cœur. Les thèmes, et la fin, n'étaient pas faciles à aborder, mais ma maison d'édition m'a suivie malgré tout. Merci à tous les professionnels qui ont apporté leur contribution à mon roman.

Merci à Sophie, qui m'a tant aidée sur mon manuscrit pour le sublimer et le développer. Merci pour vos conseils, notamment dans les moments de doute, et votre bienveillance. Grâce à vous, j'ai pu aller au bout de mon projet, et vous n'imaginez pas ce que cela représente pour moi. J'espère avoir le plaisir de travailler à nouveau avec vous.

Merci à Cédric, qui croit toujours autant en moi, qui me soutient et qui s'occupe de nos deux enfants lorsque je dois travailler sur mes projets. J'ai sacrifié beaucoup (oui, vraiment beaucoup) de soirées pour l'écriture de mes romans, mais tel un homme parfait, il ne me le reproche jamais, et m'encourage sans relâche à poursuivre ma passion.

Merci à ma famille et mes amis pour leur soutien et l'amour qu'ils me portent. Merci d'acheter mes livres et de refuser que je vous les offre.

Enfin, merci à vous, les lectrices et lecteurs. Ce roman est le quatrième que je publie, et je ne me lasse toujours pas de vos retours, qu'ils soient positifs ou négatifs. Sans vous, rien de tout cela ne serait possible.

En espérant vous retrouver pour de nouvelles aventures, et, promis, la prochaine histoire se terminera bien.

Prenez soin de vous et de vos proches.

Elena Ld